Christine Feehan vit dans la belle région montagneuse de Lake County, en Californie. Elle adore la randonnée, le camping, le rafting et la vie en plein air, pratique également les arts martiaux depuis plusieurs années. Mère de onze enfants, ce sont ses filles qui relisent ses manuscrits et l'aident à les corriger. Pour en savoir plus, n'hésitez pas à consulter son site web : www.christinefeehan.com

De la même autrice :

GhostWalkers :

1. *Jeux d'ombres*
2. *Jeux d'esprit*
3. *Jeux nocturnes*
4. *Jeux interdits*

Léopards :

1. *Rio*
2. *Jake*

Chez d'autres éditeurs :

Le royaume des Carpates :

1. *Le prince de l'ombre*
2. *Sombres désirs*
3. *Désirs dorés*
4. *Désirs magiques*
5. *Désirs suprêmes*

Sœurs de cœur :

1. *Rikki*
2. *Judith*
3. *Airiana*

CE LIVRE EST ÉGALEMENT DISPONIBLE
AU FORMAT NUMÉRIQUE

www.milady.fr

Christine Feehan

Rio

Léopards – 1

Traduit de l'anglais (États-Unis) par Alison Jacquet-Robert

Milady

Milady est un label des éditions Bragelonne

Titre original : *Wild Rain*

ISBN : 978-2-8112-3744-8

Bragelonne – Milady
60-62, rue d'Hauteville – 75010 Paris

E-mail : info@milady.fr
Site Internet : www.milady.fr

Chapitre premier

La petite embarcation remontait les eaux rapides de la rivière à un rythme qui permettait aux passagers de contempler la forêt environnante. Des milliers d'arbres se pressaient les uns contre les autres, aussi loin que portait le regard. Des lianes s'enroulaient autour des troncs avant de retomber, et certaines venaient caresser la surface de l'eau. Des perroquets au plumage coloré, des loriquets et des martins-pêcheurs voletaient continuellement de branche en branche, si bien que la canopée bruissait de vie.

— C'est magnifique, déclara Amy Somber en se tournant vers les autres passagers. Mais je ne peux pas m'empêcher de penser aux serpents, aux sangsues et aux moustiques qui doivent grouiller là-dedans.

— Sans parler de l'humidité, ajouta Simon Freeman en déboutonnant le haut de sa chemise. Je transpire comme un porc.

— L'air en est même étouffant, renchérit Duncan Powell. J'ai du mal à respirer.

— Vraiment ? dit Rachael Lospostos. C'est étrange.

Et ça l'était. L'humidité ne la dérangeait pas le moins du monde. Les arbres touffus et les plantes grimpantes faisaient vibrer le sang dans ses veines ; elle se sentait plus vivante que jamais. Elle souleva ses épais cheveux, qui lui collaient à la nuque. Elle les avait toujours portés longs en souvenir de sa mère avant de les sacrifier pour une très bonne cause – sa propre survie.

— J'adore cet endroit, continua-t-elle. Je n'en reviens pas que certains puissent avoir la chance de vivre ici.

Elle échangea un petit sourire complice avec Kim Pang, leur guide.

Celui-ci fit un signe de tête en direction de la forêt et Rachael aperçut un groupe de macaques crabiers qui bondissaient de branche en branche en piaillant. Puis elle sourit en entendant le crissement des cigales par-dessus le rugissement de l'eau.

— Moi aussi, admit Don Gregson, le leader de leur petit groupe, un homme qui visitait souvent la forêt tropicale et levait des fonds pour apporter du matériel médical aux régions qui en avaient besoin.

Rachael contempla le paysage luxuriant avec un désir grandissant qui la surprit elle-même. Entendant les cris des nombreux oiseaux qui voletaient de-ci de-là sans s'arrêter un instant, elle fut prise d'une envie folle de plonger du bateau et de disparaître à la nage dans les profondeurs de la forêt.

Une vague particulièrement agitée fit remuer le bateau, projetant Rachael contre Simon. Elle avait toujours eu une silhouette généreuse, même adolescente, développant très tôt des formes pulpeuses. Simon la serra contre lui, pressant les seins de Rachael contre son torse tandis qu'il glissait inutilement ses mains dans le dos de la jeune femme. Celle-ci lui enfonça un pouce dans les côtes et se dégagea avec un sourire innocent.

— Merci, Simon. Le courant semble être de plus en plus fort.

Sa voix ne trahissait pas son agacement. Son expression était sereine, innocente, masquant la colère qui bouillonnait en elle chaque fois qu'il la touchait. Rachael jeta un regard à Kim Pang, à qui rien n'échappait malgré son visage tranquille. Il avait remarqué les mains baladeuses de Simon.

— Pourquoi la rivière est-elle si agitée, Kim ?

— Il a plu en amont, il y a beaucoup d'inondations. Je vous avais prévenus, mais Don a consulté quelqu'un d'autre qui lui a dit que la rivière était praticable. Nous verrons bien en avançant.

— Je pensais qu'une série d'orages était prévue pour les prochains jours, se défendit Don. J'ai vérifié la météo ce matin.

— Oui, on sent la pluie dans l'air.

— Au moins, grâce aux bourrasques, les bestioles nous laissent tranquilles, lança Amy. Je serai ravie de ne plus me faire piquer cinquante fois par jour.

Il y eut un long silence tandis que le vent tiraillait leurs vêtements et faisait virevolter leurs cheveux. Rachael continuait de fixer le regard sur le rivage et les frondaisons qui se tendaient vers l'amoncellement de nuages. Elle aperçut un serpent enroulé autour d'une branche basse, puis une roussette pendue à un arbre. Ici, le monde semblait être un endroit riche et merveilleux. Loin des gens. Loin de la duperie et de la trahison. Un endroit où l'on pouvait disparaître sans laisser de traces. C'était un rêve qu'elle avait bien l'intention de réaliser.

— L'orage arrive. Il faut que l'on se mette rapidement à l'abri. Si l'on reste sur la rivière, on risque tous la noyade.

L'avertissement de Kim Pang fit sursauter Rachael. Plongée dans la contemplation de la forêt, elle n'avait pas prêté attention aux nuages menaçants et au ciel de plus en plus sombre.

Les membres du petit groupe poussèrent un cri d'inquiétude collectif et se rapprochèrent instinctivement les uns des autres, priant pour arriver à destination avant que l'orage n'éclate.

Une poussée d'adrénaline se déversa dans les veines de Rachael, et, avec elle, une bouffée d'espoir. C'était l'occasion rêvée. Elle leva le visage vers le ciel, sentit l'orage dans le vent et les premières gouttelettes sur sa peau.

— Fais attention, Rachael ! cria Simon pour se faire entendre par-dessus le rugissement de l'eau.

Il lui tira le bras pour qu'elle s'agrippe aux rebords du bateau tandis que l'embarcation fusait vers le campement en amont de la rivière. Rachael s'exécuta avec un sourire pour ne pas éveiller les soupçons. Quelqu'un essayait de la tuer. Peut-être était-ce même Simon. Elle ne pouvait faire confiance à personne. C'était une leçon qu'elle avait apprise à ses dépens, à plus d'une occasion. Il n'était pas question de refaire les mêmes erreurs : un sourire et un avertissement ne faisaient pas de quelqu'un un ami.

— On aurait dû attendre ! hurla-t-il à son oreille. Je ne sais pas pourquoi on a écouté ce vieil homme qui nous affirmait qu'aujourd'hui était le meilleur jour pour voyager. Dire qu'on a laissé passer deux jours de beau temps parce que les présages n'étaient pas bons, tout ça pour sauter dans un bateau comme des moutons sur la parole d'un vieil édenté.

Rachael revit le vieil homme au regard chafouin qui n'avait plus de dents. La plupart des gens qu'ils avaient rencontrés étaient plus que sympathiques. Rieurs et toujours prêts à partager ce qu'ils avaient, les gens de la rivière menaient une vie simple et heureuse. Mais ce vieil homme l'avait mise mal à l'aise. Il était venu parler à Don Gregson, qu'il avait convaincu de partir malgré la réticence manifeste de Kim Pang. Kim avait failli refuser de les guider jusqu'au village, mais la population avait besoin des médicaments.

— Est-ce que les médicaments ont de la valeur pour les bandits ? cria Rachael à Simon.

Les bandits étaient apparemment monnaie courante sur les rivières de la péninsule indochinoise. Plusieurs personnes bien intentionnées avaient prévenu le petit groupe de se montrer prudent en continuant son voyage.

— Non seulement les médicaments, mais nous aussi, répondit Simon. Il y a eu une vague de kidnappings par certains groupes rebelles pour prétendument lever des fonds pour leur cause.

— Quelle est leur cause ? demanda Rachael avec curiosité.

— S'enrichir, dit Simon en riant à sa propre plaisanterie.

Le courant secouait le bateau, aspergeant le visage et les cheveux des passagers.

— Je déteste absolument tout de cet endroit, se plaignit Simon. Comment peut-on avoir envie de vivre ici ?

— Vraiment ? répondit Rachael en admirant la jungle qui défilait sous ses yeux.

Les arbres étaient si haut et si nombreux qu'elle ne pouvait les distinguer les uns des autres, mais ils semblaient accueillants. Comme un refuge. Un sanctuaire. Rien que pour elle.

— Tout est tellement beau pourtant.

— Même les serpents ?

L'embarcation pencha dangereusement et Simon s'agrippa de toutes ses forces pour ne pas passer par-dessus bord.

— Il y a des serpents partout, répondit Rachael d'une voix trop basse pour qu'on l'entende.

Elle avait pris toutes les précautions nécessaires lorsqu'elle avait quitté sa maison aux États-Unis, planifiant chaque étape de sa disparition prudemment et patiemment. Se sachant surveillée, elle s'était rendue dans un grand magasin et avait grassement payé une inconnue pour que celle-ci reparte vêtue de la même tenue qu'elle, veste tendance et lunettes de soleil comprises. Rachael avait fait attention aux moindres détails. Même les chaussures étaient identiques. La perruque était parfaite. La femme avait descendu lentement la rue en faisant du lèche-vitrine, puis était entrée dans un magasin, s'était changée dans les toilettes et était ressortie plus riche qu'elle ne l'avait imaginé. Rachael aurait alors dû disparaître sans laisser de traces.

Elle s'était procuré un passeport et des papiers d'identité au nom d'une femme décédée depuis longtemps, avait changé d'État et rejoint un groupe paroissial chargé de distribuer des médicaments dans les régions reculées de Malaisie, de Bornéo et de la péninsule indochinoise. Elle avait ainsi réussi à quitter les États-Unis incognito.

Son plan semblait parfait. Sauf qu'il avait échoué. Quelqu'un l'avait retrouvée. Deux jours plus tôt, un cobra était apparu dans sa chambre fermée à clef. Rachael savait que ce n'était pas une coïncidence. Le serpent avait été délibérément mis dans la pièce. Elle avait eu de la chance de le voir avant qu'il ne la morde, mais elle ne pouvait pas compter indéfiniment sur la chance. N'importe qui pouvait se révéler être un assassin. Elle n'avait d'autre choix que de mourir et l'orage était l'occasion rêvée.

Rachael était à l'aise dans un monde de tromperie et de trahison. Elle ne connaissait rien d'autre et avait l'habitude de ne compter que sur elle-même. Son existence serait solitaire si elle parvenait à survivre. Elle détourna le visage, savourant les caresses du vent. L'humidité qui aurait dû lui paraître oppressante l'enveloppait comme une couverture protectrice. Dans la forêt, le parfum des orchidées, les cris des oiseaux et le bourdonnement des insectes l'appelaient. Alors que les autres sursautaient craintivement au moindre bruit, elle se sentait enfin chez elle.

Le bateau prit un virage et se dirigea droit vers l'appontement bancal. Un soupir de soulagement unanime s'éleva. Le courant était de plus en plus fort et ils entendaient tous le rugissement des chutes au loin. Simon, Kim, Duncan et Don manœuvrèrent le bateau jusqu'au rivage où un homme seul les attendait. Le vent battait ses vêtements. Il jetait des regards nerveux à la forêt alentour, mais avança sur la plate-forme boueuse et branlante qui servait de ponton pour attraper la corde que lui lança Kim.

Rachael voyait les gouttes de transpiration qui brillaient sur son front et dégoulinaient dans son cou. Son tee-shirt était trempé de sueur. Il faisait humide, certes, mais pas à ce point. Elle regarda prudemment autour d'elle, agrippant instinctivement son sac à dos, dont le contenu était essentiel à sa survie. Elle remarqua que les mains de l'homme tremblaient tant qu'il peinait à amarrer le bateau. Soudain, il se laissa tomber à plat ventre, les mains sur sa tête.

Des coups de feu éclatèrent et le monde bascula dans le chaos. Amy poussa un cri strident qui fit s'envoler les oiseaux vers les nuages menaçants dans un concert de pépiements sonores. De la fumée se mêla au voile de brume. Des bandits jaillirent de la forêt en agitant des pistolets et en criant des ordres inaudibles par-dessus le rugissement de la rivière. À côté de Rachael, Simon s'effondra au fond du bateau. Don Gregson se pencha sur lui. Duncan tira sur le bras d'Amy pour qu'elle se mette à l'abri puis tendit la main vers Rachael. Mais celle-ci se déroba, enfila son sac à dos et attacha la sangle de sécurité autour de sa taille. Kim tentait frénétiquement de couper la corde d'amarrage. Avec une prière silencieuse pour les autres et pour elle-même, Rachael enjamba le rebord, se laissa glisser dans l'eau et fut aussitôt emportée par le courant.

Au même moment, des trombes de pluie se mirent à tomber, alimentant la rivière. Des débris de toutes sortes flottaient autour de Rachael. Elle tenta de lever les pieds pour éviter les pierres et autres aspérités, tout en gardant la tête hors de l'eau, ce qui n'était pas chose facile. Mais, à l'insu des bandits qui se précipitaient vers le bateau, elle s'éloigna rapidement, cachée parmi les tourbillons de branchages et de feuilles. Les vagues la submergèrent encore et encore, et elle devait chaque fois se démener pour remonter à la surface. Elle avait déjà l'impression d'avoir avalé la moitié de la rivière. Suffocante, elle essaya d'attraper l'un des troncs d'arbres que la force du courant avait fait basculer dans l'eau. Elle rata le premier et son cœur manqua de s'arrêter lorsqu'elle se sentit de nouveau attirée vers le fond. Elle n'était pas certaine d'avoir encore assez de force pour résister à la succion monstrueuse de la rivière.

Sa manche s'accrocha à une aspérité sous la surface, l'arrêtant brusquement tandis que l'eau continuait à déferler autour d'elle. Elle tenta frénétiquement de se rattraper à une branche, mais sa main ne trouva que des feuilles. L'eau continuait à tirer sans relâche sur ses vêtements et lui arracha l'une de ses bottes. Ses doigts se refermèrent enfin sur une épaisse branche et s'y agrippèrent fermement. Son haut se déchira et l'eau se referma de nouveau sur sa tête, l'entraînant vers le fond, mais Rachael réussit par miracle à ne pas perdre prise. Elle enroula ses deux bras autour de la branche immobile et s'y accrocha de toutes ses forces, remontant à la surface, haletante et tremblante de peur.

Rachael avait beau être bonne nageuse, elle n'allait pas survivre longtemps dans ce cours d'eau déchaîné. Elle était déjà épuisée, ses membres lourds comme du plomb. Garder la tête hors de l'eau avait été une bataille de chaque instant et la rivière continuait à tirer sur ses jambes, cherchant à l'entraîner. Dès qu'elle le put, elle longea l'arbre à la force des bras jusqu'à se retrouver coincée entre le tronc et la branche, puis se hissa pour atteindre l'énorme système racinaire. Elle se trouvait à présent de l'autre côté de la rivière, loin des rebelles, et était avec un peu de chance cachée par l'averse diluvienne.

Centimètre par centimètre, Rachael avança vers la racine la plus proche. Un serpent heurta sa hanche avant d'être emporté au loin. Elle ne savait pas si l'animal était encore en vie, mais son cœur se remit à battre à tout rompre. Avec prudence, elle se hissa hors de l'eau et resta allongée sur l'une des gigantesques racines, le souffle court, n'osant pas bouger. Un seul faux pas et elle risquait de retomber dans la rivière. L'arbre tremblait sous la force du courant qui tentait de l'arracher à la berge une fois pour toutes.

La racine était couverte de boue, mais elle formait une sorte de pont jusqu'à la terre ferme. Celle-ci semblait se trouver à des kilomètres. D'autant que la pluie qui continuait de tomber rendait la surface encore plus glissante. Rachael enroula les bras et les jambes autour de la racine sinueuse et se mit lentement à avancer. Elle glissa plusieurs fois et dû attendre, le cœur battant, de trouver le courage de reprendre sa progression. Une éternité plus tard, elle arriva sur la berge. Son pied s'enfonça dans le sol boueux, qui tenta de retenir sa chaussure restante.

Rachael retira sa botte et la lança dans l'eau, le plus loin possible de l'arbre où elle risquait de rester coincée et d'attirer l'attention. Rachael espérait toutefois que l'arbre, qui ne tenait plus que par quelques racines fragiles, serait entraîné en aval, effaçant ainsi toute trace de sa présence.

Pieds nus dans la boue, trempée et terrifiée, Rachael traversa en rampant la zone marécageuse jusqu'à l'orée de la forêt. Ce n'est qu'à l'abri des arbres qu'elle tenta enfin d'observer ce qui se passait de l'autre côté de la rive. Elle avait dévalé la rivière sur plusieurs centaines de mètres et la pluie battante formait un rideau presque impénétrable. Cachée derrière le feuillage, Rachael enfila les bottes de rechange qu'elle avait apportées exprès pour sacrifier sa première paire au cas où l'occasion de passer par-dessus bord se présenterait. Elle n'avait pas prévu que le courant serait si fort, mais, malgré le danger, le jeu en avait valu la chandelle.

Les bandits semblaient en colère tandis qu'ils rassemblaient les survivants frissonnant en un petit groupe. Ils secouaient la tête. Plusieurs hommes faisaient les cent pas le long de la rive comme s'ils cherchaient quelque chose… ou quelqu'un. Le sang de Rachael ne fit qu'un tour. L'attaque n'avait dû être qu'un prétexte pour la tuer. Quel meilleur moyen d'y parvenir qu'avec une balle perdue pendant une prise d'otages ? Les kidnappings étaient une pratique courante dans la région et les bandits pouvaient facilement être soudoyés pour commettre un meurtre. Rachael ajusta son sac à dos, jeta un dernier coup d'œil à la rivière et s'enfonça dans la jungle.

Incapable de cesser de trembler, elle avança à toute allure, cherchant une piste à suivre. Elle avait passé près d'un an à se préparer pour cet instant. Elle avait couru tous les jours, fait de la musculation et de l'escalade. Elle n'était pas particulièrement menue et s'était efforcée de muscler chaque centimètre de son corps. Un professeur particulier lui avait donné des cours d'autodéfense, de lancer de couteaux et d'arts martiaux. Elle était même allée jusqu'à lire des guides de survie, tentant de mémoriser le plus de techniques possible.

Le vent faisait bouger les branches dans tous les sens, la bombardant de feuilles, de brindilles et d'une multitude de fleurs, mais l'épaisse canopée formait une protection naturelle contre la pluie torrentielle. Rachael avançait aussi vite qu'elle le pouvait, bien décidée à s'éloigner le plus possible de la rivière. Elle était certaine de pouvoir construire ou trouver l'une des vieilles cabanes indigènes. Une hutte avec trois murs de feuilles et d'écorce, et un toit pentu. Elle en avait étudié la conception, qui ne semblait pas bien difficile à reproduire.

Malgré ses frissons incessants, elle marchait d'un pas déterminé, remplie d'espoir. Pour la première fois depuis des mois, l'horrible poids qui pesait sur ses épaules s'était allégé. Elle avait enfin une véritable chance de s'en sortir. Il lui faudrait peut-être vivre seule, mais ce serait son choix.

Un bruissement s'éleva dans un buisson à sa gauche mais elle n'y prêta pas attention. Elle faisait confiance à son instinct pour l'alerter en cas de vraie menace. L'eau faisait un bruit de succion dans ses bottes mais elle n'osait pas prendre le temps de se changer pour enfiler une tenue sèche. De toute façon, cela n'aurait servi à rien. Elle dut traverser plusieurs ruisseaux où l'eau lui arrivait à la taille, dont certains avaient de forts courants. Elle fut forcée de s'agripper à des plantes grimpantes pour franchir une pente abrupte afin de maintenir le cap. Rachael Lospostos avait disparu pour toujours, tragiquement noyée alors qu'elle tentait d'apporter des médicaments à un village reculé. À sa place, une nouvelle femme indépendante était née. Ses mains lui faisaient mal à force de se hisser sur des rochers escarpés pour s'enfoncer plus profondément dans la jungle.

La nuit se mit à tomber. La forêt était déjà sombre et, sans un rayon de soleil perçant occasionnellement à travers les nuages, le monde autour d'elle changea radicalement. Sa nuque se couvrit de chair de poule. Rachael cessa de marcher et prit le temps de lever les yeux vers l'enchevêtrement de branches au-dessus de sa tête. C'était la première fois qu'elle regardait vraiment autour d'elle.

Le paysage était une explosion de couleurs où toutes les teintes de vert imaginables côtoyaient d'autres nuances éclatantes le long des troncs d'arbres. En l'air et sur le sol, flore, faune et champignons se disputaient les moindres recoins de ce monde secret. Malgré la pluie, elle distinguait des traces d'animaux, des ombres qui bondissaient de branche en branche, des lézards qui se glissaient sous les feuilles. Elle aperçut même un orang-outan haut dans les arbres, recroquevillé dans un nid de feuillage. Elle fixa longuement le regard sur la créature, émerveillée.

Rachael finit par trouver une piste à peine perceptible parmi la végétation luxuriante qui tapissait le sol de la forêt. Elle s'agenouilla pour mieux l'observer. Des humains étaient passés par là, pas uniquement des animaux. Le chemin s'éloignait de la rivière pour plonger dans la jungle. Pile ce qu'elle cherchait. Suivre cette piste la ralentit, mais elle persévéra, le pas léger tandis qu'elle se rapprochait du cœur de la forêt.

Quelque chose au plus profond d'elle-même semblait s'animer. Elle le sentait. Un éveil. Une joie baignée de chaleur. Un mélange de tout un tas d'émotions. Peut-être était-ce parce que, pour la première fois, elle avait une chance de vivre sa vie. Rachael ne savait pas vraiment. Elle était épuisée, courbaturée et trempée de la tête aux pieds, mais heureuse. Loin d'être effrayée, ou simplement nerveuse, elle avait envie de chanter à gorge déployée.

Alors que la forêt plongeait dans le noir, elle aurait dû se retrouver aveugle, et pourtant sa vision s'adapta rapidement. Outre les hauts arbres recouverts d'une multitude de plantes, elle distinguait de minuscules détails. Des grenouilles, des lézards, même de petits cocons. Son corps vibrait au rythme de la nature qui l'entourait. Un rondin en travers de sa route n'était plus un obstacle mais un tremplin pour bondir, l'occasion de sentir ses muscles jouer sous sa peau. Elle avait presque l'impression d'entendre la sève couler dans les arbres.

La forêt grouillait d'insectes, d'araignées et de lucioles. Des scarabées étaient occupés à escalader feuilles et écorce. Un monde dans un monde, aussi surprenant que familier. Des bruissements d'ailes trahissaient la présence d'oiseaux nocturnes qui voletaient de-ci de-là, de chouettes qui se mettaient en chasse. Un chœur de coassements s'éleva, les grenouilles mâles appelant les femelles à grand bruit. Rachael aperçut un serpent qui zigzaguait de branche en branche.

Avec un sourire, elle continua d'avancer, se sachant sur la bonne voie. Elle était enfin chez elle. Au loin, elle entendit des coups de feu, étouffés par la distance et le rythme régulier de la pluie. Le bruit semblait intrusif dans son petit paradis, comme un avertissement étrange et de mauvais augure. À chaque pas, sa joie s'atténua, laissant place à l'angoisse. Elle n'était plus seule. Elle se sentait épiée. Suivie. Traquée.

Rachael observa prudemment les alentours en prêtant une attention particulière aux branches enchevêtrées au-dessus de sa tête, à la recherche d'ombres révélatrices. Les léopards étaient rares, même ici en pleine forêt tropicale. Il était peu probable que l'un d'entre eux soit sur ses traces. L'idée était terrifiante. Les léopards étaient des chasseurs accomplis, rapides et impitoyables, capables dc terrasser de larges proies. Mal à l'aise, Rachael redoubla de prudence en continuant vers là où le destin la menait.

La pluie tombait sans relâche, en une averse si dense que la visibilité était presque nulle. L'orage secouait les arbres, résonnant à travers la haute canopée jusqu'aux gorges profondes creusées par une surabondance d'eau. Les éclairs dévoilaient d'énormes fougères, un feuillage dense et un épais tapis d'épines, de feuilles et d'innombrables plantes en décomposition.

Ils illuminèrent la silhouette du chasseur, éclairant les angles de son visage. Des gouttes d'eau scintillaient dans les épais cheveux noirs ondulés qui retombaient sur son front. Malgré le lourd sac qu'il portait sur son dos, il se déplaçait avec agilité, sans faire le moindre bruit. La pluie battante qui trempait ses vêtements ne semblait pas le déranger. Il balayait la forêt du regard, aux aguets, attentif au moindre mouvement. Ses yeux étaient glacials, impassibles, sans aucune pitié, comme ceux d'un prédateur cherchant sa proie. Restant de marbre face à l'incroyable spectacle qu'offrait la nature, il se fondait avec une grâce presque animale dans le décor de cette forêt primitive.

Un léopard nébuleux de petite stature le suivait comme son ombre, le regard brillant, aussi alerte que le chasseur. Un second léopard, jumeau du premier, ouvrait la voie avant de retourner sur ses pas pour surveiller leurs arrières, faisant trembler les autres animaux sur son passage. Ils avançaient tous les trois en formation parfaitement coordonnée.

Par deux fois, le chasseur attrapa une large feuille et la tordit avant de la relâcher. Derrière le petit groupe s'éleva le bruit sec d'une brindille qui se cassait, porté par le vent incessant. Le léopard qui marchait en tête se tourna aussitôt en montrant les crocs et laissa échapper un grondement menaçant.

— Fritz.

Ce seul mot suffit à retenir l'animal au côté de l'homme tandis qu'ils se frayaient un chemin à travers la végétation humide.

La mission avait été un succès. L'équipe avait arraché aux rebelles le fils d'un homme d'affaires japonais, puis avait franchi la frontière avant de se disperser dans la forêt. Drake était chargé de ramener le garçon à sa famille, puis de leur faire quitter le pays, tandis que Rio brouillait les pistes, entraînant leurs poursuivants au cœur d'un territoire connu pour ses cobras et autres créatures dangereuses. Rio Santana était parfaitement à son aise dans la jungle, seul face au danger. La forêt était et serait toujours l'endroit où il se sentait le plus chez lui.

Il allongea le pas, pressé de rejoindre les berges inondées de la rivière. L'eau montait depuis des heures et il ne lui restait plus beaucoup de temps s'il voulait traverser avec les léopards. Il entraîna ses ennemis dans la forêt, revenant plusieurs fois sur ses pas mais s'assurant de rester juste hors de portée pour qu'ils continuent à le suivre. Un par un, ses hommes vinrent au rapport. La radio fonctionnait à peine dans la tempête, mais, à chaque nouveau grésillement, il poussait un soupir de soulagement.

Le rugissement de la rivière couvrait tous les autres bruits, si bien qu'il devait compter sur les félins pour sonner l'alarme au cas où ses ennemis le rattraperaient plus vite que prévu. Il arriva à l'arbre à côté de la berge. Son tronc élancé d'un gris argenté, surmonté d'un feuillage vert vif, en faisait un excellent point de repère. L'eau tourbillonnait déjà à sa base, tentant d'entraîner les larges racines. Faisant signe aux léopards de le suivre, Rio s'élança à l'assaut de l'arbre, grimpant aisément de branche en branche, aussi agile que les deux félins. En haut, caché au milieu des feuilles, se trouvait une tyrolienne rudimentaire qu'il avait installée là depuis longtemps. Le sac traversa en premier la rivière. Les animaux étaient une autre affaire. Il n'y avait pas de branches au-dessus de l'eau et le courant était trop fort pour qu'ils puissent nager. Les léopards devaient donc être placés chacun leur tour dans l'écharpe pour traverser, ce qu'ils n'appréciaient guère. À force d'entraînement, ils savaient comment s'en extirper une fois arrivés de l'autre côté pour prendre appui sur les branches.

Après avoir traversé, Rio s'accroupit entre les racines d'un tualang. Le vent fouettait son visage et ses vêtements, et la pluie continuait de tomber. Imperturbable, il leva ses jumelles de vision nocturne pour observer l'autre rive. Il les voyait à présent, tous les quatre. Des ennemis sans visage, furieux de son intrusion dans leurs affaires. Rio leur avait pris leur proie, avait contrecarré leurs plans, et ils étaient déterminés à le lui faire payer. Il positionna son fusil et ajusta la lunette. Il pouvait en éliminer deux avant que les autres ne réagissent. Sa position était plutôt bien abritée.

La radio dans sa veste grésilla. Le dernier signal qu'il attendait. Sans quitter des yeux les quatre hommes, il sortit l'appareil de sa poche.

— J'écoute, murmura-t-il.

— Évacuation terminée, répondit une voix désincarnée.

Le dernier de ses hommes était rentré sain et sauf.

Rio passa une main sur son visage, soudain épuisé. C'était fini. Il n'avait pas besoin d'ôter une nouvelle vie. Pour une fois, la solitude de son existence était engageante. Il n'avait qu'une envie, s'allonger pour écouter la pluie et dormir. Savourer d'être en vie une journée de plus. Il rangea ses jumelles dans son sac, ses gestes lents et délibérés pour ne pas attirer l'attention. Il fit signe à Fritz, qui s'extirpa de l'enchevêtrement de racines et grimpa vers la cime de l'arbre. Les petits léopards se confondaient parfaitement avec les feuilles et devenaient presque invisibles.

Un éclair zigzagua juste au-dessus de leurs têtes et le tonnerre gronda à travers la forêt. Rio ne savait pas si c'était le bruit ou la présence des félins, mais un énorme sanglier à barbe, paniqué, fonça droit dans les broussailles. Aussitôt, des flammes rouges éclatèrent dans le ciel, un déluge de coups de feu venant de la rive opposée. Des morceaux d'écorce ricochèrent contre son visage et son cou avant de retomber sur ses épais vêtements. Quelque chose frôla sa hanche, arrachant un bout de peau au passage.

Rio cala son fusil contre son épaule, ayant déjà choisi ses cibles, et tira deux coups mortels en réponse. Puis il fit feu de nouveau et s'aplatit à plat ventre pour suivre les léopards. Ses adversaires ne pourraient pas traverser la rivière et, avec deux camarades morts ou blessés, ils abandonneraient la poursuite pour le moment. Mais ils reviendraient avec du renfort. C'était la vie. Pas une vie qu'il avait véritablement choisie, mais il l'acceptait.

Des coups de feu épars éclatèrent autour de lui sans toucher leur but. La rivière étouffait les menaces proférées derrière lui, les promesses de représailles. Son fusil sur l'épaule, il s'enfonça dans la forêt, protégé par la verdure.

Rio avança d'un pas rapide. L'orage était dangereux, le vent menaçait de faire tomber plus d'un arbre. Les félins partageaient sa vie mais restaient libres d'aller et venir comme bon leur semblait. Rio s'attendait à ce qu'ils se mettent à l'abri mais ils restèrent à ses côtés, grimpant occasionnellement dans les arbres pour avancer le long des branches entremêlées. Ils lui lançaient des regards curieux, se demandant pourquoi il ne les rejoignait pas là-haut, mais finirent par se caler sur son rythme soutenu.

Des kilomètres passèrent sous la pluie battante. En approchant de sa destination, Rio commençait à se détendre lorsque Fritz leva soudain la tête et vint se frotter contre lui. Rio se figea aussitôt, devenant presque invisible, une ombre parmi les arbres, tandis que, derrière lui, le second félin s'aplatissait contre le sol, immobile, tel une statue aux yeux luisants. Rio poussa un léger sifflement entre ses dents et fit un geste circulaire de la main. Fritz disparut alors dans la forêt d'un pas prudent avant de s'arrêter près d'un arbre. L'animal fit le tour du tronc, puis, sans un bruit, revint à côté de l'homme. Ils s'approchèrent tous les trois dans un parfait silence. Sans prêter attention à la tempête qui faisait rage autour de lui, Rio inspecta soigneusement l'arbre. Une corde attachée autour du tronc le reliait à son voisin.

— Ce n'est pas un garrot, murmura-t-il à voix haute. Juste un bout de corde, pas même caché. Pourquoi trahiraient-ils ainsi leur présence ?

Perplexe, il examina le sol à la recherche d'un piège. Il était impossible de discerner la moindre trace dans la végétation trempée. Il fit signe à ses deux compagnons de se déployer pour couvrir une zone plus large et reprit sa route avec une prudence accrue.

Rio faisait toujours des détours pour rejoindre l'arbre à côté de la rivière. Si quelqu'un en examinait le tronc, il penserait probablement que les entailles y avaient été faites par les griffes d'un léopard ou par une échelle de fortune menant à une ruche. Rio ne laissait presque aucune trace de son passage et emportait toujours le système de poulie avec lui. Mais, si les rebelles avaient découvert la tyrolienne, ils avaient pu envoyer un assassin en embuscade. Bien que l'identité de Rio reste un mystère, ses ennemis n'avaient de cesse de le chercher.

Rio habitait au plus profond de la forêt tropicale. Il ne rentrait jamais deux fois par le même chemin, passant souvent d'arbre en arbre pour ne pas qu'on le suive à la trace, mais quelqu'un aurait pu le trouver à force de persévérance. Après tout, lui-même était particulièrement doué pour pister les gens et certains de ses collègues acceptaient de vendre leurs services si la récompense en valait la peine.

Les énormes racines des arbres s'étalaient dans toutes les directions, formant à elles seules une jungle miniature. Le long des troncs poussaient des centaines d'espèces de plantes et de mousses multicolores. Sous la pluie battante, les champignons qui colonisaient les rondins en décomposition brillaient dans le noir en d'étranges teintes de vert et de blanc luminescentes. Rio observa le phénomène sans s'y attarder jusqu'à ce qu'il aperçoive une petite trace sur un rondin, puis une minuscule empreinte sur une racine. D'un mouvement du doigt, il envoya un message silencieux aux deux léopards. Les animaux quadrillèrent la zone en crachant et feulant.

Rio approcha de chez lui par le sud ; c'était la zone la moins visible et donc la plus vulnérable si l'ennemi l'attendait tapi quelque part. Sa cabane était construite dans les arbres, perchée sur les branches les plus solides et dissimulée dans l'épais feuillage. Au fil des ans, des champignons, des orchidées et d'épaisses lianes avaient recouvert les murs, rendant l'habitation presque invisible.

Rio leva le nez pour humer l'air. La pluie aurait dû masquer la légère odeur de fumée, mais son odorat était particulièrement développé. Il n'avait pas dormi depuis soixante-douze heures, après deux semaines de voyage épuisantes. Un couteau avait laissé sur son estomac une balafre qui le brûlait encore. Une balle avait arraché un morceau de peau sur sa hanche. Les blessures étaient anecdotiques, il avait déjà eu bien pire au cours des ans, mais arpenter la forêt sans les soigner pouvait rapidement tourner au désastre. Il redressa les épaules et leva les yeux vers son logis d'un air résolu. Malgré la rivière en crue et toutes les précautions qu'il avait prises, l'ennemi avait apparemment réussi à le devancer et à lui tendre une embuscade dans sa propre maison. Une erreur stupide qui allait lui coûter cher.

Tapis dans la végétation, les félins avancèrent vers l'arbre qui abritait la cabane. Rio s'accroupit discrètement et se défit de son sac à dos, qu'il posa par terre contre un tronc. Le vent hurlait et gémissait à travers les arbres, envoyant valser feuilles, brindilles et branches dans tous les sens. Rio resta un long moment immobile, surveillant la cabane. Une fine volute de fumée s'élevait de la cheminée avant de se disperser dans la canopée. La lumière vacillante du feu se reflétait sur les couvertures accrochées devant les fenêtres. À l'intérieur, personne ne bougeait. Soit l'assassin le pensait encore loin, soit il lui avait tendu un piège irrésistible. Rio siffla entre ses dents pour attirer l'attention des deux léopards, puis fit un signe de la main et tous trois, tels des fantômes dans la nuit, explorèrent les environs à la recherche de traces que la pluie diluvienne n'aurait pas effacées.

Ils se déplacèrent en cercles concentriques jusqu'à atteindre l'énorme enchevêtrement de racines et de branches. Les muscles de Rio se contractèrent et frémirent sous sa peau lorsqu'il sauta d'un bond dans l'arbre, atterrissant avec un équilibre parfait. Les léopards grimpèrent le long des branches pour atteindre le porche. Le bois était glissant, mais le trio se déplaçait avec l'aisance de l'habitude. Rio testa la porte d'entrée. Comme elle résistait, il sortit le couteau caché entre ses omoplates. Un éclair fit étinceler la longue lame tranchante. Il la glissa dans l'interstice et lentement, centimètre par centimètre, remonta la lourde barre en métal qui se trouvait à l'intérieur.

Lorsqu'il ouvrit furtivement la porte, le courant d'air froid raviva un instant les flammes dans l'âtre, les faisant crépiter. Rio attendit une seconde que ses yeux s'ajustent au changement de lumière, puis il traversa prudemment la pièce, évitant adroitement les planches grinçantes. Une silhouette s'agitait fébrilement sur son lit.

Rio s'aplatit sur le ventre, soudain envahi par une sensation sauvage, indomptable, qui se propageait dans son corps, décuplant ses sens. Sa peau le picotait, ses os lui faisaient mal et ses muscles se crispaient. Il résista, obligeant son cerveau à réfléchir, à raisonner, tandis que son corps cherchait à embrasser la métamorphose. Un instant, sa main se couvrit de fourrure et des griffes jaillirent au bout de ses doigts, crissant contre le plancher avant de se rétracter douloureusement.

Il resta immobile, allongé par terre, le couteau entre les dents, tentant de ravaler la douleur, de ravaler son envie irrépressible de se transformer. Les léopards se séparèrent sans instruction visible et avancèrent, leur regard brûlant rivé sur le corps sous la couverture. Rio distinguait le fusil contre le mur à côté du lit, à portée de main. Dans la cheminée, la bûche se désintégra en braises ardentes qui illuminèrent brièvement la pièce avant de s'éteindre.

Chapitre 2

Rachael se réveilla en sursaut, aussitôt consciente du danger qui l'entourait. Une odeur de pelage mouillé se mêlait à quelque chose de sauvage, de menaçant. Il n'y avait eu aucun bruit mais cette sensation était si pesante qu'elle tendit instinctivement la main vers le fusil. Des doigts se refermèrent sur son poignet, lui comprimant les tendons contre ses os. Son attaquant, plus fort qu'elle n'aurait pu l'imaginer, lui arracha sans peine l'arme. Elle tira son poignet vers elle comme pour se dégager et simultanément, de sa main gauche, attrapa un large bâton qu'elle fracassa contre la tête de son agresseur. Puis elle se laissa rouler par terre de l'autre côté du lit.

Horrifiée, Rachael se retrouva alors face à deux yeux rouges et luisants et une gueule béante remplie de crocs lui soufflant une haleine chaude au visage. Et ce n'était pas n'importe quels crocs : elle semblait être nez à nez avec un tigre à dents de sabre. Elle plongea le bâton dans la gueule de l'animal et se rua vers la cheminée dans une tentative désespérée d'attraper une arme pour se défendre. Une main tenta de la retenir, mais elle l'esquiva de justesse. Elle était presque arrivée à l'autre bout de la pièce, et le lourd tisonnier n'était plus qu'à quelques centimètres. Encore un pas et elle aurait une chance. Quelque chose lui attrapa la cheville, des dents acérées qui lui déchirèrent la peau et la firent tomber.

Ce devait être comme se faire attaquer par un requin, pensa-t-elle. Une force incroyable, surhumaine. Elle entendit quelqu'un pousser un juron, des animaux haleter bruyamment, un horrible bruit de respiration. Un feulement. Elle était paniquée, incapable de réfléchir. Une douleur incandescente irradiait dans tout son corps, lui coupant le souffle. Un second léopard lui sauta alors dessus. Les dents serrées, Rachael se jeta en avant pour tenter de lui échapper ; un hurlement s'échappa de sa gorge lorsque des crocs s'enfoncèrent dans sa jambe jusqu'à l'os. Ses doigts se refermèrent sur le tisonnier et elle tenta d'attaquer l'animal avec l'énergie du désespoir. Une main attrapa son poignet au vol, stoppant abruptement son geste.

Un homme était penché sur elle, grand et ténébreux, avec un visage de démon, tout proche du sien. Rachael vit avec horreur ce visage se tordre et se couvrir de fourrure tandis que sa mâchoire s'emplissait de dents acérées. Elle sentit le souffle d'un léopard effleurer sa peau, ses crocs frôler sa gorge. Ce n'était pas un petit léopard nébuleux, mais un énorme animal au pelage noir. Ses yeux jaune-vert, impitoyables, brillaient d'intelligence. Ce regard de braise, obsédant et dangereux, se grava aussitôt dans son esprit. Elle ferma les paupières dans l'espoir de perdre connaissance pour lui échapper, mais en vain.

Rio, affaibli par ses blessures et le manque de sommeil, tenta de repousser la bête qui cherchait à prendre le contrôle de son corps. Il lutta contre la métamorphose pour s'empêcher de commettre l'irréparable. Inspirant profondément, il força son double sauvage à se tapir au fond de lui jusqu'à ce qu'il reprenne possession de toutes ses facultés.

— Lâchez, ordonna-t-il.

Les deux petits félins obéirent, relâchant la jambe de l'intruse, mais restèrent sur leurs gardes.

— À ton tour. Donne-moi ça.

Mais les doigts de Rachael étaient cramponnés au tisonnier, son esprit paralysé par la terreur. Elle le regarda sans répondre, sous le choc.

— Bon sang! lâche ça, siffla-t-il en augmentant la pression sur son poignet, conscient qu'il pouvait facilement le briser net si elle continuait de résister.

Il enroula sa main libre autour de sa gorge pour lui couper la respiration, enfonça un coude dans sa poitrine et pressa un genou contre ses cuisses. La jeune femme se retrouva plaquée au sol.

— Je peux te briser la nuque, la menaça-t-il. Lâche.

Rachael aurait voulu crier, appeler à l'aide ou juste hurler pour se défouler. Elle avait plus peur de l'homme, quel qu'il soit, que des félins avec leurs regards maléfiques. Mais elle était incapable d'émettre le moindre son et la douleur dans sa jambe envahissait tout son corps, lui donnant l'impression de se liquéfier sur place.

Rio poussa un nouveau juron lorsqu'il sentit ses forces la quitter. Le tisonnier tomba par terre avec fracas. Il l'écarta d'un geste et, ce faisant, sentit sous ses doigts une substance chaude et collante. Aussitôt, il tâta la jambe de la jeune femme et jura. Plaquant une main contre la blessure, il lui leva la jambe en l'air.

— Ne t'avise pas de perdre connaissance! Est-ce que tu es seule? Tu n'as pas intérêt à me mentir.

Il était à peu près certain que oui puisque personne n'était intervenu lors de leur lutte, brève mais intense, et qu'aucune autre odeur humaine n'était perceptible dans la pièce. Mais il voulait en avoir le cœur net.

Un frisson parcourut le corps de Rachael. La voix de l'homme était dure, autoritaire. Son ton impitoyable était une promesse de danger.

— Oui, parvint-elle à répondre d'une voix étranglée.

Rio fit signe à ses compagnons.

— J'espère que tu dis vrai parce qu'ils tueront toute personne qu'ils trouveront, déclara-t-il en posant un garrot de fortune à la jeune femme, sachant que les félins l'avertiraient en cas de danger.

Il n'arrivait pas à imaginer qui avait pu être assez stupide pour envoyer une femme à ses trousses. Rio la souleva sans peine et la déposa sur le lit. Elle n'avait pas l'air capable d'assassiner qui que ce soit avec son teint blême et ses yeux trop grands pour son visage. Il secoua la tête, puis se pencha sur sa blessure. Les dégâts étaient considérables : les griffes de l'animal lui avaient déchiqueté la jambe lorsque l'inconnue avait tenté de s'enfuir. C'était une blessure inhabituelle pour un léopard nébuleux, et qui nécessitait des compétences de guérisseur plus pointues que les siennes.

Rachael peinait à respirer tant la douleur était forte. Dans la pénombre, l'homme penché sur elle paraissait invincible. Il avait de larges épaules, un torse développé et des bras musclés. Ses vêtements étaient tachés de sang et déchirés, et une balafre suintait sur sa tempe. Il était trempé jusqu'aux os et des gouttes tombèrent sur la jambe de Rachael, glacées sur sa peau brûlante. L'ombre d'une barbe se devinait sur sa mâchoire et il avait le regard le plus froid qu'elle avait jamais vu chez un homme… ou une bête. Un regard d'un jaune-vert brillant.

— Arrête de trembler, lui ordonna-t-il d'un ton impatient.

Rachael inspira profondément et se força à baisser les yeux sur sa jambe lacérée. Un petit cri lui échappa et sa vision se brouilla.

— Ne regarde pas, petite idiote.

Il lui attrapa le menton et examina son visage blême aux traits tirés par la douleur. Des gouttes de sueur perlaient sur son front et des marques de doigts bleuissaient sur son cou. Le regard de Rio se posa brièvement sur son poignet droit enflé en se demandant s'il était cassé. Mais c'était le cadet de ses soucis.

— Écoute-moi bien. Essaie de suivre ce que j'ai à te dire.

Il se pencha sur elle, leurs visages à quelques centimètres l'un de l'autre. Sa voix, d'abord bourrue, s'adoucit en la regardant.

Rachael se pressa contre le matelas, terrifiée à l'idée de voir ce visage se transformer de nouveau en celui d'une bête. Elle flottait dans un océan de douleur. Un voile semblait recouvrir ses yeux et elle se sentait détachée de tout. Une expression résolue durcit le visage de l'homme, comme un avertissement. Rachael tenta de hocher la tête pour montrer qu'elle écoutait, craignant qu'en l'absence de réponses des crocs apparaissent dans sa gueule. Elle n'avait qu'une envie, glisser du lit et disparaître.

— Les infections ne tardent pas à s'installer en pleine forêt tropicale. La rivière est infranchissable à cause de la tempête. Je ne peux pas aller chercher de l'aide, je vais donc devoir faire avec les moyens du bord. Ça va faire mal.

Rachael pressa une main contre sa bouche pour retenir un gloussement hystérique qui menaçait de s'échapper. « Mal » ? Qu'est-ce qu'il croyait ? Elle vivait un cauchemar éveillé, coincée dans une cabane dans les arbres avec un homme-léopard et deux léopards miniatures. Personne ne savait où elle se trouvait et son ravisseur voulait sa peau. Est-ce qu'il s'imaginait que sa jambe ne lui faisait pas déjà mal ?

— Tu as compris ? grinça-t-il, la mâchoire crispée.

Rachael tenta de ne pas regarder ses dents. De ne pas les imaginer se transformer en armes tranchantes. Elle hocha de nouveau la tête et essaya de prendre l'air intelligent même si elle était certaine d'être folle. Les hommes ne se transformaient pas en léopards, pas même au milieu de la forêt tropicale. Elle devait avoir perdu la tête, il n'y avait pas d'autre explication.

Rio la contempla, choqué de sentir son estomac se soulever en pensant à ce qu'il s'apprêtait à faire. Ce n'était pourtant pas la première fois. Il avait même fait bien pire auparavant. Et c'était la seule chance de lui sauver la jambe. Mais l'idée de lui faire du mal le rendait malade. Il ne savait pas qui elle était. Elle avait probablement été envoyée pour le tuer. D'autres avaient déjà tenté leur chance par le passé. Rio serra les dents et jura en silence. Quelle importance qu'elle ait l'air si vulnérable avec ses grands yeux de biche ?

La pluie martelait le toit de la cabane. Le vent hurlait contre les fenêtres. Rio était inquiet, hésitant même, ce qui ne lui ressemblait pas. Il baissa les yeux et se surprit à repousser presque tendrement les cheveux qui tombaient sur le visage de la jeune femme. Il écarta précipitamment la main comme s'il s'était brûlé. Son cœur fit un bond. Il sortit alors un petit flacon de la trousse à pharmacie accrochée à sa ceinture et plaqua une main contre sa jambe pour qu'elle reste immobile. Puis il déversa le contenu du flacon sur la blessure.

Rachael hurla, un cri déchirant qui résonna contre les murs. Elle tenta de se dégager, de se relever, mais en vain. Il la maintenait d'une poigne de fer.

— Je ne sais rien, dit-elle d'une voix étranglée, malgré la douleur et sa gorge enflée. Je le jure. Me torturer ne servira à rien.

Elle leva des yeux implorants et remplis de larmes vers lui.

— Pitié, je ne sais vraiment rien.

— Chhhuuut.

Rio ne savait pas pourquoi mais ce court échange lui laissa un goût amer dans la bouche. La plupart du temps, il accomplissait ses tâches sans rien ressentir. Pourquoi éprouverait-il soudain de la compassion pour une femme chargée de le tuer ? Il rangea ces interrogations dans un coin de sa tête pour plus tard. Le besoin de la rassurer était plus fort que tout, ce qui l'inquiétait. Il était un homme en quête incessante d'informations. De savoir. Il n'était d'ordinaire pas du genre à s'apitoyer.

— C'est juste pour tuer les germes et repousser l'infection, se retrouva-t-il à murmurer d'un ton étrangement doux. Je sais que ça brûle. Je m'en suis moi-même servi plusieurs fois. Reste tranquille pendant que j'essaie de réparer les dégâts.

— Je crois que je vais vomir.

L'humiliation était totale. Rachael n'arrivait pas à y croire. Dire qu'elle avait tout prévu si soigneusement, dans les moindres détails. Elle avait travaillé si dur pour en arriver là. Tout était perdu à présent. Cet homme allait la torturer. La tuer. Elle aurait dû savoir qu'elle n'arriverait jamais à s'échapper.

— Bon sang !

Il lui maintint la tête tandis qu'elle vomit dans le seau qu'il avait sorti de sous le lit. Elle ne voulait pas savoir à quoi servait le récipient en temps normal. Elle ne voulait pas se demander comment elle allait bien pouvoir s'enfuir avec une jambe en charpie, en pleine tempête et avec la rivière en crue.

Rachael se rallongea et s'essuya la bouche du dos de la main, tentant désespérément de faire fonctionner ses neurones. La faiblesse envahissait peu à peu son corps, ennemi insidieux qui transformait ses bras en plomb. Elle ne pouvait plus lever la tête.

— Tu as perdu beaucoup de sang, déclara laconiquement l'homme, comme s'il lisait dans ses pensées.

— Qui es-tu ? demanda-t-elle dans un murmure.

Le vent se calma un instant. On n'entendait plus que les battements de la pluie sur le toit. Rachael retint son souffle lorsque l'homme posa son regard froid et implacable sur elle. Il ne cilla pas. Ses pupilles dilatées brûlaient d'intelligence et de danger. Le cœur de Rachael se mit à battre au rythme de la pluie.

— On m'appelle Le Vent de la Mort. Comment peux-tu l'ignorer ?

Sa voix était aussi inexpressive que son regard. Un léger sourire sans joie se dessina sur sa bouche, sans atteindre ses yeux.

— Ils ne t'ont pas donné beaucoup d'informations avant de t'envoyer ici, reprit-il. Pas très malin pour un assassin. Peut-être que quelqu'un veut ta mort. Tu devrais y réfléchir.

Il tira une chaise à côté du lit, puis alluma une lampe et fouilla sa trousse de secours. Pensive, Rachael étudia son profil. Il n'y avait dans sa voix ni bravade, ni vantardise, juste une acceptation de qui il était.

— Pourquoi est-ce qu'on m'aurait envoyée te tuer ?

— Ce ne serait pas la première fois. Et pourtant je suis encore en vie.

Il disait la vérité. Elle ne comprenait pas ce qu'il lui racontait, mais elle entendait l'honnêteté dans sa voix. Il se pencha tout contre sa jambe, une aiguille à la main. Par réflexe, elle eut un mouvement de recul.

— Un bandage ne suffit pas ?

Il plaqua une main contre sa cuisse pour l'empêcher de bouger.

— Ce satané léopard n'y a pas été de main morte. Tu es touchée jusqu'à l'os. Les lacérations ont besoin de points de suture. Je ne peux rien faire pour les plaies perforantes. Elles n'ont pas bonne mine. Et tes tremblements n'aident pas.

— Si tu le dis, marmonna Rachael à voix basse en fermant les yeux pour ne pas voir son propre sang, mais terriblement consciente de la main posée sur sa cuisse nue. Tu fais clairement partie de ces mâles supérieurs qu'on voit à la télé, capables de se prendre quarante-sept coups de pied dans les côtes sans se laisser abattre. Désolée de n'être qu'une faible humaine.

— Pardon ? fit-il en fixant les yeux sur elle.

Rachael sentait son regard posé sur elle mais elle refusait de lui donner la satisfaction de le regarder. Lui ou son aiguille. Elle avait déjà vomi une fois, pas question de renouveler cet exploit.

— J'ai rêvé ou tu t'es transformé en léopard ? demanda-t-elle. Et pas un petit léopard tacheté comme ceux qui t'accompagnent, mais un énorme prédateur mangeur d'hommes.

Elle ravala un grognement lorsque les mots s'échappèrent de sa bouche. C'était ridicule. Personne ne pouvait se métamorphoser en animal. Il allait croire qu'elle avait complètement perdu l'esprit. Et peut-être était-ce le cas. L'image d'un visage se couvrant de poils, d'un souffle chaud contre sa peau, de crocs pointus contre sa gorge était encore nette dans son esprit. Elle avait même senti le pelage frôler sa peau. Et ces yeux... Elle ne les oublierait jamais. Elle n'aurait pas pu inventer ce regard carnassier. Incapable de s'en empêcher, elle rouvrit les paupières et leva les yeux vers lui, le regardant comme s'il avait deux têtes. Aucun doute là-dessus, elle faisait vraiment impression.

— C'est une de mes mauvaises habitudes, répondit-il d'un ton détaché.

Comme si ça n'avait pas d'importance. Comme si elle était vraiment folle. Et elle commençait à se dire qu'il avait raison.

Rachael le regarda prendre une profonde inspiration, puis faire le premier point de suture. Avec un sifflement de douleur, elle tenta de dégager sa jambe.

— Ça ne va pas la tête ? Qu'est-ce que tu fabriques ?

— Ne bouge pas. Tu crois que c'est facile ? Tu as perdu trop de sang. Si je ne te recouds pas, tu ne vas pas juste perdre ta jambe, tu vas mourir.

— Je croyais que c'était l'objectif.

— Qu'est-ce que j'étais censé croire ? Tu étais chez moi, à m'attendre.

— J'étais au lit, en train de dormir, pas tapie derrière la porte avec un gourdin, répliqua Rachael en le fusillant du regard.

Il leva les yeux et elle eut le bon goût de rougir. Du sang s'écoulait de l'entaille à sa tempe jusqu'à sa barbe naissante.

— Je croyais que tu essayais de me tuer. C'était le cas, pas vrai ?

— Si je voulais que tu sois morte, crois-moi, je serais en train d'enterrer ton corps dans la forêt en ce moment même. Maintenant arrête de bouger et de discuter. Au cas où tu ne l'aurais pas remarqué, je suis trempé et j'ai mes propres blessures à soigner.

— Dire que je te prenais pour un vrai mâle qui ne s'inquiète pas pour des petites choses comme ça.

Il marmonna tout bas quelque chose qui n'était assurément pas un compliment avant de se concentrer de nouveau sur sa tâche.

Rachael abandonna l'idée d'être une véritable héroïne de film. Elle avait tenté de fanfaronner pour se distraire de l'atroce douleur mais elle avait l'impression qu'on lui sciait la jambe avec une lame émoussée. Elle ne pouvait même pas attraper l'oreiller pour s'étouffer car ses mains ne lui obéissaient plus. Elle entendait quelqu'un pleurer. Un bruit aigu et détestable qui refusait de s'arrêter et la déconcentrait, l'empêchant de rester immobile.

La mine sombre, Rio continua de travailler en la maintenant plaquée contre le matelas. Il éprouva un bref soulagement lorsqu'elle finit par perdre connaissance. Sa respiration haletante, son cœur battant la chamade et ses gémissements lui faisaient grincer des dents. Lui rongeaient le cœur.

— Bon sang ! Fritz, tu avais vraiment besoin de lui charcuter la jambe ? grommela-t-il.

Il lui fallut près d'une heure, dans la pénombre, pour refermer la plaie. Il finit par se redresser avec un soupir et s'essuya le visage d'un revers de la main, étalant le sang de la jeune femme sur son menton. Il pouvait à présent ajouter la torture de femmes à sa longue liste de péchés.

Il regarda le visage blême sur l'oreiller en fronçant les sourcils.

— Ne meurs pas, ordonna-t-il en lui prenant le pouls.

Elle avait perdu beaucoup de sang et sa peau était moite. Elle entrait en état de choc.

— Qui es-tu ?

Il la couvrit de couvertures et refit un feu pour réchauffer une grande casserole d'eau ainsi qu'une petite bouilloire afin de préparer du café. La nuit allait être longue, il avait besoin d'un remontant.

Les léopards dormaient déjà devant la cheminée, mais ils se réveillèrent quand Rio les examina pour vérifier qu'ils n'étaient pas blessés. Il leur chuchota des mots affectueux en retirant les parasites de leur pelage. Il ne s'avouait jamais qu'il aimait ces félins, mais il était toujours content quand ils choisissaient de rester à ses côtés. Fritz bâilla, dévoilant ses longues dents et Franz se frotta contre lui, à moitié endormi. D'ordinaire joueurs, les deux animaux étaient épuisés.

Alors qu'il se lavait les mains, Rio se rendit compte à quel point ses vêtements trempés étaient inconfortables. Tous ses muscles lui faisaient mal maintenant qu'il prenait le temps d'y penser. Il devait nettoyer et recoudre ses propres blessures, une perspective qui n'avait rien d'agréable. Il allait avoir besoin de la grosse trousse à pharmacie qui se trouvait dans son sac, resté dehors, appuyé contre un tronc d'arbre.

En attendant que l'eau bouille, il passa son logis au peigne fin, à la recherche d'indices sur l'identité de l'inconnue et la raison de sa présence.

— Petit Chaperon rouge, pourquoi te promènes-tu dans mes bois ? murmura-t-il en fouillant le sac à dos de la jeune femme.

Ayant sauvé plus d'une victime riche, il reconnut les étiquettes de créateurs sur ses vêtements.

— Tu viens d'une famille aisée. Très aisée. Que fais-tu seule sur mon territoire ?

Il la dévisagea, serrant un string froissé dans son poing. Il n'osait pas formuler à voix haute la question qui le tourmentait. D'où venait cette émotion qu'il ressentait chaque fois qu'il la regardait ? Pourquoi les empreintes de ses doigts autour de sa gorge lui faisaient-elles l'impression d'un coup de poing en plein estomac ? Comment réussissait-elle à le faire culpabiliser alors que c'était elle l'intruse ? Il repoussa ces questions dans un coin de sa tête et remit le string ridicule dans le sac. Il s'occuperait de laver ses vêtements le lendemain. Pour le moment, il était au bord de l'épuisement et avait encore beaucoup à faire.

Le café le réchauffa et aida à dissiper la brume de son esprit. Sirotant le liquide, il examina la silhouette endormie. Elle croyait qu'il allait la torturer pour obtenir des informations.

— Quelles informations ? Que sais-tu qui pousserait quelqu'un à te faire du mal ?

L'idée réveilla le démon tapi en lui. Elle s'agita en entendant sa voix et tressaillit de douleur. Il lui caressa doucement les cheveux pour l'apaiser, ne voulant pas qu'elle se réveille alors qu'il ne pouvait rien faire pour la soulager.

Aussitôt, une décharge électrique lui picota le bout des doigts et se déversa dans ses veines. Tous ses muscles se contractèrent. Méfiant, il recula d'un pas. Il sentit son corps se préparer à se métamorphoser.

Il se pencha sur elle et lui murmura à l'oreille :

— Ne fais pas l'erreur de raviver mes émotions.

L'avertissement était presque inaudible, noyé par le battement de la pluie sur le toit et les hurlements du vent à la fenêtre. C'était le seul avertissement qu'il lui donnerait.

Rio éjecta les cartouches du fusil, les glissa dans sa poche et cacha l'arme dans une alcôve. À l'instant où il ouvrit la porte d'entrée, la pluie transperça ses vêtements déjà trempés. L'orage ne semblait pas près de vouloir s'arrêter. Les branches de l'arbre étaient glissantes mais Rio les escalada sans peine.

Il s'agenouilla près de son sac à dos pour tester sa radio. Il avait peu de chance d'arriver à joindre quelqu'un en pleine tempête, mais il devait essayer. Les blessures de la jeune femme ne lui disaient rien qui vaille. La forêt était une adversaire dangereuse, il voulait l'en éloigner le plus possible et la remettre aux bons soins d'un médecin. Lorsque seuls des grésillements lui répondirent, il leva des yeux inquiets vers la cabane, maudissant les léopards, la jeune femme et tout ce qui lui passait par la tête. Résigné, il rangea la radio et retourna à l'abri.

Rachael était en prise avec un cauchemar, un film d'horreur qui passait en boucle dans son esprit. Il y avait du sang, de la douleur, des hommes qui se transformaient en léopards aux crocs acérés. Elle se sentait flotter, comme si elle était détachée de ce qui lui arrivait, mais la douleur la rappela à elle, insistante, refusant d'être ignorée. Elle expira lentement, craignant d'ouvrir les yeux, mais craignant tout autant de rester piégée pour toujours dans ce monde cauchemardesque. Et elle en avait assez d'être effrayée. Elle avait l'impression d'avoir passé sa vie à avoir peur.

Un courant d'air froid lui annonça qu'elle n'était pas seule. La porte se referma abruptement. Les doigts de Rachael se crispèrent sur la couverture et elle entrouvrit les paupières, s'efforçant de garder une respiration régulière.

Son assaillant déposa un lourd sac à dos près de l'évier et en sortit plusieurs articles qu'il disposa soigneusement sur la table. Le dos tourné, il quitta sa veste. Il portait sur l'épaule un étui qui contenait un pistolet. Entre ses omoplates était accroché un fourreau en cuir d'où dépassait le manche d'un couteau. Il se débarrassa des deux armes, qu'il pendit à un crochet à côté de la cheminée.

L'homme s'assit alors de profil sur l'une des chaises avec une grimace de douleur. Il extirpa un deuxième pistolet de sa botte, vérifia qu'il était chargé, puis le posa sur la table à portée de main. Enfin, il retira sa chemise. Rachael aperçut un torse puissant, très musclé. Il semblait être un homme ordinaire. Pas d'excès de poils, pas de fourrure, juste du sang et des bleus. Elle se détendit légèrement.

Il poussa un grognement presque inaudible, mêlé de dégoût. Une plaie à vif suintait sur son estomac et une petite sangsue marron était accrochée à sa peau. Il tourna le dos à Rachael, qui étouffa un cri. Sa peau était recouverte de cicatrices. Et une deuxième sangsue y pendouillait.

— Tu as en as une autre dans le dos. Approche pour que je te l'enlève.

Elle n'avait aucune envie de toucher le parasite mais voir cette chose lui sucer le sang la répugnait.

Il se raidit. Un mouvement discret mais qui trahit sa surprise. Et, de toute évidence, il n'aimait pas être surpris. Il tourna lentement la tête et Rachael retint son souffle. Ses yeux brillaient comme ceux d'un chat dans le noir. Les flammes de la cheminée dansaient dans ses pupilles jaune-vert. Il y eut un long moment de silence. Une bûche s'effondra dans un sifflement. Des étincelles jaillirent de l'âtre.

— Merci, mais ça va aller. J'ai l'habitude.

Rio avait conscience que son ton était particulièrement brusque et revêche. Bon sang, elle avait simplement offert de l'aider, il n'avait pas besoin de la rembarrer comme ça !

— Je crois que ton poignet est cassé, ajouta-t-il. Je n'ai pas eu le temps de mettre une attelle.

Il ne souvenait pas de la dernière fois que quelqu'un lui avait proposé son aide. Il passait rarement plus de quelques minutes en compagnie d'autrui, et cette proximité inhabituelle le perturbait. Il se sentait vulnérable d'une manière qu'il peinait à comprendre.

Rachael baissa des yeux surpris vers son poignet enflé. La douleur qui irradiait de sa jambe était telle qu'elle ne l'avait même pas remarqué.

— Ah ! oui, tiens. Qui es-tu ?

Il prit son temps pour répondre, détachant sans peine la sangsue de son estomac avant de s'en débarrasser. Son regard étrange se focalisa alors sur elle.

— Rio Santana.

Il l'observa, comme s'il s'attendait à ce qu'elle réagisse. Rachael cligna des yeux. L'intensité de ce regard faisait battre son cœur à tout rompre. Elle n'avait jamais entendu ce nom auparavant, elle en était certaine, et pourtant, il avait quelque chose de familier. Elle changea de position et la douleur la transperça.

— Arrête de bouger, s'impatienta-t-il. Tu vas te remettre à saigner et je n'ai encore rien nettoyé.

— Je vois que tu passes beaucoup de temps à cultiver tes bonnes manières, répliqua-t-elle.

— Je te rappelle que tu as essayé de me défoncer le crâne, miss. Tu es mal placée pour me faire la leçon.

Il traversa la pièce à grands pas pour sortir le couteau de son fourreau.

Elle tressaillit, le cœur battant. Ses mouvements lui faisaient penser à ceux d'un animal. À la lueur des flammes dans la cheminée, la lame du couteau brillait d'une étrange lueur orangée.

— Arrête de me regarder comme si j'avais deux têtes, aboya-t-il plus sèchement que jamais.

— Je te regarde comme si tu brandissais un énorme couteau, grinça-t-elle entre ses dents et tentant de se détendre pour oublier sa douleur – comment était-elle censée rester immobile alors qu'elle avait l'impression qu'on lui sciait la jambe ? Et je n'ai pas spécifiquement essayé de *te* défoncer le crâne. Ne te sens pas visé.

— J'ai besoin du couteau pour retirer la sangsue dans mon dos. Je ne peux pas l'atteindre autrement, répondit-il sans savoir pourquoi il se sentait obligé d'expliquer quelque chose qui aurait dû être évident. Et je me sens toujours visé quand quelqu'un essaie de détacher ma tête de mes épaules.

Elle leva les yeux au ciel. Une expression d'exaspération purement féminine, tandis que la douleur tirait ses traits autour de sa bouche. Il la regarda, fasciné, et son cœur fit un drôle de bond.

— Est-ce que moi je me plains que ton petit chat ait essayé de m'arracher la jambe ? Les hommes sont de vrais bébés. Ce n'est même pas une grosse entaille.

Il fut pris d'une envie de rire. Une envie soudaine qui sortait de nulle part et le prit par surprise. Il résista, bien sûr, et fronça plutôt les sourcils.

— Tu m'as fait un trou dans la tête.

— Tu vas te faire un trou dans le dos avec ce couteau. Arrête de faire ton macho et laisse-moi t'enlever cet horrible parasite.

Il haussa les sourcils.

— Tu veux que je t'arme d'un couteau, miss ?

— Arrête de m'appeler miss, ça devient pénible.

La douleur était si forte qu'elle avait de nouveau la nausée. Elle commençait à avoir du mal à sc concentrer. Elle babillait pour tenir la peur à distance, mais n'allait pas pouvoir continuer longtemps. Et elle n'osait pas penser à ce qui risquait de se passer alors.

— Je ne connais pas ton nom. Et, là d'où je viens, miss est un compliment.

— Pas dit sur ce ton, protesta-t-elle. Je m'appelle Rachael Los…

Elle s'interrompit, cherchant un nom, n'importe lequel. Son esprit était embrumé, elle avait déjà oublié son nouveau pseudonyme, mais il était impératif qu'elle cache sa véritable identité. La douleur résonnait dans sa tête, palpitait dans son corps.

— Smith.

Il haussa encore davantage les sourcils, si c'était possible.

— Rachael Los Smith ?

Elle crut voir sa bouche trembloter légèrement, comme s'il tentait de sourire. Ou de se moquer d'elle. Elle ne savait pas, sa vision commençait à se brouiller.

Rio s'approcha d'elle, les lèvres pincées.

— Tu es en sueur, dit-il en posant une main sur son front. Ne t'avise pas d'attraper une infection. Nous sommes coincés ici pendant toute la durée de la tempête.

— Bien sûr, Rio, puisque je suis parfaitement en mesure de maîtriser si je tombe ou non malade, rétorqua Rachael d'une petite voix qui semblait venir de très loin, en suivant des yeux le couteau qui s'approchait d'elle. Si tu n'acceptes pas mon aide tout de suite, je ne crois pas que je pourrai faire quoi que ce soit pour toi. Cette affreuse sangsue restera là à sucer tout ton sang. Peut-être que c'est une femelle qui aura des bébés, et ils vivront tous sur ton dos comme une vraie petite famille. Ce sera charmant.

Il marmonna quelque chose dans sa barbe.

— Et ne jure pas ou je vais me mettre à pleurer. Je fais de mon mieux et tu n'essaies même pas.

Sans le vouloir, il se retrouva à lui caresser doucement les cheveux. L'idée de la voir verser des larmes l'effrayait davantage que l'éventualité d'une attaque au pistolet.

— Je t'interdis de pleurer. Les effets de la morphine doivent être en train de s'estomper. Je ne t'en ai pas donné beaucoup parce que je craignais que tu n'entres en état de choc.

Un petit rire sans joie lui échappa. Elle semblait au bord de l'hystérie.

— Je suis déjà en état de choc. Je crois que je deviens folle. J'ai cru que tu t'étais transformé en léopard et que tu avais essayé de m'arracher la gorge.

Il glissa le couteau dans son dos, fit tomber la sangsue, puis s'en débarrassa rapidement.

— Les léopards n'arrachent pas la gorge des gens. Ils les mordent et étouffent leur proie. C'est plus propre.

Il plongea un linge dans un bol d'eau froide et épongea le visage de Rachael.

— Merci pour cette précision. Je ne voudrais pas que ma mort soit un carnage.

Son regard pénétrant mettait Rio mal à l'aise. Elle avait des yeux trop grands pour son visage, trop sages. Il y avait quelque chose de triste dans ces puits sans fond qui le tiraillait. Ses cils étaient incroyablement longs et hérissés de larmes. Il avait l'impression de plonger la tête la première dans ce regard, une notion mièvre et complètement ridicule qui l'agaçait. Il sentit son cœur se mettre à battre la chamade dans sa poitrine. Anticipant… il ne savait quoi. Il passa délibérément le linge sur les paupières de Rachael pour ne pas tomber sous son charme.

— Tu es toujours aussi sarcastique ou est-ce que je dois mettre ça sur le compte de la douleur ?

Le rire de Rachael se transforma en sanglot.

— Je jurerais que ma jambe est en feu.

— Elle est enflée. Je vais te donner un analgésique et te mettre une attelle au poignet.

Rio glissa les doigts dans ses épais cheveux doux comme de la soie. Son corps était nimbé d'une étrange couleur, comme une ombre qui ne la quittait pas. Il avait beau cligner des yeux ou passer une main sur ses paupières pour dégager sa vision, rien n'y faisait.

— Tu devrais d'abord t'occuper de tes propres blessures, dit Rachael en levant les yeux vers lui.

Lorsqu'elle le regardait, il avait l'impression que des doigts lui caressaient le visage. Heureusement, elle ne semblait pas remarquer l'effet qu'elle avait sur lui.

— Tu as l'air épuisé. Honnêtement, je ne sens même pas mon poignet pour le moment, même si je ne dirais pas non à un antidouleur.

Rachael tenta de sourire, de plaisanter. S'il ne trouvait pas rapidement quelque chose pour la soulager, elle allait lui demander de la mettre KO. Ses poings en avaient l'air capables.

Elle frissonnait sous la couverture, un signe incontestable de fièvre. Il avait lavé la plaie à l'aide d'une solution antibiotique un peu plus tôt, mais, à l'évidence, ça n'allait pas suffire. Rio fit tomber des cachets dans sa main, puis l'aida à se redresser pour les avaler. Elle serra les dents mais un léger gémissement, comme celui d'un animal blessé, lui échappa.

— Je suis désolé. Je sais que ça fait mal mais il faut que tu avales.

Si elle était venue jusqu'ici pour le tuer, il était en train de se couvrir de ridicule mais tant pis. Il voulait faire disparaître le désespoir dans ses yeux. Elle semblait si démunie que cela le rongeait de l'intérieur. Il lui donna une nouvelle dose de morphine avec les antibiotiques et attendit que ses yeux se troublent avant de poser l'attelle. Sa peau était chaude au toucher, mais il n'osait pas attendre davantage pour panser ses propres blessures, ou ils risquaient de se retrouver tous les deux en danger.

Rachael se sentait flotter. La douleur était toujours là, elle ne pouvait pas bouger de peur de la raviver, mais son intensité était supportable à présent. Rio s'éloigna avec son habituelle grâce animale. Il l'intriguait. Elle ne pouvait s'empêcher de l'observer, bien qu'elle essayât de penser à autre chose. Le vent. La pluie. Des léopards qui lui sautaient à la gorge.

Ses paupières se refermèrent. Elle écouta l'averse et frissonna. Brûlante quelques minutes plus tôt, elle avait soudain froid. Le bruit de la pluie sur le toit ajoutait à son inconfort. Elle n'entendait pas Rio se déplacer dans la pièce. Ce n'était pas que la tempête étouffe tous les autres bruits, il était juste parfaitement silencieux. Comme un léopard rôdant dans la jungle.

Chapitre 3

Rachael se força à rouvrir les yeux pour ne pas le perdre de vue. Elle se sentait déconnectée de la réalité. Rio se tenait à quelques mètres de là, près de la gazinière. Il glissa ses pouces sous la ceinture de son jean trempé et le fit descendre le long de ses jambes, dévoilant des fesses bien fermes sous son long dos musclé. Elle tenta de ne pas trop fixer le regard sur lui lorsqu'il prit de l'eau chaude sur la gazinière pour se nettoyer minutieusement, contractant chacun de ses muscles au passage. Il lui faisait penser aux statues qu'elle avait admirées en Grèce, avec leur corps bien défini aux proportions ultra-masculines. Il semblait parfaitement à l'aise sans ses vêtements, ne faisant montre d'aucune pudeur, comme s'il avait oublié qu'elle se trouvait dans la pièce.

Il passa la flamme d'une allumette sur l'extrémité de l'aiguille dont il s'était servi pour recoudre la jambe de Rachael et fit de même sur son propre bras. Rachael l'entendit jurer lorsqu'il aspergea sa hanche du même horrible liquide qu'il avait utilisé sur elle. À l'évidence, il en stockait une large quantité pour remplir son petit flacon. Il pivota légèrement pour recoudre sa hanche et Rachael eut droit à une vue frontale. Deux colonnes lui servaient de cuisses et il était encore plus spectaculaire que les statues anatomiquement correctes.

— Tu as un corps magnifique.

En temps normal, elle ne se serait jamais permis d'attirer l'attention sur sa nudité. Mais les mots lui échappèrent sans même qu'elle s'en rende compte. Ou peut-être était-ce quelqu'un d'autre qui avait parlé ? Elle balaya la pièce du regard pour vérifier qu'ils étaient vraiment seuls. Non, c'était bien elle. Et elle le pensait. Elle ne rougit même pas, ne détourna pas les yeux lorsqu'il posa son regard pénétrant sur elle.

Rachael fixait les yeux ouvertement sur lui avec un sourire rêveur, comme si elle inspectait une belle sculpture.

— Ne fais pas attention à moi. Je crois que c'est la morphine qui parle. Je n'ai juste jamais vu un homme avec un corps aussi beau que le tien.

Son ton n'avait rien d'aguicheur ou de séducteur, il exprimait simplement une admiration franche. Et c'était ce qui le rendait si sexy. Les pensées de Rio n'étaient pourtant pas tournées vers le sexe. Une peau douce. Une poitrine généreuse. Des cheveux soyeux. Elle sentait aussi bon qu'un champ de fleurs. Lui avait mal partout. Il était épuisé, à cran et ne comprenait pas ce qui lui arrivait. Et voilà que son corps réagissait à la voix de la jeune femme. Ou à ses mots. Son odeur. Il ne savait pas. Le désir le frappa au creux de l'estomac et son corps réagit aussitôt. Il était furieux contre elle. Et contre lui-même. Contre sa perte de contrôle. Il se retrouvait à présent avec une trique de l'enfer et une malade dans son lit. Bon sang ! s'il devait supporter ça, elle pouvait bien le regarder.

Il termina de recoudre sa plaie à la hanche, conscient du regard de Rachael fixé sur lui. Brûlant. Pénétrant. Dévorant. Il jura de nouveau. Malgré la douleur de ses plaies, il sentait son cœur s'emballer et des marteaux-piqueurs lui marteler le crâne.

— Tu comptes me scruter toute la nuit ? grommela-t-il.

Une menace. Une promesse de représailles dans la moindre ligne de son corps. Il tourna la tête et la toisa, laissant transparaître la force de son désir pour l'effrayer.

Elle sourit sereinement.

— Je suis désolée. C'est juste que tu es le plus bel homme que j'aie jamais vu. Si je dois mourir, ce ne serait pas si terrible d'emporter cette dernière image avec moi.

Sa candeur le désarma aussitôt. Le pouvoir qu'elle exerçait sur lui était terrifiant. Rien d'autre n'était jamais parvenu à le toucher ainsi. D'un simple regard, d'un seul mot. Juste le son de sa voix. Il perdait pied. Cela n'avait aucun sens et le rendait furieux. Mais furieux contre qui ? Il n'en était pas sûr.

Elle continuait à l'observer de ses grands yeux. Rio s'avança vers elle et posa une main contre son front.

— Tu es brûlante.

Il se tenait juste à côté du lit, son entrejambe à hauteur du visage de Rachael. *Extraordinaire*, pensa-t-elle. Elle flottait dans un rêve éveillé où rien ne semblait réel. Rien, excepté Rio et son incroyable corps. Elle tendit la main pour le toucher et s'assurer qu'il était bien là.

Ses doigts frôlèrent l'extrémité de son pénis, le faisant presque sauter au plafond. Le contact était à peine perceptible, pourtant Rio le sentit vibrer à travers tout son corps.

— Tu n'es pas un rêve, dit Rachael d'une voix émerveillée.

Tous les muscles de Rio se contractèrent en sentant son souffle chaud contre sa peau. Elle glissa les doigts le long de son érection, jusqu'à ses testicules et sa cuisse. Il n'avait jamais rien senti de pareil.

— Bon sang! estime-toi heureuse d'être blessée, aboya-t-il avant de se détourner, craignant qu'elle ne continue sur sa lancée.

Craignant de céder à ses avances. Il ne se pardonnerait pas de tomber aussi bas. Mais il n'avait jamais autant désiré une femme. C'était la manière dont elle le regardait. Sa voix. Son honnêteté. Il avait beau savoir au fond de lui que la fièvre était responsable de son manque d'inhibitions, il ne pouvait s'empêcher de réagir. Fièvre ou non, elle appréciait la vue. Marcher était une torture tant son érection était rigide, mais il se força à s'éloigner.

Il remplit un bol d'eau froide et attrapa un linge. Quand il se retourna, elle était de nouveau en train de le regarder. Il soupira.

— Tu jures beaucoup, hein ?

— Tu m'y pousses, répondit-il en installant une chaise à côté du lit. Il faut que je fasse tomber ta fièvre.

Rachael rit doucement.

— Tu devrais te rhabiller alors. Je ne crois pas que quoi que ce soit d'autre fonctionnera.

— Tu te rends compte de ce que tu dis ?

Son ton la fit froncer les sourcils.

— Je ne sais pas. Tu préférerais que je te mente ?

— Tu dis toujours la vérité ?

Elle croisa son regard.

— Quand je peux. Je préfère. Je suis désolée de t'avoir mis mal à l'aise. Tu avais l'air tellement confortable sans tes vêtements. Je pensais t'avoir inventé.

Rachael baissa les yeux vers son torse, puis vers ses abdos, ses poils sombres, sa verge épaisse, et enfin ses cuisses musclées.

— Je ne sais même pas vraiment où je suis, ni comment je suis arrivée là. C'est étrange, non ?

Elle semblait perdue. Vulnérable. Il sentit son cœur faire cet étrange bond qu'il commençait à associer à la jeune femme. Il lui essuya le visage avec le linge humide.

— Tu es en sécurité, c'est tout ce qui compte. Ça ne me dérange pas que tu me fixes. C'est plutôt flatteur d'être admiré par une femme dans ton genre.

— Quel genre de femme suis-je ?

— Une femme malade.

Il retira la couverture, regrettant d'avoir refait un feu dans la cheminée, même s'il avait eu besoin d'eau chaude pour laver ses blessures. Pour leur bien à tous les deux, il allait devoir refroidir la pièce.

— Je vais ouvrir la porte pendant quelques minutes. Le vent devrait aider. Ne bouge pas.

— Je n'y comptais pas. Je me sens bizarre, très lourde, comme si mes membres étaient en plomb.

Rio l'ignora et ouvrit la porte pour que le vent chasse de la pièce l'odeur de sang et d'infection. De fleurs. De femme. Le courant d'air fit virevolter les couvertures qui couvraient les fenêtres et les cheveux de Rachael. À la lueur de la lanterne, Rio vit que le visage de la jeune femme était écarlate, en sueur.

— Rachael, murmura Rio en espérant la ramener suffisamment à la réalité pour qu'elle comprenne ce qui lui arrivait. Je vais ouvrir ta chemise. Je ne cherche pas à te faire des avances mais juste à faire baisser ta température.

— Tu as l'air inquiet.

— Je le suis. Tu es très mal en point. Je n'ai pas beaucoup de médicaments ici. Je m'y connais un peu en herbes, mais pas autant que le guérisseur de la tribu locale.

Il s'assit sur la chaise et se pencha sur elle, effleurant sa peau douce lorsqu'il déboutonna sa chemise. Sa poitrine généreuse était une tentation bien plus forte qu'il ne l'avait imaginé. La toucher lui semblait naturel, familier. Rio plongea le linge dans l'eau et lui frictionna la peau en tentant de rester impersonnel, envers et contre tout.

— Ma jambe me fait mal.

Rachael essaya de toucher sa plaie, mais Rio l'arrêta d'une main.

— Mauvaise idée. Essaie de penser à autre chose.

Un conseil qu'il ferait bien d'appliquer lui-même. L'eau froide faisait pointer le bout de ses seins, une tentation presque irrésistible.

— Dis-moi ce que tu fais ici.

Elle écarquilla les yeux et regarda autour d'elle.

— Je n'habite pas là ? avec toi ? Je croyais qu'on avait déménagé ici parce que tu voulais vivre quelque part où l'on pouvait être seuls et rester nus toute la journée.

À ces mots, Rio sentit un souvenir remonter à la surface. Une vision d'un autre temps, d'une autre vie. La pluie qui tombait doucement sur le toit. Une brise qui soulevait les rideaux d'une fenêtre ouverte. Rachael qui se retournait dans un lit richement sculpté, ses yeux sombres remplis d'amour. Et cette même candeur. Un rire léger jouait en boucle dans sa tête. Une voix féminine. Douce, sensuelle, délicieusement tentante.

L'émotion le prit à la gorge. Il ne savait pas exactement ce qu'il ressentait, mais il était submergé.

— J'ai dit ça ? Je me surprends moi-même parfois. Ça me semble être une merveilleuse idée.

— Quand je te regarde, je vois une lumière tout autour de toi, ajouta Rachael d'un air espiègle, taquin. Je dirais une auréole mais une certaine portion de ton anatomie t'empêche de prétendre au statut de saint.

— Au contraire, je suis particulièrement béni.

Il ne savait pas d'où lui venait cette riposte taquine, lui qui était toujours bourru avec les inconnus. Mais il avait l'impression de connaître Rachael depuis toujours. Il plongea le linge dans l'eau et le glissa sur le renflement de son sein. Même cette action lui semblait familière. Il connaissait intimement son corps. La petite tache de naissance qu'elle avait juste au-dessus de sa fesse gauche. Le creux de son nombril lorsqu'il y posait ses lèvres avant de descendre lentement plus bas. Son goût, doux et acidulé, sur sa langue, qui ne faisait qu'attiser son appétit.

— Est-ce que tu me connais, Rachael ? demanda-t-il en se penchant pour capturer son regard. Quand tu me regardes, est-ce que tu me connais ?

Elle posa les doigts sur sa cuisse nue, un sourire rêveur aux lèvres.

— Pourquoi me demandes-tu ça ? Bien sûr que je te connais. J'adore être allongée au lit dans tes bras, à écouter la pluie. À écouter ta voix me raconter des histoires. Ça a toujours été mon activité favorite.

Elle brûlait de fièvre, son corps si chaud au toucher qu'il craignait que le linge ne prenne feu. Il baigna ses poignets et sa nuque avec une inquiétude croissante. Le vent avait rafraîchi la pièce mais elle était toujours aussi écarlate. Sa jambe était affreusement enflée et infectée, du sang s'écoulait de la plaie. Il eut un haut-le-cœur.

— Rachael, dit-il, au désespoir.

— Tu as peur pour moi ?

— Oui, répondit-il avec honnêteté.

Parce qu'il avait peur. Pour elle comme pour lui. Il était aussi perdu qu'elle. Il se leva abruptement et se dirigea vers la porte ouverte. Le vent se calmait, une accalmie avant que la tempête ne reprenne de plus belle. Rio était agité, mal à l'aise dans son propre logis. La forêt l'appelait, les arbres se balançaient et les feuilles aux teintes argentées bruissaient tout autour de lui en une étrange mélodie. Le son était apaisant au milieu de la tourmente.

Rio connaissait intimement Rachael alors qu'il n'avait jamais posé les yeux sur elle avant aujourd'hui. Certaines choses lui étaient familières, plus que familières même – elles semblaient presque faire partie de lui. Il se passa une main dans les cheveux, attiré par la jungle paisible au-dehors.

Les yeux de Rachael continuaient de le suivre où qu'il aille.

— Regarde.

Il ne se tourna pas pour ne pas voir l'admiration franche dans son regard. Il n'aimait pas cette attraction tangible entre eux deux alors qu'elle était si malade.

— Je regarde, répondit-elle d'un ton amusé.

Le cœur de Rio fit un énième bond dans sa poitrine.

— Endors-toi, Rachael, lui ordonna-t-il d'un ton sévère. Je vais réessayer de joindre quelqu'un par radio. J'arriverai peut-être à t'emmener jusqu'à une zone dégagée pour qu'un hélico puisse venir te chercher et te transporter à l'hôpital.

Rachael secoua la tête, paniquée.

— Non, ne fais pas ça. Je veux rester ici avec toi.

— Tu ne comprends pas. Tu risques de perdre ta jambe. Je n'ai ni les médicaments ni les compétences nécessaires. Même si j'arrivais à la sauver, tu garderais d'horribles cicatrices.

Elle continua à secouer la tête, l'implorant silencieusement du regard. Son cœur se serra. Sans rien ajouter, il sortit de la cabane et inspira une bouffée d'air nocturne. Qu'est-ce qui lui arrivait ? C'était incompréhensible. Désagréable. Malvenu. Il ne savait pas qui elle était, ni d'où elle venait. Il n'avait pas besoin de ce genre de complication ou de danger dans sa vie.

— Foutue bonne femme ! marmonna-t-il en étirant les bras sous la pluie battante.

Les gouttes fraîches s'écrasèrent sur sa peau brûlante. Le sang dans ses veines vibrait de désir. Même loin d'elle, il sentait sa présence.

Rio n'était ni complètement humain, ni complètement léopard. Un peu des deux, mais une espèce à part. Et il était dangereux : capable de tuer, enclin à la jalousie et aux accès de colère. L'animal en lui, une créature intelligente et rusée, mais avec de nombreux défauts, prenait souvent le pas sur les pensées de l'homme. Il était solitaire par choix, et peu de choses le touchaient dans son petit monde reclus. Pourtant quelque chose chez Rachael le rendait fébrile. Maussade. La peur qui bouillonnait en lui lui faisait perdre peu à peu le contrôle.

Il s'étira de nouveau, pris d'une furieuse envie de se métamorphoser pour disparaître dans la nuit. Il sentit sa peau le picoter, ses griffes s'allonger, ses muscles frissonner, durs comme de l'acier, sous sa peau. L'odeur sauvage du félin lui monta aux narines et il l'accueillit avec plaisir. C'était le moyen rêvé de laisser derrière lui Rio Santana et tout ce qu'il représentait. Son corps se couvrit de fourrure, ses muscles se contractèrent, ses os craquèrent et sa colonne vertébrale devint flexible sous l'effet de la transformation.

Le léopard leva la tête pour humer la nuit. Il perçut l'odeur de femme. Loin de le dégoûter, celle-ci l'attirait autant que lorsqu'il était sous sa forme humaine. L'animal agita la queue, avança à pas feutrés le long du porche, sous les fenêtres, puis bondit sur une branche voisine. Malgré la pluie diluvienne, il se déplaçait sans peine d'arbre en arbre, loin au-dessus du sol. Le vent agitait son pelage et lui soufflait au visage mais il n'effaçait pas le délicieux parfum de femme. Chaque pas qui l'éloignait d'elle amplifiait son malaise.

Le léopard poussa un grognement de protestation, suivi d'un rugissement de colère. Elle refusait de le laisser en paix. Où qu'il aille, elle était là. Dans son esprit. Au creux de son ventre. Et plus bas. Il griffa le tronc dans un accès de rage, arrachant l'écorce avant de la déchiqueter. La pluie ne parvenait pas à étouffer les braises qui couvaient en lui.

Rio aurait dû laisser ses problèmes humains derrière lui en se transformant, mais elle le hantait. Elle était partout, tout le temps. Il n'y avait aucune explication à ce phénomène, aucune logique. Elle était une parfaite inconnue, sans véritable identité et sans passé, et pourtant elle le rongeait. C'était inquiétant. Il ne lui faisait pas confiance, et, pire, il commençait à douter de lui-même.

Il retourna à la cabane en silence, avançant lentement sur le sol de la forêt pour se donner le temps de réfléchir. Ce n'était pas si grave qu'il pense autant à elle. Après tout, c'était bien naturel. Il n'avait pas touché une femme depuis très longtemps, et voilà qu'il y en avait soudain une dans son lit. Rio tenta de se convaincre que ce n'était rien de plus qu'une simple attirance physique. Qu'est-ce que cela pourrait être d'autre alors qu'il ne la connaissait même pas ? Rassuré, il grimpa dans un arbre et rentra chez lui par le chemin le plus court et le moins dangereux.

Rachael flottait entre sommeil et veille. Elle ne comprenait pas où elle était. Tout lui passait étrange, inconnu. Parfois, elle croyait entendre des voix lui crier aux oreilles, exigeant des réponses qu'elle n'avait pas. À d'autres moments, elle se croyait perdue dans la jungle, traquée par des animaux sauvages. Elle essaya de bouger, de s'échapper de cet étrange monde flou dont elle semblait être prisonnière.

— Comme une bulle, dit-elle à voix haute. Je vis dans une bulle et, si quelqu'un vient la percer, j'exploserai en même temps.

Elle regarda autour d'elle, les sourcils froncés, tentant désespérément de se rappeler comment elle était arrivée ici. Sa voix semblait venir de très loin et ne lui ressemblait pas.

Et la douleur la submergeait au moindre mouvement. Était-elle blessée ? L'avait-on torturée ? Quelqu'un essayait de la tuer, alors pourquoi s'était-il arrêté en si bon chemin ? Elle avait toujours su que cela arriverait tôt ou tard.

Une ombre bougea de l'autre côté de la fenêtre. Une couverture couvrait la vitre mais elle savait que quelque chose d'imposant rôdait dehors. Tendant l'oreille, elle chercha frénétiquement une arme du regard. Est-ce qu'il venait enfin la chercher ? Son cœur se mit à cogner à tout rompre et sa bouche se fit cotonneuse. Une étrange léthargie s'empara de son corps. Elle entendait le craquement du feu, le rythme régulier de la pluie. Sa soif intense l'obligeait à se lever, mais c'était difficile, comme patauger dans des sables mouvants. Lorsqu'elle tenta de se redresser, la douleur dans sa jambe se réveilla et elle se retrouva par terre.

Surprise, Rachael balaya la pièce du regard, tentant de se rappeler où elle était et comment elle s'était retrouvée là. La pièce ne cessait pas de tourner autour d'elle. Qu'est-ce qui clochait chez elle ? Quoi qu'elle fasse, son cerveau ne semblait pas vouloir fonctionner correctement. Une lampe brûlait dans un coin. Elle ne se souvenait pas de l'avoir allumée. Son regard se posa sur la porte. La barre qui la maintenait verrouillée n'était plus là.

Rachael déglutit, la peur lui nouant la gorge ; à contrecœur, elle baissa les yeux pour inspecter sa jambe qui ne la soutenait plus. Sa cheville et son mollet étaient méconnaissables, tellement gonflés qu'ils semblaient sur le point d'éclater. Le sang rouge vif qui s'écoulait de la plaie lui donna la nausée. Elle avait été attaquée par un animal sauvage. Elle revoyait clairement ses yeux. Rusés, dangereux. La terreur la submergea, la paralysant presque. C'est alors qu'elle aperçut les deux léopards allongés près du feu. L'un d'eux la regardait sans ciller, l'autre paraissait endormi.

Rachael commença à se traîner à travers la pièce. Une réaction purement instinctive. Elle n'arrivait pas à se concentrer suffisamment pour réfléchir, terrifiée par le souvenir d'un souffle chaud contre son visage. De crocs pointus lui lacérant la jambe. D'un regard impitoyable fixé sur elle.

Elle s'agrippa au mur pour se mettre debout, les dents serrées pour ravaler les sanglots qui s'échappaient de sa gorge, tandis que des gouttes de sueur brouillaient sa vision. Elle attrapa le pistolet dans son étui, puis s'appuya contre le mur pour ne pas s'écrouler. Ses bras étaient lourds comme du plomb et il lui était presque impossible de viser le léopard qu'elle ne distinguait qu'à peine.

La porte s'ouvrit et Rio entra, les bras chargés de bois ; son regard se fixa aussitôt sur elle. Ses cheveux étaient trempés, son corps nu couvert de gouttelettes. Sans se presser, il referma la porte du pied et traversa la pièce pour déposer le bois juste à côté des léopards.

— Pose ce pistolet, Rachael, lui ordonna-t-il d'une voix basse mais autoritaire. La détente est très sensible. Un simple frôlement et une balle pourrait partir.

— Ils sont juste derrière toi, répondit Rachael en s'agrippant au mur. Tu ne les vois pas ? Tu cours un terrible danger. Vite, écarte-toi avant qu'ils n'attaquent.

Elle tenta de se rappeler son nom. Il lui était très familier. Son magnifique homme nu. Elle se souvenait du contact de sa peau sous ses doigts. Elle examina son corps, vit les traces de sang sur son ventre, sa hanche.

— Tu es blessé.

— Rien de grave, Rachael, répondit-il d'un ton apaisant. Donne-moi le pistolet.

— Il fait chaud ici. Tu ne trouves pas ?

Elle s'essuya le front du dos de la main pour en éponger la sueur.

Rio la regardait fixement, maudissant tout bas le pistolet si proche du visage de la jeune femme. Le sang frais sur sa jambe nécessitait une attention immédiate. Rachael chancela légèrement. Il changea subrepticement de position pour se préparer à intervenir.

— Tout va bien, Rachael, dit-il d'une voix douce en utilisant délibérément son prénom avant d'avancer d'un pas. Ce sont des animaux de compagnie. Des léopards nébuleux. Presque des gros chats.

Elle fronça les sourcils, les yeux brillants de fièvre. Elle ne cessait de se frotter les paupières pour se débarrasser de sa vision floue.

— Regarde ce qu'ils ont fait à ma jambe. Éloigne-toi d'eux et ne leur tourne pas le dos.

Sans prévenir, Rio se jeta sur elle, envoyant valser le pistolet quand elle le tourna vers lui et la protégeant contre la détonation assourdissante qui retentit dans la petite pièce. Il sentit la douceur de ses seins contre son torse lorsqu'elle enfouit son visage dans le creux de son épaule. Puis ses jambes se dérobèrent sous elle et elle commença à glisser par terre.

Rio la rattrapa et la serra contre lui. Elle était brûlante de fièvre.

— Tout va bien, murmura-t-il en tentant d'ignorer le claquement menaçant de la balle contre le métal et ce qu'il signifiait. Ne te débats pas, Rachael. Tu es en sécurité.

Elle s'agitait dans ses bras, malade de douleur. La peau de Rio était si fraîche contre la sienne qu'elle voulait s'en approcher le plus possible.

— Est-ce que je te connais ? Mais comment ?

Elle fit l'effort de lever la main pour tracer du doigt sa mâchoire masculine bien découpée, ses pommettes, sa bouche.

Avec grand soin, Rio la déposa sur le lit, tentant de ne pas la secouer. Il prit son visage entre ses mains pour la forcer à le regarder.

— Est-ce que tu me comprends ? Tu comprends ce que je te dis ?

— Bien sûr.

L'espace d'un instant, son regard s'éclaircit et elle lui sourit. Son expression n'avait rien d'aguichante, elle était plutôt angélique, mais Rio sentit comme une décharge électrique lui traverser le corps.

— Au cas où tu ne l'aurais pas remarqué, continua Rachael en se laissant aller contre l'oreiller, tu ne portes pas de vêtements. Éteins la lumière, s'il te plaît, Elijah. Je suis très fatiguée.

Il y eut un bref silence. Quelque chose se mit à brûler au fond de Rio. Une émotion sombre et dangereuse. Il lui attrapa la main gauche et glissa le doigt sur son annulaire. Pas d'alliance. Il vérifia qu'elle ne gardait pas la marque d'une ancienne bague et ressentit un soulagement qu'il ne s'expliquait pas lorsqu'il vit que ce n'était pas le cas. Inconsciemment, il pressa la main de la jeune femme contre son cœur.

— Rachael, essaie de te concentrer. C'est important. Je vais devoir drainer ta plaie et la cautériser. Je suis désolé, c'est le seul moyen de sauver ta jambe. J'ai bien peur que la balle ait touché la radio, mais, quoi qu'il en soit, je ne peux contacter personne par ce temps. L'orage a repris de plus belle et n'est pas près de s'arrêter.

Rachael continua à lui sourire.

— Je ne sais pas pourquoi tu es si inquiet. Ils ne nous ont pas trouvés et je ne crois pas qu'ils y arriveront.

Rio ferma brièvement les yeux, tentant de calmer sa respiration. Si seulement ce sourire était pour lui, et non pour un certain Elijah. La procédure allait être un cauchemar et elle était tellement droguée qu'il ne pouvait pas la préparer à ce qui l'attendait. Il l'avait déjà réalisée une fois auparavant et n'en gardait pas un bon souvenir. Il repoussa les cheveux qui collaient au front de Rachael. Le regard qu'elle posait sur lui était bien trop confiant.

— Je vais juste faire ce qui doit être fait. Je m'en excuse par avance.

— Ne t'en fais pas, Rio. Je comprends. Vraiment. Ça devait arriver tôt ou tard. Je suis désolée qu'il t'ait demandé de t'en charger. Je vois bien que ça te dérange.

— Me charger de quoi ?

— Je sais qu'Elijah veut ma mort. Je sais qu'il t'a envoyé. Tu as l'air si triste. Il n'aurait pas dû te demander ça.

Rio jura doucement et s'accroupit à côté d'elle. Elle avait de nouveau le regard vitreux, rêveur, mais on percevait une étincelle d'intelligence au fond de ses pupilles. Elle croyait qu'il était là pour la tuer, et pourtant elle le regardait avec compassion.

— Pourquoi est-ce qu'Elijah veut ta mort ?

Elle cilla et un spasme de douleur la transperça.

— Quelle importance ? Fais-le, qu'on en finisse.

— Tu vas me laisser te tuer ?

L'idée le rendait furieux. Elle comptait rester allongée là, sans rien faire ? Il avait envie de la secouer pour la sortir de cette apathie.

Avec un petit sourire, elle détourna lentement la tête. Elle semblait de nouveau très loin.

— Même si tu me tendais un large bâton, je ne pourrais pas le soulever. Je ne vais pas pouvoir jouer l'héroïne invincible. Je ne peux même plus lever la tête.

— Rachael ? Te revoilà.

Elle ressemblait de nouveau à la femme qui avait tenté de l'assommer à coups de tisonnier.

— J'étais partie ? (Elle ferma les yeux.) J'aurais préféré ne pas revenir. Qu'est-ce qui m'arrive ? Où étais-je ?

— Tu divaguais. Je n'ai pas le choix, il faut que je m'occupe de ta jambe.

— Alors vas-y. Tu es tellement fatigué que tu risques de t'écrouler si tu ne te dépêches pas.

Elle releva à grand-peine les paupières et le dévisagea. En cet instant, elle était lucide.

— Je ne t'en voudrai pas si ça fait mal. Je ne veux pas perdre ma jambe, donc, je t'en prie, fais ce qu'il faut pour la sauver.

Rio ne voulait pas discuter plus longtemps. Il se pencha sur sa jambe avec répugnance. La plaie devait être percée, soigneusement lavée, cautérisée, puis couverte d'antibiotiques. Il n'avait réalisé l'opération qu'une fois, alors qu'un ami, blessé par balle, saignait abondamment et que l'hélico n'était pas disponible.

Son corps se couvrit de sueur et des gouttes dégoulinèrent devant ses yeux lorsqu'il passa la lame de son couteau dans les flammes de la cheminée.

Ouvrir la plaie pour en faire sortir le pus lui retourna l'estomac. Rachael hurla et manqua de s'éjecter du lit quand il versa la solution antiseptique sur la blessure. Après une brève hésitation, il appuya de tout son poids sur ses cuisses, inspira profondément et posa la lame contre sa peau. L'odeur était atroce. Il prit son temps pour ne pas faire d'erreur, lui lava et lui pansa soigneusement sa plaie de nouveau, avant de lui immobiliser la jambe à l'aide d'une attelle pour lui donner une meilleure chance de guérir.

Incapable de la regarder, il nettoya les draps et cala des couvertures autour de sa jambe. Rachael n'avait pas bougé depuis un long moment, sa respiration était haletante, sa peau moite et elle frissonnait. Elle était en état de choc. Rio s'allongea à côté d'elle sur le lit et l'attira contre lui, ne sachant quoi faire d'autre.

— Rio ? fit-elle en se pelotonnant contre lui. Merci d'avoir essayé de sauver ma jambe. Je sais que ça n'a pas été facile pour toi.

Sa voix était faible, presque inaudible. Rio la serra plus fort dans ses bras avec un pincement au cœur.

— Essaie de te détendre. Je ne peux pas te donner d'autres antidouleur pour le moment. Je vais te raconter une histoire.

Leurs corps s'emboîtaient parfaitement, cuisse contre cuisse, sa tête dans le creux de son cou, comme s'ils étaient faits l'un pour l'autre. Ils avaient déjà partagé un lit ainsi, non pas une mais de nombreuses fois, Rio en était certain.

Ce souvenir était gravé dans sa mémoire, dans sa peau, dans ses os.

Il frotta sa joue contre la masse de cheveux noirs de la jeune femme. Ce n'était pas une simple attirance physique ; il ressentait quelque chose pour elle. Comme s'il prenait vie en sa présence.

— Ce n'est pas forcément une bonne chose, annonça-t-il à voix haute. Tu le sais, pas vrai ?

Rachael tenta de cesser de trembler, priant pour que la douleur s'estompe ne serait-ce qu'un instant afin de pouvoir respirer normalement. Rio était le point d'ancrage auquel elle se raccrochait, son unique lien avec la réalité. Lorsqu'elle ferma les yeux, elle vit des hommes se contorsionner, leur corps se couvrir de fourrure, leurs yeux briller d'une étrange couleur jaune-vert. Dans ce monde cauchemardesque, des coups de feu éclatèrent et elle sentit une balle la transpercer. Elle plongea les yeux dans ce regard familier débordant d'intelligence et y vit douleur et folie. Puis elle l'entendit crier « non ». Juste « non ».

— J'ai besoin d'entendre ta voix.

Parce qu'elle éloignait les monstres. Dissipait l'odeur de sang et de poudre. Et parce qu'elle adorait ce timbre profond, caressant.

— Je ne connais pas beaucoup d'histoires, Rachael. Personne ne m'en a jamais raconté pour m'endormir.

Il grimaça en entendant son ton bourru, mais elle lui faisait tourner la tête à un point tel qu'il avait du mal à se rappeler qu'elle était peut-être venue le tuer. Il était un adepte de la logique et la manière dont elle l'affectait défiait toute logique.

— Je t'en raconterai une quand je me sentirai mieux, proposa-t-elle.

Il ferma les yeux. Elle était comme un don du ciel dans un monde de violence et de méfiance.

— D'accord, accepta-t-il pour lui faire plaisir. Mais essaie de dormir. Plus tu dormiras, plus vite ta jambe guérira.

Rachael avait peur de s'endormir. Peur des crocs, des griffes, de la douleur envahissante. Peur de perdre sa faible emprise sur la réalité. Déjà, elle ne cessait d'oublier qui était Rio. Il lui semblait si familier. Elle connaissait sa voix, mais elle ne se souvenait pas de leur vie ensemble. Quand il lui parlait, elle se sentait flotter. Quand il passait ses mains sur sa peau brûlante, elle se savait en sécurité et chérie.

Rio lui raconta une histoire absurde de singes et d'ours malais qu'il inventait au fur et à mesure. L'histoire ne rimait à rien et montrait bien qu'il n'avait aucune imagination, mais Rachael finit par glisser dans un sommeil agité, et c'était tout ce qui importait. Si elle voulait une histoire chaque soir, il allait devoir perfectionner ses talents inexistants de conteur.

Il soupira, faisant voleter des mèches des cheveux de Rachael. Qu'est-ce qui lui prenait, à vouloir lui raconter des histoires ? C'était ridicule. Qu'espérait-il donc ? Trouver une compagne ? Pourquoi ? Pour partager une cabane en pleine forêt ? une vie de violence et de mort ? Il ne savait absolument pas comment s'y prendre avec les femmes. Il devait se débarrasser d'elle le plus vite possible.

Rachael gémit doucement dans son sommeil, protestant contre les cauchemars qui l'assaillaient. Rio murmura des paroles décousues pour la calmer, ignorant la douleur qu'elle créait dans son cœur. Ignorant les étranges souvenirs qui remontaient dans son esprit et le raidissement de ses muscles. Son corps avait beau être épuisé, son cerveau débordait d'activité. Même les bruits habituels de la forêt ne parvenaient pas à l'apaiser.

Il resta allongé là à l'écouter, submergé par des vagues d'angoisse à l'idée qu'elle ne succombe à une infection. Elle était toujours aussi brûlante. Il la baigna avec de l'eau fraîche, éteignit la lanterne et ouvrit la porte, protégeant l'encadrement et le lit d'une moustiquaire.

La pluie continua de tomber en un rythme régulier, jusqu'à ce qu'un nouvel orage éclate une heure plus tard. Rio se leva du lit et traversa la pièce pour fermer la porte. Il resta longtemps debout sur le seuil, à contempler l'obscurité, à humer l'odeur de pluie, à écouter les bruits de la jungle. Le chœur de grenouilles mâles qui chantaient faux pour attirer les femelles ajoutait à l'attrait du dehors. L'espace d'un instant, l'envie de se transformer, de s'échapper le submergea. Mais l'appel de la femme était plus fort. Avec un soupir, il referma fermement la porte pour bloquer le vent et la pluie. Bloquer les bruits du monde auquel il appartenait. Il retourna dans le lit, rabattit la couverture sur eux deux et la serra contre lui. Il était épuisé mais son corps mit longtemps à se détendre, son esprit à lâcher prise. Il finit par s'endormir, un couteau sous son oreiller et une femme dans ses bras.

Chapitre 4

Il y eut des cauchemars. Une farandole interrompue. Rachael avait l'impression de flotter sur un océan de douleur, bercée par une voix masculine réconfortante. La voix était la seule chose qui la sortait de l'obscurité où des crocs et des griffes déchiquetaient son corps, où des balles sifflaient autour d'elle avant de trouver leur cible, où le sang coulait et d'horribles créatures cherchaient à l'attaquer.

Des ombres dansaient dans la pièce. L'humidité était oppressante. Un félin émit un petit gémissement. Un autre lui répondit. Les bruits étaient proches, à quelques pas d'elle. En réaction, tous ses muscles se crispèrent, décuplant la douleur dans sa jambe. Elle était incapable de bouger et, lorsqu'elle tourna la tête, elle ne voyait pas suffisamment la pièce pour localiser l'origine de ces bruits d'animaux sauvages.

De temps à autre, le vent soufflait une brise rafraîchissante dans la cabane. La pluie, elle, tombait incessamment en un rythme régulier qui était aussi apaisant qu'agaçant. Elle se sentait prisonnière de ce lit dont elle ne pouvait se lever. C'était humiliant de devoir dépendre d'un homme pour ses moindres besoins, d'autant que, la plupart du temps, elle n'était pas certaine de savoir qui il était. Elle pensait devenir folle, assaillie comme elle l'était d'images cauchemardesques d'un homme se transformant en léopard. Par moments, elle connaissait l'homme et était submergée d'amour et de tendresse, à d'autres, elle se retrouvait face à un inconnu dont le regard sauvage la terrifiait. Le temps passait sans qu'elle s'en rende compte. Parfois il faisait jour, parfois nuit, mais la seule chose sur laquelle elle pouvait compter était cette voix qui l'aidait à sortir de ses cauchemars et à revenir à la réalité.

Elle regarda sans le voir le plafond, tentant de ne pas paniquer face aux bruits si proches des félins sauvages qu'elle ne voyait pas. Un ombre bougea de nouveau de l'autre côté de la fenêtre, sur le porche. Son cœur s'accéléra. Le plancher craqua.

Apercevant un mouvement du coin de l'œil, Rio tourna la tête et découvrit Rachael en train d'essayer de glisser du lit. Il se précipita vers elle et lui attrapa les bras pour l'arrêter.

— Qu'est-ce que tu fabriques ?

La peur durcissait sa voix.

Elle le regarda droit dans les yeux et s'agrippa à lui.

— Ils sont là. Il les a envoyés me tuer. Il faut que je sorte d'ici. (Elle tourna la tête et fixa le regard sur un coin de la pièce.) Ils sont là-bas.

Il ne savait pas ce qu'elle croyait voir, mais son regard était si intense qu'il en avait la chair de poule.

— Regarde-moi, Rachael, dit-il en prenant son visage entre ses mains. Je ne laisserai personne te faire du mal. C'est la fièvre. Tu as des visions à cause de la fièvre.

Elle cligna rapidement des yeux et sembla se concentrer enfin sur lui.

— Je les ai vus.

— Vu qui ? Qui veut te tuer ?

Il lui avait déjà posé la question une dizaine de fois, mais elle ne lui avait jamais répondu. Elle tenta de se détourner, sans rien dire, mais il ne la laissa pas faire, gardant ses yeux plongés dans les siens.

— Tu as les plus beaux yeux que j'ai jamais vus. Tes cils sont si longs. Pourquoi est-ce que les hommes ont toujours de beaux cils ?

Elle avait le chic pour le déstabiliser. Il était si exaspéré qu'il avait envie de la secouer.

— Ne sois pas stupide. Regarde-moi, j'ai des cicatrices sur tout le corps. Mon nez a été cassé deux fois. J'ai une gueule d'assassin, pas de joli cœur.

Dès que ces paroles sortirent de sa bouche, il les regretta. « Assassin. » Le mot flottait dans l'air entre eux deux. Il serra les dents et détourna la tête pour ne plus voir ces grands yeux innocents.

— Rio ? dit-elle d'une voix douce. Je vois la douleur dans ton regard. Est-ce ma faute ? T'ai-je blessé sans le vouloir ? Je n'aime pas blesser les gens, toi encore moins. Qu'ai-je dit ?

— Évidemment, tu choisis ce moment pour être lucide. Pourquoi, Rachael ? Il y a deux secondes, tu étais tellement ailleurs que tu ne te souvenais même plus de ton propre nom.

Il avait l'air si torturé qu'elle sentit son cœur se serrer.

— Est-ce que quelqu'un t'a accusé de meurtre ?

Elle le dévisagea de son regard pénétrant. Il était certain qu'elle pouvait lire dans son âme. Une colère noire, tapie au plus profond de lui, surgit soudain, comme un incendie impossible à contenir. Elle aurait dû être terrifiée. Lui l'était.

Il savait ce dont il était capable dans cet état. Mais elle restait calme, son expression tendre, presque aimante. Elle leva sa main indemne vers son visage, caressa ses lèvres, puis la glissa dans son cou, comme pour lui offrir… quoi ? Il ne le savait pas. De la compassion ? De l'amour ? Son corps ? De la tendresse ?

Il ignora son premier réflexe, qui était de repousser violemment sa main. Il ne supportait pas qu'elle le regarde ainsi. À la place, il lui attrapa les doigts et les posa contre son cœur battant.

— Tu ne sais rien de moi, Rachael. Tu ne devrais pas me regarder comme ça.

Il ne savait pas ce qu'il ressentait, un mélange de colère, de douleur et de convoitise. Non. Il en avait terminé avec tout cela. Il n'avait besoin de rien, il ne désirait rien.

— Je ne te comprends pas, continua-t-il d'une voix encore plus rauque. Pourquoi n'as-tu pas peur de moi ?

Elle le regarda avec ses grands yeux marron, si sombres qu'ils paraissaient presque noirs, des yeux dans lesquels un homme pouvait facilement se perdre.

— J'ai peur de toi.

— Tu dis ça pour me faire plaisir.

— Non, j'ai vraiment peur de toi, insista-t-elle avec franchise.

— Bon sang ! pourquoi aurais-tu peur de moi alors que j'ai pris soin de toi et que je t'ai laissé mon lit ?

— Tu ne m'as pas laissé ton lit. Tu as dormi dedans.

— Il n'y a nulle part d'autre où dormir.

— Il y a par terre.

— Tu veux que je dorme par terre ? Tu sais à quel point ce serait inconfortable ?

— Gros bébé, va. Je croyais que tu étais un homme, un vrai, répliqua-t-elle avec un sourire taquin. Attention, tu vas perdre ton image de *bad boy*.

— Et je ne parle même pas des insectes et des serpents.

Elle regarda autour d'elle avec prudence.

— « Des serpents » ? Quel genre de serpents ? Des gentils, j'espère. Tu as bien des minets comme animaux de compagnie.

Il réprima un sourire.

— Je ne connais pas beaucoup de gentils serpents.

— D'où viennent tes minets ? Et pourquoi est-ce qu'ils n'ont pas appris à accueillir comme il faut les invités ?

— Ils ont appris à faire fuir les voisins. Je déteste quand ils passent sans prévenir.

Une mèche de cheveux d'un noir d'encre tomba sur le front de Rio. Sans réfléchir, Rachael la repoussa du bout des doigts.

— Tu as besoin qu'on prenne soin de toi.

Aussitôt, elle eut envie de disparaître sous terre. Elle semblait incapable de tenir sa langue en sa présence. Toutes ses pensées, même les plus personnelles, s'échappaient de sa bouche.

— Tu te portes volontaire ? répliqua-t-il d'une voix sèche, étranglée par l'émotion.

Ça recommençait, cette étrange distorsion temporelle. Il baissa les yeux et vit qu'il avait pris la main de Rachael dans la sienne, qu'il frottait doucement sa peau douce et qu'il en connaissait la moindre marque. La forme même de ses os lui était familière. Il se souvenait d'avoir fait la même chose par le passé, se souvenait de sa voix taquine qui lui glissait dans le dos comme une caresse.

Rachael ferma les yeux et il crut y voir briller des larmes avant qu'elle ne détourne le regard.

— Dis-moi pourquoi ces félins restent là tout le temps. Ils sont sauvages, pas vrai ? Ce sont bien des léopards nébuleux ?

Rio observa de l'autre côté de la pièce les deux animaux qui jouaient à se battre. Ils pesaient chacun une bonne vingtaine de kilos, si bien qu'ils faisaient du raffut lorsqu'ils heurtaient une chaise ou la table.

— Ils sont apprivoisés ?

— Ils ne m'appartiennent pas. La mère avait été tuée et dépecée. J'ai remonté sa trace et je les ai trouvés. Ils étaient très jeunes, avaient encore besoin de lait.

Elle se tourna de nouveau vers lui. Le sourire qui illumina son visage lui coupa presque le souffle.

— Tu les as nourris au biberon, pas vrai ?

Il haussa les épaules, tentant de rester de marbre. Il ne méritait pas l'admiration qu'il lisait dans ses yeux. Personne ne le regardait jamais ainsi. C'était à la fois déconcertant et exaltant. Il passait beaucoup de temps à contrôler son corps et son cœur, à les empêcher de réagir. Il lui lâcha abruptement la main et s'éloigna rapidement du lit.

Elle rit, un son doux et engageant, comme une caresse. La tentation était presque irrésistible. Elle était là, dans le lit, avec son corps plantureux et ses cheveux soyeux qui formaient une auréole autour de sa tête. Il regrettait que l'attirance ne soit pas simplement physique – cela au moins, il pourrait le comprendre. Mais c'était bien plus que ça. Il la connaissait, intimement. Il se souvenait de son rire. De murmures dans la nuit, un monde secret qu'ils partageaient ensemble.

S'il avait été un homme à croire à ce genre de bêtises, il aurait dit que leurs âmes se reconnaissaient.

— Pas vrai ? insista Rachael. Tu as trouvé des bébés léopards, tu les as ramenés chez toi et tu les nourris au biberon.

— Je ne m'amuse pas à tuer les animaux pour leur fourrure, répondit-il sèchement.

Elle le vit virer au cramoisi. Lui qui était parfaitement à son aise sans vêtements, il rougissait en avouant faire preuve de bonté. C'était adorable.

— Pourquoi te balades-tu sans cesse nu ? Je suis tombée sur un clan nudiste secret ? ou est-ce que tu crois que j'aime te reluquer à poil ?

— Je sais que tu aimes me regarder, dit Rio en souriant malgré lui.

Après tout, elle ne lui avait pas caché son admiration. Rachael répondit avec sa candeur habituelle :

— C'est vrai que tu as un corps magnifique, mais je commence à être mal à l'aise. Pourquoi restes-tu comme ça ?

— C'est plus simple pour me transformer en léopard et aller courir dans la forêt.

— Ha ha ! très drôle. J'imagine que je n'ai pas fini d'en entendre parler. Je te signale que c'est parfaitement normal d'avoir des cauchemars d'hommes qui se métamorphosent en cruels léopards après ce qui m'est arrivé.

— « Cruels » ? Les léopards ne sont pas cruels. Ce sont des prédateurs, mais ils ne sont pas malveillants.

— Merci pour cette distinction. Je n'ai pas vraiment senti la différence quand ils ont essayé de m'arracher la jambe.

— C'était ma faute. Je pensais que quelqu'un m'attendait ici pour me tuer.

— Pourquoi est-ce que quelqu'un voudrait te tuer ?

Il rit doucement.

— Tu ne trouves pas plus logique qu'on veuille me tuer, moi, plutôt qu'une femme comme toi ?

Elle était incapable de détourner les yeux, fascinée par le jeu des muscles sous sa peau. Le cœur battant, elle le regarda glisser son jean par-dessus ses cuisses bien bâties et ses hanches étroites. Il referma négligemment deux boutons et laissa les autres déboutonnés, comme si cela n'en valait pas la peine.

Elle dut s'humecter les lèvres du bout de la langue avant de reprendre la parole.

— Rio, tu es chez toi. C'est moi l'intruse. Si tu es plus à l'aisc sans vêtements, je peux m'y habituer.

Elle était touchée qu'il se soit donné la peine de se couvrir, même si, au fond d'elle, elle le regrettait. Il y avait quelque chose de primitif et sensuel dans sa manière de se mouvoir en silence dans la cabane, nu de la tête aux pieds.

— Ça ne me dérange pas, Rachael. Tu es clouée au lit et je sais que tu souffres énormément. J'apprécie que tu ne te plaignes pas. (Il marqua une pause.) Trop.

— Hé! je n'ai même pas menacé d'abattre tes précieux minets quand je sortirai de ce lit. Mais j'y pense. Tu les gâtes bien trop, d'ailleurs, ça nuit complètement à ton image de gros dur.

À cet instant, les léopards, qui jouaient toujours, percutèrent le bord du lit, et la bravade de Rachael s'évanouit complètement. Elle poussa un cri d'inquiétude et s'écarta brusquement. Rio, debout à côté du petit placard, franchit d'un bond la distance qui les séparait et se jeta sur elle, ses yeux verts brillant soudain d'une lueur dorée. Leurs visages n'étaient plus qu'à quelques centimètres l'un de l'autre. Agrippée à la couverture, Rachael, qui tentait de cacher sa terreur, était une tentation presque irrésistible. Il la prit dans ses bras, prenant garde à ne pas heurter sa jambe.

— Il faut que tu gardes constamment à l'esprit que tu ne dois pas bouger. Je n'ai presque plus d'antibiotiques et ta plaie doit rester fermée. Encore quelques jours de patience.

Rachael était douloureusement consciente du torse musclé pressé contre ses seins nus, de la main qui lui caressait le dos. Et, surtout, de la distance qu'il avait couverte en un seul bond. Une distance impossible. Elle pencha la tête pour mieux l'examiner. Il avait effectivement des cicatrices, son nez avait été cassé plus d'une fois, mais il était l'homme le plus captivant qu'elle avait jamais vu. Ses yeux étaient différents. Presque comme ceux d'un chat.

— Tu recommences, dit-il, exaspéré. Je vois la peur sur ton visage. Rachael, si je comptais te faire du mal, tu ne crois pas que je l'aurais déjà fait ?

Sa logique lui arracha une grimace.

— Les léopards me rendent nerveux, c'est tout.

Il se mit à lui masser le cou.

— Après ce qui t'est arrivé, c'est bien normal, mais ils ne vont pas t'attaquer. Laisse-moi te les présenter. Ça devrait aider.

— Avant ça, est-ce que tu voudrais bien me trouver une chemise ? Je me sentirais moins vulnérable. Si tes bestioles enragées décident de me dévorer, elles seront au moins obligées de mâchouiller mes vêtements.

Et peut-être que cela empêcherait son corps de réagir à celui de Rio. Elle brûlait de fièvre, sa jambe n'était plus qu'une douloureuse masse informe, et pourtant elle semblait incapable de réprimer cette étrange attirance qu'elle ressentait pour lui.

Elle sentait ses muscles frémir sous une peau qui semblait parfaitement humaine.

— Comment as-tu fait ça ? Comment as-tu traversé la pièce d'un bond ? Je ne l'ai pas imaginé et, cette fois, ce n'est pas la fièvre.

Si elle perdait la tête, mieux valait qu'elle le sache sans attendre.

— Non, ta fièvre a un peu baissé, admit-il en l'aidant à s'allonger. J'ai vécu presque toute ma vie dans la forêt. Je passe mon temps à grimper aux arbres, à courir et sauter de branche en branche, à nager dans la rivière. C'est un mode de vie.

Elle lâcha un profond soupir, soulagée par cette explication et peu désireuse de trop y réfléchir. Peut-être que la distance était franchissable. Avec de l'entraînement. Beaucoup d'entraînement. Elle le regarda retourner vers le placard, évitant soigneusement de compter ses pas. Pieds nus, il était parfaitement silencieux. Puis il étira ses mains au-dessus de sa tête et les fit glisser le long du mur, le dos arqué, ses doigts traçant les profondes marques de griffes qui se trouvaient là, un geste qu'il avait à l'évidence fait tant que fois que les crevasses étaient à présent lisses. C'était un mouvement félin, alangui, parfaitement naturel.

Le cœur de Rachael fit un bond. Les deux léopards étaient-ils assez grands pour avoir griffé ainsi le mur ? Elle en doutait fortement.

— Comment ces marques se sont-elles retrouvées à l'intérieur ? demanda-t-elle.

Rio se redressa.

— C'est une mauvaise habitude. J'aime m'étirer pour rester en forme. (Il attrapa une chemise bleue, la renifla et se tourna vers elle avec un sourire espiègle.) Celle-ci devrait faire l'affaire. Qu'en dis-tu ?

— Ça me va.

Elle tenta de s'asseoir.

— Attends-moi. Tu es trop impatiente.

Il glissa prudemment la manche par-dessus l'attelle de fortune qui immobilisait le poignet de Rachael, puis l'aida à s'asseoir et à enfiler la chemise, effleurant sa peau au passage. L'envelopper dans sa chemise préférée avait quelque chose de très satisfaisant ; il avait l'impression de l'avoir déjà fait des centaines de fois.

— Merde, je crois que ta température remonte !

Elle pressa ses doigts contre sa bouche.

— Tu jures trop.

— Vraiment ? Je fais pourtant attention. Les félins s'en moquent, eux.

Il claqua des doigts et les léopards arrivèrent en courant pour se presser contre sa cuisse.

Rachael se força à rester immobile. Elle avait appris depuis longtemps l'importance de faire bonne figure face à l'adversité, elle garda donc un petit sourire et une expression sereine. La pluie tambourinait contre le toit, les insectes bourdonnaient et les branches bruissaient contre la vitre. Elle ravala la peur qui lui nouait la gorge et respira l'odeur masculine de Rio, un parfum de danger et de nature.

— Je me doute qu'ils s'en moquent, ils ont probablement déjà pris tes mauvaises habitudes.

Rio se pencha sur elle comme pour la rassurer, tout en frottant les oreilles des deux léopards. Elle aperçut alors la plaie irrégulière sur sa tempe, là où elle l'avait frappé. La blessure guérissait déjà mais aurait bien eu besoin de points de suture. Spontanément, elle leva la main pour l'effleurer.

— Tu vas avoir une cicatrice, Rio. Je suis vraiment désolée. Tu étais tellement occupé à prendre soin de moi que tu n'as pas eu le temps de te soigner.

Elle s'en voulait de l'avoir attaqué. Les détails étaient flous dans son esprit, chassés par des images cauchemardesques d'hommes se métamorphosant en léopards.

— Tu essaies de te trouver des excuses pour ne pas toucher les léopards ? répondit-il en lui prenant la main pour la glisser sur le dos d'un des deux animaux. Celui-ci s'appelle Fritz. Il lui manque un petit bout d'oreille et les taches sur son pelage ressemblent à une carte.

La peau de Rachael était de nouveau sèche et brûlante au toucher, tandis que ses yeux devenaient vitreux et trop brillants.

La jeune femme fit un ultime effort pour s'empêcher de trembler.

— Bonjour, Fritz. Si c'est toi qui as déchiqueté ma jambe l'autre soir, merci de bien vouloir t'en abstenir à l'avenir.

Les traits de Rio s'adoucirent en un léger sourire.

— Très bien. Je suis sûr qu'il s'en souviendra. Celui-là s'appelle Franz. La plupart du temps, il est de bonne composition, sauf quand Fritz vient l'embêter, auquel cas il peut se montrer un peu soupe au lait. Il leur arrive de disparaître tous les deux pendant plusieurs jours, mais en général ils restent avec moi. Je les laisse aller et venir à leur guise.

Rachael ne put retenir un frisson d'excitation en sentant sous ses doigts une créature aussi sauvage et insaisissable qu'un léopard nébuleux.

— Bonjour, Franz. Ne sais-tu pas que tu es censé craindre les humains ? (Elle fronça les sourcils.) Tu ne t'es jamais dit qu'en les apprivoisant tu les rendais plus vulnérables aux braconniers qui veulent leur fourrure ?

— Ils ne sont pas domestiqués, Rachael. La seule raison pour laquelle ils acceptent ta présence, c'est parce que tu portes mon odeur. On partage le même lit. Voilà pourquoi j'essaie de renforcer ta relation avec eux, pour qu'il n'y ait plus d'erreur. Mais ils fuient les humains.

— On ne partage pas le même lit ! Et je n'ai pas de relation avec eux. Je n'en aurai jamais. Tu as conscience de ne pas être tout à fait normal ? La plupart des gens ne vivent pas ainsi.

Rio balaya sa cabane du regard.

— Ça me plaît.

Elle soupira.

— Je ne cherchais pas à te critiquer.

Elle changea de position dans l'espoir de soulager la douleur lancinante dans sa jambe.

Rio lui souleva les cheveux. Sa nuque était moite de sueur. La jeune femme commençait à s'agiter, se trémoussant constamment à la recherche d'une position plus confortable.

— Rachael, détends-toi. Je vais te préparer une boisson fraîche.

Elle se mordit la langue pour ne pas répondre lorsqu'il se leva avec sa grâce habituelle. Il ne faisait pas exprès de lui donner des ordres ; elle était simplement trop susceptible. Elle tenta de repousser les épais cheveux qui lui retombaient sur le front – ils bouclaient dans tous les sens à cause de l'humidité. Allongée sur le lit, elle avait l'impression que les murs se refermaient peu à peu autour d'elle et que tout l'air s'envolait de la pièce. Tout l'agaçait, du bruit incessant de la pluie à l'humeur espiègle des léopards. Si elle avait eu un chausson sous la main, elle l'aurait balancé sous l'effet de la mauvaise humeur.

Son regard se posa sur Rio, comme toujours. Elle était exaspérée d'être incapable de s'en empêcher. Elle pouvait même prédire exactement ce qu'il allait faire. Tout lui était familier chez lui, y compris ses gestes gracieux lorsqu'il ouvrit la glacière. Comme si elle le connaissait. Si elle fermait les yeux, il serait là, dans sa tête, à lui parler doucement, tendant la main pour repousser ses cheveux, enroulant ses doigts autour de sa nuque.

Pourquoi associait-elle chacun de ses mouvements, de ses gestes, avec ceux d'un félin ? Même ses yeux. Elle les avait vus se dilater comme ceux d'un chat la nuit, et pourtant, en pleine journée, les pupilles étaient presque invisibles.

— OK, il n'y a pas moyen que tu te sois transformé en léopard, déclara-t-elle à voix haute en fixant les yeux sur le plafond, tentant de résoudre ce mystère dans son esprit.

Il fallait qu'elle cesse de l'imaginer en train de sauter dans les arbres avec ses deux compagnons à quatre pattes. C'était idiot et la preuve qu'elle commençait à perdre la boule.

— Qu'est-ce que tu racontes ? demanda Rio alors qu'il mélangeait le contenu d'un verre avec une cuillère. La plupart du temps, tu dis n'importe quoi.

— Je ne suis pas responsable de ce que je raconte lorsque j'ai la fièvre, répliqua Rachael d'un ton brusque qui la fit grimacer.

Elle était fatiguée. Et fatiguée d'être fatiguée. Fatiguée de se sentir patraque, grincheuse, et incapable de discerner ses hallucinations de la réalité.

— Tu pourrais essayer de ne rien dire, suggéra-t-il.

Rachael grimaça de nouveau. Elle parlait toujours trop quand elle était nerveuse.

— Tu dois avoir raison. Je pourrais rester muette et impassible, à fixer les murs, comme toi. On s'entendrait probablement beaucoup mieux.

Elle avait honte de réagir ainsi, mais c'était soit ça, soit se mettre à hurler.

Rio leva les yeux vers elle. Son visage était empourpré, ses doigts trituraient fébrilement la couverture. Chaque fois qu'il la regardait, il sentait un étrange pincement au fond de lui, là où il était encore capable de ressentir des émotions.

— On s'entend bien, dit-il d'un ton bourru. Ce n'est pas toi. Je n'ai juste pas l'habitude d'avoir de la compagnie.

Rachael soupira. Pourquoi fallait-il qu'il se montre si gentil alors qu'elle avait envie d'une bonne dispute ? Elle aurait pu ainsi se défouler sur lui sans mauvaise conscience.

— Je suis désolée. Je m'apitoie sur mon sort, c'est tout. Honnêtement, je ne comprends même pas ce qui se passe la moitié du temps. Je me sens stupide.

Et impuissante. Si impuissante qu'elle avait envie de hurler. Elle ne voulait pas être piégée dans une maison avec un parfait inconnu qui était à l'évidence tout aussi dangereux qu'il en avait l'air.

— Nous sommes des étrangers l'un pour l'autre, pas vrai ?

Elle sentait son regard la brûler jusqu'au bout des orteils. Pourquoi avait-elle autant l'impression de le connaître ? Quand il la touchait, pourquoi était-ce si familier ?

Il haussa les sourcils.

— Tu es dans mon lit. Je prends soin de toi jour et nuit depuis deux jours. Je suis loin d'être un étranger.

Exaspérée, Rachael se frappa la tête contre son oreiller.

— Ce n'est pas une réponse ! Tu as grandi dans un monastère où on t'a appris à parler comme un sphinx ou quoi ? Parce que, si c'est ce que tu essaies de faire, laisse-moi te dire que c'est plus énervant et ridicule que mystérieux et prophétique. (Elle souffla pour repousser sa frange, qui lui tombait sur les yeux.) Mes cheveux me rendent folle, tu aurais des ciseaux ?

— Pourquoi essaies-tu sans cesse de mettre la main sur des objets tranchants ?

Elle éclata de rire. Le bruit emplit la pièce et dérangea plusieurs oiseaux perchés sur la rambarde du porche. Ils s'envolèrent dans un bruissement d'ailes et des pépiements furieux.

— J'ai l'impression de devoir constamment m'excuser. Je suis rentrée chez toi par effraction, je me suis servie de ta douche, j'ai dormi dans ton lit, puis je t'ai attaqué et forcé à prendre soin de moi pendant que j'étais soit dans les vapes, soit grincheuse. Et maintenant je te menace avec des objets pointus.

— Menacer de te couper les cheveux serait presque aussi douloureux, déclara-t-il avant de franchir la distance qui les séparait pour la regarder dans les yeux. Personne ne peut me forcer à faire quoi que ce soit.

La seule exception était peut-être la femme fascinante en face de lui, mais pas question qu'il le lui dise. Il frotta les pointes inégales de ses cheveux entre ses doigts.

— Tes cheveux sont déjà assez courts, ce n'est pas la peine de les couper davantage.

— Ils étaient bien plus longs avant. Mais ils sont tellement épais qu'ils me tiennent trop chaud avec l'humidité ambiante.

— Je vais te trouver quelque chose pour les attacher.

— Ne t'embête pas, Rio, je suis juste à cran.

Elle avait honte d'elle-même face à la gentillesse dont il faisait preuve.

— J'ai trouvé des vêtements humides qui sentaient la vase cette nuit-là. Tu t'es retrouvée dans la rivière ?

— Des bandits nous ont attaqués, ils sont sortis de la jungle en tirant. Je crois que Simon a été touché. Je suis passée par-dessus bord et la rivière m'a emportée.

Il se crispa.

— Tu aurais pu mourir.

— J'ai eu de la chance. Mon haut s'est accroché à une branche et j'ai réussi à me hisser sur un arbre qui avait basculé dans la rivière. Je me suis frayé un chemin à travers la jungle jusqu'ici. Je ne m'attendais pas à trouver cette cabane. J'ai failli ne pas la voir mais le vent soufflait si fort qu'il avait arraché une partie du feuillage qui la camouflait. Comme j'avais peur de ne pas retrouver mon chemin en allant explorer les environs, j'ai accroché une corde entre deux arbres pour marquer l'endroit. Je pensais que c'était un pied-à-terre utilisé par les tribus indigènes lorsqu'elles se déplacent dans la forêt.

— Et moi je pensais que tu étais un bandit qui avait réussi à me devancer et à me tendre une embuscade. J'aurais dû me douter que ce n'était pas le cas, mais j'étais épuisé et mes blessures me faisaient un mal de chien. Qui est Simon ?

Il avait attendu suffisamment longtemps pour poser la question, fait la conversation comme une personne rationnelle. Il sentait l'intensité des émotions qu'il refoulait lui ronger l'estomac. Il savait pourtant que c'était une mauvaise idée de se montrer vulnérable. Mais c'était trop tard. Et il ne savait pas comment revenir en arrière.

— Simon est l'un des volontaires de notre groupe de secours médical.

— Donc c'est un inconnu. Vous ne vous connaissiez pas avant ce voyage.

Le soulagement qu'il ressentît l'irritait considérablement.

Elle hocha la tête.

— On venait tous des quatre coins du pays et on s'est retrouvés pour distribuer les fournitures médicales.

— Qui était votre guide ?

— Kim Pang. Il avait l'air vraiment gentil et je l'ai trouvé très compétent.

Elle avait posé la main sur la cuisse de Rio et le sentit se raidir. Son regard, soudain menaçant, la fit frissonner.

— Tu as vu ce qui lui est arrivé ?

— Non. La dernière fois que je l'ai vu, il essayait frénétiquement de couper la corde qui retenait le bateau au ponton. C'est un ami à toi ?

Rachael espérait que Kim Pang était en sécurité, que tous les autres l'étaient, mais ce serait dangereux pour elle si Rio et le guide se connaissaient.

— Oui, je connais Kim. C'est un homme bien. Il faut que j'aille voir si certains membres de ton groupe ont survécu, si je peux retrouver leur trace.

— Par ce temps ? Sans compter que la nuit tombe. C'est dangereux, Rio. Et l'attaque a eu lieu sur l'autre rive.

S'il s'obstinait, elle devrait partir sans attendre. Rachael s'en voulait d'être si égoïste. Bien sûr que Rio se devait d'aller aider les autres s'il le pouvait, même si elle ne voyait pas vraiment ce qu'il espérait accomplir contre une bande armée.

Prise d'un accès de colère, contre elle-même ou la situation, Rachael retira sa couverture d'un geste brusque.

— Il faut que je sorte de ce lit, de cette pièce, avant de devenir complètement folle.

— Du calme, dit Rio en l'arrêtant d'une main avec un petit regard entendu, comme s'il avait lu dans son esprit ses pensées égoïstes. Ne bouge pas. Je vais voir ce que je peux faire.

Rachael le regarda traverser la pièce et disparaître au-dehors. Elle l'entendait se déplacer sur le porche, ce qui était inhabituel. Le vent aida à dissiper la chaleur oppressante et sa sensation de claustrophobie, mais Rachael avait envie de pleurer, incapable de franchir la petite distance qui la séparait de la porte. La brise faisait voleter la moustiquaire. Comme toujours, Rio n'avait pas allumé la lumière. Il semblait capable de voir dans le noir.

Cette pensée fit remonter un souvenir à la surface. Un rire contagieux, eux deux en train de parler tout bas sous la pluie. Rio qui la faisait tournoyer sur elle-même tandis qu'elle levait le visage vers les gouttes. Pourtant, rien de tout cela n'était jamais arrivé, elle en était certaine. Rio n'était pas le genre d'homme qu'une femme oubliait ou décidait de quitter

— Allez, je t'emmène dehors. Il pleut, mais le toit du porche ne fuit pas, donc tu vas pouvoir rester assise en plein air un petit moment. Je sais ce que ça fait de se sentir en cage. Mets tes bras autour de mon cou.

— Je suis lourde, le prévint Rachael en s'exécutant.

Une bulle de joie s'épanouit en elle à l'idée de sortir du lit et de voir le ciel.

— Je crois que je vais m'en sortir, répondit-il d'un ton pince-sans-rire. Tiens-toi prête, ça va te faire mal quand je vais te soulever.

En effet. Rachael enfouit son visage contre le cou de Rio pour étouffer un cri. La douleur remonta de sa jambe jusqu'au creux de son estomac avant de se propager dans l'ensemble de son corps. Elle enfonça ses ongles dans sa peau et se mordit le pouce.

— Je suis désolé, dit-il gentiment.

Rio avança en douceur, glissant presque pour éviter de la secouer. Lorsqu'il franchit la porte, Rachael fut accueillie par le tumulte naturel de la forêt. Les insectes, les grenouilles, le babil des animaux, les bruissements d'ailes et le bruit constant de la pluie se mêlaient les uns aux autres.

Rio avait sorti un fauteuil moelleux, la seule possession à laquelle il tenait. Il y installa Rachael avec précaution, glissant un coussin sur une chaise de cuisine pour sa jambe. Rachael pencha la tête en arrière pour admirer la haute canopée. Tout le porche était couvert. La rambarde était faite de branches noueuses et polies, et elle se fondait si bien dans les arbres environnants qu'il était impossible de discerner où elle laissait place à la forêt.

Rio s'assit sur une chaise à côté d'elle et lui tendit un verre.

— Bois, ça devrait te rafraîchir. Dans une heure environ, je pourrai te donner d'autres médicaments pour faire tomber ta fièvre.

C'était plus la douleur que la fièvre qui la faisait transpirer, mais elle ne voulait pas le lui dire après tout le mal qu'il s'était donné. Le vent frais faisait voltiger les mèches folles de sa tignasse ébouriffée. Elle y passa les doigts avant d'accepter le verre d'une main tremblante. Quelques gouttes du liquide passèrent par-dessus bord. Puis elle regarda fixement les troncs et les branches couvertes d'orchidées sauvages de toutes les couleurs.

— Rio, dis-moi la vérité. Est-ce que je vais perdre ma jambe ? Je préférerais savoir tout de suite.

Elle se figea dans l'attente de sa réponse, tentant de se convaincre qu'elle était prête à attendre la vérité.

Rio secoua la tête.

— Je ne peux rien te promettre, Rachael, mais ta jambe est moins gonflée, ta fièvre diminue par moments et ta peau n'est plus marbrée, donc je crois qu'on a évité la septicémie. Dès que possible, je t'emmènerai chez un médecin pour qu'il puisse y jeter un œil. La rivière devrait rentrer rapidement dans son lit.

— Je ne peux pas aller voir un médecin, admit-elle à contrecœur. Personne ne doit savoir que je suis en vie. Sinon, je ne survivrai pas.

Il la regarda porter le verre à ses lèvres, avaler le liquide et déglutir. Il étira ses jambes devant lui, faisant mine d'être complètement détendu.

— Qui veut ta mort, Rachael ?

— Quelle importance ? J'ai eu la présence d'esprit de me débarrasser de mes chaussures dans la rivière. Ils les trouveront peut-être s'ils partent à ma recherche. Et, crois-moi, ils vont me chercher. Ils embaucheront les meilleurs traqueurs possibles.

— Alors c'est moi qu'ils viendront chercher. La traque est ma spécialité, quand je ne suis pas occupé à m'en prendre aux bandits.

Rachael ravala la peur qui l'étreignit soudain.

— Super. Ce n'est pas comme si je pouvais t'échapper. Ils t'offriront beaucoup d'argent pour que tu me livres à eux. Ou peut-être qu'ils te demanderont de me tuer. Ce serait plus simple.

— Heureusement pour toi, la richesse ne m'attire pas particulièrement. Je n'ai pas besoin de beaucoup d'argent ici. Je peux cueillir des fruits en abondance, chasser et faire du troc pour les choses qui me manquent. Je crois que j'ai un côté fainéant. (Il lui lança un sourire coquin.) En plus, tu es dangereuse avec un tisonnier. Je ne veux pas t'énerver.

— S'ils te le demandent, est-ce que tu leur diras où je suis ?

— Pourquoi est-ce que je ferais ça alors que je peux te garder pour moi tout seul ?

Rachael avala le reste de son jus. Il était frais et sucré. Puis elle posa sa tête sur l'épaule de Rio et s'autorisa à se détendre. La nuit était si belle avec les multitudes de feuillages et les arbres qui se balançaient doucement sous le vent. La mélodie que jouait la pluie était presque réconfortante maintenant qu'elle pouvait profiter de la brise.

— Alors, tu comptes faire durer le suspense longtemps ? ou bien veux-tu que je le devine ? Pourquoi est-ce que quelqu'un aurait autant envie de te tuer ?

Chapitre 5

— Tu as vraiment le chic pour gâcher une belle soirée, déclara Rachael en continuant à contempler la forêt.

Des ombres dégringolaient des arbres, une symphonie de coassements, crissements et bruissements accompagnaient le vent.

— J'ai toujours cru que ce serait calme ici. L'orée de la forêt fourmille d'activité, les poissons et les insectes grouillent autour des marais, mais, je ne sais pas pourquoi, je pensais qu'en plein cœur ce serait paisible.

— C'est le chant de la forêt. J'ai toujours aimé entendre le bruit des insectes et des oiseaux contre les feuilles, dans le vent. Tout devient de la musique quand on tend l'oreille.

— Tu as raison. Pourquoi les gens ne peuvent-ils pas nous laisser tranquilles, Rio ? Je me suis enfuie, c'est vrai. Mais est-ce vraiment important que tu saches pourquoi ? ou à cause de qui ? Quelle différence cela fait-il ici, en pleine forêt ?

Rio tenta d'ignorer le ton mélancolique de sa voix. De rester de marbre.

— Il me semble parfaitement raisonnable de vouloir savoir pourquoi quelqu'un voudrait te tuer. Fuis-tu un mari ? quelqu'un d'assez riche et puissant pour te traquer jusqu'ici ? Pourquoi ne te laisserait-il pas partir ?

Il l'entendait respirer doucement à côté de lui, sentait sa peau contre la sienne, douce et tentante, quoiqu'un peu trop chaude. Mais son courage et son sens de l'humour étaient encore plus attirants que ses attributs physiques. Elle commençait à envahir ses pensées, à s'infiltrer dans ses veines. Rio tendit la main pour lui repositionner plus confortablement son poignet cassé.

— Question idiote. Moi non plus, je ne t'aurais peut-être pas laissée partir.

Rachael leva la tête pour le regarder, un léger sourire aux lèvres.

— Rio, c'est gentil. Merci.

Mais il semblait plus tourmenté que reconnaissant.

— Il faut que tu me dises pourquoi, Rachael. Si quelqu'un est sur tes traces, il faut que je sois prêt.

— Il n'y a aucun moyen de se préparer. Dès que je serai sur pied, je reprendrai la route. Il doit bien y avoir un endroit où ils ne me trouveront pas. J'espère qu'ils me croiront morte.

— Si Kim est en vie, il saura que tu as survécu. Il est l'un des meilleurs pisteurs des environs. Et il partira à ta recherche parce que tu étais sous sa responsabilité. Le gouvernement va être dans tous ses états en apprenant qu'un groupe de bénévoles a été attaqué par des bandits. Il va tous vous chercher. Les habitants ont besoin des fournitures médicales, il ne manquerait plus que le bruit coure qu'il est trop dangereux de circuler sur la rivière et aux abords de la forêt – ce sont deux grosses attractions touristiques. Et si quelqu'un d'autre, une source extérieure, fait pression sur le gouvernement pour qu'il poursuive les bandits, la rivière sera fouillée de fond en comble.

— Les gens se noient sans arrêt et leurs corps ne sont jamais retrouvés. Est-ce que Kim Pang est un ami à toi ? S'il vient me chercher, pourrais-tu le convaincre de dire que je me suis noyée ?

— Il ne mentira pas. S'il est encore en vie, ce que je compte découvrir le plus tôt possible, je lui demanderai de disparaître pour qu'on ne puisse pas le questionner. Il a une certaine réputation et ne mérite pas de la voir entachée à cause de cette histoire.

Rachael détourna le regard.

— Je l'aimais bien. Plus que les autres. Je ne crois pas que ces bandits étaient là pour nous kidnapper en échange d'une rançon. Je crois que quelqu'un leur avait donné beaucoup d'argent pour me trouver.

Rio secoua la tête.

— Je ne peux pas croire que quelqu'un te haïsse à ce point.

— Je n'ai pas dit qu'il me haïssait.

Sa réponse frappa Rio en plein cœur. Une jalousie noire l'envahit, décuplée par son instinct animal. Il refusait de se laisser guider par la passion. C'était bien trop dangereux. Il avait une vie à présent, une vie qu'il appréciait. Pas question que Rachael vienne gâcher tout cela.

Le vent changea de direction, leur envoyant des gouttes d'eau au visage. Rio se pencha aussitôt vers Rachael pour la protéger.

— Les bandits sont monnaie courante dans les environs. Pas seulement ici mais dans presque tous les pays où il est facile de disparaître dans la forêt et la rivière. La Malaisie, les Philippines, la Thaïlande... Ce n'est pas une situation unique, ni même inattendue. Vous n'aviez pas été prévenus que c'était un risque ?

Il parlait d'une voix calme, mesurée, qui ne trahissait pas la colère qui brûlait en lui. Rachael ne lui appartenait pas. Elle ne lui appartiendrait jamais.

— Le risque semblait minime.

— Je vois ça tout le temps. Tu aurais dû rester chez toi, Rachael. Tu aurais dû te rendre à la police.

— Tout le monde n'a pas cette option, Rio. J'ai fait du mieux que j'ai pu au vu des circonstances. Je ne compte pas rester ici, j'attends juste que ma jambe guérisse suffisamment.

— Et tu crois que ça va se faire du jour au lendemain ? répondit-il d'une voix caressante, presque sensuelle.

Rachael dut ravaler ses larmes. Qu'il la croit ou non, elle était source de danger. Elle aurait voulu s'en aller pour le protéger, mais il avait raison. Elle ne voulait plus faire face à la réalité de sa vie. Si elle avait été assez désespérée pour braver une rivière en crue, il devait bien voir qu'elle avait besoin de se croire en sécurité, ne serait-ce qu'un moment.

La forêt l'appelait, ce sanctuaire capable de cacher toutes sortes de secrets. Alors, pourquoi pas elle ? Les feuillages dissimulaient la cabane de Rio, haut dans les branches. Il devait y avoir un moyen de disparaître dans la verdure.

— Rio, je sais que tu habites ici pour te cacher du monde. Ne pourrais-tu pas m'apprendre à vivre dans la forêt ? Il doit bien y avoir un endroit pour moi.

— Je suis né ici. Je suis chez moi dans la forêt et j'y serai toujours. En ville, j'étouffe. Je n'ai aucun désir d'y vivre, ni d'y travailler. Je ne veux pas de télévision ou de films. J'y vais simplement pour prendre des livres et cela suffit à mon bonheur. Une femme comme toi ne peut pas vivre ici.

— Pardon ? Une femme comme moi ? Et quel genre de femme suis-je, Rio ? J'aimerais entendre ton analyse car ce n'est pas la première fois que tu me décris en ces termes.

Rio tourna la tête, soudain submergé par l'amusement et même l'admiration. Il y avait du mordant dans la voix de Rachael, un challenge distinctement féminin. Elle était coincée chez lui, en pleine jungle, vêtue d'une chemise qui ne lui appartenait pas, le corps ravagé par une infection, et elle parvenait malgré tout à paraître parfaitement à l'aise, et même énervée contre lui.

Parfaitement à l'aise avec lui. Comme s'ils se connaissaient depuis toujours.

Haut dans les arbres, un oiseau poussa un cri d'avertissement. Puis ce fut au tour des singes. Un silence anormal s'abattit soudain sur la forêt. Seule la pluie continuait de tomber. Rio se mit aussitôt debout et s'enfonça dans l'ombre, levant son visage au vent et humant l'air comme pour sentir ses ennemis avant de s'accroupir. Il claqua des doigts et les deux léopards nébuleux sortirent en silence sur le porche. L'un montra les crocs en un grognement inaudible. Lentement, pour ne pas attirer l'attention, Rio passa les bras autour des deux félins et leur murmura à l'oreille. Quand il recula, les félins se faufilèrent dans les arbres.

Puis Rio souleva Rachael dans ses bras. De nouveaux, ses gestes étaient lents, précautionneux.

— Ne fais pas un bruit. Pas un bruit, Rachael, lui souffla-t-il à l'oreille, la faisant frissonner.

Il entra dans la cabane et la déposa sur le lit. Pressée contre lui, elle le sentit trembler, comme si quelque chose frémissait sous sa peau. Cette sensation la démangea un instant. Délicatement, il remit la couverture sur elle et elle sentit quelque chose de tranchant la frôler, comme une griffure.

Il lui prit alors le visage entre les mains et la regarda droit dans les yeux.

— J'ai besoin d'être sûr que tu es lucide, là tout de suite. Il faut que j'y aille, je nous serai plus utile dehors. Je ne peux pas te laisser de lumière, Rachael, ça trahirait ta présence. Tu vas devoir rester dans le noir. Je vais te donner un pistolet, mais tu dois rester sur tes gardes. Entendu ?

La voix de Rio n'était qu'un murmure. Rachael resta prisonnière de la férocité de son regard. Ses yeux avaient changé, plus jaunes que verts désormais, ses pupilles dilatées. Le regard obsédant et inoubliable d'un prédateur. Le cœur de Rachael se mit à battre la chamade.

— Rachael, réponds-moi, insista Rio, l'air sombre et inquiet. Il faut que je sache. Il y a un intrus.

Il y avait quelque chose de différent dans son regard. Elle en était certaine. Ses yeux étaient énormes, écarquillés, et dégageaient un calme étrange, une intensité dangereuse. Ses pupilles, très rondes, étaient presque trois fois plus grandes que celles d'un être humain normal, lui permettant de voir dans le noir. Rachael s'humecta les lèvres. Rio ne cilla pas et resta focalisé sur son visage. Ses yeux ressemblaient à deux billes de verre, pénétrants, omniscients, et brillant d'une inquiétante lueur.

— Tu dois avoir une excellente vision nocturne, couina Rachael.

Quelle idiote elle faisait. Elle avait déjà un ennemi en chair et en os. Elle n'avait pas besoin d'inventer des créatures surnaturelles pour se faire peur. Elle redressa les épaules, bien décidée à se reprendre.

— Je crois qu'ils m'ont retrouvée, Rio. Ils vont te faire du mal si tu es avec moi, peu importe que tu ne saches rien.

— Nous avons un intrus, c'est certain, mais ça peut être n'importe qui. Dis-moi que tu vas bien, Rachael. Je ne veux pas découvrir en revenant que tu t'es blessée par accident. Et je ne veux pas non plus que tu essaies de me tirer dessus.

— Vas-y, ne t'inquiète pas. Je n'ai aucun mal à te voir.

Elle n'avait jamais eu une vision particulièrement perçante, et pourtant elle semblait distinguer les choses plus clairement qu'auparavant. Ou peut-être s'habituait-elle simplement à la pénombre de la forêt. Sa main valide tremblait tant qu'elle la glissa sous la couverture. Il n'était pas question qu'elle se plaigne de la nausée causée par la douleur alors que Rio s'apprêtait à sortir seul pour faire face à un intrus.

Il vérifia que le pistolet était chargé, puis le déposa sur le lit à côté d'elle avant de glisser une main sur son front. Sa peau était encore chaude.

— Reste vigilante.

Il répugnait à la quitter. Il avait l'impression de rejouer une vieille scène. Il se revoyait la toucher, glisser les doigts dans ses cheveux avant de sortir dans la nuit sur les traces d'un ennemi. Et à son retour... Un étau se referma sur son cœur.

— Rachael, sois là quand je reviendrai. Reste en vie. Pour moi.

Il ne savait pas ce qui lui avait pris de dire cela, mais il se sentait submergé par un besoin irrésistible de la prévenir. Quelque chose d'affreux s'était passé ou peut-être allait se passer, il n'y comprenait plus rien. C'était comme si sa tête était remplie de souvenirs de Rachael qui n'auraient pas dû se trouver là.

— Bonne chasse, Rio. Que la magie de la forêt soit avec toi et que la chance t'accompagne.

Bien qu'elle entendît les mots sortir de sa propre bouche, dans sa propre voix, Rachael n'avait pas la moindre idée d'où ils venaient. Elle savait instinctivement qu'elle récitait une formule rituelle, sans savoir de quel rituel il s'agissait, ni comment elle le connaissait. Elle savait juste qu'elle avait déjà prononcé ces mots auparavant.

Rachael se frotta le visage pour effacer toutes ces choses qu'elle ne comprenait pas.

— Ne t'inquiète pas pour moi, je sais me servir d'un pistolet. Sois prudent.

Rio la regarda un long moment, craignant de la quitter des yeux, craignant qu'à son retour elle n'ait disparu... ou ne soit morte, prostrée sur leur fils... Il recula brusquement, submergé par un étrange mélange de colère féroce et de chagrin infini.

— Reste en vie, Rachael, répéta-t-il d'un ton abrupt. Un ordre. Une supplique.

Puis il se força à se détourner et à quitter la cabane.

La métamorphose commençait déjà dans son corps et dans son esprit, et l'animal sauvage qui sommeillait en lui prenait le dessus ; ses bras et jambes se couvraient de fourrure, son corps se contorsionnait, ses muscles s'étiraient. Il accueillit à bras ouverts la force et la puissance du léopard, et laissa libre cours à ses instincts, en sécurité sur son territoire. Il tendit les bras et écarta les doigts, et, bientôt, des griffes grattèrent le plancher du porche avant de se rétracter.

Le léopard était imposant. Il resta assis, parfaitement immobile, la tête levée pour sentir le vent. Ses nombreuses vibrisses lui servaient de radar, lui permettant de percevoir les moindres détails du monde qui l'entourait. Les muscles saillants, l'animal s'accroupit, puis sauta sur une large branche qui s'envolait loin de la cabane. Il filait comme le vent sous le couvert de la canopée. Il se retourna une fois vers la cabane et observa les nombreux serpentins de lianes et le feuillage luxuriant qui la dissimulaient aux regards. Dans le noir, il serait presque impossible de la repérer sans connaître son emplacement.

La forêt bruissait d'informations, depuis le bourdonnement des insectes jusqu'aux cris des oiseaux. Rio avança rapidement et sans un bruit, plaqué contre les larges branches, enfonçant ses griffes dans le bois pour grimper et prenant garde à ne pas déranger le feuillage sur son passage. Le plus petit des deux léopards nébuleux émergea de l'épaisse brume en montrant les crocs. Rio se figea et se tapit contre le sol, la tête levée pour humer le vent.

L'intrus n'était pas humain. Aussitôt, le tempérament farouche du léopard explosa avec la violence d'un volcan. Rio accepta la colère féroce de la bête et redoubla de précaution, sachant qu'il était suivi, sachant que l'un des siens avait choisi de le trahir. Ses babines se retroussèrent en un grognement silencieux et révélèrent de larges canines. Les oreilles plaquées contre son crâne, le léopard commença à se frayer lentement un chemin à travers la végétation de la canopée. Le vent lui apportait l'odeur de son rival, qui se trouvait à quelques mètres de là.

Rio se faufila sur une branche surplombant l'intrus. Un grand léopard mâle au pelage fauve tacheté. L'animal leva la tête, aux aguets, et observa avec suspicion l'arbre dans lequel Rio se trouvait, immobile. Franz, caché dans un buisson non loin, fit délibérément craquer une brindille. Le bruit résonna dans le silence de la forêt.

L'intrus s'immobilisa et se plaqua au sol, regardant fixement dans la direction du petit léopard nébuleux. Rio en profita pour s'approcher en silence. Franz avait pris un risque considérable. L'autre léopard était clairement en mode chasse et le tuerait aisément s'il le trouvait.

Rio avança agilement sur sa branche, puis sauta sans bruit sur celle d'en dessous avant de se figer lorsque le mâle tacheté leva le nez au vent. Fritz, à plusieurs centaines de mètres de Franz, poussa un gémissement sourd qui retentit jusqu'aux profondeurs de la forêt. L'intrus se ramassa sur lui-même en retroussant les babines, les oreilles aplaties et la queue basse, se tournant vers le bruit et se préparant à bondir.

Rio passa alors à l'attaque, plongeant sur son adversaire. Celui-ci se décala à la dernière seconde, donnant au passage un grand coup de griffe sur les flancs de Rio, mais ne parvint pas à esquiver totalement les canines tranchantes qui visaient sa gorge.

Aussitôt, les bruits de bataille réveillèrent la forêt ; les singes se mirent à crier, les oiseaux prirent leur envol, les roussettes sautèrent d'arbre en arbre tandis que les deux énormes fauves roulaient au sol dans une mêlée de griffes et de crocs. Le chaos avait remplacé le silence, tous les animaux échangeant des cris d'avertissement face au combat mortel qui se jouait. Un orang-outan, installé pour la nuit dans son lit entre deux branches, lança furieusement une poignée de feuilles aux deux fauves tandis qu'ils grondaient férocement et se livraient à un dangereux ballet de griffes et de crocs acérés.

Les léopards se contorsionnaient dans des positions improbables et se tournaient autour comme des tornades, bondissant et se sautant à la gorge. La bataille fut courte mais intense, les rugissements et les grognements féroces résonnant à travers les arbres jusqu'aux nuages menaçants au-dessus de la canopée. Les nuages répondirent par un déluge de pluie. Seules quelques gouttes se frayèrent un chemin à travers les épaisses frondaisons mais cela suffit à faire taire singes et oiseaux.

L'intrus échappa à Rio d'un roulé-boulé, puis s'enfuit rapidement dans les arbres, se dirigeant délibérément vers l'endroit où se trouvait le petit léopard nébuleux. Rio s'élança à sa poursuite avec un cri d'avertissement, mais l'ennemi avait déjà débusqué Fritz, qu'il attrapa par le cou entre ses dents tranchantes avant de le secouer violemment. Puis il le lâcha au sol et s'enfuit juste au moment où Rio se jetait de nouveau sur lui. Des griffes lui lacérèrent la croupe et son hurlement de douleur fit s'envoler les oiseaux alentour, mais il ne s'arrêta pas, s'agrippant aux branches pour s'enfuir.

Rio redescendit rapidement de l'arbre pour examiner les blessures de Fritz. Son attaquant ne l'avait pas épargné, mais il était encore en vie. Rio poussa un feulement de colère. Il dut se retenir pour ne pas céder à sa nature profonde qui exigeait qu'il traque sa proie. Il ravala la fureur qui bouillonnait en lui et criait vengeance.

Il n'y avait aucun doute dans son esprit : il venait d'affronter l'un des siens, rusé et intelligent, mi-homme, mi-léopard. Et celui-ci était venu le tuer. Rio connaissait la plupart des membres de son peuple ; il en restait peu d'entre eux dans la forêt. Beaucoup habitaient désormais dans d'autres pays et certains vivaient en ville, se faisant passer pour des humains. Rio ne reconnaissait pas l'odeur de l'intrus, mais il reconnaissait l'intelligence dont ce dernier avait fait preuve en se retenant de tuer Fritz dans un accès de colère. L'attaque avait été sans pitié et bien pensée malgré le manque de temps. L'intrus savait que Rio n'abandonnerait pas le léopard blessé pour le suivre. Ce qui signifiait qu'il savait également que Rio se déplaçait avec ses deux compagnons à quatre pattes.

Rio regarda prudemment autour de lui et sentit le vent. Il toussota pour réclamer des renseignements aux animaux perchés dans les arbres. Une troupe de singes répondit d'un cri. Rio reprit alors forme humaine, laissant la douleur envahir ses muscles et ses tendons, qui se contractèrent et s'étirèrent. Accroupi près de Fritz, il pressa une main contre les plaies du petit félin, lui murmurant des paroles rassurantes et ignorant ses propres blessures.

— Franz, reste sur tes gardes, ordonna-t-il en soulevant Fritz dans ses bras.

Sans cesser d'exercer une pression sur les deux plaies, Rio s'élança à travers la forêt, zigzagua entre les arbres, sauta par-dessus les rondins qui lui barraient le chemin, franchit deux petits ruisseaux, aussi vite que possible. Il avait une musculature semblable à celle d'un léopard, faite pour porter de larges proies. Il ne peinait pas sous le poids de Fritz, mais, sous sa forme humaine, sa peau était plus fragile et la forêt l'égratignait au passage.

Rio sauta aisément sur l'épaisse branche basse qui menait à sa cabane et, sans perdre l'équilibre, grimpa jusqu'au porche. Il annonça son arrivée à Rachael pour ne pas qu'elle lui tire dessus lorsqu'il ouvrit la porte d'un coup de hanche. Fritz, pelotonné contre lui, leva la tête avec crainte. Il haletait et ses flancs étaient maculés de sang.

En les voyant, Rachael poussa un cri et glissa le pistolet sous l'oreiller.

— Qu'est-ce qui s'est passé ? Qu'est-ce que je peux faire ?

Le visage de Rio n'était plus qu'un masque féroce, tel un guerrier, ses yeux brillant de colère. Il la scruta intensément, sans ciller, pour jauger dans quel état elle se trouvait.

— Rio, sérieusement, laisse-moi t'aider.

Il changea aussitôt de direction et vint déposer l'animal sur le lit.

— Peux-tu t'asseoir seule ?

Rachael ne prit pas la peine de répondre. Elle se redressa simplement, prenant soin de garder l'air serein tandis que son cœur battait la chamade et que la douleur lui donnait la nausée. Elle avait l'habitude de cacher sa peur. Le félin était grièvement blessé, et donc encore plus dangereux que d'ordinaire. Rachael en eut la gorge nouée lorsque Rio lui installa l'animal sur les genoux, puis lui prit les mains pour les presser contre ses blessures. Elle se retrouva avec un léopard de vingt kilos sur les bras et les mains couvertes de sang.

Rio alluma la lampe, attrapa sa trousse à pharmacie et s'agenouilla à côté du lit.

— Ne bouge pas, Fritz, murmura-t-il. Je sais que tu as mal, mais ça va s'arranger.

Sans regarder Rachael, il soigna l'animal avec des gestes doux et assurés.

Ses cheveux noirs lui encadraient le visage alors qu'il tenait la tête penchée. Sa peau était couverte de sueur et de sang, et il dégageait une odeur sauvage de pelage mouillé. On aurait dit que son visage était taillé dans de la pierre tandis qu'il s'évertuait à sauver le léopard.

— Les blessures sont profondes, comme sur ta jambe. J'ai suturé tes lacérations mais drainé les plaies perforantes, je vais devoir faire de même pour Fritz. Le mieux que je puisse faire est de nettoyer soigneusement les plaies, puis lui donner des antibiotiques en espérant qu'elles ne forment pas d'abcès. Si c'est le cas, il faudra que je lui pose des drains.

Tandis que Rio nettoyait les plaies, Fritz ouvrit la bouche, dévoilant ses longues canines, et émit un horrible feulement. Rachael inspira profondément, sans détourner les yeux du visage de Rio, craignant de se mettre à hurler à son tour si elle regardait les dents de l'animal.

Franz, qui faisait les cent pas dans la pièce, répondit à Fritz, puis, sans prévenir, il sauta à son tour sur le lit, manquant d'écraser les jambes de Rachael. La douleur la transperça et lui arracha un petit cri. L'espace d'un instant, la pièce vira au noir.

— Rachael !

La voix incisive de Rio la ramena à elle. D'un geste, il fit descendre Franz du lit avec un grognement menaçant.

À sa grande surprise, Rachael découvrit qu'elle n'avait pas lâché Fritz. Appliquant davantage de pression sur les blessures de l'animal, elle secoua la tête.

— Je suis désolée. Je ne m'attendais pas à ce qu'il fasse ça.

— Tu t'en sors bien. Tu peux continuer ?

— Si tu peux, je peux.

Il l'observa de ses yeux verts impénétrables, comme si le simple fait de la regarder lui donnait de la force. Puis il retourna son attention vers le léopard.

Rachael poussa un long soupir et ravala la bile qui lui montait à la gorge sous l'effet de la douleur. Elle ferait n'importe quoi pour voir cette expression sur le visage de Rio. Un lien. Une connexion. Elle se laissa bercer par sa voix tandis qu'il rassurait à voix basse le félin en recousant sa plaie. Elle se surprit à caresser de sa main libre le pelage de l'animal, qui restait immobile malgré ses tremblements.

Rachael attendit que Rio s'attaque à la deuxième plaie pour demander :

— Que s'est-il passé ?

— Il y avait un gros léopard mâle tacheté dans la forêt. Il a attaqué Fritz. Heureusement, il l'a relâché avant de lui écraser la trachée.

Elle observa les profondes griffures sur le corps de Rio.

— Tu as affronté un léopard qui essayait de tuer ton chat ?

— Je te l'ai déjà dit, Fritz et Franz ne sont pas des animaux de compagnie. Ce sont mes amis. Je n'ai pas sauvé Fritz, il essayait de me protéger et s'est mis en danger.

Rachael se pencha sur le félin pour examiner l'oreille dont il manquait un morceau.

— Donc celui-ci est Fritz ?

Rio hocha la tête, concentré sur son travail.

— Cette plaie n'est pas aussi profonde que l'autre. Je vais lui donner quelque chose pour combattre l'infection. L'attaque était délibérée.

— Pourquoi ? demanda Rachael sans le regarder.

Rio avait craché ces derniers mots entre ses dents, comme s'il avait parlé sans réfléchir, furieux contre le léopard qui avait attaqué son compagnon. Rachael sentait qu'il était sur le point de lui révéler quelque chose de très important.

— Je crois qu'il traquait l'un de nous deux, mais je ne sais pas qui. Au début, je pensais que c'était moi, mais je n'en suis plus si certain.

Rachael compta les battements de son propre cœur. C'était une astuce dont elle se servait souvent quand elle se retrouvait dans une situation dangereuse et voulait paraître calme, ou quand elle avait besoin d'informations et ne voulait pas réagir trop vite. Elle se figea lorsque Rio leva ses yeux perçants vers elle. Son regard était indéchiffrable. Un mélange dangereux d'homme et de bête. Rachael savait que les yeux des félins comportaient une couche de cellules réfléchissantes derrière chaque rétine qui leur permettait de mieux capter la lumière au plus noir de la nuit ou au plus profond de la forêt. Cette membrane, appelée *tapetum lucidum*, agissait comme un miroir et renvoyait la lumière perçue, la faisant ainsi passer une seconde fois dans la rétine pour une meilleure acuité visuelle. La réflexion de la lumière sur la membrane faisait briller les yeux de couleurs jaune-vert et rouge, phénomène que Rachael avait observé aussi bien chez Rio que chez les deux léopards nébuleux.

— Pourquoi est-ce qu'un léopard traquerait l'un de nous, Rio ?

Cela ne rimait à rien. Pourquoi le prédateur se soucierait-il de qui il dévorait ?

Il y eut un long silence, ponctué des gémissements du vent, du martèlement de la pluie et des bruits de pas agités de Franz. Rachael était certaine que Rio entendait les battements frénétiques de son cœur.

— Je ne crois pas que c'était un simple léopard, mais une tout autre espèce.

La voix de Rio se noyait dans la nuit, pleine de secrets et d'ombres que Rachael ne voulait pas examiner de trop près.

Elle ravala les protestations qui lui montaient aux lèvres. Elle était certaine que Rio n'exagérait pas, ce n'était pas son genre.

— Je suis désolée, je ne comprends pas bien ce que tu essaies de me dire. Une nouvelle espèce de léopards, ici en pleine forêt tropicale, qui n'aurait pas encore été découverte ? ou une espèce génétiquement modifiée ?

— Une espèce qui existe depuis des millénaires.

Rachael frotta les oreilles de Fritz.

— Qu'est-ce que ces léopards ont de différent ?

— Ils ne sont ni animaux ni humains. Un peu des deux, mais ni l'un ni l'autre.

Rachael se figea et détourna les yeux du regard magnétique de Rio, l'esprit en ébullition.

— Il y a longtemps, quand j'étais petite, ma mère me racontait des histoires au sujet d'une race de léopards. Ou plutôt d'une espèce capable de prendre la forme d'un léopard ou d'un large félin. Ses membres possédaient certaines caractéristiques des léopards, mais aussi des humains et de leur propre espèce, une sorte de triple mélange. Je n'ai jamais entendu personne d'autre les mentionner jusqu'à maintenant. Est-ce cela dont tu veux parler ?

Peu de choses parvenaient encore à choquer Rio, mais ses mains s'immobilisèrent en plein vol et il la regarda fixement.

— Comment ta mère aurait-elle pu entendre parler du peuple léopard ? Très peu de gens connaissent son existence.

— Tu as conscience de ce que tu dis, Rio ? Qu'un tel peuple existerait vraiment ? Je pensais que ce n'était qu'une histoire que me racontait ma mère le soir, quand nous étions seules. Elle me parlait toujours du peuple léopard pour m'endormir. (Rachael fronça les sourcils, tentant de raviver ses souvenirs.) Mais elle utilisait un autre nom.

Rio se raidit.

— Quel nom ?

Rachael avait beau essayer de s'en souvenir, le nom lui échappait.

— Je n'étais qu'une enfant, Rio. Puis elle est morte et on est allés vivre avec... Peu importe. Tu veux dire que cette espèce pourrait véritablement exister ? Mais pourquoi l'un de ses membres te voudrait-il du mal ? ou à moi ?

— Je suis un homme recherché, Rachael. Je me suis mis des bandits à dos en leur reprenant à plusieurs reprises ce qui ne leur appartenait pas. Ça leur a coûté cher et, à présent, ils veulent ma peau. (Il haussa les épaules et caressa le petit léopard.) Tiens-le encore quelques minutes le temps que je lui prépare son lit.

— J'ai fait empirer les choses en venant ici, pas vrai ?

— Je ne crois pas que ce soit possible. S'ils te traquent jusqu'ici, on partira. Ils ne me vaincront pas sur mon propre territoire. Ils préfèrent la rivière à l'intérieur de la forêt. Et quelques personnes pourront nous aider si besoin. Je connais tous les membres des tribus locales et ils me connaissent aussi. Je les entendrai s'ils pénètrent dans la forêt.

Sur ces mots, il éteignit la lampe, plongeant la pièce dans le noir.

— Mais pas si ce peuple léopard est de mèche avec eux, répliqua Rachael en clignant des yeux pour s'habituer à l'obscurité.

La lune tentait vaillamment de percer les nuages et l'épaisse canopée, mais elle ne déversait qu'un fin rayon de lumière dans la cabane.

— Et si ces hommes-léopards existent vraiment, pourquoi n'ont-ils pas encore été découverts ? Ils doivent être très intelligents.

— Intelligents, prudents et rusés. Du genre qui incinèrent leurs morts, trouvent les dépouilles de ceux décédés par accident, s'unissent pour récupérer le corps de ceux abattus par les chasseurs. Une société secrète aux membres hautement qualifiés qui dépendent les uns des autres.

— Comme toi.

Rachael ne pouvait effacer de son esprit le visage de Rio se transformant en celui d'un léopard adulte, son museau et ses crocs se précipitant sur elle.

Il revint vers le lit et braqua ses yeux verts sur elle.

— Comme moi.

Puis il se pencha et souleva le léopard de vingt kilos dans ses bras.

Rachael agrippa la couverture. Était-ce possible ? Était-ce son imagination enfiévrée ou Rio s'était-il vraiment transformé en léopard ? Elle l'observa, accroupi à côté de Fritz, des traces de sang maculant son dos, ses côtes, jusqu'à ses cuisses, et une entaille au niveau du cou. En le voyant ainsi, à rassurer l'animal blessé, peu lui importait ce qu'il était.

Rachael ravala la peur qui lui nouait la gorge.

— Rio, tu saignes. Viens près de moi. Où es-tu blessé ?

Rio se leva et se tourna vers elle. L'inquiétude et la compassion qu'il entendait dans sa voix, qu'il lisait dans son regard, le touchaient au plus profond de lui, un endroit qu'il préférait oublier. Elle lui faisait perdre le contrôle, ce qui était bien plus dangereux qu'elle ne pouvait l'imaginer. Il haussa les épaules.

— Ce n'est rien, juste quelques égratignures.

Rachael le regarda traverser la pièce nu-pieds. Lui qui était d'habitude si gracieux se déplaçait à présent avec raideur. Les griffures semblaient profondes et il avait plus d'une plaie perforante.

— Tu prends toujours soin des autres avant de t'occuper de toi. Tu as attaqué le léopard, pas vrai ? Tu n'avais même pas de pistolet. Ni de couteau, je parie. Qu'est-ce que tu as fait ? Tu l'as combattu à mains nues ?

Rio sortit sa trousse à pharmacie et commença à asperger ses horribles plaies de liquide brûlant. Rachael poussa un soupir d'impuissance. Il avait l'air épuisé et ses blessures devaient être douloureuses. Il ne lui répondit pas, mais elle était certaine d'avoir vu juste. Il avait dû se retrouver à affronter sans armes l'autre félin. Et ce dernier devait être de belle taille. Elle se mordit la lèvre inférieure pour se retenir de l'agacer avec ses questions.

Il pencha la tête par-dessus l'évier et se versa de l'eau sur le crâne. Illuminé par un rayon de lune argenté, il était d'une beauté à couper le souffle. Ses cheveux chatoyaient dans l'obscurité, et les ombres du feuillage secoué par le vent mettaient en relief la silhouette de son dos et de son fessier tandis qu'il se lavait. Lorsqu'il se redressa, le rayon de lune fit briller ses yeux d'une teinte rougeâtre. Les yeux d'un prédateur. D'un léopard.

Rachael retint son souffle et fit de son mieux pour calmer les battements frénétiques de son cœur. Ce n'était pas simplement son regard qui l'inquiétait, il dégageait toujours une aura dangereuse, sauvage. Et ses yeux étaient différents, elle en était sûre à présent. Il avança d'un pas vers le lit et elle distingua plus clairement la douleur et la fatigue sur son visage. Aussitôt, la peur laissa place à l'inquiétude.

— Rio, viens te coucher.

Il la regarda avec attention. Si douce. Si séduisante. Sa bouche était une véritable tentation, source d'un nombre incalculable de fantasmes. Son corps plantureux si parfait pour lui était une invitation à laquelle il ne pouvait pas résister plus longtemps. Plus elle restait chez lui, plus elle y semblait à sa place.

— Bon sang, Rachael, je ne suis pas un saint ! dit-il d'une voix dure, délibérément provocatrice.

Il était tellement à cran qu'il n'avait qu'une envie : chercher la bagarre. Puis retourner dans la jungle pour bouder loin d'elle. Si cette obsession continuait de grandir, il ne savait pas ce qu'il allait faire.

Comme toujours, Rachael réagit de manière inattendue. Elle éclata d'un rire insouciant, pas effrayée le moins du monde.

— Ne t'en fais pas, Rio, je ne risque pas de me méprendre.

— Alors pourquoi me regardes-tu comme ça ? Tu ne sais donc pas à quel point tu es vulnérable ?

— Je crois que c'est toi qui es vulnérable, Rio, pas moi. Viens te coucher et arrête de faire le macho. Tu pourras recommencer demain et je ferai de mon mieux pour prendre l'air terrifié si c'est ce que tu veux. Mais pour le moment tu as besoin de sommeil, pas de sexe.

— Tu crois que j'ai besoin de sommeil, grommela-t-il avant de se glisser docilement dans le lit à côté d'elle.

Elle était aussi douce et chaude qu'il s'y attendait. Rio la prit dans ses bras et se lova contre elle, pressant son érection contre sa hanche et la tête contre son sein.

— Je sais que tu as besoin de sommeil, répéta-t-elle. Repose-toi un peu. Et ne t'inquiète pas, je veillerai sur toi.

Rachael sentait les cheveux humides de Rio lui chatouiller le bout du sein et glissa les doigts dans son épaisse tignasse.

— Je devrais regarder comment va ta jambe, cet idiot de félin s'est jeté dessus.

Le désir la transperça comme une épée lorsqu'elle sentit la chaleur de son souffle sur sa peau.

— Dors, Rio, on verra ça demain matin.

Pour le restant de la nuit, elle allait prétendre qu'il lui appartenait, ce doux guerrier revenu de bataille, mélange irrésistible de danger et de tendresse.

Chapitre 6

Rio se réveilla avant l'aube. C'était son moment favori de la journée. Il adorait lover son visage contre la poitrine de Rachael en écoutant les pépiements des oiseaux matinaux et la symphonie ininterrompue de la forêt. Il se sentait toujours plus vivant, plus entier dans ces moments-là, avant que la maisonnée ne se réveille et que les exigences de la journée ne lui tombent dessus. Rachael respirait doucement, douce et désirable, une promesse de délices charnels. Il connaissait le moindre centimètre de sa peau, son corps gravé à jamais dans sa mémoire. Il la connaissait mieux qu'elle ne se connaissait elle-même et savait parfaitement comment la satisfaire.

Avec un sourire, Rio enfouit son visage entre les seins de la jeune femme, juste pour absorber son odeur. Elle sentait toujours les fleurs, probablement grâce aux savons et au shampoing qu'elle fabriquait avec les pétales et les herbes de la forêt. Il passa paresseusement la langue sur son téton. À l'aube, la vie était parfaite. Rachael était son univers. Dans leur monde secret, avec la lumière qui filtrait à travers la canopée, Rio puisait force, passion et tout ce dont il avait besoin pour vivre.

Il fit courir ses lèvres contre la peau de Rachael, passa de nouveau la langue sur son téton et le suça doucement.

Rachael se tourna légèrement pour se presser contre lui, arqua le dos et glissa les bras autour de son cou. Il adorait cette réaction où, encore endormie, elle s'offrait spontanément à lui. Il savait que, lorsqu'il plongerait un doigt en elle, il la trouverait plus que prête.

Faire l'amour avec Rachael était toujours une aventure. Cela pouvait être si tendre qu'il en avait les larmes aux yeux, ou fougueux, animal, sans aucune retenue. Rachael lui grifferait le dos, planterait ses ongles dans sa peau ou le chevaucherait avec abandon. Parfois, il passait une heure rien qu'à se repaître d'elle. Son corps lui était si familier, et pourtant il n'en avait jamais assez, brûlait d'impatience de se perdre en elle. Comme la première fois. Chaque fois qu'il la touchait.

Il caressa son corps, si chaud, si doux, si tentant qu'il ne pouvait croire qu'elle était sienne. Il leva la tête et lui prit les lèvres en un baiser passionné et possessif qui leur coupa le souffle, si bien qu'ils durent s'échanger de l'air tandis que le monde tournait autour d'eux.

En cet instant, au point du jour, quand cela n'avait pas d'importance, quand il pouvait se débarrasser du vernis de la civilisation, il laissait toujours sa nature profonde reprendre le dessus. Possession, jalousie, tous ces sentiments sombres le submergeaient. La bête tapie en lui voulait Rachael de tout son être.

Rio sentit sa peau le picoter, ses muscles se contracter tandis qu'il la serrait dans ses bras et la plaquait contre le lit. Cela ne la dérangeait jamais lorsque la bête était si proche de la surface, pas même lorsqu'elle sentait le frottement de son pelage contre sa peau. Elle l'acceptait toujours à bras ouverts.

Elle rit doucement contre sa bouche lorsqu'il la dévora, l'embrassant encore et encore, sans retenue. Il avait tellement envie de se perdre en elle, dans son corps, là où tout allait toujours bien. Elle explora à son tour d'une main possessive les muscles de son torse, puis glissa vers son bas-ventre jusqu'à refermer les doigts sur son érection. Il poussa un cri de plaisir mêlé de douleur.

— Je veux ton goût sur ma langue ce matin, murmura-t-il. J'adore quand tu te trémousses, quand tu me tires les cheveux parce que tu n'en peux plus d'attendre.

Il lui embrassa le menton, le cou, le renflement d'un sein.

— Oh ! vraiment, répondit-elle d'une voix taquine. J'avais plutôt envie de te faire perdre la tête aujourd'hui. Tu ne préférerais pas être dans ma bouche ? Je crois que c'est mon tour, on a été interrompus la dernière fois.

Les doigts de Rachael dansaient sur lui, comme eux seuls savaient le faire, des petites caresses qui le rendaient fou. Si elle le prenait dans sa bouche, il exploserait aussitôt, une éruption enivrante qui la ferait rire et exiger qu'il lui rende la pareille. Il la connaissait si bien, et en même temps si peu. Rachael, sa compagne, sa raison d'exister.

Il se hissa sur elle, glissa adroitement un genou entre ses cuisses pour mieux accéder à ce qu'il convoitait. Puis il se pressa contre elle, anticipant déjà le plaisir qu'il comptait lui donner. Mais il résista à la tentation et se dirigea vers le bas, s'arrêtant brièvement pour lui mordiller le ventre, avant d'appuyer contre sa cuisse pour décaler sa jambe.

Aussitôt, Rachael poussa un terrible hurlement de douleur, et se recroquevilla sur elle-même. Le bruit réveilla les singes et les oiseaux, qui exprimèrent leur mécontentement. Elle étouffa rapidement son cri, inspirant profondément pour se contrôler.

Le monde parfait de Rio s'écroula. Il s'affala sur le dos, les mains plaquées contre son visage.

— Mais qu'est-ce que je fabrique ? Bon sang ! c'est pas vrai. Je suis désolé, Rachael, vraiment. Je ne sais pas ce qui s'est passé. C'est comme si, pendant quelques minutes, j'avais été quelqu'un d'autre. Ou tu avais été quelqu'un d'autre. Ou nous étions les mêmes, mais différents. Bon sang ! je ne sais pas ce que je raconte. (Il leva les yeux vers elle, la mine sombre.) Tu vas bien ?

À sa grande surprise, Rachael se tourna vers lui avec précaution et glissa les doigts dans ses cheveux.

— Je ne suis pas en sucre, Rio. J'aurais pu te dire non. Moi aussi, pendant un instant, j'étais quelqu'un d'autre. Je te connaissais intimement et depuis si longtemps. J'étais parfaitement à l'aise, comblée. Je crois que j'aurais été heureuse d'être cette personne, mais ma jambe en a décidé autrement. C'est moi qui suis désolée.

— Je t'ai fait peur.

Elle lui tira les cheveux, un geste étrangement familier.

— J'avais l'air d'avoir peur ? Je pense que j'étais plutôt très coopérative. Ma jambe me fait mal quand je bouge, sinon je t'aurais déjà sauté dessus.

Il roula sur le côté pour mieux la regarder.

— Pourquoi, Rachael ? As-tu peur de me dire non ?

Il contrôlait avec peine sa respiration, et son érection était si rigide que c'en était douloureux. Il n'avait qu'une envie, l'embrasser de nouveau, prendre possession de son corps. Prendre possession d'elle.

— Je sais que tu dois te sentir vulnérable, seule ici avec moi, d'autant que tu es blessée, mais je te jure que je ne prends pas les femmes de force.

Rachael lui sourit.

— Rio, ne sois pas bête. Nous sommes physiquement attirés l'un par l'autre. J'admire ton corps nu depuis des jours, comment pourrait-il en être autrement ? Si tu avais essayé de me prendre de force et que je n'étais pas réceptive, je t'aurais assommé avec quelque chose. Comme tu le sais déjà, j'en suis parfaitement capable. Tu ne peux pas t'en rendre compte pour le moment parce que je suis blessée, mais j'ai fait un peu d'autodéfense. Et tu étais toi-même très vulnérable dans ton… euh… état. J'aurais pu te faire du mal, jambe douloureuse ou non.

— Quand je suis avec toi…, commença Rio, peinant à trouver ses mots. C'est comme si je te connaissais depuis toujours, comme si je t'avais toujours fait l'amour. Parfois, j'ai même du mal à discerner mon imagination de la réalité. Je sais que ça paraît fou.

Il se pencha vers elle, si proche qu'il sentit ses tétons frotter contre son torse. La sensation était intime, familière, parfaite. Il soupira.

— Je n'ai pas l'habitude de côtoyer des gens, ça me met mal à l'aise, mais je n'arrive pas à imaginer ne pas t'avoir avec moi. (Il prit le visage de Rachael entre ses mains.) J'ai tellement envie de toi que je peux presque te sentir sur mes lèvres. Je sais déjà exactement ce que ça fait d'être en toi. (Il glissa les doigts sur son cou, ses épaules, la naissance de ses seins.) Je connais le moindre centimètre de ta peau, la moindre courbe de ton corps, comme si je l'avais mémorisé depuis longtemps.

Rachael était incapable de réfléchir lorsqu'il posait les mains sur elle, lorsqu'il traçait les courbes de sa poitrine, glissait les pouces sur ses tétons, envoyant des décharges de plaisir à travers tout son corps. Elle n'était pas une simple femme qui cherchait l'amour. Elle pouvait avoir une brève aventure, mais ensuite elle devrait s'en aller, le laisser derrière elle. Chaque moment qu'elle passait avec lui le mettait en danger.

Elle ferma les paupières pour qu'il ne voie pas le désir qu'il avait allumé en elle.

— Je me sens différente depuis que je suis arrivée dans la forêt, pleinement vivante, comme si quelque chose en moi s'était libéré.

Et elle se sentait aussi extrêmement charnelle. Depuis qu'elle avait posé le pied dans cette maison, depuis qu'elle s'était approchée de cet homme, malgré la fièvre – ou peut-être à cause d'elle –, elle était dans un état d'excitation constante. Elle pensait à lui nuit et jour, brûlait de désir pour lui.

— Rachael, tu sais, cette tache de naissance sur ta hanche ? Je savais qu'elle s'y trouvait avant même de la voir. Et je sais exactement comment tu aimes être touchée. (Il se redressa et passa une main agitée dans ses cheveux.) Comment est-ce possible ?

Elle aussi le connaissait intimement. Parfois, ses doigts la démangeaient de le toucher, de caresser son torse, son bas-ventre, puis d'utiliser sa langue jusqu'à ce qu'il demande grâce. Elle savait exactement quel bruit il ferait, elle avait déjà à l'oreille sa voix rauque. Rien que d'y penser, le désir la submergeait.

Rio soupira.

— Laisse-moi regarder ta jambe. Entre Fritz hier soir et moi ce matin, elle a sûrement besoin d'être soignée de nouveau.

Il la regarda : avec ses cheveux bouclés qui retombaient en vagues autour de son visage et ses lèvres entrouvertes, elle était presque irrésistible. Lorsqu'elle rouvrit les paupières, il vit le désir dans son regard, le même feu qui brûlait en lui. Il jura tout bas avant de soulever la couverture pour examiner sa jambe.

Rachael sentit les doigts de Rio sur sa peau, possessifs et jaloux. Il passa doucement le pouce sur sa cheville, chaque caresse attisant des flammes qui remontaient le long de sa jambe jusqu'à la jonction de ses cuisses. Puis il glissa la main plus bas et commença un lent massage sensuel.

— Ta jambe a l'air bien mieux ce matin, Rachael. Plus de marbrures du tout. Elle est encore très enflée et les deux plaies suppurent de nouveau. Je vais retirer les bandages pour les laisser s'assécher à l'air libre.

Rachael grimaça.

— Charmant. Les draps vont être dégoûtants.

— J'ai quelques serviettes que je peux mettre sous ta jambe. Je crois que tu es tirée d'affaire, mais tu vas garder des cicatrices. J'ai fait de mon mieux mais…

Ses doigts se crispèrent sur sa cheville, révélant son désarroi à cette idée.

Rachael haussa les épaules.

— Je ne m'inquiète pas pour ça, Rio. Merci pour tout ce que tu as fait. Je me moque d'avoir des cicatrices.

— Tu t'en moques peut-être pour le moment, mais quand tu seras de retour dans ton monde, à danser dans une petite robe légère, ce sera différent.

Il se força à le dire, à y penser. Aussitôt, la bête tapie au fond de lui se réveilla et tenta de prendre le contrôle. Ses bras menacèrent de se couvrir de fourrure, sa mâchoire de se remplir de crocs acérés, ses ongles de se transformer en griffes.

— Je n'y retournerai jamais, Rio, annonça Rachael d'un ton ferme. Je n'en ai aucune envie. Il n'y a plus rien pour moi là-bas, hormis la mort. Je n'ai jamais été heureuse dans ce monde. Je veux essayer de trouver ma place ici, là où je me sens en vie et proche de ma mère. C'est grâce à ses histoires que je suis venue jusqu'ici. Quand elle parlait de la forêt tropicale, j'avais l'impression d'y être, d'entendre ses bruits, de sentir ses odeurs, d'admirer sa beauté. C'est comme si je connaissais cet endroit avant même d'y avoir mis les pieds.

— Ce n'est pas une aventure pour satisfaire un fantasme de riche, répliqua-t-il en se levant abruptement pour enfiler son jean sans aucune gêne. Il n'y a pas de magasins dans les environs, Rachael, mais des cobras et des animaux sauvages qui n'hésiteront pas à te dévorer.

— Quelqu'un a mis un cobra dans ma chambre avant que l'on parte sur la rivière.

Rachael avait du mal à détourner les yeux de Rio, des muscles qui jouaient sous sa peau, des nombreuses cicatrices qui couvraient son corps. Beaucoup avaient l'air d'avoir été faites par de larges félins, d'autres par des coups de couteau, des impacts de balle et des armes qu'elle était bien incapable d'identifier.

Il tourna brusquement la tête, les mains figées sur sa braguette.

— Tu es certaine qu'il ne s'est pas plutôt faufilé tout seul dans ta chambre ?

— Certaine. La pièce était verrouillée, je m'en suis assurée. Je me suis vraiment préparée à ce voyage, Rio, je suis au courant pour les serpents et autres bestioles venimeuses. J'ai pris mes précautions.

Rio tendit la main vers elle.

— Je vais t'aider à aller aux toilettes.

— Je crois que je peux y arriver seule.

Sans prêter attention à sa réponse, il la souleva dans ses bras et se dirigea vers la minuscule pièce. L'installation était rudimentaire, mais elle garantissait un minimum d'intimité. Rio laissa Rachael seule pendant qu'il s'occupait de faire chauffer de l'eau pour le café.

Rachael s'appuya contre le mur pour ne pas tomber, surprise de se trouver aussi faible. L'infection l'avait laissée tremblante et elle n'était pas certaine de pouvoir retourner à cloche-pied jusqu'au lit, et encore moins se rendre sur le porche comme elle en avait l'intention. Elle avait besoin d'échapper quelques instants au charme magnétique de Rio, ce qui était impossible lorsqu'il était si proche. Elle ne pouvait s'empêcher d'admirer sa démarche fluide, ses muscles saillants, sa bouche tentatrice, ses yeux qui brillaient de désir lorsqu'ils se posaient sur elle.

Avec un soupir, elle écarta le rideau et tomba nez à nez avec lui. Elle aurait dû se douter qu'il serait là à l'attendre. Rien ne lui échappait jamais.

Quand il se pencha pour la reprendre dans ses bras, il frotta son visage contre ses cheveux rebelles. Elle sentit la chaleur de son souffle et de sa peau, la douceur de ses lèvres contre ses tempes. Rachael ferma les yeux pour réprimer une poussée de désir.

— Tu ne peux pas faire ça, Rio. Je ne suis pas assez forte.

— Je ne peux pas m'en empêcher, répondit-il en la serrant contre son torse nu. Quand je suis si proche de toi, mon corps et me cœur me disent que tu es mienne. Et je crois que mon cerveau se met en veille.

Rachael glissa les bras autour de son cou.

— J'accepte cette excuse et je suis prête à la prendre à mon compte.

Cette fois, c'est elle qui passa à l'attaque, lui mordillant la lèvre inférieure jusqu'à ce qu'il entrouvre la bouche. Leurs langues s'emmêlèrent, dansantes, caressantes, taquines. Une union parfaite.

Le reste du monde s'évanouit, il n'y avait plus que la chaleur humide de la bouche de Rio, la force de ses bras, la sensation de son torse nu contre ses seins. Elle plongea les mains dans ses cheveux et agrippa sa nuque pour l'empêcher de se dégager. Ils se dévorèrent, baiser après baiser, incapables de s'arrêter.

Franz feula. Juste une fois, mais cela suffit. Rio se raidit et leva la tête pour écouter les bruits de la forêt. Il poussa un juron, puis pressa son front contre celui de Rachael en inspirant profondément pour se contrôler.

— Qu'y a-t-il ? demanda Rachael. Qu'entends-tu ?

Elle ne voulait pas cesser de l'embrasser, ni maintenant ni jamais. Elle exigeait satisfaction.

— Écoute. Tu les entends parler ? Les oiseaux, les singes ? Même les insectes essaient de nous prévenir.

Rachael tenta de calmer les battements de son cœur et sa respiration haletante pour écouter. Il lui fallut quelques minutes pour séparer les sons. Étonnamment, elle distinguait les diverses notes, sentait qu'un message s'en dégageait.

— Qu'est-ce que ça signifie ?

— Quelqu'un approche.

— Le léopard ?

Sa gorge se noua. Rio était sérieux. Elle tendit de nouveau l'oreille. À sa grande surprise, elle percevait une différence dans le chant des oiseaux, dans le bourdonnement des insectes – plus pressant, insistant. Les singes, eux, poussaient des cris stridents. Elle prit conscience qu'ils s'adressaient à Rio.

— Ils te mettent délibérément en garde.

Rio la déposa dans le fauteuil à l'écart de la porte avant de lui masser distraitement la nuque.

— Je leur rends service et *vice versa*. Ce n'est pas un léopard mais un humain. Quelqu'un qu'ils connaissent, qu'ils ont déjà vu.

Rachael referma les pans de sa chemise, remarquant pour la première fois que les boutons étaient entièrement défaits. Elle commençait à devenir aussi impudique que Rio. Puis elle laissa tomber sa tête contre le dossier du fauteuil et arqua le dos comme un chat pour tenter de soulager la pression qui s'accumulait en elle. Exposée à l'air matinal, sa peau la picotait. Elle baissa les yeux sur ses bras et, l'espace d'une seconde, eut l'impression de voir quelque chose frémir sous la surface, soulevant légèrement son épiderme. Elle ne savait plus quoi penser : son désir inassouvi lui provoquait-il des hallucinations ?

— Rachael, comment ta mère a-t-elle entendu parler du peuple léopard et de cet endroit ? demanda Rio, retirant sa main à contrecœur pour se rendre à la fenêtre.

— Je ne sais pas. Pour moi, ses histoires sortaient tout droit de son imagination. Je ne suis même pas sûre de m'en souvenir correctement. J'ai probablement réinventé mes propres versions. Quelle importance ? Tu crois sérieusement qu'il y avait du vrai là-dedans ? À la lumière du jour, il me semble un peu ridicule de croire qu'un homme puisse être aussi un léopard. Ou un mélange des deux. Qu'est-ce que ça donnerait, la tête d'un homme et le corps de l'animal ?

Rachael ne pouvait regarder Rio sans avoir l'impression d'un dangereux félin, sans repenser à son visage prenant les traits d'un animal sauvage.

— Ridicule, vraiment ? Pourtant, dans la forêt, tout paraît possible. Il faut que tu gardes l'esprit ouvert si tu veux faire ta vie ici.

Face à la fenêtre, Rio se demanda comme il arriverait à la laisser partir. C'est alors qu'un sifflement à deux tons, comme le chant d'un oiseau, arriva jusqu'à ses oreilles. Il se tourna vers elle.

— Rachael, Kim Pang approche.

— C'est impossible, il était sur l'autre rive ! La rivière était déjà sortie de son lit et la pluie n'a dû qu'empirer les choses.

Rachael sentit son monde s'écrouler autour d'elle. Elle allait devoir recommencer à courir. À mentir. Elle détourna le visage pour masquer les larmes qui lui brûlaient les yeux. Elle savait que ce jour finirait par arriver et s'en voulait de ne pas vouloir l'accepter, de tenter de se convaincre qu'elle trouverait un foyer.

— Kim sait comment franchir la rivière, comme moi. (Il chercha les mots pour lui faire comprendre.) Il est ce qui s'approche de plus d'un ami pour moi, en dehors des membres de mon unité.

Rachael haussa les épaules.

— Peu importe. Laisse-moi le temps de m'habiller et je m'en vais. Va le retrouver avant qu'il n'arrive jusqu'ici.

Rio sentit la colère monter en lui.

— Je ne crois pas, non. Tu ne peux même pas t'appuyer sur ta jambe. Si tu t'en vas gambader dans la forêt avec tes blessures, crois-moi, tu ne tarderas pas à attraper une nouvelle infection. Reste là et laisse-moi m'en occuper.

Une lueur prédatrice s'était glissée dans le regard de Rio, et un grognement dans sa voix. Rachael sentit un frisson lui parcourir la colonne vertébrale. Elle se détourna et se fit violence pour ravaler une réplique cinglante. Elle était douée pour garder une expression sereine même dans la pire des situations, mais elle avait encore du mal à tenir sa langue. Elle n'avait pas besoin de lui pour résoudre ses problèmes. Les gens qui entraient dans sa vie avaient tendance à mourir bien trop jeunes. Il n'était pas question qu'elle soit responsable d'un autre décès.

Rendue vulnérable par sa blessure à la jambe, Rachael brûlait d'un mélange de colère et de peur. L'intensité de ses émotions la surprenait. Ses doigts étaient même recroquevillés comme pour griffer quelque chose. Ou quelqu'un. Cette rage brûlante était une surprenante découverte dont elle n'était pas fière. Que lui arrivait-il ? Parfois, allongée dans le lit avec sa douleur à la jambe, elle sentait quelque chose bouillonner en elle, une pulsion qu'elle avait jusque-là attribuée à son admiration pour l'anatomie de Rio. Elle avait d'ordinaire une libido parfaitement normale mais depuis son arrivée, et malgré sa terrible blessure, son corps brûlait d'un désir dévorant qui refusait de s'éteindre. En pleine bataille pour sa propre survie, elle trouvait humiliant de ne pas pouvoir se contrôler. Pire encore étaient ses violentes sautes d'humeur ; elle passait de vouloir sauter à la gorge de Rio à avoir envie de lui arracher ses vêtements.

— Rachael, où es-tu passée ?

— Nulle part, tu le vois bien.

— Je vais répondre à Kim.

— Comment ça ?

— Il sait que les bandits me recherchent, Rachael. Il m'a signalé sa présence et maintenant il attend que je lui donne le feu vert pour entrer.

— Tu es obligé ?

— Si je ne le fais pas, il va croire que quelque chose cloche et débarquer prêt pour la bagarre. Je te l'ai dit, c'est un ami.

— Au cas où tu n'aurais pas remarqué, il me faut des vêtements. Je ne veux pas être à moitié nue devant ton ami.

Elle reboutonna sa chemise à la hâte, dissimulant sa généreuse poitrine.

Sans faire de commentaire sur son ton querelleur, Rio attrapa la couverture sur le lit et la drapa sur Rachael.

— Le père de Kim est guérisseur et s'y connaît très bien en herbes. Il m'a appris un certain nombre de choses, mais Kim en sait bien plus que moi. J'espère qu'il pourra vous aider, toi et Fritz.

Comme Rachael ne levait pas les yeux, il s'accroupit à côté d'elle.

— Rachael, regarde-moi.

Elle n'obéit pas, si bien qu'il lui attrapa le menton. Il ne s'attendait pas au désir qui brillait dans ses yeux sombres. Désir dont l'intensité lui arracha un grognement de frustration.

— Non, Rachael. Je ne plaisante pas. Tu ne peux pas me regarder comme ça et t'attendre à ce que je reste rationnel.

Elle était prise d'une envie, non d'une pulsion insensée de se frotter contre lui, comme une chatte en chaleur.

— Tu crois vraiment que je me ridiculiserais ainsi si je pouvais faire autrement ? répliqua-t-elle, ébranlée.

Lui arracher les yeux semblait soudain une bien meilleure idée. Ce qu'elle ne lui cacha pas.

Leurs visages n'étaient plus qu'à quelques centimètres l'un de l'autre et Rio sentait presque l'électricité crépiter entre eux. Le regard de défi que lui lança alors Rachael était plus qu'il ne pouvait supporter. Il glissa une main derrière sa nuque et l'embrassa. Elle n'opposa aucune résistance. La fusion fut instantanée. Électrique. Incandescente. Il sentit Rachael s'enfoncer sous sa peau, s'enrouler autour de son cœur comme un étau. Le dévorer aussi passionnément qu'il la dévorait.

Seul un besoin vital d'oxygène lui donna la force de relever la tête.

— Cette fois, c'était ma faute, murmura Rachael en enfouissant le visage contre son cou.

Il sentit ses lèvres lui caresser la gorge et ferma les yeux pour tenter de contenir les flammes qu'elles faisaient naître en lui.

Le sifflement à deux tons retentit de nouveau, plus proche cette fois.

— Tu as réussi à me faire complètement oublier Kim, Rachael.

— Tu ne devrais pas savoir aussi bien embrasser, je suis choquée.

Il ne put retenir un sourire.

— Je m'étonne moi-même. (Son sourire s'évanouit lorsqu'il lui attrapa de nouveau le menton.) Rachael, je ne vais ni te trahir ni te laisser tomber. Je connais Kim. Il ne mettrait jamais ta vie en danger, quelle que soit la raison.

— L'argent délie les langues, Rio. Tout le monde a un prix.

— Kim mène une vie simple et, surtout, il a un code d'honneur.

Rachael hocha la tête, résignée. Elle n'avait pas vraiment le choix. Rio avait raison, elle ne pouvait pas s'enfuir avec sa jambe blessée.

— Réponds-lui alors.

Sans détourner les yeux, Rio émit un sifflement qui ressemblait exactement au chant des oiseaux au-dehors.

— J'ai peur, admit-elle.

— Je sais. J'entends les battements frénétiques de ton cœur. Mais tu n'as pas de raison d'avoir peur.

— Il serait prêt à payer une grosse somme pour mettre la main sur moi.

— Ton mari ?

Elle secoua la tête.

— Mon frère.

Rio porta une main à sa poitrine comme si elle l'avait poignardé en plein cœur. Aussitôt, son visage se ferma et son regard se fit suspicieux.

— Ton frère ?

— Tu n'es pas obligé de me croire.

Rachael se dégagea et serra la couverture contre elle. L'humidité était élevée, même avec le vent qui soufflait. Par la fenêtre, elle voyait l'épaisse brume s'enrouler autour du feuillage qui couvrait la cabane.

— Je n'aurais rien dû te dire.

— Pourquoi ton frère voudrait-il ta mort, Rachael ?

— Tu me fatigues, Rio. Ce sont des choses qui arrivent. Peut-être pas dans ton monde, mais dans le mien, si.

L'esprit en ébullition, Rio observa son visage détourné, tentant de percer le masque qu'elle portait. Avait-elle trouvé sa cabane par accident ou était-elle venue l'assassiner ? Elle avait eu plusieurs occasions de le tuer. Il lui avait donné un pistolet qui était encore là, sous son oreiller. Mais peut-être avait-elle besoin de lui le temps que sa jambe guérisse.

Il se redressa lentement et se dirigea vers les armes accrochées au mur. Il attacha un fourreau autour de son mollet et rabattit sa jambe de pantalon par-dessus. Un second couteau trouva place entre ses omoplates. Il enfila une chemise et glissa un pistolet dans sa ceinture.

— Tu t'attends à des ennuis ? Je croyais que Kim Pang était un ami.

— Il vaut toujours mieux être préparé. Je n'aime pas les surprises.

— J'ai remarqué, répondit-elle d'un ton sec, fâchée par sa réaction qui lui faisait l'effet d'une claque.

Elle lui avait révélé quelque chose qu'elle n'avait jamais avoué à personne et il ne la croyait pas. C'était évident.

Rio s'agenouilla à côté du léopard blessé ; il examina Fritz avec des gestes incroyablement doux et une expression presque tendre, tout en lui murmurant des paroles rassurantes. Rachael se sentit fondre. Elle eut soudain une vision de lui en train de bercer son enfant, le regard débordant d'amour, son pouce dans la main minuscule du bébé.

Rio leva soudain les yeux vers elle.

— Quoi ? Pourquoi tu me regardes comme ça ?

— J'essaie de comprendre l'effet que tu me fais, répondit-elle honnêtement.

Il n'avait pas un visage juvénile. Ses traits étaient durs, tranchants ; ses yeux pouvaient être glacials, terrifiants même, et pourtant, quand elle le regardait, elle en perdait presque le souffle.

La main de Rio se figea sur le petit léopard. D'une simple phrase, elle parvenait à l'ébranler. L'emprise qu'elle avait déjà sur lui était terrifiante, d'autant qu'il avait accepté depuis longtemps l'idée de rester seul. Sa vie était ici, dans la forêt, là où il comprenait et suivait les règles. Il dévisagea Rachael, cette femme mystérieuse qui s'était inventé un nom ridicule.

La bête poussa un rugissement et Rio ne tenta pas de réprimer la colère qui montait en lui. Il ne voulait pas voir ce mélange d'émotions sur son visage, cette tendresse dont il ne savait que faire.

— Les règles sont différentes dans la forêt, Rachael. Sois prudente.

Comme toujours, elle le surprit ; son rire envahit ses sens et lui serra le cœur.

— Si tu essaies de me faire peur, Rio, tu vas devoir faire mieux que ça. J'ai déjà tout vu et je ne suis pas facile à choquer. J'ai appris à l'âge de neuf ans, le jour où ma mère est morte, que le monde était dangereux. Alors garde tes tactiques pour Kim Pang ou qui que ce soit d'autre que tu veuilles impressionner.

Rio donna une dernière caresse à Fritz, puis gratta Franz derrière les oreilles, avant de se redresser de toute sa hauteur, emplissant la pièce de sa présence. Il avait l'air sauvage, parfaitement à sa place au milieu des bois. C'était intimidant, même si Rachael ne l'avouerait jamais.

— Tu serais surprise par ce dont je suis capable, dit Rio à voix basse, une menace sous-jacente dans son ton.

Le cœur de Rachael rata un battement, mais elle resta de marbre, haussant simplement un sourcil en réponse, une mimique qu'elle s'était donné la peine de perfectionner.

— Tu sais ce que je pense, Rio ? Je pense que c'est toi qui as peur de moi. Je pense que tu ne sais pas vraiment quoi faire de moi.

— Je sais ce que j'aimerais faire, marmonna-t-il.

— Qu'est-ce que j'ai dit pour te fâcher ?

Rio avait l'impression d'avoir reçu un coup de massue. Il avait refermé cette porte depuis bien longtemps, meurtri, écorché vif, et il ne la rouvrirait ni pour elle ni pour personne. Il n'en revenait pas d'être aussi ébranlé par ces brèves visions d'un passé dont il ne voulait pas se souvenir. C'était une autre vie. Celle d'une autre personne.

Rachael le regarda serrer les poings, seul signe de son agitation. Sans le vouloir, elle avait apparemment touché une corde sensible. Elle haussa les épaules.

— J'ai un passé, toi aussi, et nous cherchons tous les deux à vivre une vie différente. Quelle importance ? Tu n'as pas besoin de m'en parler, Rio. J'apprécie qui tu es maintenant.

— Est-ce une manière subtile de me demander de me mêler de mes propres affaires ?

Elle tritura les cheveux sur sa nuque – à l'évidence, elle n'était pas habituée à ce qu'ils soient si courts.

— Je ne tiens pas à ce que tu t'immisces dans mon passé. Je n'aurais pas dû t'en dire autant.

Puis elle lui sourit, incapable de s'en empêcher. Cela ne lui ressemblait pas d'être aussi franche. Elle ne devrait pas se sentir vexée juste parce qu'il ne voulait pas lui raconter sa vie. Il n'aurait probablement pas trouvé refuge en pleine forêt s'il n'avait pas vécu des choses traumatisantes. Mais il lui donnait envie de tout lui raconter.

— Je suis désolée de t'avoir mis mal à l'aise, Rio. Ça ne se reproduira pas.

— Bon sang, Rachael ! tu me fais perdre tous mes moyens. Et, au fait, comment fais-tu pour échapper aux moustiques ? J'utilise la moustiquaire parce que leurs bourdonnements m'exaspèrent, mais tu devrais être couverte de boutons à présent.

— Les moustiques ne me trouvent pas aussi attirante que toi. Il faut croire qu'ils n'aiment pas le goût de mon sang. Mais j'ai remarqué que les autres membres de mon groupe devaient s'asperger sans cesse de répulsif. Pourquoi cela te gêne-t-il ?

— C'est un phénomène rare. Les moustiques n'attaquent pas les autochtones. Ta mère connaissait les histoires du peuple léopard… Est-elle née ici ? Et toi ?

Rachael éclata de nouveau de rire.

— Je croyais qu'on venait d'accepter de se mêler chacun de ses affaires. Tu n'auras même pas tenu trois secondes sans poser des questions. Je commence à croire que c'est deux poids, deux mesures avec toi, Rio.

Il répondit avec un léger sourire :

— Tu as peut-être raison. Je n'y avais jamais réfléchi.

— Dire que je te prenais pour un homme moderne et équitable, dit Rachael d'un ton taquin.

À cet instant, Franz poussa un grondement et se leva. Rio sauta jusqu'à la porte en un bond presque impossible. Il fit signe au félin de se taire, brandit son pistolet et attendit.

Chapitre 7

Le sifflement à deux notes s'éleva de nouveau. Le pistolet resta braqué vers la porte. Rio répondit par une combinaison différente de sons, mais ne bougea pas.

— Baisse ton pistolet, lança Kim Pang en poussant la porte.

Il entra dans la cabane, les vêtements déchirés, trempés et tachés de sang, le visage un masque d'épuisement. Rachael ne vit ni sac ni arme. Il avait apparemment voyagé léger.

Rio resta immobile dans l'ombre de la porte.

— Je ne crois pas, Kim. Tu n'es pas venu seul. Qui t'accompagne ?

— Mon frère, Tama, et Drake Donovan. Tu as mis du temps à répondre, Drake est parti en éclaireur pendant que Tama couvrait mes arrières.

Le regard de Kim se posa sur Rachael, mais il ne fit pas mine de la reconnaître.

— Tama ne fait pas du très bon boulot, Kim, répondit Rio. Dis-lui d'entrer.

Rachael le vit se détendre, bien qu'il ne rangeât pas son pistolet. Il leva la tête et émit un étrange grognement qu'elle avait entendu durant sa marche à travers la forêt.

À son tour, Kim lança un appel d'une voix forte dans un autre dialecte, avant de se tourner vers Rachael avec un sourire.

— Miss Wilson, content de voir que vous avez échappé à la rivière. Votre apparente disparition a causé un véritable tollé.

Rachael jeta un regard coupable à Rio. Elle avait oublié qu'elle s'était présentée sous le nom de Rachael Wilson aux membres de son groupe. Rio lui répondit d'un sourire moqueur qui lui donna des envies de violence.

— Ravi de vous rencontrer, Miss Rachael Los Smith-Wilson, déclara-t-il avec une petite courbette. Quelle chance que Kim se souvienne de votre nom.

— Oh, tais-toi ! Kim, vous êtes blessé. Apportez-moi la trousse à pharmacie de Rio et je verrai si je peux nettoyer ces lacérations.

— Ne bouge pas, Miss Wilson, répliqua Rio. Kim va rester où il est et, quand Tama et Drake arriveront, je le soignerai. Il n'a pas besoin qu'une femme le cajole.

Il avait honte du nœud qui lui serrait l'estomac, de la jalousie noire qui l'étreignait, caractéristique des mâles de son espèce. Il se força à brider son penchant naturel, mais ne put réprimer un léger mouvement involontaire qui le fit sortir de l'ombre pour se placer devant Rachael.

Kim écarta les bras, comme pour montrer qu'il n'était pas armé. Son frère entra alors dans la pièce avec un sourire penaud.

— Désolé, Kim, j'ai glissé sur une branche mouillée et failli tomber. J'étais trop occupé à sauver ma propre vie pour venir m'occuper de toi. (Il jeta un regard à Rachael, puis au pistolet dans la main de Rio.) Tu ne deviendrais pas un peu trop protecteur ?

— Et toi un peu trop vieux, à glisser sur une branche aussi large ? répliqua Rio tout en continuant à tendre l'oreille.

La porte étant ouverte, Rachael entendit sans peine le soudain changement de rythme de la forêt. Les cris stridents d'avertissement laissèrent place à des bruits plus naturels : brame des cerfs, coassement des grenouilles, bourdonnement des insectes et crissement des cigales. Les oiseaux continuaient de chanter, tous sur des notes différentes, mais toujours en harmonie avec le vent et la pluie.

Franz se leva et s'étira avant de cracher face à la porte, les oreilles rabattues contre son crâne. Rio poussa un nouveau grognement, légèrement différent.

— Tama, lance un pantalon à Drake. Il ne faudrait pas qu'il horrifie Miss Wilson.

— Arrête de m'appeler comme ça ! répliqua Rachael. Et pourquoi Drake, qui qu'il soit, ne porte-t-il pas de vêtements ?

— Il ne s'attendait pas à être en compagnie d'une femme, répondit Rio sans plus d'explication.

Drake Donovan entra d'un pas arrogant, ne portant rien d'autre que le pantalon de Rio et un large sourire. Il était grand, blond et aussi bien bâti que Rio, avec un torse musclé et des bras solides. Son sourire s'élargit lorsqu'il vit Rachael.

— Pas étonnant que tu ne répondes pas à ta radio, Rio. Présente-nous.

Face aux quatre regards masculins braqués sur elle, Rachael prit soudain conscience de sa tignasse emmêlée et de son absence de maquillage. Elle leva les doigts vers ses cheveux. Rio lui attrapa la main.

— Tu es très bien, Rachael, décréta-t-il d'un ton brusque en fusillant Drake du regard comme s'il avait suggéré le contraire.

— Hé ! protesta ce dernier, je la trouve très bien aussi. Surtout pour une morte. Kim pensait qu'elle s'était noyée dans la rivière mais je vois qu'elle a été sauvée par notre Tarzan local.

— Arrête de jouer au charmeur, dit Rio. Ça ne te va pas.

Rachael sourit à Drake.

— Je trouve que ça lui va très bien.

Rio se rapprocha un peu plus de la jeune femme.

— Kim, que s'est-il passé ?

— Nous avons été capturés par Tomas Vien et ses hommes. Ils ne voulaient ni les médicaments, ni une rançon comme on le pensait au début. Ils cherchaient Miss Wilson. Ils avaient des photos d'elle.

Rachael se trémoussa mais Rio lui serra la main pour l'empêcher de parler.

— Comment as-tu réussi à leur échapper ?

Drake lança un regard pénétrant à Rio mais ne dit rien. Kim échangea un regard avec son frère.

— J'ai manqué un rendez-vous avec mon père. C'était pour une cérémonie spéciale et ma famille savait qu'il avait dû m'arriver quelque chose.

Tama hocha la tête.

— Notre père était très inquiet. Tout le monde avait entendu dire que les bandits cherchaient une femme et que quiconque la recueillerait serait tué. Quand Kim a disparu, mon père m'a envoyé à sa recherche. J'ai lancé un appel et Drake était dans les parages, si bien qu'il est venu m'aider.

— J'ai essayé de te joindre par radio, intervint Drake. Je savais que tu voudrais être tenu au courant et nous accompagner, mais tu n'as pas répondu et je me suis inquiété. Inutilement, il semblerait.

— Ma radio est hors d'usage, dit Rio. Elle s'est pris une balle.

— Fritz est blessé, remarqua Drake en se dirigeant vers le léopard.

Franz, qui faisait les cent pas devant son compagnon, lui barra le chemin en montrant les dents.

Drake grimaça, mais battit en retraite.

— Franz, calme-toi ou va dehors, ordonna Rio.

Franz cracha, mais finit par s'allonger autour de Fritz, sans quitter les intrus des yeux.

— Donc tu t'es attiré des ennuis ? reprit Drake.

— Rien d'insurmontable, répondit Rio. Tu as aidé Tama à secourir Kim ?

Drake hocha la tête.

— Kim était en piteux état. Les bandits ne l'ont pas cru quand il leur a affirmé qu'elle était tombée dans la rivière. Ils l'ont battu.

Rachael poussa un petit cri étranglé. Rio lui caressa la main pour la calmer.

— Ils ont battu tout le monde, même la femme, ajouta Kim d'un air sombre avant de se tourner vers Rachael.

Ils n'abandonneront pas tant qu'ils n'auront pas trouvé un cadavre. Quelqu'un a offert une récompense d'un million de dollars pour votre capture.

Désespérée, Rachael ferma les yeux. Elle ne s'attendait pas à une telle somme. Les gens étaient prêts à tuer pour bien moins. Que feraient les quatre hommes en face d'elle pour un million ?

— Ça explique bien des choses, soupira Rio. Drake, je n'ai plus beaucoup de médicaments mais il me reste de quoi nettoyer Kim et panser ses blessures.

— Je vais aller chercher les plantes qu'il nous faut, annonça Tama. On ne s'est pas arrêtés en chemin, on s'est dépêchés de venir te voir.

— Merci, répondit Rio.

Il s'assit dans le fauteuil à côté de Rachael, lui soulevant prudemment la jambe sous la couverture pour l'installer à moitié sur sa propre cuisse. Puis il fit signe aux deux autres de prendre un siège.

— Qu'est-ce que ça veut dire, ce million de dollars ? demanda Drake en fouillant la trousse à pharmacie.

— J'ai eu un visiteur hier soir. L'un des nôtres, mais je ne l'ai pas reconnu. Un traître, Drake. Je n'arrivais pas à imaginer pourquoi mais, un million de dollars, c'est une somme qui peut monter à la tête d'un homme.

Rachael resta silencieuse, consciente que les informations échangées pouvaient se révéler importantes. Elle espérait que les deux hommes oublieraient sa présence et parleraient plus ouvertement.

— Comment cela pouvait-il être l'un des nôtres si tu ne l'as pas reconnu ? demanda Drake sans lever les yeux.

La vue du visage tuméfié de Kim rendait Rachael malade. Celui-ci resta stoïque tandis que Drake nettoyait ses blessures, mais elle le vit grimacer lorsqu'il retira sa chemise déchirée. Il se tourna légèrement et Rachael étouffa un cri.

— Qu'est-ce qu'ils vous ont fait ?

Rio la serra contre lui.

— Ce sont des marques de coups de bâton. Les bandits, et Tomas en particulier, sont connus pour faire subir ce châtiment à leurs victimes. Je ne crois pas qu'on ait jamais sauvé un seul otage qui y ait échappé.

Rachael enfouit son visage dans l'épaule de Rio.

— Je suis désolée, Kim, je ne voulais de mal à personne. J'espérais simplement qu'ils me croiraient morte si je tombais à l'eau.

— Ils auraient trouvé une autre raison de le battre, tenta de la rassurer Rio. Tomas est tordu, il aime faire souffrir les gens.

— Rio dit vrai, Miss Wilson, confirma Kim.

— Rachael, appelez-moi Rachael.

— Elle a du mal avec son nom de famille, glissa Rio.

Rachael lui jeta un regard noir.

— Très drôle. Tu devrais envisager une carrière de comédien.

— Je ne savais même pas que Rio avait le sens de l'humour, dit Drake en lançant un sourire espiègle à celui-ci par-dessus son épaule.

— C'est parce que je n'en ai pas, répondit Rio d'un air menaçant.

À cet instant, Tama déboula dans la pièce, chargé de diverses plantes et racines.

— Voilà de quoi te soigner, Kim, et peut-être aussi le léopard.

— As-tu fait savoir à ton père que tu as retrouvé Kim en vie ? demanda Rio.

— Sans attendre. Le vent a porté la nouvelle. Il verra la vision dans ses rêves et saura que tout va bien, répondit Tama en déchiquetant l'une des plantes et en jetant les tiges vertes dans un pot.

Rachael fronça les sourcils.

— Vous voulez dire que le père de Kim va rêver que son fils est en vie et saura que c'est la vérité ?

— Leur père est un puissant guérisseur, expliqua Rio. Il en sait plus sur les plantes qui poussent dans la forêt, les poisons et les visions que n'importe qui d'autre sur Terre. Il recevra le message envoyé par Tama dans une vision, ou un rêve si tu préfères.

Rio ne semblait pas plaisanter, mais Rachael trouvait l'idée un peu difficile à avaler.

— Tu n'y crois pas vraiment, si ?

— Je sais que c'est possible, j'en ai été témoin. Je ne suis pas doué pour envoyer des visions moi-même, mais j'en ai déjà reçu. En pleine forêt, c'est plus efficace que le courrier.

Drake confirma d'un hochement de tête.

— Les visions sont hasardeuses, Rachael. Les interpréter n'est pas chose facile.

— Rachael ? répéta Rio en fusillant Drake du regard.

— C'est elle qui nous a demandé de l'appeler comme ça, répondit Drake d'un air innocent. J'essaie juste d'être poli.

Une étrange odeur s'élevait du pot dans lequel Tama mélangeait des feuilles, des pétales, des tiges et des racines de diverses plantes pour former une pâte épaisse. Un parfum qui mêlait menthe, orange et épices, avec une note florale. Ce n'était pas déplaisant. Fascinée, Rachael l'observa avec attention, ignorant Drake et Rio.

— Qu'est-ce que c'est ?

Tama lui sourit et pencha le pot pour qu'elle puisse voir la pâte verdâtre à l'intérieur.

— C'est pour prévenir l'infection.

— Est-ce que cela va marcher sur Fritz ? Ses plaies sont purulentes et Rio s'inquiète pour lui.

— Le léopard l'a attaqué et a failli le tuer, ajouta Rio. Il savait que je choisirais de sauver Fritz plutôt que de me lancer à sa poursuite.

— Donc il connaît ta manière de chasser, dit Drake d'un air inquiet. Peu de gens savent que les deux petits léopards nébuleux t'accompagnent quand on part à la rescousse d'une victime aux mains des bandits.

— Juste ton unité et quelques-uns de mes hommes, Rio, déclara Kim, tandis que son frère appliquait un cataplasme sur les lacérations de son torse.

— Personne de notre unité ne trahirait Rio, affirma Drake. On travaille ensemble depuis des années et on dépend les uns des autres. Je sais que, si je suis blessé, Rio viendra à mon secours. Et, si je suis capturé, tout le monde n'aura de cesse de me libérer. C'est ainsi, Kim.

— Et nous ne trahissons pas nos amis pour de l'argent, répondit Kim d'un ton solennel.

— Non, toi et les tiens ne placerez jamais l'argent au-dessus de l'amitié, confirma Rio. Je ne sais pas d'où vient ce traître, ni comment il me connaît, mais il est l'un des nôtres, sans aucun doute.

— Il vient de la forêt, alors, dit Tama.

Drake fronça les sourcils.

— Comment est-il possible que tu n'aies pas reconnu son odeur ?

— Elle est toujours sur le pelage de Fritz, vois par toi-même, répliqua Rio.

— Fais sortir Franz dans ce cas, il a l'air affamé.

— Sois prudent, intervint Rachael. Il m'a attaquée. Sauvagement.

— Il t'a attaquée ?

Rachael hocha la tête.

— Et mordue, donc fais attention. Il a des crocs aussi tranchants qu'un tigre à dents de sabre.

— Ce n'est pas Franz qui t'a mordue, mais Fritz, fit remarquer Rio.

— Quelle importance ? s'exclama Drake. Tu as de la chance d'être encore en vie, Rachael !

— Je veux que Tama examine sa jambe quand il en aura terminé avec Kim, dit Rio en se penchant sur Rachael. Tu commences de nouveau à transpirer. Es-tu fatiguée ? Je peux te remettre au lit. Je ne veux pas que tu t'épuises.

— Fais-moi voir, fit Tama en levant les yeux du dos de son frère.

Rio souleva la couverture, dévoilant la jambe gonflée, couverte de lacérations et de plaies suintantes. Le résultat n'était pas beau à voir. Rachael était gênée.

Drake grimaça.

— Bon sang, Rio, elle doit souffrir le martyre ! Est-ce qu'elle a une infection ? Il faut qu'on l'emmène à l'hôpital.

Rachael secoua la tête et se recroquevilla contre Rio.

— Non, pas d'hôpital. Je ne peux pas y aller.

Kim et Tama examinèrent soigneusement sa jambe.

— Elle a raison. Si on l'emmène à l'hôpital, même sous un faux nom, l'un des espions de Tomas l'apprendra et le lui fera savoir. Certains sont payés, d'autres ont peur de lui, d'autres encore veulent simplement collaborer, mais tous la trahiront. Tu ne peux pas la protéger dans un tel environnement, Rio.

— Personne ne risquera sa vie pour me protéger, protesta Rachael. Ma jambe est en train de guérir. Je vais bien mieux qu'il y a quelques jours, demandez à Rio. Dès que je serai sur pied, je m'en irai. Je ne veux mettre personne en danger.

Rio lui prit la main.

— Rachael, personne ne va te livrer à Tomas et tu ne vas pas partir seule à travers la forêt. Ce n'est pas comme ça que ça marche.

Rachael avait une riposte acerbe sur le bout de la langue, mais elle ne voulait pas se disputer avec lui devant les autres. Malgré sa décontraction apparente, elle sentait que Rio était tendu. Elle le connaissait parfaitement, cet inconnu si familier. La proximité des trois autres le mettait mal à l'aise, malgré la camaraderie qui les liait. Sans même y penser, elle se rapprocha de lui jusqu'à se retrouver blottie contre lui, comme si leurs corps étaient faits l'un pour l'autre. C'était un mouvement protecteur et il le sentit.

Rio baissa les yeux vers la tignasse bouclée de Rachael. Tellement de cheveux, noirs comme les plumes d'un corbeau, qui fusaient dans toutes les directions. Il glissa les doigts dans l'épaisse crinière pour en caresser les boucles et les regarder s'entortiller autour de son pouce. Le geste était complètement familier, automatique, pour la réconforter, renforcer la connexion entre eux deux. Il ne s'habituerait jamais à côtoyer des gens, même ceux qu'il considérait comme des amis, mais Rachael était différente. Elle faisait partie de lui.

— Ton poignet est cassé ? demanda Tama avec inquiétude. Comment est-ce arrivé ? Dans la rivière ?

Rachael regarda son attelle de fortune. Sa jambe lui faisait tellement mal qu'elle en oubliait la plupart du temps son poignet.

— Rio pense qu'il est cassé. Il m'a mis une attelle et, pour être honnête, je n'y pense même pas.

Une vague d'émotions submergea Rio. Il mit plusieurs secondes à se rendre compte qu'il s'agissait de bonheur, une joie intense qui réchauffait son corps. Cela faisait tellement longtemps qu'il n'avait rien ressenti de tel qu'il l'avait à peine reconnue. Rachael ne voulait pas que les autres sachent qu'il était responsable de sa blessure. Ça n'aurait pas dû avoir d'importance pour lui, et pourtant.

— Rio, reprit Drake d'un ton sec, ce traître, celui qui était là hier soir, il devait être sur les traces de Rachael.

— Je pensais qu'il était venu m'assassiner, qu'il s'était associé aux bandits pour récolter la récompense, mais, avec un million de dollars en jeu, je doute qu'ils aient pensé à moi, répondit Rio d'un ton ironique avant de se pencher vers Rachael. Il faut croire que tu vaux bien plus que moi.

— Elle est aussi plus agréable à regarder, ajouta Drake d'un ton taquin.

— Personne ne t'a dit de regarder.

Kim et Tama s'accroupirent au pied du fauteuil pour examiner la jambe de Rachael de plus près. Rachael ne put s'empêcher de voir les terribles marques qui quadrillaient le dos de Kim.

— Ça me rend malade de savoir qu'ils vous ont fait ça à cause de moi. Vous avez beau me dire que ce n'est pas ma faute, je me sens responsable.

Kim lui sourit.

— Nous avons tous nos propres fardeaux. Il ne sert à rien de se charger de choses qu'on ne peut contrôler. N'y pensez plus.

C'était plus simple à dire qu'à faire. Rachael tourna les yeux vers la fenêtre, par laquelle elle apercevait la végétation luxuriante. Les feuilles semblaient aussi douces que des plumes et les plantes grimpantes s'entortillaient comme des cordes vertes, tandis que les orchidées rivalisaient avec les champignons multicolores pour se frayer un chemin parmi les fleurs qui poussaient sur les épaisses branches et les troncs. Le décor était magnifique, primitif, et faisait vibrer une corde sensible en elle. Elle rêvait de disparaître au cœur de la forêt, de devenir quelqu'un d'autre, quelque chose d'intouchable, de libre.

Elle le sentit d'abord dans sa poitrine, un poids oppressant qui l'empêchait presque de respirer. Puis ce fut des flammes au creux de son estomac, une contraction de ses muscles. Une chaleur ardente se déversa sur sa peau, ses os, le moindre de ses organes. Un picotement intense lui fit baisser les yeux et elle vit un frémissement sous la surface de sa peau. Elle ferma involontairement les poings et sentit une douleur au bout de ses doigts. Avec un cri étouffé, elle recula de l'abîme au bord duquel elle se trouvait, haletante et le cœur battant.

— Rio, j'étouffe, parvint-elle à souffler au bout d'une éternité. J'ai besoin d'être dehors pour pouvoir respirer.

Rio ne discuta pas. Il la souleva aussitôt dans ses bras, comme une enfant, et contourna Kim, Tama et leur bol de pâte médicinale. Rachael aperçut du coin de l'œil l'expression choquée et les yeux écarquillés de Drake, qui semblait avoir compris quelque chose qu'elle-même ignorait.

Rachael enfouit son visage dans le cou de Rio et inhala son odeur réconfortante, s'abandonnant à lui.

— Tout va bien, Rachael, dit-il d'une voix rassurante en s'asseyant sur le petit canapé du porche. Écoute la forêt, les singes et les oiseaux. Ils redonnent de l'équilibre à la vie. Écoute la pluie et son harmonie réconfortante.

— Qu'est-ce qui m'arrive ? Tu le sais ? Je jurerais avoir vu quelque chose bouger sous ma peau, comme un parasite.

L'humidité créait l'illusion d'un sauna et le bruit de la pluie était étouffé par la lourde canopée. La respiration de Rachael était haletante, comme si elle venait de courir un marathon. Sa jambe blessée la brûlait et palpitait à un rythme effréné.

— Je n'ai jamais de crises de panique, Rio, je ne suis pas hystérique.

— Je sais, Rachael. Personne ne te croit hystérique. Reste calme, nous en reparlerons quand nous serons seuls.

Le cœur de Rio battait aussi frénétiquement que celui de Rachael. L'éventualité lui paraissait à peine croyable.

Il avait besoin de temps pour y réfléchir, pour faire quelques recherches avant de pouvoir lui apporter des réponses.

— Juste une chose, Rachael, as-tu déjà entendu les mots « Han Vol Dan » ? Ta mère les a-t-elle déjà mentionnés dans ses histoires ?

Il retint son souffle en attendant la réponse, se sentant sur le point de basculer dans un profond abysse.

Rachael retourna les mots dans son esprit. Ils avaient quelque chose de familier, mais elle n'avait pas la moindre idée de ce qu'ils signifiaient et était à peu près certaine de ne jamais les avoir entendus dans la bouche de sa mère.

— Je ne sais pas. Ma mère ne m'a jamais dit ça mais…

— Ça n'a pas d'importance.

— Qu'est-ce que cela veut dire, « Han Vol Dan » ? On dirait presque une mélodie.

— Oublie ça pour l'instant. J'espère que tu ne te sens pas responsable de ce qui est arrivé à Kim. Je vais au secours des otages kidnappés sur la rivière depuis un certain temps déjà, dans trois pays différents. Mon unité est payée pour ça. Parfois, c'est un gouvernement qui nous contacte à cause d'une situation politique délicate, parfois c'est la famille des victimes. Et, d'autres fois, nous apportons la rançon et nous assurons que les choses ne tournent pas mal pour que l'otage puisse rentrer chez lui. Chaque fois, ou presque, que Tomas et son groupe sont impliqués, les victimes ont été passées à tabac. Il est l'un des bandits les plus cruels. La plupart des chefs se considèrent comme des hommes d'affaires. Tant qu'ils récupèrent la rançon, ils relâchent leurs prisonniers en bonne santé.

Rachael secoua la tête, incrédule.

— C'est juste un mode de vie pour eux, kidnapper des gens ? Qu'en pensent leurs familles ?

— Elles leur sont probablement reconnaissantes de recevoir un peu d'argent. Certains le font pour des raisons politiques, ce qui est bien plus dangereux pour mon équipe. Et, quand on a affaire à Tomas, on sait que ce sera dangereux pour tout le monde. Tomas a déjà tué des otages même après avoir reçu la rançon. Sa parole ne vaut rien.

— Tu l'as rencontré ?

— Une ou deux fois. Il est fou et ivre de pouvoir. Il lui est arrivé de tuer ses propres hommes pour ce qu'il avait perçu comme un affront. Il est mortellement dangereux pour les femmes aussi. Je crois qu'il aime faire du mal aux gens.

— Je connaissais quelqu'un comme ça. Capable de sourire et de se faire passer pour ton meilleur ami, alors même qu'il prévoyait d'assassiner toute ta famille. Ce genre de personne est complètement tordue.

Rachael commençait déjà à se sentir mieux. L'étrange mal qui l'avait saisie plus tôt s'était évanoui, et son souvenir avec. Elle se rappelait simplement avoir eu peur. L'épisode lui laissa une sensation de ridicule, d'avoir été l'archétype même de la femme hystérique. Pas étonnant que Rio ne la pense pas à sa place dans la forêt.

— Rio, je suis désolée d'avoir agi comme une idiote devant tes amis.

— Tu n'as rien fait de tel, Rachael. Si tu te sens mieux, je vais te ramener à l'intérieur pour voir si Tama et Kim peuvent faire quelque chose pour ta jambe. Ils s'y connaissent bien mieux que moi. Ils ont bénéficié des leçons de leur père depuis tout petits.

Elle passa les bras autour de son cou.

— Je crois que je commence à m'habituer à être trimballée d'un endroit à l'autre, dit-elle d'un ton malicieux.

— Tiens bien cette couverture en tout cas. Je ne vois pas d'inconvénient à ce que tu te balades sans sous-vêtements devant moi, mais je refuse que tu t'exhibes nue devant mes amis. Drake risquerait de faire une crise cardiaque.

— Tes mauvaises habitudes doivent déteindre sur moi, répondit Rachael en couvrant ses jambes de la couverture.

Puis elle se blottit contre lui et plongea le regard dans ses yeux verts. Ils échangèrent un sourire. Tout cela ne rimait à rien, mais ils s'en moquaient, savourant simplement l'instant. Rachael ne savait pas qui avait fait le premier pas, mais bientôt leurs bouches se rencontrèrent et une joie intense les submergea tous les deux. La terre trembla sous leurs pieds, les singes et les oiseaux poussèrent des cris de délice, des prismes de couleur brillèrent à travers les gouttes d'eau sur les feuilles et la mousse, des pétales tombèrent en pluie au-dessus de leur tête. Mais ils ne remarquèrent rien. Ils étaient seuls, enfermé dans leur petit monde de sensations pures.

Rachael se dégagea la première, incapable de cesser de sourire.

— Tu as une bouche incroyable.

Il avait déjà entendu ces mots auparavant, sur ce même ton taquin, légèrement ébahi. Il avait senti ces mêmes doigts caresser ses lèvres. Il se revoyait clairement envoyer valser les assiettes et l'allonger sur la table, fou de désir et incapable d'attendre assez longtemps pour aller jusqu'à la chambre.

Rachael glissa les doigts dans ses cheveux, un geste qui lui donnait toujours un pincement au cœur. Parfois, il avait l'impression de ne vivre que pour la voir sourire. Goûter ses baisers. Entendre son rire.

— Je regrette vraiment qu'on ne soit pas seuls, lui murmura-t-il à l'oreille avant d'y glisser sa langue et de la mordiller gentiment.

Aussitôt, il sentit ses seins pointer contre son torse, comme il s'y attendait.

— Ce n'est pas plus mal qu'on ne le soit pas, répliqua Rachael en tentant de garder la tête froide.

Ce devait être l'humidité qui lui faisait cet effet. Elle ne s'était jamais sentie si sexy et si désireuse de séduire un homme qu'avec Rio. Elle plongea le regard dans ses yeux si étranges et envoûtants, et eut l'impression de s'y noyer.

À l'intérieur de la cabane, un léopard poussa un léger grognement. Rachael et Rio sursautèrent, puis tentèrent de briser l'enchantement qui semblait les retenir prisonniers.

— Rio, tu ferais mieux de dire à ton petit compagnon de se calmer s'il ne veut pas que ça se termine mal pour lui, lança Drake.

Son ton menaçant choqua Rachael. Rio se raidit et aboya un ordre à Franz ; le petit félin jaillit de la cabane en feulant et en agitant la queue, les oreilles rabattues.

— Il a l'air vraiment fâché, remarqua Rachael sans pouvoir cacher sa peur. C'est incroyable comme il est imposant. Et ses dents sont terrifiantes.

Rio recula pour laisser de la place à l'animal.

— Tous les léopards ont du tempérament. Ils peuvent être nerveux et maussades, même le plus petit d'entre eux. Sans surprise, Franz est contrarié et ne tolère pas bien la compagnie.

— Il devrait être habitué à moi, répliqua Drake. Cet avorton m'a menacé. S'il réussit à me mordre, je lui ferai la peau.

Debout sur le pas de la porte, il fusillait du regard le petit félin, ses yeux brillants, presque vitreux. Une aura de danger émanait de lui. Ses doigts agrippaient la rambarde en bois.

Sans quitter Drake des yeux, Rio reposa lentement Rachael sur le sofa. Il y avait une tension soudaine dans son corps, bien qu'il paraisse parfaitement détendu. Son sourire était figé et Rachael voyait bien qu'il était focalisé sur Drake autant que celui-ci l'était sur Franz. Les deux hommes étaient si immobiles qu'ils semblaient se fondre dans le paysage. Les nuages s'amoncelèrent et assombrirent le ciel. Le feuillage se balança sous le vent et les ombres s'allongèrent. Quelques gouttes de pluie réussirent à percer l'épaisse canopée et vinrent s'écraser sur la rambarde du porche.

Un bruit fracassant de bois brisé vint troubler le silence. De longues échardes tombèrent sur le plancher. Rachael les contempla avec surprise. Franz feula et recula jusqu'à la plus grande branche, sans détourner son regard de Drake. Puis, comme s'il était monté sur ressort, le léopard s'élança dans l'arbre et disparut.

Drake ne bougea pas, regardant fixement les feuilles trembler, avant d'inspirer profondément et de se tourner vers Rio.

— Ne te mêle pas de ça. L'avorton mérite une bonne leçon.

— Fritz a été attaqué par un léopard, Drake. Il est normal que Franz soit un peu nerveux. Tu aurais pu le laisser tranquille.

— Je ne comprends pas, interrompit Rachael. Je croyais que vous étiez amis tous les deux.

Rio posa aussitôt une main sur son épaule.

— On se comprend, Drake et moi.

— Eh bien, moi je ne vous comprends pas du tout.

Rio rit doucement.

— C'est une histoire de félins irascibles. Viens, occupons-nous de cette jambe.

— Tu veux dire, mettre cette bouillie verdâtre dessus ? dit Rachael, horrifiée. Hors de question. Je vais tenter ma chance avec les soins que tu m'as donnés.

Ses yeux se posèrent sur la rambarde derrière Drake. Il y avait des traces de griffes dans le bois qu'elle ne se souvenait pas avoir vues plus tôt.

— Tu ne vas quand même pas te dégonfler, lança Rio en la soulevant de nouveau dans ses bras comme si de rien n'était.

Il ne parut pas remarquer les marques de griffes et sa tension semblait s'être envolée.

— Peut-être qu'on pourrait rajouter quelques pétales pour changer la couleur, suggéra Drake en précédant Rio à l'intérieur. Tama, Rachael ne veut pas de ta concoction. Tu peux la rendre rose princesse ?

Rachael lui tira la langue.

— Je vais m'en passer, quelle que soit sa couleur.

— Elle est efficace, Miss Wilson, dit Kim avec un sourire.

— Rachael, corrigea-t-elle en tentant de prendre l'air digne lorsque Rio l'installa sur le lit.

Elle était déjà épuisée et n'avait qu'une envie : s'allonger pour dormir le plus longtemps possible.

— Est-ce qu'elle agit rapidement ? Et est-ce qu'elle fait mal ?

— Ta jambe te fait déjà mal, lui fit remarquer Rio. Ça ne pourra pas être pire.

Rachael se recroquevilla du mieux qu'elle put pour protéger sa jambe contre la mixture maléfique de Tama.

— Je suis une femme moderne, qui aime la médecine moderne.

— Comme dit le dicton, à Rome, fais comme les Romains, lança Rio.

— Je ne suis pas à Rome et je doute que les Romains aient des pommades aussi vertes, répliqua Rachael avec un regard noir en repoussant sa main d'une claque lorsqu'il tenta d'inspecter sa jambe. Arrête ça si tu ne veux pas perdre cette main !

— Elle est toujours comme ça ? demanda Drake.

— Pire. Surtout ne lui donne pas de pistolet.

— C'était un accident ! Et j'avais de la fièvre. Tu es sacrément autoritaire quand tes amis sont là. Je ne veux pas de cette mixture.

— Arrête de gigoter. Je veux que Kim et Tama regardent ce qu'ils peuvent faire.

Rio s'assit sur le bord du lit et pressa discrètement sur sa hanche pour qu'elle ne puisse pas s'asseoir.

— Vas-y, Tama, ne fais pas attention à elle.

— Sur quoi elle a tiré ? demanda Drake.

— La radio.

Drake éclata de rire.

— Heureusement que j'ai apporté la mienne. Tu peux la prendre, j'en récupérerai une autre. On va devoir aller au secours des bons Samaritains de Kim et les sortir du camp de Tomas. C'est pour ça qu'on est ici en vrai, Rio, pas pour toi.

— Les bons Samaritains de Kim ? répéta Rachael avec une indignation feinte. Quand j'irai mieux, je te ferai ravaler tes paroles.

Rio tenta d'ignorer la jalousie qui le rongeait de l'intérieur. Ce n'était pas parce qu'il descendait d'une espèce primitive qu'il devait agir comme tel. Il pouvait se montrer civilisé. Quelle importance que Rachael sourie à Drake ? Mais, ce qui le dérangeait vraiment, c'était qu'elle le taquine ainsi. Il voulait qu'elle réserve cette nuance particulière dans sa voix juste pour lui. Il se recentra sur son for intérieur, cherchant le calme, un endroit où il se repliait souvent pour conquérir la part de lui qui vivait selon les règles de la forêt. L'oxygène emplit ses poumons. Il respira calmement, bien décidé à ne pas dévier du chemin qu'il avait choisi. Il était essentiel qu'il garde le contrôle.

Rio sentit les doigts de Rachael le frôler. Imperceptiblement. Elle agrippa la ceinture de son pantalon, effleurant sa peau nue au passage. C'était un geste infime, mais il comprit qu'elle avait besoin d'être réconfortée, rassurée. Ce qui le soulagea aussitôt.

— Rio, vas-tu partir à la recherche de Don Gregson et des autres ?

Rachael avait planifié sa fuite avec une prudence extrême. Elle avait prévu de passer le restant de sa vie seule. Elle n'avait même pas eu si peur que cela. Mais tout avait changé. Elle ne supportait pas l'idée que Rio l'abandonne.

Chapitre 8

— Je ne crois pas qu'on ait le choix, répondit Rio avec un profond soupir. On ne peut pas les laisser aux mains de Tomas.

— Ce ne sera pas comme les fois précédentes, avertit Drake. D'habitude, on exfiltre les victimes en quatrième vitesse, puis on les fait sortir du pays avant de disparaître dans la forêt. Mais la récompense promise change tout.

Rachael sentait les quatre paires d'yeux posées sur elle. Elle détourna le visage. Elle aurait dû se douter que la récompense serait trop importante pour être ignorée, surtout dans un pays où les gens avaient peu de moyens.

— L'argent est roi. C'est la devise de ma famille. *El dinero pavimenta la manera*.

— L'argent ouvre la voie, traduisit Rio. C'est une devise intéressante.

Il avait déjà entendu cette phrase, mais son origine lui échappait. Il jeta un regard interrogateur à Drake.

Ce dernier haussa les épaules et secoua la tête. Il pensait avoir lu la phrase quelque part, peut-être dans les journaux, mais n'en était pas certain.

— Disons que j'ai une famille intéressante. Tôt ou tard, elle enverra un représentant pour soudoyer les hauts placés de votre gouvernement, si ce n'est pas déjà fait. Il faudra que je quitte rapidement le pays.

Elle agrippa de toutes ses forces la ceinture du pantalon de Rio. S'il comptait rester là à la maintenir immobile pendant que Tama lui étalait son horrible concoction sur la jambe, autant qu'il serve à quelque chose. Elle glissa délibérément les doigts sur sa peau en espérant le punir.

— Vous ne pouvez pas quitter le pays pour le moment, jeune fille, intervint Tama. Dis-lui, Rio. Les bandits vont fermer les frontières. Ils auront des espions partout, tout le long de la rivière. La plupart des gens ont peur d'eux et veulent juste qu'on les laisse tranquilles. Mais, avec une telle récompense, les bandits auront plus d'alliés que d'habitude. Mieux vaut se terrer quelque part et attendre que le vent tourne.

Kim hocha la tête.

— Mon frère a raison, Miss Rachael. Des gens bien vivent de long de la rivière, mais une telle somme ferait la richesse de tout un village. Il serait facile de justifier une chose aussi simple que transmettre une information. Il vaut mieux que vous restiez cachée dans la forêt et laissiez croire que vous avez péri noyée.

Rachael se figea et examina attentivement les quatre hommes qui l'entouraient.

— Je suppose que vous avez raison, Kim. La richesse d'un village et peut-être même d'un gouvernement. D'ailleurs, n'importe lequel d'entre vous en aurait probablement besoin.

Rio glissa une main sur la nuque de Rachael et commença à la masser lentement comme pour la réconforter, alors même qu'ils savaient tous deux que c'était impossible.

— Vous n'avez rien à craindre des membres de ma tribu, Miss Rachael, répondit Kim.

Elle lui sourit sans vraiment le regarder.

— Si vous le dites. Mais, tôt ou tard, vous allez être déçu. Les gens qui vous aiment vous trahiront pour moins que ça. L'argent achète tout : la nourriture, les médicaments, l'éducation, la liberté et le pouvoir. Les gens s'entre-tuent pour cinquante dollars, parfois même moins. N'importe qui dans cette pièce voudrait cette récompense, et qui pourrait leur en vouloir ? Je ne suis qu'une étrangère.

— Personne dans cette pièce ne te trahira, Rachael, répondit Rio. Drake et moi, nos têtes sont à prix. Si l'on essayait de te livrer aux bandits, ils nous tueraient à vue. Quant à Kim et Tama, ils n'ont pas besoin d'argent.

Rachael regarda Rio d'un air de défi.

— Je suis prête à parier que tu n'aurais pas besoin d'avoir affaire aux bandits. Tu pourrais me livrer à un fonctionnaire du gouvernement et tu serais probablement récompensé.

Rio refusait de continuer cette discussion. Tout comme il refusait d'admettre que la méfiance dont elle faisait preuve le dérangeait.

— Tu as sûrement raison, Rachael, mais qui te dit que je ne suis pas aussi recherché par le gouvernement ? Tu l'as dit toi-même, je n'habiterais pas ici si je ne fuyais pas quelque chose.

Rachael était incapable de se détourner du regard de Rio. Il était toujours si direct, si intense. Elle avait l'impression de sombrer dans les profondeurs de ses yeux d'un vert brillant. Il devait être le produit d'une magie noire et d'une potion d'amour, il n'y avait pas d'autre explication possible. Elle était une femme en cavale qui ne perdait pas la tête pour un homme juste parce qu'il avait un corps de rêve.

Sans prévenir, Rio se pencha vers elle et lui murmura à l'oreille :

— Tu recommences. Arrête de me regarder ainsi, tu vas t'attirer des ennuis un de ces jours.

Drake se racla la gorge.

— Pourquoi diable est-ce que quelqu'un paierait un million de dollars pour te récupérer ?

Rachael continua de regarder Rio. Elle ne voyait que lui. Son visage buriné, ses traits tirés par trop de missions, trop de décisions qu'il n'avait pas voulu prendre. Ses yeux qui pouvaient être froids comme de la glace ou brûler d'un feu qui l'enflammait tout entière. Des yeux d'un vert brillant au lieu du jaune-vert qu'elle avait si souvent vu.

— C'est toute la question, pas vrai ? murmura Rachael. Qu'ai-je fait ? Qu'ai-je volé ? Personne ne dépenserait autant d'argent sans raison.

— Tu as oublié la question la plus importante, rétorqua Rio. Que sais-tu ?

Rachael inspira profondément et se détourna pour échapper à son regard pénétrant.

— Je croyais que vous deviez aller secourir les autres.

— Ce n'est pas si simple. Tomas déplace sans cesse son camp et ses prisonniers. Ils ont creusé des tunnels pour circuler. Les champs de canne à sucre peuvent cacher un dédale de tunnels de plusieurs kilomètres, expliqua Rio.

— Des trous à rats, renchérit Drake. Ils ont tellement de cachettes que les localiser prend du temps.

— Et, le temps qu'on y arrive, ils déplacent de nouveau leurs prisonniers, continua Rio. Il faut qu'on se montre prudents, surtout avec Tomas. Drake et Tama ont profité de l'effet de surprise pour exfiltrer Kim. La série d'orages a été une des plus terribles que la région ait connue depuis des années, et personne ne s'attendait à ce que la famille de Kim sache qu'il lui était arrivé quelque chose et envoie l'un des nôtres à son secours.

Rachael était trop épuisée pour faire quoi que ce soit d'autre que s'allonger contre l'oreiller et réfléchir. Cela lui faisait mal de l'admettre, mais l'étrange mixture que Kim et Tama avaient étalée sur sa jambe avait considérablement soulagé sa douleur. Elle baissa les yeux et ravala un éclat de rire. Sa cheville et son mollet faisaient toujours deux fois leur taille normale et on aurait à présent dit qu'elle portait une chaussette verdâtre. Les deux plaies continuaient de suinter, ce qui n'arrangeait pas les choses.

— Magnifique, marmonna-t-elle.

— Je suis bien d'accord, lança Drake avec un sourire espiègle.

Rio s'attendait à ressentir une nouvelle vague de jalousie dévorante qui semblait être une malédiction de son espèce, mais, étonnamment, il n'en fut rien. Il sentit la caresse des doigts de Rachael dans son dos, un simple geste aussi familier que réconfortant. Il avait confiance en leur relation. Rio secoua la tête avec un sourire. Il ne cessait d'oublier qu'il n'avait pas de relation avec elle. Il lui attrapa la main.

— Rachael, je te jure, j'ai sans cesse des flash-back en ta présence.

Ils se regardèrent sans rien dire, en parfaite harmonie, de larges sourires sur le visage.

Drake se racla de nouveau la gorge pour attirer l'attention de Rio.

— Dire que tu as toujours cru que c'était un mythe. Rachael, ma chère, je ne crois pas que tu aies à t'inquiéter d'être trahie pour quelque raison que ce soit. Tu es enfin arrivée chez toi.

— Tu sais de quoi il parle ? demanda Rachael.

Mais elle vit la réponse sur le visage de Rio. Il savait exactement de quoi voulait parler Drake. Et, l'espace d'un instant, elle vit l'espoir et la joie briller dans ses yeux.

— Drake a un faible pour les vieilles légendes, répondit-il d'une voix brusque. Il croit aux contes de fées. Pas moi.

— Mais tu commences à y croire, dit Drake. Et Maggie et Brandt ? Ils sont un mythe, peut-être ? Tu refuses juste d'admettre que tu as tort. (Il se tourna vers Rachael.) Rio est têtu. Personne n'arrive jamais à lui faire entendre raison. Je n'ai qu'une chose à te dire : bonne chance.

Rio poussa un grognement.

— Ne l'écoute pas, Rachael. Il a toujours la langue trop bien pendue. Avec un peu de chance, il va se taire à présent... mais j'en doute.

Kim et Tama éclatèrent de rire et hochèrent la tête.

— C'est vrai, Drake ?

— Mensonge ! protesta-t-il. Dire qu'ils se prétendent être mes amis. Je risque ma vie pour eux et voilà comment ils me remercient.

— Mon pauvre, compatit-elle en réprimant un gloussement.

Drake et Rio étaient deux mâles dominants, mais, en cet instant, ils ressemblaient à deux petits garçons espiègles. Rachael mit de côté toutes les questions qui la taraudaient, attendant d'être seule avec Rio.

— Rachael est fatiguée, déclara celui-ci. Laissons-la se reposer pendant que l'on décide quoi faire pour secourir le groupe de bons Samaritains. (Rachael le fusilla du regard.) Euh… de victimes.

Drake éclata de rire une nouvelle fois.

— Je me suis toujours demandé ce qui t'obligerait à devenir politiquement correct. C'est chose faite.

Rachael regarda les quatre hommes sortir sur le porche, la laissant seule avec Fritz. Malgré la porte fermée, elle les entendait discuter à voix basse, ce qui la réconforta dans son demi-sommeil. Le bruit intermittent de la pluie, le murmure du vent dans les arbres, le bruissement des feuilles et le son continu des insectes, des oiseaux et des singes la berçaient et s'infiltraient dans ses rêves. Loin d'être oppressante, l'humidité stimulait ses sens, lui faisant prendre conscience des courbes de son corps, de sa sexualité. Elle sentait des gouttes de sueur couler entre ses seins.

Rachael ferma les yeux et vit Rio, penché sur elle, sa langue sur le renflement de son sein. L'anticipation la fit frissonner. Lorsqu'il la regarda, elle en eut le souffle coupé. Son regard débordait d'amour. De dévouement. Elle sentit les larmes lui monter aux yeux. Elle le connaissait si bien, la moindre expression de son visage, la moindre ligne de son corps. Elle le prit dans ses bras et le serra contre elle ; ils restèrent allongés là, à écouter le vent et la pluie contre la vitre.

Rio toqua à la fenêtre, regrettant de ne pas avoir écarté la couverture pour pouvoir voir Rachael. Il était certain qu'elle allait s'endormir sans tarder. Sa jambe guérissait, mais lentement.

— Tama, merci d'avoir préparé un cataplasme pour Rachael. J'avais peur de ne pas réussir à sauver sa jambe. Elle a été très malade pendant quelques jours.

— Tu connais la plupart des plantes médicinales, répondit Tama. J'ai simplement préparé un mélange dont mon père se sert pour qu'on guérisse rapidement et sans trop de douleur lorsqu'on traverse la forêt. La rivière peut être dangereuse pour les plaies ouvertes. Le cataplasme empêche les parasites et les bactéries de pénétrer sous la peau.

— Ne t'inquiète pas, Rio, j'ai fait en sorte que ses plaies continuent de s'assécher, ajouta Kim. Vas-tu nous raconter ce qui s'est passé ?

— Et ce qui t'est arrivé. Tu n'es pas en très bonne forme toi non plus, fit remarquer Drake.

Rio posa une main sur la fenêtre comme pour toucher Rachael. Il la sentait l'appeler. Il n'y avait pas un bruit mais elle était là, dans un coin de sa tête, sous sa peau, séparée de lui par un simple mur.

— J'ai pris quelques coups, rien de grave, en évacuant notre dernière victime. Et j'ai eu ce petit accrochage avec le léopard hier soir. Si vous tombez sur quelqu'un qui a été blessé par un large félin, faites-le-moi savoir. Il va devoir se faire soigner quelque part.

— Tu crois qu'il en avait après toi ou après Rachael ?

— Je croyais au début qu'il était sur ma piste, mais, à présent, je pense que c'était elle qu'il traquait.

— Pour la récompense ?

— Je ne crois pas qu'il comptait la ramener avec lui. Il voulait la tuer.

Drake grimaça.

— Tuer une femme ? Ce n'est pas notre genre, Rio, surtout pas l'une des nôtres, et elle en est une. Tu le sais.

— Pour l'instant, je ne sais rien, dit Rio avec un sourire penaud en s'appuyant contre la rambarde. Depuis qu'elle est arrivée, je suis dans un état de confusion perpétuelle.

— Qui est-elle ? demanda Drake. D'où vient-elle ?

— Je ne sais pas. Elle ne parle pas beaucoup d'elle-même.

Rio plongea les yeux vers la pénombre de la forêt.

— Je me souviens d'elle. De tout. Parfois, quand on est ensemble, je n'arrive plus à différencier le passé du présent.

— Est-ce qu'elle se souvient de toi ?

— Je crois que oui, parfois. Je le vois dans son regard. Et elle m'a avoué être aussi perdue que moi. Qu'as-tu entendu, Kim ? Est-ce que quelqu'un au camp t'a donné des informations à son sujet ?

— Je suis désolé, Rio. Ils veulent l'argent de la récompense et sont prêts à retourner toute la forêt pour mettre la main sur Miss Wilson. Qui que ce soit qui offre un million de dollars pour sa capture ne plaisante pas.

— Elle m'a dit que quelqu'un voulait sa mort, mais je ne sais rien d'autre, admit Rio. Elle n'a pas expliqué pourquoi et elle pense manifestement qu'il n'abandonnera pas.

— Un million de dollars, c'est du sérieux, confirma Drake.

Kim secoua la tête.

— Les instructions sont claires : elle ne doit pas être tuée. En cas de blessure, la récompense ne sera pas versée.

J'ai entendu Tomas parler à ses hommes. Il l'a répété plusieurs fois. Ils ont interdiction de lui faire du mal.

Le vent faisait danser les feuilles, qui viraient à l'argenté lorsque des rayons de soleil diffus perçaient à travers la canopée. Rio se mit à faire les cent pas sur le porche avant de s'arrêter devant Kim.

— Tu en es certain ?

— Tomas a été catégorique. Elle ne doit pas être blessée s'ils veulent toucher leur argent.

— Rachael est persuadée qu'on a essayé de la tuer. Se tromperait-elle ? Elle m'a dit que quelqu'un avait mis un cobra dans sa chambre il y a quelques jours. Et elle a quitté les États-Unis avec de faux papiers pour pouvoir disparaître.

— Tu crois qu'elle te ment ? demanda Drake.

Rio rumina cette idée. Enfin, il secoua la tête.

— Je crois qu'elle est certaine d'être en danger de mort. Et elle n'est pas du genre à paniquer facilement, à céder à l'hystérie. Si elle affirme que quelqu'un veut sa mort, je la crois. Il est possible qu'on ait affaire à deux factions différentes. Quelqu'un qui est prêt à payer une grosse somme pour la garder en vie, qui fait beaucoup de bruit, contacte même le gouvernement. Et quelqu'un d'autre, de beaucoup plus discret, qui veut la faire taire. Cette personne a engagé des assassins pour parvenir à ses fins.

— Tu ne crois pas que tu tires des conclusions un peu hâtives ? dit Drake.

— Peut-être, mais c'est une éventualité. Je la crois quand elle dit qu'on essaie de la tuer. Pourquoi une femme comme elle essaierait-elle de disparaître en pleine forêt tropicale ?

— Elle est proche du Han Vol Dan, Rio. Tu l'as senti comme moi. Très proche. Peut-être que ça l'a attiré jusqu'ici.

— Peut-être. Je lui ai demandé si elle avait déjà entendu ces mots auparavant et elle ne s'en souvenait pas, même s'ils lui paraissaient familiers.

— Ça complique les choses. C'est une période dangereuse pour tout le monde. Je vais m'en aller dès ce soir, je n'ose pas rester vu l'état dans lequel elle est.

— Tu l'as senti, Kim ? demanda Rio, curieux. Tu nous côtoies depuis des années. On a presque grandi ensemble.

— Je n'ai jamais fréquenté personne au moment du Han Vol Dan, admit Kim. J'en ai entendu parler, bien sûr, par nos aînés, mais à ma connaissance personne d'autre que vous n'a assisté à un tel événement.

— Je confirme, ajouta Tama. J'ai ressenti l'attraction, mais je pensais que seule la proximité était en cause. C'est une femme très sensuelle.

Rio tressaillit, bien qu'il soit habitué à la nature directe et franche de ses amis. Une sensation dangereuse lui embrasa l'estomac.

— En effet. Il vaut mieux que vous partiez tous jusqu'à ce que ce moment passe. Drake a raison. C'est dangereux pour tout le monde.

— Je te laisse la radio, Rio. On va explorer les alentours, chercher une piste et, si on trouve quelque chose, je te le ferai savoir. Tu ne seras pas capable de la quitter jusqu'à ce que ce soit terminé de toute façon.

— Non, on accomplit la mission comme d'habitude. Si on commence à changer certaines choses, quelqu'un va se faire tuer. Dis-le-moi dès que vous avez une piste et je serai là.

Kim et Tama se levèrent en même temps, comme s'ils communiquaient sans se parler. Drake sauta sur une branche voisine.

— Transmets mes amitiés à ton père, Kim, dit Rio. Que la magie de la forêt soit avec toi et que la chance t'accompagne.

— Que ta chasse soit fructueuse, répondit Tama.

— Reste sur tes gardes, Rio, ajouta Drake tandis que les deux autres hommes redescendaient prudemment au sol. Je vais faire passer le mot au sujet du léopard, mais tu sais qu'il reviendra s'il a accepté un contrat. Nous sommes par nature incapables de renoncer. Tu seras obligé de le tuer.

— Bon sang ! Drake, tu crois vraiment que je ne le sais pas ?

— Je te connais. Je veux juste que tu surveilles tes arrières.

— Ne t'inquiète pas pour moi. Passe le bonjour aux autres.

— Est-ce que tu comptes amener bientôt Rachael pour la présenter à tout le monde ?

— Je veux lui laisser le temps de s'adapter. Nous laisser le temps à tous les deux. (Rio hésita.) Je n'ai jamais passé plus de quelques heures en présence de quelqu'un d'autre. Même au sein de l'unité, je travaille seul. Je ne sais pas si je suis capable de partager ma vie avec une femme.

Drake sourit, mais son regard était dépourvu d'humour.

— Je suis très mal placé pour te donner des conseils, mais je te souhaite bonne chance. (Il commença à descendre la branche avant de se retourner.) Ne gâche pas cette occasion, Rio. La plupart d'entre nous ne l'aurons jamais.

Rio hocha la tête et regarda les trois hommes disparaître dans la pénombre de la forêt. Il resta un long moment sur le porche à respirer l'air frais, le parfum des fleurs et de la pluie. Par habitude, il leva le nez pour humer le vent. Il se fiait à ses propres sens pour percevoir le danger, mais les animaux sur son territoire lui prêtaient toujours main-forte.

Il émit une série de grognements, transmettant son message à la ronde, depuis la plus petite des créatures sur le sol de la forêt jusqu'aux abeilles construisant leurs ruches géantes haut dans les arbres. Un battement d'ailes retentit au-dessus de sa tête, un orang-outan se déplaçait lentement de branche en branche à la recherche de délicieuses feuilles et une nuée de papillons voletait autour des fleurs qui poussaient à foison sur les troncs d'arbres. Tout était calme, paisible, aucun intrus n'avait pénétré dans leur domaine.

Rio ouvrit la porte. Aussitôt, le vent s'engouffra dans sa cabane, faisant virevolter la moustiquaire. Rachael dormait, ses cheveux noirs éparpillés sur l'oreiller. Le vent joua dans sa chevelure, attirant irrésistiblement Rio. Il referma la porte et résista à la tentation de s'allonger à côté d'elle. S'il devait bientôt repartir en chasse, il lui fallait nettoyer ses armes et s'assurer d'avoir des kits d'urgence cachés un peu partout dans la forêt.

Rachael mangea très peu et caressa en silence la fourrure de Fritz tandis qu'elle regardait Rio travailler. Il avait plus de pistolets et de couteaux que n'importe qui d'autre de sa connaissance – et elle s'y connaissait en armes. Il était aussi méticuleux avec son matériel qu'il l'avait été en soignant ses blessures. Elle l'observa préparer plusieurs tenues de rechange, des petites trousses à pharmacie et des pistolets, puis les mettre dans des sacs étanches.

La curiosité finit par avoir raison d'elle.

— Qu'est-ce que tu fais avec ça ?

Rachael était à l'aise avec le silence et la solitude, mais pas autant que Rio. Ce dernier semblait capable de passer des heures entières sans prononcer le moindre mot.

Rio leva la tête et cilla, comme s'il venait juste de la remarquer. En vérité, il avait conscience du moindre de ses gestes et était presque hypnotisé par le mouvement de ses doigts sur la fourrure du petit léopard.

— Je cache des sacs le long de ma route dans la forêt, au cas où je me retrouverais à court de munitions, d'armes ou de médicaments. Ça peut être très utile.

— Et les vêtements ?

— Au cas où j'aurais besoin de me changer.

— Je vois. Vas-tu m'expliquer pourquoi ton ami Drake s'est comporté aussi bizarrement avec Franz et Fritz, et pourquoi ça n'a pas eu l'air de te déranger ? J'ai cru un instant qu'il allait se montrer violent. Je crois que, toi aussi, tu t'y attendais.

— Drake a vécu presque toute sa vie dans la forêt. Notre mode de vie est très primitif. On réagit aux choses dans la nature. Ça peut paraître étrange mais, si tu restes, tu finiras par t'y faire. (Ses mains se figèrent sur le couteau qu'il était en train d'aiguiser.) Je veux que tu restes, Rachael.

Son regard était aussi direct que d'habitude. Rachael n'aurait pu s'en détourner pour tout l'or du monde. Sa voix était si basse qu'elle l'entendit à peine. L'espace d'un instant, elle fut submergée par un mélange d'espoir et de crainte. Elle faillit laisser s'échapper la première réponse qui lui vint aux lèvres. Qu'elle n'avait jamais autant désiré un homme. Mais la mort la suivait à la trace et se moquait bien de qui d'autre elle risquait de faucher au passage.

— Avec moi, Rachael. Je veux que tu restes ici avec moi.

— Je ne peux pas, Rio. Tu sais pourquoi.

— Mais si tu pouvais, le voudrais-tu ?

Elle était faite pour lui, il en était intimement persuadé. Comment pouvait-elle ne pas s'en rendre compte ? ne pas le sentir ? C'était si évident.

Rachael remonta la couverture jusqu'à son menton. Une protection infime, mais qui lui donnait l'impression de maîtriser un tant soit peu la situation. Rio se leva avec sa grâce féline habituelle. Sans hésiter, il vint s'allonger contre elle, prenant soin de ne pas toucher sa jambe blessée.

Malgré la couverture entre eux, Rachael sentait la chaleur du corps de Rio. Lorsqu'elle inspira, son odeur emplit ses narines.

— Tu ne me connais pas plus que je te connais. Nous avons tous les deux un passé, Rio, on ne peut pas prétendre le contraire. Je ne suis pas la femme dont tu sembles te souvenir dans tes rêves, et tu ne peux pas être l'homme dont je me souviens. C'est impossible.

Il glissa les doigts dans ses cheveux.

— Comment le sais-tu ? Comment sais-tu que nous n'étions pas ensemble dans une vie antérieure ? Tes cheveux étaient exactement les mêmes, mais ils étaient longs, jusqu'à ta taille. Quand tu les nattais, la tresse était presque aussi épaisse que mon avant-bras. Mais, surtout, je sais ce qui te fait rire, je sais ce qui te rend triste. Je sais que tu as une aversion pour les singes. Comment crois-tu que je le sache ?

— J'ai dû dire quelque chose quand j'avais la fièvre. J'ai dû raconter n'importe quoi.

— C'est tout l'inverse. Tu étais si peu loquace la plupart du temps que tu me faisais peur. Par moments, tu respirais à peine.

Elle lâcha un petit rire.

— J'avais peur que tu m'aies donné un sérum de vérité.

— Pour mener mon interrogatoire. As-tu peur de moi, Rachael ? Crains-tu que je te trahisse pour de l'argent ?

Elle le dévisagea méticuleusement et secoua la tête avant de pouvoir s'en empêcher.

— Non, pas du tout.

— Alors parle-moi. Dis-moi qui tu es.

Elle leva une main vers son visage et traça les lignes autour de sa bouche.

— Dis-moi plutôt qui tu es, toi, avant de commencer à me poser des questions. Je lis la souffrance dans tes yeux. Tu as fait l'expérience de la trahison. Et tu n'es pas venu habiter ici sans raison. Raconte-moi. Pourquoi dois-tu vivre ici ?

— C'est un choix, Rachael, pas une obligation.

— Est-ce que Kim et Tama vivent eux aussi loin des autres ? Et Drake ?

— Non, Kim et Tama vivent au village. En général, quand certains habitants choisissent de bouger, tout le village se déplace avec eux. Ils possèdent des « maisons longues » communales dont ils se servent quand ils voyagent. Drake habite près du village de notre peuple.

— Qui est ton peuple, Rio ? Pourquoi ne veux-tu pas vivre près de lui ?

— J'ai toujours été plus heureux seul. La solitude ne me dérange pas.

Rachael sourit et se pelotonna contre son oreiller.

— Tu n'es pas prêt à me parler de toi. Même en amitié, il faut une réciprocité, une confiance mutuelle entre deux personnes. Nous n'avons pas ça.

— Alors qu'avons-nous ?

Rio savait qu'elle avait raison, mais il refusait de l'admettre. Il voulait que les choses soient différentes entre eux, mais s'il lui disait la vérité ils n'auraient aucune chance.

— Je suis épuisée, Rio, murmura-t-elle. Est-ce qu'on peut remettre cette discussion à demain ? Je n'arrive plus à garder les yeux ouverts. Je crois que tu as glissé quelque chose dans cette boisson que tu m'obliges à avaler.

Elle voulait changer de sujet. Il reconnaissait les signes. Elle était douée pour éviter ce dont elle ne voulait pas parler. À quoi bon, après tout ?

Rio resta allongé là, à écouter Rachael respirer, si consumé par le désir qu'il se sentait prêt à se briser en mille morceaux s'il lui effleurait la peau. Dormir par terre n'arrangerait rien. Une douche froide non plus. La cabane était trop petite pour lui échapper, et dormir à côté d'elle sans la toucher était tout bonnement impossible.

Intellectuellement, il avait conscience que c'était l'approche du Han Vol Dan qui l'affectait autant. Mais, alors même qu'il tentait de se persuader que ce n'était rien d'autre qu'une simple attraction physique séculaire, il savait qu'il se voilait la face. Elle le rendait heureux. Il ne savait pas pourquoi et il s'en moquait. Il voulait qu'elle reste avec lui. À son côté. Dans sa maison. C'était aussi simple que cela.

Les femmes. Elles parvenaient toujours à compliquer les choses les plus simples. Il se redressa, prenant garde à ne pas la déranger. Il n'arriverait jamais à s'endormir s'il n'allait pas courir avant. Loin et vite.

Rachael espérait vraiment qu'elle était en train de rêver. Ce n'était pas un cauchemar, mais c'était perturbant. Pas tant les images que l'idée en elle-même. Elle se voyait, le dos arqué, dans les affres de la passion. C'était un désir insatiable, une obsession, une envie si forte qu'elle n'arrivait à penser à rien d'autre qu'à Rio. Ses mains, ses caresses, son corps qui la pénétrait avec abandon. Elle se voyait frémir de plaisir, ses membres luisant de sueur. Et pourtant elle n'était toujours pas satisfaite. Rio roula sur le dos et elle se retrouva à le chevaucher frénétiquement, cambrant sa poitrine comme une offrande. Elle tourna la tête pour regarder la Rachael endormie et son visage se crispa tandis que son corps se couvrait de fourrure.

Rachael secoua la tête, à moitié endormie, et se rapprocha du corps chaud et rassurant de Rio. Mais il n'était pas là. Elle se retourna prudemment. Elle était seule dans le lit. La cabane était plongée dans le noir, ce qui n'était pas inhabituel. Rio n'allumait jamais de lampe, préférant se déplacer à pas feutrés, entièrement nu. Il semblait avoir une affinité particulière avec la nuit. Dans l'obscurité, rien ne semblait l'affecter ou lui faire peur, et il ne dormait jamais profondément. Les quelques fois où elle s'était réveillée, il était déjà alerte, tiré du sommeil par le simple changement de sa respiration.

Rachael leva la tête pour examiner la pièce. La moustiquaire accrochée devant la porte se balançait au vent comme un fantôme. La porte était ouverte. Rio était parti faire l'une de ses nombreuses balades nocturnes. Il en revenait toujours plus détendu, apaisé. Souvent couvert de sueur, il se dirigeait sans bruit vers l'évier pour se nettoyer. Rachael adorait le regarder. Elle aurait dû se sentir coupable de l'épier ainsi, mais non. Elle se délectait simplement du spectacle de ses muscles, de son intense masculinité.

Quelque chose poussa la moustiquaire. Une énorme tête se glissa à l'intérieur de la pièce. Rachael se figea, la gorge nouée. Fritz poussa un feulement et se dirigea d'un pas chancelant vers elle. Elle tendit la main vers le petit félin et le caressa avant qu'il ne se glisse sous le lit en crachant. Rachael ne détourna pas les yeux de l'imposant animal qui franchissait le seuil.

C'était un léopard mâle, qui devait bien peser quatre-vingt-dix kilos de pur muscle. Le plus gros animal sauvage qu'elle ait jamais rencontré. Une fourrure noire le couvrait de la tête aux pattes, et ses yeux jaune-vert brillaient dans la pénombre. Le léopard tourna la tête de-ci de-là, ignorant Fritz sous le lit comme s'il n'était pas digne de son attention, puis se frotta contre la chaise et l'évier, tout en fixant sur Rachael un regard débordant d'intelligence.

Celle-ci glissa très lentement la main sous l'oreiller pour retrouver le métal rassurant du pistolet. Elle enroula les doigts autour de la crosse et l'attira vers elle. Fritz poussa un grognement sonore.

— Chut, murmura-t-elle, tentant de ne pas élever la voix pour ne pas provoquer le fauve.

À sa grande surprise, Fritz obéit et se tut. Le léopard continua à se frotter contre les meubles sans la quitter des yeux. Rachael resta immobile, incapable de détourner le regard. Lorsqu'il s'approcha d'elle, elle en oublia son arme. Sans la moindre hésitation, il vint frotter sa tête contre son bras ; sa fourrure était incroyablement douce. Rachael dut se retenir pour ne pas enfoncer ses doigts dans le pelage noir, blottir son visage contre le cou de l'animal.

Le léopard se mit à frotter sa tête contre l'ensemble du corps de la jeune femme : ses épaules, ses seins, son estomac, la jonction de ses cuisses, puis, après avoir reniflé sa jambe blessée, il remonta prudemment jusqu'à sa tête.

Le souffle du léopard était chaud contre sa peau ; il se frottait contre son épaule comme s'il quémandait des caresses. Le pistolet lui échappa, tomba sur la couverture, et Rachael céda à son impulsion première, traçant du doigt les rosettes cachées dans l'épaisse fourrure noire. D'une main hésitante, elle commença à gratter les oreilles et le cou du léopard, puis osa descendre plus bas. Elle aperçut plusieurs cicatrices nichées dans le pelage, signes que le félin s'était retrouvé dans plus d'une bagarre, mais il restait un spécimen magnifique. Elle aurait dû être terrifiée par cette proximité, mais la nuit avait pris un tournant presque irréel.

De si près, elle distinguait les vibrisses sur son museau, ses joues, sa mâchoire, au-dessus de ses yeux et même à l'arrière de ses pattes avant. Ces longs poils reliés à des terminaisons nerveuses transmettaient des informations tangibles en continu, tel un système de radar. Durant une attaque, le léopard pouvait ainsi étendre ses vibrisses devant sa gueule pour détecter la position d'une proie afin de lui administrer une morsure mortelle. Rachael espérait que ce n'était pas le cas ici.

Fritz sortit son museau de dessous le lit et la peur étreignit le cœur de Rachael. Mais le léopard noir se contenta de se frotter contre la tête de son petit congénère. Puis il s'étira paresseusement, gratta le plancher autour du lit et se frotta une dernière fois contre Rachael avant de se diriger vers la cuisine. Là, il se hissa sur ses pattes arrière et se fit les griffes sur le mur, laissant de profondes marques sur le bois. Exactement comme celles qui s'y trouvaient déjà. Enfin, il tourna la tête vers Rachael et, sans se presser, ressortit dans la nuit.

Chapitre 9

Rachael essuya la sueur qui perlait sur son front et fixa le regard sur les traces sur le mur. Elle n'avait pas rêvé. Un énorme léopard était entré dans la cabane, comme s'il était chez lui. Il l'avait observée de son étrange regard, s'était frotté contre les meubles, puis contre elle, à deux reprises, avant de faire ses griffes contre le mur de la cuisine. Elle n'avait pas pu imaginer un tel scénario.

— Juste quand je commençais à croire que la jungle n'était pas si dangereuse, murmura-t-elle, craignant que le léopard ne revienne si elle parlait trop fort. Rio, où es-tu ?

La porte était ouverte sur la nuit, la moustiquaire se balançait doucement au vent, la pluie tombait au loin. Rachael s'assit dans le lit en faisant attention à sa jambe enflée. Elle avait regagné des forces, mais le moindre mouvement restait douloureux. Elle enfila la chemise de Rio, grommelant lorsque la manche s'accrocha à son poignet cassé, puis repoussa la couverture. Le pistolet tomba par terre avec fracas et le bruit résonna dans le silence.

Avec un léger soupir, elle se pencha pour le ramasser. Il ne fit aucun bruit, mais elle sentit l'impact de son regard. Aussitôt, elle se détendit. Rachael leva les yeux et découvrit la silhouette imposante de Rio sur le pas de la porte. Elle s'était habituée à voir son corps nu, excité. À ce qu'il dégage quelque chose de dangereux, de différent qu'elle n'arrivait pas vraiment à nommer. Mais elle ne s'accoutumerait jamais à la force de son regard.

— En dehors du fait que tu as laissé la porte ouverte et qu'un léopard a décidé de venir me rendre visite, il faut que tu arrêtes d'aller te balader en pleine nuit. Personne ne t'a dit que c'était dangereux ?

Rachael agrippa la couverture, regrettant aussitôt ses paroles. Qu'elle était ridicule de lui faire la leçon ainsi alors qu'il connaissait bien mieux la forêt qu'elle ! Mais elle avait eu tellement peur que le voir revenir sain et sauf était un véritable soulagement.

Rio entra dans la pièce, complètement nu mais d'un pas aussi assuré que s'il avait été vêtu d'un costume trois pièces.

— Je ne vais rien laisser t'arriver, Rachael. J'aurais dû fermer la porte derrière moi, mais je n'étais pas loin. Étais-tu en train d'essayer de sortir du lit ?

Rachael lâcha un petit rire forcé.

— Rachael à la rescousse. Je comptais faire une prise d'étranglement au léopard s'il essayait de t'attaquer.

Il la regarda un long moment, puis un sourire naquit sur ses lèvres. Rachael sentit son cœur faire un bond.

— Quelle idée, Rachael. Rien que de t'imaginer te battre contre un léopard me donne des sueurs froides.

Rachael aimait l'idée d'un Rio dégoulinant de sueur…

— Rio, habille-toi. On dirait vraiment que tu essaies de me torturer.

— Parce que je suis incapable de masquer mon désir pour toi ?

Sa voix était envoûtante, l'impact immédiat et physique. Rachael sentit son corps s'enflammer.

Elle ne put s'empêcher de l'admirer, fier, primal – et seul. Il semblait si seul, planté là comme la statue d'un dieu grec, avec ses muscles saillants, son regard pénétrant et ses lèvres charnelles. Elle voulait s'abandonner au plaisir, sans se poser de questions. Une simple passion physique qui se consumerait aussi vite qu'elle était née, la laissant libre de toute entrave. Ses rêves récents, dans lesquels elle se donnait fougueusement à lui, ne faisaient qu'empirer les choses.

Comment savait-elle qu'elle pourrait le rendre fou rien qu'en glissant les doigts le long de ses cuisses ? ou que ses yeux se mettraient à briller comme des émeraudes ? Elle y avait vu des larmes, entendu ses cris de passion. Elle secoua la tête pour chasser ces pensées, pour se libérer des étranges souvenirs qui lui appartenaient… et qui pourtant n'étaient pas les siens.

— J'admets que tu es très tentant, mais je ne suis pas vraiment en état, Rio.

C'était un mensonge éhonté. Rachael ne s'était jamais sentie aussi attirante. Elle poussa un profond soupir.

— J'ai peur quand tu disparais comme ça. Je crains toujours qu'il ne t'arrive quelque chose. Ce n'est pas comme si je pouvais venir à ton secours.

Rio la regarda, muet. Il se sentait désarmé, vulnérable, face à cette admission. Personne ne s'inquiétait pour lui. Personne ne se demandait s'il était bien rentré le soir. Il s'attendait absolument à mourir au combat un de ces jours, et seuls quelques-uns de ses hommes déploreraient sa perte, ou plutôt la perte d'un tireur d'élite. Rachael, elle, le regardait avec des yeux remplis d'étoiles. Une bénédiction. Un trésor. Et il était certain qu'elle n'en avait nullement conscience.

— Je suis désolé de t'avoir inquiétée, murmura-t-il en refermant la porte sur la nuit, sur sa liberté. J'avais beaucoup de choses en tête, alors je suis allé courir.

— Eh bien, pendant ce temps, on a eu une petite visite de ton voisin le léopard. Heureusement, il était d'humeur amicale et je n'ai pas eu besoin de lui tirer dessus. Tu remarqueras que je choisis l'humour et la bravade plutôt que l'hystérie. Bien que j'aie été fortement tentée.

Il sentit un sourire lui monter aux lèvres, qui répandit une douce chaleur à travers tout son corps.

— J'apprécie ton sacrifice. Je ne sais pas ce que je ferais si tu avais cédé à l'hystérie. Je ne crois pas être capable d'y faire face.

— Et moi je crois sérieusement que tu es capable de faire face à n'importe quoi. Est-ce que je t'ai fâché tout à l'heure ? C'est pour ça que tu n'arrivais pas à dormir ?

Rio se dirigea sans un bruit vers l'évier, comme chaque fois qu'il rentrait de ses pérégrinations nocturnes. Il pensa à allumer une bougie, sachant que Rachael en aimait l'odeur. La flamme fit danser des ombres sur le mur.

— J'ai beaucoup réfléchi à ce que tu as dit, que je n'étais pas prêt à te parler de moi. Tu avais peut-être raison. J'adore la manière dont tu me regardes. Personne ne m'a jamais regardé ainsi. L'idée d'y renoncer est difficile, parce que tu ne me regarderas plus de la même façon quand je t'aurai dit qui je suis vraiment.

Rachael ne réagissait jamais comme il s'y attendait. Elle rit doucement.

— Tu dois avoir oublié à qui tu parlais, Rio. La femme dont la tête est mise à prix pour un million de dollars. Tu ne t'es pas dit que j'étais un véritable paria ?

— Je sais exactement à qui je parle.

Rachael tendit prudemment la jambe devant elle. Elle dut se servir de ses deux mains, y compris celle au poignet cassé, pour la poser par terre. Le sang afflua à ses orteils, et des fourmillements vinrent s'ajouter à la douleur lancinante. Rio se tourna aussitôt vers elle en fronçant les sourcils.

— Tu vas quelque part ?

— Je m'étire. Tu pourrais peut-être me préparer une de tes boissons ? Je commence à devenir accro. Qu'est-ce que tu mets dedans, d'ailleurs ? Juste pour savoir.

Elle tira sur les pans de sa chemise pour couvrir ses cuisses nues et tenta de la boutonner d'une main pour cacher ses seins.

Rio enfila un jean avant de s'approcher du lit.

— C'est simplement du nectar de fruit, en fonction de la récolte du matin.

Il s'accroupit à côté d'elle et attrapa les pans de la chemise. Sa chemise à lui. Le vêtement était complètement différent sur elle. Il effleura sans le vouloir le renflement de ses seins. Sa peau était chaude et douce comme du velours. Ses doigts s'y attardèrent, délibérément, et se firent caressants. Il n'avait pas eu l'intention de profiter de la situation, mais la tentation était trop forte. Il leva les yeux vers elle tout en agrippant le tissu.

Rachael se retrouva aussitôt prisonnière de ce regard pénétrant. Elle se pencha vers lui, une invitation irrésistible, et leurs bouches se rencontrèrent en un baiser tumultueux, incontrôlable. Rio glissa les doigts sous la chemise pour la caresser. Rachael étouffa un petit cri et cambra le dos pour se rapprocher de lui, aussi réactive que dans son rêve. Elle avait besoin de ses caresses, si familières et envoûtantes. Le baiser lui fit perdre le fil de ses pensées. Elle enroula ses bras autour du cou de Rio et se laissa emporter.

Rio fit courir ses lèvres jusqu'à son menton, puis lui mordilla le cou, glissant la langue sur sa peau. Rachael poussa un cri lorsque la bouche de Rio se referma sur son sein ; des flammes de plaisir se répandirent dans tout son corps.

— Qu'est-ce qui t'a pris de mettre un pantalon ? se plaignit-elle d'une voix haletante et vibrante de désir. Est-ce qu'on ne pourrait pas tout oublier et se laisser aller, juste une fois ?

Il posa la tête contre sa poitrine avec un grognement de frustration.

— Bon sang, Rachael ! pourquoi me forces-tu à réfléchir ? Si je me sers de toi alors que tu es blessée et incapable de te refuser à moi, comment vas-tu te sentir demain quand tu entendras ce que j'ai à te dire ?

Il prit ses seins au creux de ses mains, glissant une dernière fois la langue sur ses tétons. Le désir qui le submergeait était presque douloureux et il gémit, une protestation involontaire contre le tissu rigide qui emprisonnait son érection.

Rachael tira sur sa braguette.

— Enlève ça, Rio.

Il redressa la tête à contrecœur et se leva pour retirer son jean. Rachael profita de ce qu'il se trouvait devant elle pour se pencher, glisser les mains sur ses testicules et prendre son érection dans sa bouche. Sa langue dansa, taquine, sur sa peau, et il frôla la crise cardiaque. Elle faisait quelque chose avec ses doigts qui menaçait de lui faire perdre l'esprit. Un son à mi-chemin entre un gémissement et un grognement lui échappa.

— Rachael, *sestrilla*, tu me tues.

Il n'avait aucune envie qu'elle arrête, mais, si elle continuait, il allait se couvrir de ridicule et n'aurait même pas le temps de la satisfaire. Il posa les mains sur ses épaules pour la repousser, mais elle fit courir sa langue sur son gland, le rendant incapable de réfléchir. Le souffle coupé, il lui agrippa les cheveux, incapable de retenir le va-et-vient de ses hanches.

C'était du Rachael tout craché. Espiègle, charnelle, passionnée. Elle adorait leur vie sexuelle et était aussi aventureuse que lui entre les draps. Elle lui faisait tourner la tête d'un simple regard et, lorsqu'elle était dans cet état… Rio secoua la tête pour chasser ses souvenirs. Il ne voulait pas perdre une seconde de l'instant présent. De cette version de Rachael et lui – pas celle d'un mystérieux passé.

Il lui tira doucement les cheveux et elle releva la tête, les yeux rieurs. Son cœur fit un saut périlleux dans sa poitrine. Il la poussa sur le lit, installant soigneusement sa jambe blessée sur une montagne de couvertures, de vêtements, et de tout ce qu'il pouvait trouver d'autre. La chemise de Rachael s'ouvrit, dévoilant ses formes pulpeuses. Sa peau était un miracle de douceur et de tentation.

— Tu es sûre, Rachael ? Tu dois l'être, *sestrilla*, il n'y a pas de retour en arrière possible après ça, déclara-t-il en la dévorant des yeux, possessif. Je veux que ce soit nous deux, et personne d'autre. Ni passé, ni futur, juste le moment présent.

Elle lui tendit les bras, le regard débordant de joie et d'émerveillement. Il s'allongea prudemment sur elle et enfouit son visage contre son cou, fermant les yeux pour absorber la texture de sa peau. Sa chaleur.

— Je sais ce que *sestrilla* veut dire, Rio. Tu m'appelles ton aimée. Je ne sais pas de quelle langue il s'agit, mais je connais ce mot.

Elle le sentit trembler dans ses bras, cet homme si fort, si puissant. Submergée par l'émotion, elle glissa les mains dans son dos, prenant garde de ne pas l'érafler avec son attelle. Elle connaissait chacun de ses muscles, mais les cicatrices ne lui étaient pas familières. Elle les traça une par une pour les graver dans sa mémoire.

Rachael sentait son imposante érection entre ses cuisses, mais Rio se contenta de rester allongé là tandis qu'elle explorait son corps. Il pressa ses lèvres contre son cou et l'anticipation fit battre son cœur. Brûlante de désir, elle était incapable de rester immobile sous les caresses de sa langue. Il prit son temps, alors même qu'ils étaient déjà tous deux au bord de la folie, pour toucher et savourer sa peau jusqu'à ce qu'elle en ait les larmes aux yeux. Il était incroyablement doux, tendre même, n'oubliant jamais sa jambe blessée, mais il ne rata pas le moindre centimètre, comme s'ils avaient tout leur temps. Il descendit vers son bas-ventre, la mordillant jusqu'à atteindre l'enchevêtrement de boucles noires.

— Rio, c'est trop

— Ce n'est jamais trop, murmura-t-il en glissant son doigt profondément en elle, lui arrachant un cri de désir. C'est nous deux, Rachael. Comme on est censés l'être.

Il pencha la tête et remplaça son doigt par sa langue. Rachael s'agrippa aux draps et son corps explosa d'un plaisir si intense qu'elle faillit tomber du lit. Puis Rio posa les lèvres sur les siennes, lui écarta les cuisses et la pénétra, décuplant son orgasme.

— Plus, Rachael, prends tout, dit-il d'une voix rauque, cherchant à plonger le plus profondément possible en elle, à prendre possession de son cœur et de son âme. Oui, *sestrilla*, prends-moi.

Des larmes de joie lui montèrent aux yeux. Enfin. Il se souvenait de tout, il avait trouvé son chemin. Elle bougea légèrement et il s'enfonça encore davantage en elle, sentant ses muscles intimes l'agripper avec une chaleur intense. Il trouva le rythme parfait, des coups de reins puissants, et s'immergea dans un paradis qu'il avait cru perdu à jamais.

Il savait instinctivement – ou peut-être était-ce grâce à leur vie antérieure – comment la toucher. Il savait ce qu'elle aimait, ce qui la faisait gémir et crier. Il voulait que leur première fois ensemble reste un souvenir impérissable pour eux deux. Il s'obligea à se contrôler afin de la satisfaire, la submergeant de vagues de plaisir jusqu'à ce qu'elle demande grâce. Il voulait qu'elle ressente la même joie parfaite que lui.

Rachael enfonça ses ongles dans le dos de Rio, cherchant à lui faire ressentir la même euphorie. Des étincelles détonèrent derrière ses paupières et elle frissonna de plaisir. Elle le sentit enfler en elle, puis exploser de joie, leurs grognements d'intense satisfaction se mêlant l'un à l'autre.

Ils restèrent enlacés dans la chaleur de la nuit, le cœur battant, secoués par de derniers soubresauts. Rachael suivit du bout du doigt une longue cicatrice qui ornait l'épaule gauche de Rio.

— D'où te vient cette cicatrice ?

Il était couvert de sueur et incapable de bouger. Il s'installa plus confortablement pour ne pas l'écraser sous son poids, enfouissant son visage contre la chaleur de son sein.

— Un coup de couteau alors que j'exfiltrai un jeune de seize ans du camp de Tomas. Le gamin a paniqué et s'est enfui avant que je puisse l'arrêter. Un garde l'a rattrapé et a levé sa machette sur lui. C'est de là que vient cette cicatrice-ci. (Il lui montra la profonde balafre sur son avant-bras.) J'ai réussi à sauver le gamin, mais un deuxième garde armé d'un couteau m'a attaqué par-derrière durant la bagarre. Ce n'était pas mon moment de gloire.

Rachael leva juste assez la tête pour presser ses lèvres contre son avant-bras et suivre la cicatrice avec sa langue.

— Et celle-ci ?

Elle glissa la main plus bas, caressant au passage ses fesses musclées, jusqu'à atteindre sa hanche gauche.

— Un impact de balle, sourit-il en soufflant contre un téton qui se mit à pointer. J'ai été touché alors que je m'enfuyais.

— Au moins tu faisais preuve de bon sens.

— Les ennemis étaient en surnombre. Je me suis fourré dans un guêpier cette fois-là. J'étais simplement parti en reconnaissance, à la recherche d'une piste, et je suis tombé droit sur eux. Il m'a semblé plus sage de tourner les talons puisque je n'étais pas invité. Heureusement, je suis bien plus rapide désormais.

Il prit le bout de son sein entre ses lèvres, juste un instant, puisqu'elle ne semblait pas y voir d'inconvénient. Cette simple caresse suffit à lui déclencher un nouvel orgasme. Comme il était encore en elle, il sentit ses muscles se contracter autour de son érection, pour son plus grand plaisir.

Esquivant la plaie encore à vif sur sa hanche, Rachael fit courir ses doigts jusqu'aux profondes entailles dans son dos.

— Et là ?

Aussitôt, Rio se figea. Il cessa même de respirer. Il attendit une seconde, puis, lentement, releva la tête pour la regarder.

— Une bataille avec un large félin.

Elle le dévisagea.

— Comme l'autre soir. Un grand léopard. Pas Fritz ou Franz.

— Pas Fritz ou Franz, confirma-t-il.

Il se détacha doucement d'elle et s'allongea sur le dos à son côté, les yeux fixés sur le plafond.

— Un très grand léopard mâle adulte.

Sa tension était palpable. Rachael sentait qu'il avait quelque chose à lui raconter, mais qu'il était extrêmement réticent. Elle lui attrapa la main et entrelaça leurs doigts.

— Tu n'as jamais remarqué qu'il était beaucoup plus facile d'avouer des choses qu'on n'a pas envie de dire dans le noir ? Tu sais que tu vas finir par me le dire, alors lance-toi.

Elle attendit, le cœur battant. Elle revit son visage se couvrir de fourrure, de crocs tranchants et d'yeux brillants. Plus l'attente se prolongeait, plus elle avait peur.

— J'ai tué un homme, dit Rio d'une voix si basse qu'elle était à peine audible. Je suis un meurtrier.

Rachael entendit la douleur cuisante de son horrible confession. L'espace d'une seconde, elle en eut le souffle coupé. C'était la dernière chose qu'elle s'attendait à entendre de la part d'un homme tel que lui. Un homme qui prenait toujours soin de ses léopards. Qui prenait soin d'elle.

— Rio, être obligé de te défendre ou de défendre d'autres personnes contre quelqu'un comme Tomas n'est pas un meurtre.

— Ce n'était pas de l'autodéfense. Il n'avait aucune chance contre moi. Je l'ai traqué et exécuté. Ce n'était pas approuvé par le gouvernement. J'aimerais pouvoir dire que je suis désolé qu'il soit mort, mais ce serait mentir. (Il tourna la tête pour la regarder.) C'est peut-être pour ça que je n'arrive pas à me pardonner. Et c'est pour ça que je vis à l'écart de ceux de mon espèce.

Rachael sentait un poids lui écraser la poitrine.

— As-tu été arrêté et jugé ?

— Je me suis présenté devant le conseil des doyens pour qu'ils rendent leur jugement, oui. Nous avons nos propres lois et tribunaux. J'ai été inculpé de meurtre. Je n'ai pas nié. Comment l'aurais-je pu ?

Rachael ferma les yeux et tenta de repousser ces paroles. « Meurtre ». « Traqué et exécuté ». Les mots tournaient en boucle dans son esprit.

— Mais ça ne rime à rien, murmura-t-elle. Le meurtre ne correspond pas à ta personnalité, Rio.

— Vraiment ? dit-il d'une voix moqueuse, sarcastique, qui la fit tressaillir. Tu serais surprise de voir ce dont je suis capable, Rachael.

— Es-tu allé en prison ?

— D'une certaine manière. Nous ne sommes pas faits pour survivre en prison. Pour un crime aussi grave, il n'y a que la mort ou le bannissement. J'ai donc été banni. Je n'ai plus le droit de vivre parmi les miens. Je ne bénéficie pas de la sagesse des doyens. Je suis isolé, mais pas seul, proche d'eux, mais toujours à l'écart. Mon peuple ne me voit pas, ne reconnaît pas mon existence. Enfin, à part les membres de mon unité.

Rachael n'entendit aucun autoapitoiement dans la voix de Rio. Pas d'appel à la compassion. Il exposait simplement un fait. Il avait commis un crime et accepté la punition qui allait avec. Rachael poussa un long soupir, se forçant à réserver son jugement. Elle peinait encore à comprendre.

— Comptes-tu me dire pourquoi tu l'as tué ?

— Quelles que soient mes raisons, elles ne justifient pas d'avoir ôté la vie d'un autre. La vengeance n'est pas une bonne chose. Je le sais. On me l'a appris. Je le savais quand je l'ai pourchassé. Je ne lui ai même pas laissé le temps de dégainer une arme pour pouvoir prétendre à la légitime défense. C'était une exécution, purement et simplement.

— C'est ce que tu t'es dit quand tu l'as tué ?

Il y eut un silence. Rio fit glisser son pouce sur le dos de la main de la jeune femme.

— Personne ne m'a jamais posé cette question. Non, bien sûr que non. Je ne voyais pas les choses de cette manière, mais je savais que le conseil déciderait soit de me mettre à mort, soit de me bannir une fois que je leur aurai révélé ce que j'avais fait.

Rachael secoua la tête, encore plus perdue.

— Tu as traqué cet homme, tu l'as tué, et ensuite tu es rentré parmi les tiens pour te confesser ?

— Bien sûr. Je n'essaierais jamais de cacher quelque chose comme ça.

— Pourquoi n'es-tu pas parti te réfugier dans un autre pays ?

— J'ai déjà vécu loin de la forêt, loin de mon peuple, je ne veux jamais recommencer. J'ai choisi cette vie. C'est là qu'est ma place. Je savais que je devrais me présenter devant le conseil quand j'ai choisi ma voie, mais je n'en ai pas dévié. C'était plus fort que moi. Et je ne regrette toujours pas son décès.

— Qu'est-ce qu'il t'avait fait ?

— Il a tué ma mère. (Rio se racla la gorge.) Il l'a pourchassée et tuée alors qu'elle courait, comme moi la nuit. J'ai entendu le coup de feu et j'ai su aussitôt. Je n'étais pas tout près et, le temps que j'arrive, il était trop tard.

Il lui lâcha abruptement la main, se mit debout et commença à arpenter la pièce comme si c'était la seule chose qui l'empêchait d'exploser.

— Je ne cherche pas à me trouver des excuses, je n'aurais pas dû me venger.

— Bon sang! Rio, il a tué ta mère. Tu devais être fou de chagrin.

Il se tourna vers elle et s'appuya contre l'évier.

— L'histoire est plus complexe, évidemment. Tu ne m'as pas posé de questions sur mon peuple. Tu ne m'as pas demandé pourquoi nos lois étaient différentes de celles des humains.

Rachael se redressa lentement et se mit à reboutonner maladroitement sa chemise. Elle se sentait soudain vulnérable, allongée dans le lit de Rio presque nue et couverte de son odeur.

— Je suis à peu près certaine que Tama et Kim obéissent aux lois de leur tribu. Nous sommes tous sujets aux lois d'un gouvernement mais je doute qu'il sache ce qui se passe ici, en pleine forêt. Les tribus gèrent probablement leurs propres problèmes.

Sa voix était calme, son expression sereine. Il ne servirait à rien qu'elle montre sa peur soudaine.

Rio bougea, un mouvement subtil mais fluide et distinctement félin. Ses yeux se dilatèrent et changèrent de couleur, passant d'un vert vif à un jaune-vert, avec un reflet rougeâtre bestial, et son regard devint brillant et étrangement pénétrant. Il tourna la tête comme s'il tendait l'oreille.

— Ton cœur bat la chamade, Rachael. Tu ne peux pas cacher ta peur. Je l'entends. Et je la sens.

C'était une torture. Il avait Rachael dans la peau à présent. Rachael qui avait été traumatisée par quelque chose dans sa vie. Il la soupçonnait d'être été témoin de violences et d'avoir tenté d'y échapper. Il savait depuis le début qu'il allait devoir lui révéler la vérité. Mais, rien que d'y penser, il avait l'impression qu'on lui arrachait le cœur et la rage qui n'était jamais loin sous la surface menaçait de le submerger.

Il avait mis du temps à se rendre compte qu'elle le faisait rire, pleurer, ressentir des émotions qu'il n'avait pas ressenties depuis des années. Presque depuis leur rencontre, elle l'avait ramené à la vie. Il ne pouvait s'imaginer retourner dans sa maison vide. Il se força à lui dire la vérité, si terrifiante soit-elle. Il n'avait jamais vraiment eu peur de sa vie, mais, à présent, il risquait de perdre quelque chose qu'il n'avait jamais rêvé d'avoir. Cette peur alimentait la colère qui bouillonnait en lui et lui donnait envie d'enrager contre Rachael.

Celle-ci hocha ta tête et ravala la terreur qui lui nouait la gorge.

— C'est vrai, Rio. Mais tu te méprends sur l'origine de ma peur. Ce n'est pas toi. Ce n'est pas ce que tu m'as dit. Tu crois vraiment que je suis choquée par ta confession ? Je n'ai pas peur de toi. Tu as eu plein d'occasions de profiter de moi. De me tuer, de me violer, ou autre. Tu aurais facilement pu me livrer aux autorités pour toucher la récompense. Je n'ai pas peur de toi. Pas de Rio, l'homme.

Il s'approcha d'elle, sans le moindre bruit, emplissant la pièce de sa présence menaçante. Il bougeait avec la grâce d'un énorme prédateur. Ses muscles jouaient sous sa peau. Il se pencha sur elle, si proche qu'elle entendait son souffle, le grondement menaçant dans sa gorge. Rachael refusa de se laisser intimider, refusa de détourner le regard. Elle haussa un sourcil d'un air de défi.

Ses muscles se contractèrent, son corps se courba et il tomba par terre à quatre pattes sans jamais cesser de la regarder. Elle vit sa peau frémir comme si quelque chose se déplaçait sous la surface.

— Et si Rio n'était pas un homme ? dit-il d'une voix rauque, déformée.

Il émit un étrange grognement qu'elle avait déjà entendu auparavant.

Rachael sentit un frisson lui parcourir la colonne vertébrale. Fascinée, elle vit son corps s'étirer et se couvrir de fourrure, son visage s'allonger en un museau et des crocs jaillir de sa mâchoire. Le léopard était noir avec des rosettes dissimulées dans son pelage luxuriant. Ce n'était pas la première fois qu'elle se retrouvait nez à nez avec cette bête.

Rachael avait conscience qu'elle respirait trop vite. L'animal, majestueux et digne, se trouvait à quelques centimètres d'elle, ses yeux jaune-vert plongés dans les siens. Il attendait. D'une main tremblante, elle effleura son pelage. Le léopard poussa un grognement, dévoilant ses impressionnantes canines, mais Rachael ne flancha pas. Elle le toucha. Forma une connexion. C'était un geste instinctif et la seule chose qui lui venait à l'esprit dans les circonstances.

— Il est hors de question que je m'évanouisse, murmura-t-elle. J'ai déjà essayé et j'en suis incapable. Je ne sais pas comment font les autres femmes. Mais si tu essayais de me choquer, crois-moi, tu as réussi ton coup.

Alors même qu'elle prononçait ces mots, elle n'était pas certaine qu'ils soient vrais. Il y avait eu des signes avant-coureurs. Elle n'avait juste pas voulu y croire. Cela paraissait tellement invraisemblable. Des scientifiques auraient dû découvrir l'existence d'une telle espèce depuis le temps. Et pourtant il était là, devant elle, indéniablement. Un léopard. Un métamorphe. Une créature tout droit sortie d'un mythe.

— Pourquoi veux-tu que j'aie peur de toi, Rio ? demanda-t-elle en se penchant vers lui, ignorant son grondement menaçant pour frotter son visage contre son pelage. Tu es la seule personne qui m'ait vue pour qui je suis vraiment. Tu m'as acceptée même quand je ne le méritais pas. Qu'y a-t-il de si terrible chez toi ? Je connais des gens bien plus horribles.

Des larmes lui brûlaient les yeux. Ce n'était pas comme si elle pouvait rester avec lui.

— J'imagine que ça explique pourquoi tu es si souvent nu. Tu aimes aller courir la nuit sous cette forme, pas vrai ?

Il était inutile qu'il continue à se cacher derrière son léopard, comprit Rio. Il ne voyait aucune horreur dans les yeux de Rachael face à cette nouvelle révélation. Juste de la tristesse. Il reprit sa forme humaine et s'assit par terre à côté du lit.

— Je ne suis ni humain ni animal, mais un mélange des deux. Je possède des caractéristiques des deux espèces, et d'autres spécifiques à la mienne.

— Peux-tu prendre une autre forme ?

Il secoua la tête.

— Nous sommes à la fois léopard et humain et pouvons prendre l'une ou l'autre forme. Je n'ai pas honte de qui je suis, Rachael. Mon peuple est peu nombreux, mais nous jouons un rôle important dans la forêt. Nous sommes honorables, dévoués, et nos doyens détiennent une sagesse qui va au-delà de la science moderne. Bien que nous soyons obligés de rester cachés pour des raisons évidentes, nous contribuons de nombreuses manières à la société.

La fierté s'entendait dans sa voix, mais Rachael voyait qu'il restait sur ses gardes.

— Raconte-moi ce qui est arrivé à ta mère, Rio.

Rachael était capable d'être l'amie et l'amante d'un métamorphe, mais pas d'un meurtrier. Plus jamais.

Il passa une main dans ses cheveux et quelques mèches bouclées retombèrent sur son front, attirant l'attention sur ses yeux brillants.

— Je pensais que tu t'enfuirais en courant dès que tu saurais ce que je suis vraiment.

Elle lui répondit d'un sourire plus sensuel qu'elle ne l'imaginait et qui le frappa en plein cœur.

— Je l'aurais peut-être fait si j'en avais été capable.

Son sourire était contagieux, alors même qu'elle avait le pouvoir de le détruire et de changer sa vie à jamais.

— Je l'avoue, j'y ai pensé avant de me décider à te dire la vérité.

— Petit malin. Raconte-moi, Rio. Dis-moi ce qui s'est vraiment passé, pas juste ce que les autres ont vu.

Rio sentit la même douleur qu'il ressentait chaque fois qu'il repensait à ce jour.

— Elle adorait la nuit. Comme nous tous. C'est si beau la manière dont la lune brille au-dessus des arbres et se reflète dans l'eau. On se sent tellement plus vivant. Tous les soucis de la journée s'évanouissent quand on devient léopard. Courir à travers les arbres et jouer dans la rivière. Nous adorons l'eau et nous sommes tous de bons nageurs. Elle est sortie seule cette nuit-là parce que je travaillais sur la maison.

— Où était ton père ?

— Il était décédé des années plus tôt. Nous n'étions plus que tous les deux. Mais elle avait l'habitude d'être seule, j'étais déjà parti pendant quelque temps pour mes études. J'ai d'abord entendu l'avertissement des animaux, du vent. Tu l'as entendu aussi, tu sais de quoi je parle. J'ai su tout de suite qu'il y avait un intrus. Un humain. Peu de gens s'aventurent aussi profondément dans la forêt, hormis des membres des tribus locales, et je sentais grâce aux animaux que c'était quelqu'un de différent. De dangereux.

Rachael posa une jambe par terre pour s'étirer. Rio l'aida aussitôt, avec ménagement. Rachael vit avec surprise que ses mains tremblaient.

— Merci. Ça fait du bien. Je suis désolée, continue.

— Je suis parti en courant à sa poursuite, mais c'était trop tard. J'ai entendu le coup de feu. Les bruits portent loin la nuit. Quand je suis arrivé, elle était déjà morte et dépouillée. Il avait pris sa fourrure et l'avait laissée par terre, comme un déchet.

Rio ferma les yeux, mais le souvenir était encore là. Les insectes qui grouillaient, la décomposition qui commençait déjà. Il n'oublierait jamais cette vision aussi longtemps qu'il vivrait.

— On ne peut pas prendre de risque avec les cadavres. On les brûle et on disperse les cendres sur une large distance. J'ai fait ce qu'il fallait et, pendant tout ce temps, je sentais la rage en moi devenir glaciale. Je savais ce qu'il me restait à faire. J'ai tout planifié soigneusement. Comme je ne supportais pas de penser à ce que j'étais en train de faire, j'ai prévu chaque étape pendant que je travaillais.

— Rio, c'était ta mère, qu'est-ce que tu aurais pu ressentir d'autre ?

— Du chagrin. Pas cette folie. Il n'a pas tué une femme, il a tué un animal. C'est acceptable dans la société. Ce n'est pas légal, mais acceptable. Il n'a pas assassiné délibérément un être humain. On nous apprend que de telles erreurs peuvent se produire et qu'on doit s'y préparer. Chaque fois qu'on prend notre autre forme, on court ce risque. Des braconniers pénètrent souvent dans notre domaine, je le savais. Ma mère aussi. Elle a pris ce risque comme je le prends chaque nuit. C'était sa décision. C'est ce que les doyens nous apprennent et ils ont raison. Nous ne sommes pas censés considérer ça comme un meurtre, mais un accident.

— Je ne suis pas certaine que ce soit possible, Rio. C'est admirable, mais peu probable quand il s'agit d'un membre de ta famille.

Il effleura les lèvres de Rachael. Ces lèvres si tentantes, si promptes à le défendre. Personne ne l'avait défendu toutes ces années plus tôt. Il avait été une vraie tête brûlée, submergé par la colère. La défiance sa seule arme.

— Je ne crois pas à l'adage œil pour œil, dent pour dent. Je n'y croyais même pas à l'époque. Je sais que tuer cet homme n'a rien accompli. Ça n'a pas ressuscité ma mère. Ça ne m'a pas aidé à me sentir mieux. Ça a changé ma vie, clairement, et pourtant je n'arrive pas à regretter sa mort. Est-ce que je le referais ? Je ne sais pas. Probablement. J'étais comme rongé de l'intérieur, Rachael. Je l'ai traqué et j'ai trouvé son campement. La fourrure de ma mère était accrochée au mur pour sécher. Il y avait son sang sur les vêtements du braconnier. À ce moment, j'ai appris ce qu'était la haine. Je n'avais jamais ressenti ça auparavant. Il était en train de boire, pour célébrer sa prise. Je ne lui ai laissé aucune chance. Je ne lui ai pas parlé, pas expliqué pourquoi.

Il leva les yeux pour croiser le regard de Rachael. Il voulait qu'elle sache toute la vérité sur qui il était, ce qu'il avait fait.

— Je crois que j'avais peur de lui dire, peur de voir des remords dans ses yeux. Je voulais simplement le tuer et je lui ai arraché la gorge. La fourrure de ma mère était accrochée sur le mur derrière lui.

La bile lui monta à la gorge, comme toutes ces années plus tôt. Il en avait été physiquement malade, mais il avait décroché la peau et l'avait brûlée avant de retourner avouer son crime aux doyens.

— Tu t'en veux de t'en être pris à l'homme qui a tué ta mère, et pourtant tu gagnes ta vie en extirpant des gens de situations dangereuses grâce à tes talents de tireur.

— Ce n'est pas la même chose. Si on m'envoie ramener quelqu'un chez lui, j'estime que ceux qui se trouvent dans la lunette de mon fusil ont contribué à kidnapper et menacer la vie d'un autre. C'est très différent.

Rachael se pencha pour passer les bras autour de son cou et tenter de le réconforter. Quelque chose siffla alors à son oreille, puis s'enfonça dans le mur avec un bruit sourd, envoyant des échardes dans toutes les directions.

Chapitre 10

Rio réagit instantanément ; il enroula ses bras autour d'elle, la traîna par terre et s'allongea sur elle pour la protéger. Rachael sentit la douleur irradier dans son corps lorsque le mouvement secoua sa jambe. Ce n'est qu'alors qu'elle entendit au loin le bruit d'un fusil. Aussitôt, une série de crépitements mitraillèrent la pièce, éventrant le mur. Rachael fourra sa main dans sa bouche pour s'empêcher de crier. Sa jambe la brûlait atrocement, comme si sa peau s'était déchirée, mais elle ne pouvait pas bouger avec Rio sur elle.

— Pas un geste, souffla-t-il. Reste complètement allongée par terre, Rachael. Ne bouge surtout pas. (Il glissa les mains sur elle, à la recherche de nouvelles blessures.) Tu n'as pas été touchée, si ? Réponds-moi.

Il tremblait de rage. La colère l'envahit comme un nuage d'orage, sombre et féroce. Les balles ne lui étaient pas destinées, le tireur avait visé Rachael. La pièce était plongée dans la pénombre et une couverture couvrait la fenêtre. La seule source de lumière était la flamme tremblante d'une bougie, ce qui avait suffi à l'attaquant pour tirer. Rio en était certain, ils avaient affaire à un professionnel.

— C'est juste ma jambe, Rio, répondit Rachael en se forçant à rester calme – hurler n'allait pas atténuer la douleur. Je n'arrive pas à bien respirer.

Fritz, qui était caché sous le lit, émergea en feulant. Rachael risqua sa peau en attrapant le petit léopard pour l'empêcher de s'exposer aux coups de feu. L'animal se tourna vers elle en montrant les crocs, mais Rio l'intercepta et cracha un ordre. Fritz se tut et s'allongea à côté de Rachael.

— Espèce d'ingrat, dit-elle avec un sourire.

Rio l'ignora et glissa une main sous le lit pour récupérer le pistolet. Il vérifia automatiquement le magasin.

— Le chargeur est plein et il y a déjà une cartouche dans la chambre, dit-il en fourrant l'arme dans la main de Rachael. Reste cachée derrière le lit.

Sur ces mots, il attrapa son jean et l'enfila. Puis il traversa la pièce en rampant pour atteindre sa cache d'armes. Prudemment, il leva une main pour les décrocher. Presque aussitôt, une pluie de balles s'abattit contre le mur au-dessus de lui. Il roula sur le dos et attacha un couteau à sa jambe.

— Il faut que je sorte, Rachael.

Il s'arrêta ensuite à l'évier, où se trouvait la bougie. N'importe quel professionnel s'attendrait à ce qu'il éteigne cette lumière. Il se servit d'une bouteille d'eau dans son sac par terre, visa soigneusement et vaporisa la flamme jusqu'à ce qu'il ne reste qu'une mince volute de fumée. Une nouvelle rafale de coups de feu mitrailla le mur et l'évier.

— Je sais. Est-ce qu'il y a un accès autre que la porte ?

— Oui, plusieurs. Je vais passer par celui de derrière, le plus éloigné de sa ligne de vision. Ne bouge pas. Le tireur a probablement des jumelles de vision nocturne et il connaît le plan de la cabane.

— Mais comment ?

Rio n'avait pas de réponse à cette question. Et pour le moment ça n'avait pas d'importance. Il retourna auprès de Rachael et laissa un de ses couteaux sur le sol à côté d'elle.

— Sers-toi de ça s'il s'approche de toi.

— Est-ce que tu veux que je le distraie en lui tirant dessus pour que tu puisses sortir discrètement ?

La voix de Rachael tremblait et ne parvenait pas à masquer sa douleur. Avec son odorat aiguisé, il sentait aussi l'odeur de son sang. La chute du lit avait dû malmener sa jambe. Il se pencha vers elle, lui attrapa le menton et posa les lèvres sur les siennes. Il mit tout ce qu'il ressentait dans ce baiser. Colère, peur, mais, surtout, passion et espoir. Il était trop tôt pour parler d'amour, il la connaissait à peine, mais il y mit toute sa tendresse.

— N'essaie pas de m'aider, Rachael. Je sais ce que je fais et je travaille mieux seul. Je veux te retrouver ici, saine et sauve, à mon retour. S'il entre dans la cabane, sers-toi du pistolet. Continue de tirer même s'il s'écroule. Et si tu n'as plus de munitions sers-toi du couteau. Tiens-le bas, contre toi, et porte des coups vers le haut en visant les parties molles de son corps.

Elle se força à sourire malgré sa terreur et ses tremblements incontrôlables.

— Merci pour la leçon. Reviens-moi, Rio. Je serai très fâchée s'il t'arrive malheur. Je serai là, par terre, pistolet à la main, donc siffle pour me faire savoir que c'est toi.

Il l'embrassa une nouvelle fois, lentement, longuement. Savourant ce baiser.

— Que la chance soit avec toi, Rachael.

Il s'éloigna en rampant. Le mur du garde-manger semblait solide, mais une petite section tout en bas était amovible. Rio retira les panneaux de bois et se glissa dans l'interstice, prenant garde de refermer l'ouverture derrière lui au cas où son ennemi déciderait de passer par là.

La nuit était chaude. La pluie s'était arrêtée, mais les gouttelettes sur les arbres les faisaient briller d'un vert intense, même dans la pénombre. Rio se glissa à travers les feuillages, ignorant un large python enroulé autour d'un tronc à quelques pas de là, et escalada rapidement les branches. Souvent, il était obligé de laisser le léopard en lui émerger partiellement pour que ses pieds ne dérapent pas sur le bois glissant ou pour pouvoir sauter de branche en branche plus facilement.

Il savait à peu près dans quelle direction se trouvait l'ennemi, mais la zone était large. Sous sa forme humaine, il n'avait pas autant de récepteurs pour l'aider à localiser sa proie plus précisément, mais sa forme animale était très vulnérable à un fusil de tir longue distance. Rio était certain que l'intrus s'attendait à affronter un léopard. Il avait l'avantage de connaître la moindre branche, le moindre arbre des environs. Sans compter que les animaux étaient habitués à lui et ne révéleraient jamais sa présence. Le vent ne le trahit pas non plus, lui apportant l'odeur de son ennemi tout en chassant la sienne.

Rio reconnut l'odeur de l'assassin, même sous sa forme humaine. Il s'agissait sans aucun doute de celui qui avait attaqué Fritz. Il était à l'évidence un sniper professionnel, capable d'anticiper avec précision les déplacements de sa cible. Rio ralentit le pas, préférant la discrétion à la rapidité.

Sur sa gauche, les feuilles se balancèrent légèrement au vent. En contrebas, l'ennemi approchait de la cabane et changeait de position au cas où Rio l'aurait dans sa ligne de mire. Haut dans les branches, ce dernier le guettait patiemment. Il mit son fusil en position et regarda à travers la lunette. Son adversaire restait parfaitement invisible, dissimulé par l'abondante végétation.

À quelques arbres à droite, Rio aperçut une paire d'yeux brillants à travers les branches. Il sut aussitôt que le bruit des coups de feu avait attiré Franz jusque-là. Le petit léopard se dirigeait droit vers la cabane. Les feuilles remuèrent. Rio poussa un juron, leva son fusil et mitrailla l'épais bosquet où il était certain que se trouvait l'intrus pour l'empêcher de tirer sur Franz.

Le petit léopard s'échappa et s'évanouit complètement dans la végétation. Rio hissa son fusil sur son épaule et s'élança haut dans les arbres, changeant rapidement de direction tout en prenant garde à ne rien faire bouger sur son passage.

Il avait révélé le fait qu'il avait quitté la cabane, perdant ainsi son unique avantage. C'était un jeu du chat et de la souris à présent, à moins qu'il n'ait réussi à toucher sa cible par accident, ce dont il doutait fortement. Rio s'allongea sur une branche et resta parfaitement immobile, balayant la zone du regard. L'intrus devait avoir changé de cachette, mais, en bon professionnel, il n'avait pas révélé sa nouvelle position.

Rio s'inquiétait pour Rachael, toute seule dans la cabane avec un félin blessé. Il ne savait pas si elle aurait la patience nécessaire pour supporter le genre d'attente à laquelle un sniper devait souvent faire face. Il leur faudrait peut-être des heures pour débusquer l'intrus. Il aurait dû examiner sa jambe avant de la quitter. Il l'imaginait se vider de son sang par terre en attendant qu'il revienne.

Il continua à observer la forêt. Rien ne bougeait. Même le vent semblait s'être calmé. La pluie recommença à tomber, un doux clapotis contre la dense canopée. Les minutes passèrent. Une demi-heure. Un serpent rampa paresseusement le long d'une branche à quelques mètres de lui. Plusieurs feuilles tombèrent du nid d'un orang-outan lorsque l'animal changea de position. Ce mouvement attira l'attention de Rio.

Presque aussitôt, il vit les branches d'un petit buisson, juste en dessous de l'arbre où se trouvait l'orang-outan, se mettre à trembler. C'était un endroit proche du sol, un choix inhabituel pour l'un des siens. Rio observa avec attention et vit les branches bouger une deuxième fois, un simple frisson, lorsque le vent passa. Il prit position avec son fusil, prenant garde à ne pas faire la même erreur. Au milieu des fougères et des buissons, il distingua les pétales déchirés d'une orchidée éparpillés sur un rondin pourri.

Rio resta immobile, aux aguets. Le temps passa. La pluie tombait en un rythme régulier. Il n'y avait plus aucun mouvement, mais Rio était certain que le sniper se trouvait là. Plusieurs écureuils volants nocturnes sautèrent d'un arbre juste en face de lui. Dans un babil mécontent, ils escaladèrent ensuite un arbre voisin. Des brindilles et des pétales cascadèrent en une pluie fine sur le rondin en dessous. Rio sourit.

— Bien joué, Franz, murmura-t-il sans détourner le regard.

Une botte s'enfonça dans le sol lorsque le sniper se retourna pour regarder dans l'arbre au-dessus de lui. Rio tira alors trois coups successifs, espaçant chaque balle verticalement, juste comme l'intrus se rendait compte qu'il était à découvert. Le sniper poussa un cri, roula par-dessus un petit talus et se tut.

Rio courrait déjà sur l'enchevêtrement de branches haut dans les arbres pour s'approcher de sa cible. Il grogna deux fois pour signaler à Franz de se mettre à l'abri, avant de se mettre à plat ventre pour déformer le son, puis se remit à courir pour couvrir la plus grande distance possible avant que le sniper ne reprenne ses esprits.

Rio préférait traquer ses proies par le haut, mais il commença à descendre, prudemment, vers les branches les plus basses. Il se laissa tomber au sol où il s'accroupit, immobile, se fondant dans les ombres de la forêt.

Il huma le vent sans faire de bruit. Le sang laissait une odeur distinctive dans l'air. Des gouttes d'eau percèrent la canopée et s'écrasèrent sur la végétation pourrissante. Un lézard vert vif remonta à toute vitesse le tronc de l'arbre. Une tache rouge se détachait sur le vert d'une fougère incrustée dans l'écorce. Rio scruta les environs, à la recherche du moindre mouvement, du moindre signe de l'intrus.

Non loin de là, plusieurs aboiements s'élevèrent, signalant la présence d'une harde de muntjacs. Quelque chose les avait suffisamment effrayés pour qu'ils sonnent l'alarme. Rio sauta sur une branche basse et lança un signal sonore à Franz. L'ennemi était blessé et en fuite. Il y avait d'autres traces de sang sur les aiguilles et les feuilles au sol, là où le sniper s'était roulé, mais ce n'était pas du sang artériel.

Rio balaya prudemment du regard les arbres alentour. Puis il se pencha en soupirant pour ramasser une botte. L'homme avait juste pris le temps de bander sa blessure pour étancher le sang avant d'abandonner son fusil et ses habits pour s'enfuir à travers les arbres. C'était bien plus rapide et efficace que de rester sous forme humaine. Chasser un léopard blessé en pleine nuit était pure folie. Surtout un métamorphe, doué d'intelligence et surentraîné.

Rio explora minutieusement les environs, sachant que les léopards revenaient souvent sur leurs pas pour attaquer leur proie. Il trouva du sang sur une branche, puis une feuille déchirée, les deux seuls signes du passage d'un large félin. Franz se joignit à lui, le nez en l'air, impatient de partir en chasse. Rio était bien plus prudent. Leur proie était un professionnel et un métamorphe. Comme lui, il aurait prévu plusieurs voies de secours, caché des armes et des habits sur le chemin, et préparé des pièges en cas de poursuite.

Rio voulait s'assurer que le sniper n'avait pas fait demi-tour, mais il ne voulait pas laisser Rachael seule trop longtemps sans savoir dans quel état était sa jambe. Il posa une main sur la tête de Franz pour l'arrêter.

— Je sais. Il nous a déjà attaqués deux fois, mais il ne perd rien pour attendre. Pour le moment, il faut que l'on déplace nos blessés.

Il gratta l'animal derrière les oreilles, puis s'en alla chercher les vêtements et les armes que le sniper avait abandonnés. Il était peu probable qu'ils lui dévoilent son identité, mais ils seraient source d'information.

Enfin, il reprit le chemin de la cabane, Franz à son côté, prenant le temps d'inspecter soigneusement les alentours. Il trouva la cachette où le sniper s'était tapi, attendant l'occasion rêvée de passer à l'action – occasion que Rio lui avait offerte en allumant la bougie. Le mouvement des ombres contre la fine couverture devant la fenêtre était suffisant à un tireur d'élite pour qu'il puisse viser. Il s'arrêta à quelques pas du porche, inspira profondément pour tenter de chasser de son esprit l'éventualité que Rachael ait été tuée.

Cette simple idée le rendait malade et lui donnait des sueurs froides qui n'avaient rien à voir avec la chaleur étouffante. Le vent touchait rarement le sol de la forêt, où l'air était toujours étrangement calme, protégé par l'épaisse canopée. Mais, haut dans les arbres, la brise jouait dans les feuilles, un son que Rio trouvait apaisant, le rythme de la nature.

Il comprenait les lois de la forêt. Il comprenait même la nécessité de la violence dans son monde, mais il ne parvenait pas à imaginer ce que Rachael avait fait pour mériter la mort. Si l'un des siens s'était engagé à tuer une femme de sang-froid, il ne s'arrêterait pas tant que sa tâche ne serait pas menée à bien. D'autant que sa fierté masculine était à présent en jeu. Sa colère allait se transformer en haine et se propager comme une infection. L'homme avait raté sa cible deux fois, et par deux fois Rio et ses léopards nébuleux, deux créatures inférieures, s'en étaient mêlés. À présent, c'était personnel.

— Rachael, c'est moi.

Il attendit une réponse. Un signe. Il ne prit conscience qu'il retenait son souffle qu'en entendant sa voix. Tendue. Effrayée. Déterminée. Rachael. Elle était en vie.

La jeune femme était exactement dans la même position où il l'avait laissée. Le fait qu'elle lui fasse ainsi confiance lui mit du baume au cœur. Elle leva les yeux vers lui, à moitié allongée sous le lit, les cheveux ébouriffés et vêtue d'une chemise qui la couvrait à peine, et lui sourit.

— C'est gentil de ta part de passer me rendre visite. J'ai fait une petite sieste mais je commence à avoir faim. (Elle l'examina d'un regard inquiet, vérifiant qu'il n'avait pas été blessé.) Et soif. Je ne dirais pas non à une de tes fameuses boissons.

— Et peut-être à un coup de main pour te relever ? dit-il d'une voix rendue rauque par l'émotion.

Fritz était allongé à côté d'elle, et le pistolet et le couteau gisaient par terre non loin.

— Oui, aussi. J'ai entendu des coups de feu.

Sa voix tressaillit, mais elle ne se départit pas de son sourire.

Il l'aimait. C'était ce sourire courageux, la joie dans son regard, l'inquiétude qu'elle ressentait pour lui. Il n'oublierait jamais cet instant. Rachael allongée par terre, la jambe en sang, sa chemise dévoilant ses délicieuses fesses nues, et ce sourire. Elle était si belle qu'il en avait le souffle coupé.

Rio s'accroupit à côté d'elle et examina soigneusement sa jambe.

— Tu as eu de la chance. Je sais que ça fait mal, mais ce n'est rien de grave. Je vais te soulever et ça va être douloureux. Laisse-toi faire.

Elle avait beau connaître la vérité à présent, elle restait impressionnée par sa force lorsqu'il la déposa sur le lit. Elle ne put s'empêcher de le toucher, d'effleurer son visage, puis son torse pour s'assurer qu'il était bien en vie.

— J'ai entendu des coups de feu, répéta-t-elle, exigeant une explication.

— Je l'ai blessé. Il est l'un des nôtres, mais je n'ai pas reconnu son odeur. Je ne l'ai jamais rencontré. Certains d'entre nous vivent en Afrique, d'autres en Amérique du Sud. Quelqu'un a pu faire venir un…

— Un tueur à gages ?

— J'allais dire un sniper, mais ça marche aussi. C'est possible. Nous offrons nos services pour secourir des victimes de kidnapping. Si possible, nous essayons de ne pas nous impliquer en politique, mais c'est parfois inévitable. Nos lois sont strictes parce que nos tempéraments l'exigent. Le contrôle est essentiel pour notre espèce. Nous sommes intelligents et rusés mais nous ne nous maîtrisons pas toujours suffisamment.

— Il était là pour moi, pas vrai ?

Rio hocha la tête.

— Kim a laissé le cataplasme pour ta jambe. Je vais t'en remettre. Il faut qu'on s'en aille, je t'emmène chez les doyens. Ils te protégeront mieux que moi.

— Non. Hors de question, Rio. Je suis sérieuse. Je n'irai pas, pour rien au monde.

— Rachael, ne sois pas têtue. Cet homme sait où tu te trouves, il sait probablement que tu es blessée et il a bien failli te tuer.

— Je partirai si tu insistes, mais je n'irai pas chez tes doyens.

Pour la première fois, la voix de Rachael n'était pas sereine mais débordait de colère. Son regard envoyait des éclairs. Rio s'assit au bord du lit et passa une main dans ses boucles en bataille.

— Rachael, je ne t'abandonne pas. C'est pour ton bien. Il va revenir.

— Je sais. Et tu seras là. Seul. Sans personne. Parce que tes idiots de doyens sont trop contents d'accepter l'argent que tu gagnes en risquant ta vie. J'ai vu comment tu vivais et je suis prête à parier que tu n'as pas un gros compte en banque planqué quelque part. Tu donnes ton argent aux autres, pas vrai ?

Rio haussa les épaules. Elle était tellement furieuse qu'elle en tremblait.

— En partie. Je n'en ai pas besoin. L'argent est utilisé pour protéger notre environnement. Je mène une vie simple, Rachael, et ça me plaît. Je me sers de ce que je garde pour acheter des armes, de la nourriture ou des médicaments. C'est tout ce qu'il me faut.

— Je m'en moque, Rio. Ce sont des hypocrites. Ils t'ont banni. Tu n'es pas assez bien pour vivre près d'eux, mais ils acceptent ton argent et te laissent risquer ta vie pour protéger les autres. C'est affreux et je refuse de cautionner leur attitude. Et, s'il te faut une autre raison, je vais être suivie jusque là-bas et leur apporter des ennuis. Je n'irai pas. Je vais partir d'ici, au moins le sniper me suivra et tu ne risqueras rien.

Le rire sortit de nulle part. Il se pencha et prit possession de sa bouche. Cette bouche parfaite, délicieuse. Rachael fondit aussitôt et se pressa contre lui, l'empêchant de penser. Rio referma ses bras autour d'elle et l'embrassa fougueusement, encore et encore, parce qu'elle était en vie et qu'elle le regardait ainsi. Parce qu'elle était furieuse contre les doyens qui l'avaient banni et prête à le défendre, bien qu'il n'en ait pas besoin. Parce qu'elle le faisait vibrer de désir.

Rio sentait son sang bouillonner dans ses veines, des flammes danser sur sa peau. Il se sentait vivant pour la première fois depuis longtemps. Peu lui importait qu'il ignore tout de son passé, il savait qui elle était vraiment, connaissait sa nature protectrice. Son courage, son feu intérieur. Elle l'avait accepté alors que son propre peuple n'en était pas capable.

Rachael finit par relever la tête pour le regarder.

— Je ne peux pas rester, Rio, et ça me brise le cœur. Pourquoi fallait-il que je trouve quelqu'un d'aussi doux et gentil que toi ?

— Il n'y a que toi pour me décrire ainsi, Rachael, dit-il avant de l'embrasser de nouveau. Et tout va s'arranger.

— Tu veux dire que tu vas traquer le sniper et le tuer. Non, je ne vais pas te laisser faire. Tu t'en veux d'avoir exécuté l'homme qui a ôté la vie de ta mère. Tu penses que ça fait de toi un monstre parce que tu ne regrettes pas sa mort, mais, Rio, je sais que c'est faux. Je sais que tu regrettes la manière dont il a perdu la vie. Et je refuse que tu recommences pour moi.

— Ce n'est pas pour toi.

Elle lui sourit et repoussa les cheveux qui lui tombaient devant les yeux.

— Si. Peu importe quelle excuse tu nous trouveras, je n'oublierai jamais que c'était à cause de moi, et toi non plus. Mes problèmes n'ont rien à voir avec toi et tu n'aurais jamais dû t'y retrouver mêlé.

— Je l'ai mis en déroute deux fois. Il a été obligé de s'enfuir, blessé. Il va vouloir prendre sa revanche. Que tu sois là ou non, il va m'attaquer.

— Il n'est pas payé pour s'en prendre à toi. À ma connaissance, les tueurs à gages ne font pas dans les sentiments. Ils font le travail pour lequel ils reçoivent de l'argent. C'est strictement professionnel.

— Pour des humains, peut-être, mais ce n'est pas notre cas. Je vais te préparer quelque chose à manger pendant qu'on en discute. Et je suis sérieux, il va revenir ici pour m'éliminer avant de tenter à nouveau de t'attaquer.

Rachael le regarda se diriger vers les placards de la cuisine. Il n'y avait pas l'ombre d'un doute dans sa voix.

— Je ne comptais pas aborder le sujet mais, puisque tu en parles, une relation entre nous serait problématique. Déjà, on ne fait pas partie de la même espèce. Tu ne m'as même pas demandé si j'étais sous contraception, Rio. Il ne t'est pas venu à l'esprit que, si je tombais enceinte, ça risquait de poser un problème ?

Occupé à préparer une soupe, il ne tourna pas la tête.

— Ça n'aurait pas posé de problème, mais je savais que tu ne pouvais pas concevoir. Pas de la manière dont on a fait l'amour.

— Vraiment ? Et pourquoi ?

— Parce que tu es l'une des nôtres.

Rachael haussa un sourcil.

— Ça alors. Pourquoi n'étais-je pas au courant ? On aurait pu croire que mes parents me l'auraient dit. Non pas que je refuserais de courir dans la forêt, ça serait amusant.

Cette fois, il se tourna vers elle et son visage était grave.

— Non, tu n'iras pas courir dans la forêt, Rachael. Ni maintenant ni jamais.

Il bouillait de nouveau d'une colère dévorante, telle une tornade noire.

— Ravie de savoir à l'avance que les femmes ne sont pas les égales des hommes dans votre société. Je viens déjà d'une société où les femmes sont considérées comme inférieures et je ne compte pas me faire avoir une deuxième fois.

— Ma mère n'était pas inférieure, Rachael. Elle était un miracle pour tous ceux qui avaient la chance de la connaître. Et courir à travers la forêt lui a coûté la vie.

— C'est un risque qu'elle a pris en connaissance de cause, Rio. Comme toi. Comme moi quand je me suis glissée dans la rivière. C'était mon choix. Quoi qu'il en soit, il ne sert à rien de débattre là-dessus, je n'ai jamais pris une autre forme que celle-ci. Enfin, parfois mon poids fluctue et en vieillissant ma silhouette change, mais ce n'est pas ce que tu veux dire.

— Tu es l'une des nôtres, Rachael. Drake le savait, et Kim et Tama aussi. Tu es proche du Han Vol Dan, c'est pour cela que tu as des sautes d'humeur.

— Pardon ? Je n'ai pas de sautes d'humeur ! Et, si j'en ai, c'est uniquement parce que je suis coincée dans ce lit.

— Je me suis peut-être mal exprimé. J'essayais de faire preuve de tact.

— Oublie le tact et dis les choses clairement !

— D'accord, mais ne t'énerve pas. Ta première transformation approche à grands pas et elle s'accompagne d'importantes pulsions sexuelles, à l'image d'une chatte en chaleur.

Elle lui lança un oreiller et le fusilla du regard.

— Je ne me comporte pas comme une chatte en chaleur ! Je n'ai pas essayé d'attaquer tous les mâles autour de moi.

— Non, mais eux étaient attirés par toi. C'est une période dangereuse. Tu émets des signaux, à travers ton odeur notamment.

— Tu as perdu la tête. Est-ce que tu essaies de me dire que tu m'as fait l'amour à cause de mes phéromones ? (Rio lui tournait de nouveau le dos, mais elle vit ses épaules tressauter.) Si tu ris, tu vas voir de quel bois je me chauffe !

Parfois, un petit mensonge était la meilleure tactique.

— Je n'oserais jamais, répondit-il. Je t'ai fait l'amour parce que, chaque fois que je te regarde, j'ai envie de toi. Encore maintenant ! Tu m'embrouilles l'esprit, mais tu le sais déjà.

Rachael était flattée par cette réponse, mais elle tenta de ne pas trop le montrer.

— Sérieusement, Rio, qu'est-ce qui te fait croire que je ne suis pas humaine ?

— Je suis certain que tes parents étaient exactement comme moi. Je pense que les histoires que ta mère t'a racontées étaient celles que nous racontons à nos enfants pour qu'ils connaissent leur héritage. Tu as dû entendre ton père appeler ta mère *sestrilla*, et c'est pour cela que tu connaissais la signification de ce mot. Notre langue est très ancienne et notre peuple l'utilise aux quatre coins du monde. Même si tes parents ont grandi en Amérique du Sud, comme je le soupçonne, ton père aurait utilisé ce mot.

— Je ne me souviens pas de mon père. Il est mort quand j'étais encore toute petite.

— As-tu des souvenirs de la forêt tropicale ?

— Juste des rêves.

— L'humidité ne te dérange pas et les moustiques te laissent tranquille. Tu n'as pas peur du silence et du calme. Je suis même entré dans la cabane sous ma forme animale et tu n'as pas bronché!

— Oh que si! Tu as de la chance que je ne sois pas morte de peur, d'ailleurs.

— Tu as caressé le léopard, tu ne devais pas avoir si peur que ça.

Elle fit une grimace dans son dos. Peut-être qu'elle n'avait pas été aussi terrifiée qu'elle aurait dû l'être.

— La soupe commence à bouillir. Et qui ne caresserait pas un léopard si l'occasion se présentait? C'était une réaction parfaitement naturelle. J'ai envisagé de tomber dans les pommes, mais je ne suis pas très douée pour ça, donc j'ai décidé d'en profiter. Sans compter que tu as deux léopards de compagnie, je ne savais pas si le troisième faisait aussi partie de la famille. Il est entré comme s'il était chez lui.

Rio lui lança un sourire taquin.

— Parce que c'est le cas.

— Quoi qu'il en soit, je ne suis pas en chaleur, répliqua-t-elle en se retenant pour ne pas lui rendre son sourire.

Ce qui n'était pas chose facile lorsqu'il était là, appuyé contre l'évier, incroyablement sexy.

— On peut toujours rêver.

Elle répondit d'un élégant reniflement d'indignation en acceptant le bol de soupe qu'il lui tendait, et changea de sujet.

— Combien de temps a-t-on avant que le sniper ne revienne?

— Tout dépend de la gravité de sa blessure. Il pourrait être terré à quelques kilomètres d'ici. Il s'est enfui rapidement et sans commettre d'erreur.

— Donc il ne devait pas être blessé très grièvement.

— C'est ce que je pense. Franz est parti en éclaireur et j'ai aussi envoyé deux autres amis, non humains au cas où tu te poserais la question. Ils donneront l'alarme s'ils voient le sniper s'approcher dans un rayon de deux kilomètres. Il fait probablement profil bas et attend qu'on baisse notre garde.

Le cœur de Rachael fit un bond.

— Tu penses qu'il va revenir dès ce soir ? Qu'est-ce qu'on attend pour s'en aller ? Je peux y arriver. On ne va rester là pour qu'il nous tire dessus.

— On n'attend pas, Rachael, on reprend des forces pour la bataille.

— Je ne veux pas de bataille. Je crois qu'on ferait mieux de s'enfuir. Il doit y avoir une autre cabane où on peut aller se réfugier.

— Le sniper est un radar humain, il nous traquera où qu'on aille. Si tu ne veux pas que je t'emmène chez les doyens au village, on va devoir l'affronter.

Rachael secoua tristement la tête.

— La mort me suit partout. Je suis désolée, Rio, vraiment, d'avoir amené cet homme dans ta vie. Je pensais pouvoir m'échapper.

— C'est lui qui a choisi d'accepter ce travail. Mange ta soupe.

Rachael prit une gorgée prudente. Le liquide était brûlant mais elle était soudain affamée.

— J'essaie encore de m'habituer à l'idée que les hommes léopards ne sont pas un mythe, et tu veux me faire croire que je suis moi-même une femme léopard. C'est impossible. Et pourtant j'en ai vu la preuve de mes propres yeux.

— Je serais ravi de te refaire une démonstration.

Il voulait l'emmener en lieu sûr le plus vite possible. Elle n'allait pas être contente et sa jambe allait la faire souffrir, mais ils n'avaient pas le choix. Le sniper n'attendrait plus très longtemps. À sa place, Rio serait déjà en train de revenir, lentement, patiemment, et de prendre position pour l'assaut final.

Rio sortit son grand sac à dos, qu'il remplit du nécessaire. Il ajouta quelques chemises de rechange pour Rachael et coupa un de ses vieux jeans aux genoux.

— Tu vas devoir enfiler ça.

— Superbe. On va faire une balade au clair de lune ?

Elle reposa son bol de soupe et tendit la main pour attraper le jean. Elle avait l'air calme, mais il la vit déglutir avec peine. L'idée de marcher avec sa blessure à la jambe l'angoissait.

— Oui. Laisse-moi t'aider.

Il glissa le pantalon par-dessus sa cheville enflée, impressionné par son courage. Il s'attendait à ce qu'elle proteste mais, comme d'habitude, Rachael était partante.

Elle se mit à transpirer en s'habillant.

— Je ne suis vraiment plus en forme.

— Je croyais qu'on ne devait plus parler de forme ? la taquina-t-il pour tenter d'effacer la douleur dans ses yeux.

Il glissa une main dans ses cheveux. Ils étaient humides.

— Tu t'en sens capable ?

— Bien sûr. Je peux tout faire.

Rachael n'avait pas la moindre idée de comment elle allait pouvoir se lever et prendre appui sur sa jambe. Malgré la mixture de Kim et Tama étalée sur son mollet, la douleur était lancinante. Elle n'osait pas baisser les yeux de peur de voir des flèches transpercer sa peau.

— Je suis aussi prête que possible.

Rio lui tendit un couteau et un petit pistolet.

— Le cran de sécurité est enclenché.

Puis il hissa le sac sur son dos et se pencha pour soulever le léopard nébuleux.

— Tu ne peux pas rester là, Fritz. J'ai le sentiment que notre ami va être d'humeur vindicative.

Le félin bâilla mais resta sur ses pattes lorsque Rio le reposa sur le porche.

— Va te cacher jusqu'à mon retour.

Il regarda le petit animal boiter jusqu'à la branche la plus proche et disparaître dans le feuillage. Rio se tourna vers Rachael, qui tentait tant bien que mal de se lever.

— Qu'est-ce que tu fabriques ?

— Je crois qu'on appelle ça se mettre debout mais, apparemment, j'ai oublié comment faire, répondit-elle en s'asseyant au bord du lit. C'est à cause de ce truc infâme que tu m'as mis sur la jambe. Ça m'alourdit.

— Rachael, je vais te porter. Je ne m'attends pas à ce que tu marches.

— C'est idiot. Je suis juste un peu faible. Ce n'est pas si douloureux. Enfin, si, mais parce que ma cheville est encore gonflée.

Il la hissa dans ses bras.

— J'ai passé toutes ces années seul. Personne pour me contredire.

— Et maintenant je suis là, répondit-elle avec une évidente satisfaction en se pelotonnant contre lui. Tu sais où on va ? Je croyais que tu avais dit qu'il pouvait nous traquer.

— J'ai dit ça, c'est vrai.

Il se frayait déjà un chemin à travers l'enchevêtrement de branches, bien plus rapidement que Rachael ne l'estimait prudent. Malgré les charges qu'il portait, il n'était même pas essoufflé lorsqu'il posa le pied sur le sol de la forêt et se mit à zigzaguer entre les arbres, en direction de la rivière. Rachael cacha son visage contre son cou et tenta de ravaler ses cris de douleur à chaque secousse.

Le rugissement, d'abord étouffé et distant, prit rapidement de l'ampleur. Rachael leva la tête, se demandant soudain avec inquiétude où Rio pouvait bien l'emmener.

Chapitre 11

La forêt était majestueuse, avec ses arbres imposants qui se dressaient autour d'eux tels les piliers d'une cathédrale. Des arbustes disséminés çà et là créaient un patchwork de couleurs, les feuilles aux reflets argentés se mêlant aux écorces sombres. Des fougères cornes de cerf poussaient le long des troncs et la brise faisait bruisser leurs frondes vert vif. Le clair de lune perçait à travers la canopée, projetant des taches de lumière sur le sol mouillé de la forêt. Rachael aperçut des feuilles dans toutes les teintes de rouge, de vert et de bleu imaginables, toutes les couleurs susceptibles d'augmenter la réfraction et l'absorption de la lumière par les pigments végétaux.

Elle s'agrippait à Rio, qui continuait à s'enfoncer dans la forêt. L'obscurité ne semblait pas le déranger. Il avançait à un bon rythme. Elle entendit des muntjacs aboyer pour signaler la présence de prédateurs sur leur passage, arrachant un juron à Rio. Deux minuscules cervidés jaillirent d'un buisson devant eux et se précipitèrent dans le sous-bois.

Le rugissement de la rivière continua de croître, le coassement continu des grenouilles se joignant au vacarme. L'estomac de Rachael se souleva.

— Rio, il faut qu'on s'arrête une seconde. Je vais vomir si on continue.

— On ne peut pas, *sestrilla*, il faut qu'on atteigne la rivière. L'eau masquera notre odeur.

Le sol était sombre et humide, ponctué de petites flaques, mais Rio ne ralentissait pas la cadence. Il évita habilement la pile de feuilles et de brindilles qui signalait le nid d'un sanglier à barbe. Ces nids abritaient souvent de nombreux parasites, capables de transmettre des maladies telles que la fièvre à tiques ou le typhus des broussailles.

Rachael tenta de se concentrer sur le paysage plutôt que sur la douleur qui l'étreignait. Par deux fois, elle aperçut un sambar, le plus grand cervidé de la forêt, aux bois imposants. Voir la forêt défiler ainsi sous ses yeux en pleine nuit lui donnait le vertige. Les feuilles qui se balançaient au-dessus de leur tête, faisant danser la lumière à travers les arbres, avaient quelque chose d'inquiétant. Les plantes et les champignons qui se disputaient la place sur les troncs créaient un environnement luxuriant. De temps à autre, Rio poussait un grognement sourd pour alerter les animaux de sa présence, dans l'espoir que les engoulevents chassant des insectes en plein vol ne sonnent pas l'alarme.

Le rugissement devint encore plus fort. Rachael prit conscience qu'ils se dirigeaient droit vers les berges inondées.

— Tu ne m'emmènes pas chez tes doyens, pas vrai ? demanda-t-elle à l'oreille de Rio, un léger tremblement dans la voix.

— Non, mais c'est ce que je veux faire croire au sniper.

Rachael ne répondit pas, rassurée. Rio se fraya un chemin à travers les zones marécageuses, franchissant prudemment la myriade de racines qui formaient des petites cages à la base des arbres. L'eau lui arrivait à présent aux genoux et le paysage se transformait à mesure qu'ils approchaient de la rivière. Les rayons de lune perçaient davantage la canopée et les arbres devenaient plus petits, avec des branches et des troncs courbés au-dessus de l'eau.

— Il n'y a pas de crocodiles et autres reptiles là-dedans ? demanda Rachael.

Le rugissement était assourdissant et l'humidité faisait boucler ses cheveux en un halo autour de sa tête. Elle avait évité les mangroves le plus possible lorsqu'elle était avec les autres membres de son groupe humanitaire. Les abords de la rivière pouvaient être aussi beaux que dangereux.

Rio s'enfonça dans l'eau agitée.

— On va devoir nager, Rachael. Espérons que la mixture de Tama soit suffisante pour protéger ta jambe d'une autre infection. Je vais t'attacher à moi, au cas où tu serais emportée par le courant.

— Tu es fou ? On ne peut pas nager là-dedans.

Dans le noir, la rivière lui semblait bien plus terrifiante qu'en pleine journée. Ou peut-être était-ce l'absence de bandits à ses trousses.

— On n'a pas le choix. Tant que le sniper sait où tu te trouves, il a l'avantage. Il est plus mobile que nous. Mais il ne va rien t'arriver, c'est promis.

Rachael le regarda droit dans les yeux. Examina sa solide mâchoire, les petites rides gravées sur son visage. Elle leva la main pour tracer le contour d'une fine cicatrice près de son menton.

— Heureusement pour toi, je suis une très bonne nageuse, dit-elle avec un sourire confiant, elle qui n'avait fait confiance à personne depuis si longtemps. Je m'appelle Rachael Lospostos, Rio. Et pas Smith.

— J'avais deviné, répondit-il avant de déposer un léger baiser sur ses lèvres. Merci. Je sais que ce n'était pas facile à avouer.

— C'est le moins que je puisse faire après t'avoir mis dans ce pétrin. Tu peux m'embrasser de nouveau par contre. Si je dois me noyer, je veux emporter avec moi le goût de ta délicieuse bouche.

— Arrête de me distraire. Ce sera ta faute si on se fait dévorer par un crocodile.

— J'ai entendu dire qu'ils n'aimaient pas les courants rapides, répliqua-t-elle avant d'attaquer ses lèvres.

La passion les emporta aussitôt, comme toujours, et le monde disparut autour d'eux.

Rio s'efforça de ne pas oublier où ils se trouvaient et les dangers qui les menaçaient. Rachael avait le don pour lui faire perdre la raison et le submerger de désir. À contrecœur, il releva la tête et la déposa prudemment dans l'eau.

— Je te tiens, Rachael, dit-il en glissant un bras autour de sa taille et en les attachant tous deux à l'aide d'une corde. Je ne vais pas te perdre. On va avancer un peu, lever les pieds et se laisser emporter par le courant pendant un bon moment. Il ne faut surtout pas que le sniper sache quelle direction on a prise. Une simple feuille, des traces de pas au fond de la rivière près de la rive… tout peut lui service d'indice.

— Allons-y, répondit Rachael avec un sourire. Au moins, je sais que tu n'es pas attiré par moi pour mon physique de rêve.

Elle avança d'un pas. Même dans l'eau, sa jambe blessée refusait de supporter son poids, si bien qu'elle s'allongea et commença à nager.

Rio la suivit, émerveillé par son courage. Le clair de lune illuminait son visage et il regarda les gouttelettes d'eau glisser sur sa peau. Elle fendait l'eau avec assurance, presque aussi silencieuse que lui. Rio ressentit de nouveau cette étrange sensation de familiarité. Il avait déjà nagé avec elle auparavant. Il la revoyait précisément tourner la tête pour prendre sa respiration.

Le courant était plus fort au milieu de la rivière et les entraîna sans effort en aval. Rio attrapa la main de Rachael et la serra fort tandis qu'ils levaient les pieds pour éviter les pierres et autres aspérités. Après des jours à ne rien voir d'autre que la canopée au-dessus de leur tête, le ciel nocturne avait quelque chose de presque vertigineux. Les étoiles brillaient comme des pierres précieuses malgré les nuages. La pluie n'était plus qu'une légère bruine, si bien que Rachael leva le visage pour la sentir.

La rivière n'était pas aussi féroce qu'en pleine tempête, et il n'y avait pas de courant sournois cherchant à l'attirer vers le fond. Rachael se surprit à apprécier l'expérience, après tant de temps allongée dans un lit. Rio restait tout proche, protecteur, et elle se sentait chérie pour la première fois de sa vie. C'était comme un rêve. Aucun d'eux ne parla car les bruits portaient loin la nuit sur l'eau.

La rivière fit un coude, puis dévala une petite cascade. Soudain, Rio l'attrapa par la taille et se mit debout. Luttant contre le courant, il se dirigea vers la cascade en l'entraînant avec lui. Rachael ne pouvait rien faire pour l'aider, hormis tenter de se propulser par la force des bras dans la même direction. Malgré la force incroyable de Rio, ils peinèrent à atteindre leur but. Rio lui murmura alors à l'oreille :

— Attends-moi, il faut que je plonge.

Inquiète, Rachael le regarda disparaître sous l'eau. La corde qui les rattachait l'un à l'autre se raidit, mais elle parvint à résister. Les minutes semblèrent durer des heures, mais, enfin, il refit surface. Avec un soupir de soulagement, elle se jeta dans ses bras.

— Tu vas devoir retenir ton souffle, on doit traverser un tunnel à la nage.

Elle hocha la tête et le suivit, laissant l'eau tourbillonnante se refermer au-dessus de sa tête. On ne voyait rien sous la surface et elle se contenta de s'agripper à Rio de toutes ses forces. Il l'entraîna vers un étroit tunnel et elle sentit ses épaules effleurer les parois. Elle leva la main et découvrit que le plafond n'était qu'à quelques centimètres de sa tête. Elle détestait les espaces exigus et nager ainsi sous l'eau dans le noir était une véritable épreuve. Elle repoussa la sensation de claustrophobie qui menaçait de l'envahir et se concentra plutôt sur ses sentiments inattendus pour Rio.

Comment pouvait-elle lui faire autant confiance après si peu de temps ? Même si cela lui semblait bien plus long, en réalité. Elle le sentit lui tirer sur le bras pour qu'elle se redresse et il l'aida à remonter à la surface. Elle sortit la tête de l'eau et ouvrit les yeux. Il faisait nuit noire. Le bruit de la cascade et le grondement continu de l'eau résonnaient étrangement.

— Où sommes-nous ?

— Dans une grotte. Il faut que tu avances encore un peu dans l'eau en baissant la tête, et on sera arrivés. C'est moi qui ai creusé le tunnel et l'entrée de la caverne. J'ai découvert l'endroit par hasard et me suis dit que ce serait très pratique pour battre en retraite en cas de blessure sérieuse.

Rachael sourit en entendant la pointe de fierté dans sa voix.

— Ça me paraît merveilleux. Et je me suis toujours dit que vivre dans une caverne avec un troll serait incroyablement romantique.

Rio lâcha un petit rire.

— On m'a traité de beaucoup de choses dans ma vie, mais jamais encore de troll. Je vais te porter pour franchir le seuil.

Rachael se pencha pour lui mordiller l'oreille.

— C'est la mariée que l'on porte, pas l'amante.

— Alors considère-toi comme étant mariée. Et arrête de faire ça, je suis sensible.

— Hum… intrigant… Mais, j'y pense, tu ne crois pas qu'un affreux reptile risque d'avoir découvert ta cachette et d'y avoir fait son nid ? Si j'étais un crocodile je serais ravie de m'y installer. Et si tu venais me rendre visite ce serait encore mieux. Il n'est pas toujours facile de trouver à manger.

Il éclata de rire.

— Femme de peu de foi ! J'ai bouché l'entrée pour empêcher les créatures d'y pénétrer. J'ai dû déverrouiller le cadenas pour ouvrir la porte, c'est pour ça qu'on est restés dans le tunnel si longtemps.

— Mais tu ne l'as pas refermée.

— Je t'emmène d'abord au sec. En parfait gentleman.

— Merci, Rio, j'apprécie vraiment, mais, en l'occurrence, je préférerais rester là à t'attendre pendant que tu retournes fermer le tunnel. Je ne suis pas prête à accueillir des visiteurs, et encore moins des visiteurs rampants.

Rio entendit le léger tremblement dans sa voix.

— Entendu. On est déjà dans la grotte et, heureusement, on est suffisamment profond pour pouvoir allumer une lampe. J'en ai apporté plusieurs au fil du temps.

Il installa Rachael sur une surface plane. Elle attendit anxieusement qu'il allume l'une des lampes et l'accroche au-dessus de leurs têtes. Puis elle regarda autour d'elle. La cavité était assez grande. Des racines y saillaient et de l'eau gouttait continuellement de plusieurs parois. Il n'y avait pas le moindre crocodile en vue, mais beaucoup de provisions.

Une grande boîte en plastique qu'elle supposait être étanche était calée entre deux racines. À l'intérieur, elle voyait plusieurs couvertures et l'une des nombreuses trousses à pharmacie de Rio. Quant à elle, elle était assise sur une large dalle de pierre, la seule de la caverne. Le sol au niveau des murs était humide, mais la majorité de l'eau s'écoulait dans la rivière. Rio avait creusé un fossé pour garder le reste de la caverne au sec.

— Alors, qu'en dis-tu ? demanda Rio en revenant, trempé de la tête aux pieds. Pas si mal, hein ?

— C'est merveilleux, répondit Rachael.

Elle était tout aussi trempée que lui, et mal à l'aise. Elle baissa les yeux vers sa chemise et se rendit compte que le tissu était presque transparent.

— Si ça ne te dérange pas, j'aimerais me changer. Tu devrais toi aussi, Rio.

— J'ai quelques affaires dans des sacs étanches.

Il ouvrit la boîte et fouilla à l'intérieur jusqu'à trouver une serviette. Puis il s'agenouilla à côté de Rachael, lui déboutonna sa chemise, la lui enleva et la jeta par terre.

— Lève-toi, *sestrilla*, pour que je puisse te débarrasser de ce jean.

Sa voix était douce, tendre même. Il aida Rachael à se mettre debout, fit glisser le pantalon le long de ses jambes, avant de l'enrouler dans la serviette et de commencer à la frictionner. À sa grande honte, elle vacillait de fatigue. C'était pourtant lui qui l'avait portée en courant sur plusieurs kilomètres. Lui qui les avait empêchés tous les deux d'être emportés par le courant. Et il était aussi trempé qu'elle.

— Je n'ai jamais rencontré personne comme toi, dit-elle. Parfois, je ne suis pas certaine que tu existes vraiment.

Rio lui fit enfiler une chemise sèche.

— J'ai de bons côtés, répondit-il d'un ton taquin. Malheureusement, je ne les montre pas souvent.

Il installa un tapis sur la dalle de pierre et le couvrit d'un épais sac de couchage avant d'aider Rachael à s'asseoir et d'examiner sa jambe.

— La pommade a tenu. Mais il faut qu'on laisse les plaies respirer au cas où elles suppureraient encore.

— Je me sens mieux, admit Rachael. Il faudra que je dise à Tama qu'il est un faiseur de miracles.

Rio s'assura qu'elle était bien installée avant d'enlever ses propres vêtements et de s'essuyer à son tour.

— Combien de temps crois-tu qu'on va devoir rester ici ? demanda Rachael.

— Je vais passer le reste de la nuit à traquer le sniper. Il est blessé, ce qui va m'aider à le trouver. Je sais qu'ici tu ne risques rien, je ne vais donc pas m'inquiéter. Franz est déjà parti en reconnaissance, il va repérer sa trace sans se faire repérer.

Rachael ouvrit grand les yeux, sous le choc.

— Tu ne peux pas faire ça, Rio. Pas après ce que tu m'as raconté.

— Il nous pourchasse, Rachael. C'est le seul moyen de l'arrêter. Tu ne croyais quand même pas qu'on allait passer le restant de notre vie dans une grotte ?

Rachael n'avait qu'une envie, s'enfouir sous les couvertures. Mais elle ne pouvait pas cacher son passé à Rio plus longtemps.

— Non, mais, avant que tu ailles risquer ta vie, tu devrais peut-être savoir pour qui tu fais tout cela.

— Je sais qui tu es.

— Non, tu ne sais pas. Tu n'as pas la moindre idée de qui est ma famille.

— Je n'ai pas besoin de connaître ta famille, Rachael. On en reparlera à mon retour. Attends ici pendant au moins quarante-huit heures. Si quelque chose tourne mal, remonte la rivière jusqu'au village de Kim et Tama. Demande-leur de t'emmener chez les doyens. Le Han Vol Dan est ta première métamorphose. Il ne faut pas qu'elle se produise avant que ta jambe soit assez guérie pour pouvoir le supporter. Tu vas être submergée de pulsions sexuelles, tes émotions vont être de plus en plus exacerbées. Tu dois absolument te contrôler.

— Tu sais que ça paraît complètement ridicule, pas vrai ? Si c'était un film, je serais pliée de rire devant mon écran.

— Sauf que tu sais que je dis vrai. Tu as senti l'animal rugir en toi, essayer de s'échapper. Je t'ai vue sur le point de te transformer.

— Pourquoi ma mère ne m'aurait-elle rien dit ? Dans toutes les histoires qu'elle m'a racontées, elle n'a jamais mentionné que je pouvais changer de forme.

— Je ne sais pas, mais je suis certain que tu es l'une des nôtres.

— Et si ce n'est pas le cas ? Si tu te trompes, est-ce que ça voudrait dire qu'on ne peut pas être ensemble ? As-tu le droit d'être avec quelqu'un qui ne fait pas partie de ton peuple ?

Il prit son visage dans la paume de sa main et glissa un pouce sur sa joue.

— Je suis banni, *sestrilla*, personne ne peut me donner d'ordre. (Il se pencha pour l'embrasser.) Ne t'inquiète pas, je vais revenir te chercher.

— Tu as intérêt. Je ne veux pas me retrouver seule face aux crocodiles.

Elle se força à ne pas s'agripper à lui de toutes ses forces. Elle ne pouvait rien dire, rien faire pour l'arrêter. Il était tellement têtu. Une fois qu'il avait une idée en tête, il était impossible de le faire changer d'avis. Rachael secoua la tête pour chasser ses souvenirs, qui semblaient toujours remonter au moment inopportun. Elle le connaissait. Elle savait comment il était.

— Vas-y pendant qu'il fait encore nuit. Souviens-toi, si tu as raison et qu'il nous a suivis, il cherche peut-être déjà les berges de la rivière pour voir où nous sommes ressortis.

— Tu es contrariée.

— Bien sûr que je suis contrariée ! Je suis coincée ici à cause de ma jambe pendant que tu vas risquer ta vie pour arrêter un tueur à gages. (Elle était au bord des larmes.) Tu ne sais donc pas qu'il va en envoyer un autre ? et encore un autre ? Il n'abandonnera jamais.

— Je m'en doute. Mais ça n'a pas d'importance. On leur fera face l'un après l'autre et, si besoin, j'aurai une petite discussion avec lui.

Le visage de Rachael blêmit.

— Non. Non, promets-le-moi, Rio. N'essaie pas de l'approcher. Quelle que soit la raison. Tu ne peux pas l'attaquer. Ni même essayer de le voir.

L'anxiété qu'il voyait sur son visage lui serra le cœur.

— Je vais revenir, Rachael.

— Je sais.

Il n'avait pas le choix. Elle ne pouvait pas rester dans une grotte pour toujours. Sauf s'il était là. Elle commençait à croire qu'elle serait capable de vivre n'importe où avec lui. L'idée était terrifiante. Elle n'avait jamais imaginé passer toute sa vie avec quelqu'un, cela semblait être bien trop long. Et pourtant elle voulait plus d'une vie avec Rio.

Rio se força à se détourner, à ignorer l'expression sur son visage, si vulnérable, si triste, et la douleur dans ses yeux. Il n'osait pas la reprendre dans ses bras, au risque de ne plus jamais la lâcher. Il s'éloigna en pataugeant.

— Que la magie de la forêt soit avec toi et que la chance t'accompagne, dit-elle d'une voix torturée. Bonne chasse, Rio.

Il s'arrêta, le dos tourné. Il avait déjà senti la douleur qui l'étreignait. Reconnu les signes de traumatisme et de trahison. La colère née de l'impuissance lui était familière à lui aussi, et laissait des cicatrices profondes. Il ne pouvait pas la regarder. Sa souffrance était plus dure à supporter que la sienne.

— Je ne sais rien de l'amour, Rachael. Notre rencontre était inattendue, mais tout chez toi me rend heureux. Je vais revenir te chercher.

Il reprit son chemin. Elle pleurait. Ses larmes allaient l'achever. Il aurait préféré faire face à un camp de bandits tout entier qu'à Rachael en pleurs. Il n'avait aucun moyen de changer ce qu'il avait à faire. Il ne pouvait pas la réconforter. Elle avait connu la violence dans sa vie, il en était certain. Il espérait simplement qu'en faisant le nécessaire il ne gâcherait pas ses chances avec elle.

Rio plongea sous l'eau et traversa l'étroit tunnel qu'il avait patiemment creusé et consolidé avec un tube artificiel. Il avait mis plusieurs années à trouver la grotte et à en sécuriser l'accès. Il avait plusieurs autres repaires éparpillés le long de la rivière et à travers la forêt où il pouvait se retrancher en cas de besoin. Son peuple était mystérieux et prudent, et il avait appris au fil des ans l'importance des préparatifs.

Une fois sous la petite cascade, il nagea sous l'eau jusqu'au centre de la rivière, puis se laissa emporter par le courant. Il ne voulait pas laisser de trace ou d'odeur après avoir pris autant de précautions pour protéger Rachael. La laisser seule, blessée, dans la grotte constituait déjà un risque. Elle avait des armes, de la lumière et de la nourriture pour plusieurs jours, mais se retrouver sous terre pouvait la faire paniquer. L'animal en eux était arboricole et préférait les hautes branches.

Rio passait de nombreuses heures parfaitement immobile lorsqu'il servait de renfort à ses hommes grâce à ses talents presque inégalés de tireur. Les autres entraient dans les camps pour secourir les victimes, tandis qu'il restait dehors, formant la dernière ligne de défense pour son unité. Il avait l'habitude de la solitude mais, contrairement aux léopards, les membres de son espèce n'étaient pas faits pour vivre seuls. Ils s'unissaient pour la vie et au-delà. Rachael aurait du mal à rester seule.

Il sortit de la rivière un kilomètre en aval de la cascade et se changea en léopard. Il leva le museau pour humer le vent, et fut aussitôt submergé d'informations. Il s'étira longuement avant de sauter par-dessus un rondin.

L'aube commençait à poindre. L'épaisse brume qui enveloppait la forêt s'évaporait lentement à mesure que la chaleur du soleil perçait à travers les nuages. Un chœur d'oiseaux se mit à chanter, chacun essayant de faire entendre sa voix au-dessus de celle des autres. Le chant passa de mélodieux à strident, et même discordant, tandis que les oiseaux se répondaient et voletaient de branche en branche en une explosion de couleurs, signalant l'arrivée du matin. Des gibbons se joignirent au chœur avec leurs cris et vocalises pour protéger leur territoire.

Le léopard ignora les battements d'ailes frénétiques lorsqu'il bondit sur les branches basses d'un arbre voisin. La forêt bruissait de vie et Rio se servit des bruits pour masquer sa présence, retournant vers chez lui dans l'espoir de trouver la trace du sniper. Il guettait le moindre cri d'alarme ou silence soudain qui trahirait la présence d'un intrus sur le territoire d'un macaque à queue de cochon. Timide, cet animal sautait souvent de son arbre pour s'enfuir lorsqu'on le dérangeait.

C'est l'aboiement d'un muntjac qui l'alerta en premier. Ces petits cris secs servaient à prévenir les autres membres de la harde d'un danger imminent car les mouvements de queue n'étaient pas visibles à travers l'épaisse végétation. Rio se tapit sur sa branche, immobile. Le chasseur était devenu proie.

Comme il n'était pas perché en hauteur, le vent ne faisait pas bouger le feuillage de l'arbre. Le soleil qui dardait ses rayons à travers la canopée tachetait les feuilles et le sol en contrebas, lui offrant un camouflage naturel. Les insectes bourdonnaient autour de lui ; à quelques mètres de là, un lézard passa du vert vif au marron foncé en s'installant sur une branche.

Alarmé, un sanglier à barbe se précipita dans un buisson au pied de son arbre. Rio se raidit, sur le qui-vive. Le bout de sa queue tressautait de temps à autre, la seule partie de son corps qui bougeait. Ses yeux jaune-vert brillaient d'intelligence. Il attendit, figé sur place. Un léopard mâle tacheté émergea alors prudemment d'un massif de fougères en traînant la patte. Il grogna en réponse aux gibbons qui lui criaient après depuis leur perchoir. Pour se venger, les singes lui firent tomber une pluie de feuilles et de brindilles sur la tête. Le léopard resta de marbre un instant puis, d'un caractère aussi volatil que le reste de son espèce, sauta sur une branche basse en montrant les dents. Les gibbons s'éparpillèrent alors dans les arbres, dans une cacophonie de cris terrifiés.

Rio resta immobile, même lorsque les deux yeux mauvais, perdus dans le pelage tacheté, semblèrent se poser sur lui. Il se focalisa intensément sur sa proie. Patiemment, il attendit et observa l'autre félin sans bouger. L'intrus descendit d'un bond de son arbre, les babines retroussées comme pour montrer le mépris que les singes lui inspiraient. Ses pattes se posèrent sans bruit sur l'épaisse végétation.

Rio s'étira sur sa branche et avança de quelques centimètres avant de s'immobiliser, puis de recommencer son manège. Lentement, il finit par atteindre l'extrémité de la branche. L'autre léopard avançait tout aussi silencieusement en contrebas, sans soupçonner sa présence.

L'intrus fit un pas. Puis un autre. Il hésita, ouvrant grand la gueule. Rio lui sauta alors sur le dos, toutes griffes dehors, et enfonça ses canines dans sa gorge pour tenter de prendre le dessus le plus rapidement possible. Les batailles entre léopards étaient incroyablement dangereuses.

Le léopard tacheté réagit aussitôt et se retourna avec souplesse en sortant ses griffes, tentant de déloger son attaquant. Rio tint bon, bien décidé à en finir. Les rugissements vicieux des deux animaux retentirent à travers la forêt. Dans les arbres, les oiseaux s'envolèrent en piaillant à qui mieux mieux. Les écureuils volants protestèrent à leur tour, tandis que les singes poussaient des cris de panique. Les roussettes prirent leur envol aux côtés des oiseaux, si bien que le ciel bourdonnait de vie.

L'intrus se débattit de toutes ses forces, jouant des griffes pour essayer d'éviscérer ou d'estropier Rio. Mais en vain. Les crocs de Rio restèrent plantés dans sa nuque, maintenant une pression suffisante pour lui briser les vertèbres et l'étouffer. La fin fut rapide. L'attaque surprise avait donné à Rio l'avantage dont il avait besoin. L'intrus poussa un dernier râle d'agonie. Le léopard noir attendit un peu pour s'assurer que c'était bien fini avant de lâcher sa proie.

Rio reprit sa forme humaine et regarda le léopard par terre avec regret. Tous les membres de leur espèce comptaient, et chaque décès mettait en péril leur survie. Il n'avait trouvé aucune étiquette dans les vêtements du sniper, rien qui permette de l'identifier. Rio ne savait pas de quel pays venait son ennemi, ni pourquoi il avait choisi de trahir les siens, mais il était certain qu'il n'était pas d'ici.

Cela voulait-il dire que le peuple de Rachael savait ce qu'elle était et l'avait condamnée à mort ? Leur espèce vivait selon des règles strictes pour le bien de tous. Si Rachael avait commis un crime contre son peuple, il était possible qu'ils aient envoyé des chasseurs à ses trousses. Dans ce cas, les doyens accepteraient probablement d'exécuter la sentence s'ils l'estimaient légitime. Rio avait déjà été banni, il doutait sérieusement que les doyens prendraient la défense de sa compagne. Il poussa un juron, puis se transforma en léopard pour hisser la carcasse dans l'arbre. Il n'avait pas le choix, il devait brûler le corps pour préserver les secrets de son espèce. Il lui fallait trouver sans attendre sa cachette de provisions la plus proche. Abandonner le cadavre était extrêmement dangereux, mais il ne pouvait pas faire autrement.

L'esprit en ébullition, il envisagea l'éventualité que Rachael ait été condamnée par son propre peuple. Elle avait déjà admis que son frère avait lancé un tueur à ses trousses. Mais qu'avait-elle pu faire pour mériter une telle punition ? Il se fraya rapidement un chemin à travers la forêt, ignorant les cris d'alarme des gibbons, encore paniqués par la bataille qui venait d'avoir lieu. Les oiseaux voletaient toujours de branche en branche, tandis que les muntjacs fuyaient à son approche.

Une légère brise inhabituelle se leva et Rio s'arrêta brusquement. Il n'était plus seul. Il reconnut dans l'air l'odeur d'un autre léopard. Les animaux avaient tenté de le prévenir, mais il ne leur avait pas prêté attention, préoccupé par ses pensées.

Heureusement, il n'était plus loin de sa cachette. La boîte était enterrée entre les énormes racines d'un arbre dont il avait marqué le tronc d'un petit symbole. À l'aide de ses griffes, il la déterra, aux aguets. Le second léopard approchait rapidement ; il avait dû flairer sa trace.

Rio reprit sa forme humaine et s'équipa le plus vite possible. Ce n'est qu'après avoir contrôlé ses pistolets et dissimulé ses couteaux qu'il enfila des vêtements et attacha la petite trousse à pharmacie sur sa ceinture. Sentant le regard du léopard fixé sur lui, il fit volte-face, son fusil à la main, un doigt sur la détente.

— Tu es un lève-tôt, Drake, dit-il d'une voix plaisante, détendue, mais tenant l'animal en joue.

Ils se regardèrent sans ciller un long moment. Puis le corps de Drake se contorsionna, ses muscles se reformèrent pour devenir un homme. Il fusilla Rio du regard.

— Tu m'expliques pourquoi tu as ce fusil braqué sur moi ?

— Tu m'expliques ce que tu fais ici ?

— J'ai passé presque toute la nuit à vous pister, toi et ce léopard ennemi. Je t'ai perdu, mais lui était blessé et plus facile à suivre.

— Pourquoi ?

Drake fronça les sourcils.

— J'ai décidé de faire demi-tour pour protéger tes arrières, espèce de sac à puces ingrat. Le temps que je retourne à ta cabane, Rachael et toi étiez partis et j'ai dû vous traquer à travers la forêt. J'ai été obligé de ralentir le rythme quand je me suis aperçu que le sniper était aussi à vos trousses. Il a perdu votre trace une ou deux fois et je suis resté derrière lui pour voir ce qu'il comptait faire. Bon sang, Rio, pose ce fusil ! C'est énervant en plus d'être insultant.

Rio baissa son arme, mais garda une main libre au cas où il aurait besoin de dégainer un couteau.

— Je n'ai pas de puces.

— Ha ! c'est toi qui le dis. Où est Rachael ?

— Ce sont les doyens qui t'envoient, Drake ?

— Mais qu'est-ce qui te prend ? Pourquoi est-ce que les doyens m'enverraient te protéger ?

Les yeux de Rio brillaient de colère.

— Est-ce qu'ils t'ont envoyé chasser Rachael ?

Drake fronça les sourcils.

— Je ne suis pas retourné au village. J'ai accompagné Kim et Tama vers chez eux avant de changer d'avis et de faire demi-tour. Pour autant que je sache, les doyens n'ont jamais entendu parler de Rachael. Et ils ne savent certainement pas qu'elle est avec toi. Tama et Kim n'auraient rien dit, tu les connais. Même sous la torture, ils tiendraient leur langue. Qu'est-ce qui se passe ?

— Le sniper était l'un des nôtres. Pas de notre village, je doute qu'il soit né dans ce pays, mais de notre espèce. Pourquoi aurait-il accepté de tuer l'une de ses semblables ? une femme qui plus est ?

— Nous ne sommes pas parfaits, Rio, tu es bien placé pour le savoir.

Dès que les mots s'échappèrent de sa bouche, Drake grimaça.

— Pardon, ce n'est pas ce que je voulais dire. Il y a eu des rumeurs au fil des ans. Certains veulent de l'argent, des femmes, du pouvoir. Nous ne sommes pas immunisés contre ce genre de choses, tu sais.

— Il faut croire que non. Merci pour ton aide, Drake, et désolé pour l'accueil.

— L'accueil lamentable. J'imagine que tu l'as attrapé.

— Il est mort. Il a abandonné ses vêtements hier, mais il n'y avait rien dedans, pas même une étiquette. Et j'avais besoin d'allumettes.

— Tu ne m'as pas dit où était Rachael. Tu ne l'as pas laissée toute seule, j'espère ?

— Elle va bien. Je lui ai laissé deux pistolets et plusieurs couteaux. Elle sait s'y prendre avec un bâton aussi. Je lui ferai part de ton inquiétude.

Un sourire s'étala sur les lèvres de Drake.

— Tu es jaloux. Je n'en reviens pas. Je n'aurais jamais cru que ça t'arriverait un jour.

— Je suis prudent, c'est différent.

— Je crois que tu viens d'essayer de m'insulter, mais je m'en moque. C'est trop drôle. Bon, où est cet homme mystère ? Va chercher ta chérie, je m'occupe du nettoyage avant de retourner au village pour mobiliser l'unité. Il est temps qu'on aille secourir le groupe de Kim.

— Et qui va protéger vos arrières, Drake ?

— Conner. C'est un bon tireur. Pas aussi doué que toi, mais il fera l'affaire.

— Je n'aime pas ça. Séparer l'unité est une mauvaise idée.

— On n'a pas le choix. Tu ne peux pas laisser Rachael seule. À moins que tu ne l'amènes au village, ce qui est risqué. Vous êtes faits l'un pour l'autre et je ne sais pas si ça va plaire aux doyens.

Rio lui tendit les allumettes.

— Je rentre chez moi, Drake, préviens-moi par radio quand vous infiltrez le camp.

Chapitre 12

Rachael s'appuya contre la paroi de la grotte pour se hisser sur sa jambe blessée. Étonnamment, la douleur ne l'envahit pas tout entière comme elle s'y attendait. Les plaies ne coulaient plus. Elle se sentait bizarre, comme si quelque chose rampait sous sa peau, et intensément féminine, sexuelle. Elle avait l'impression que son corps ne lui appartenait plus. Ne supportant plus le frottement de sa chemise contre sa peau, elle la déboutonna et l'aurait arrachée si le tissu n'avait pas conservé l'odeur de Rio.

Elle inspira profondément pour la faire pénétrer dans ses poumons, dans son corps. Ses seins étaient lourds, ses tétons rigides et son bas-ventre frémissait. Elle était en feu. Il n'y avait pas d'autres mots pour décrire ce qui lui arrivait. Sa peau brûlait de désir et elle était incapable de rester immobile. Elle se tourna vers la paroi, plaqua les deux mains au-dessus de sa tête et griffa le mur de ses doigts, laissant de profondes marques sur son sillage.

Rachael sentit son souffle contre sa nuque et se raidit, mais ne se tourna pas. Il glissa les bras autour d'elle, prit ses seins au creux de ses mains et les caressa, pressant son corps nu et mouillé contre le sien. Elle le reconnut aussitôt, ses muscles solides et son épaisse érection. Elle ferma les yeux et poussa un soupir de soulagement.

— Rio, je suis contente que tu sois sain et sauf.

Elle se frotta contre lui, ronronnant presque de satisfaction. Il déposa un baiser sur sa nuque et lui mordilla la peau tout en continuant à la caresser. Rachael laissa sa chemise glisser par terre et se pencha en avant pour se presser contre lui. Il abandonna ses seins pour explorer le reste de son corps. L'intensité du plaisir qu'elle ressentait lui arracha presque un sanglot. Elle poussa un cri lorsqu'il effleura les boucles entre ses cuisses et enfonça un doigt en elle. Aussitôt, ses muscles se contractèrent. Elle entendait un étrange rugissement à ses oreilles, un mélange d'anxiété, de désir et de passion. Elle commençait à perdre le contrôle. Son doigt ne lui suffisait pas, elle voulait plus, elle voulait tout.

Il la guida pour qu'elle pose les mains contre une corniche. Le souffle court et impatiente de le sentir en elle, elle recula en même temps qu'il la pénétrait. Le cri de joie qu'elle poussa retentit à travers la caverne.

Rio lui agrippa les hanches, tentant désespérément de se contenir. Elle était délicieuse, chaude comme la braise, et la friction entre eux était explosive. Le rythme s'accéléra, si rapide que leur union devint bientôt effrénée, sauvage, incontrôlable.

Rachael était incapable d'arrêter le mouvement de ses hanches. Elle en voulait plus, toujours plus. Rio était le seul à pouvoir étancher le désir insatiable qui l'étreignait. La beauté, la perfection de leur étreinte la fit pleurer. Leurs corps se complétaient parfaitement. Ses coups de reins se firent de plus en plus puissants, mais ce n'était toujours pas assez pour elle. Elle sentit son corps se contracter et il sembla enfler en elle jusqu'à ce qu'elle explose en mille morceaux, secouée par des vagues de plaisir intense. Elle entendit des grognements rauques d'extase s'échapper d'une gorge qui ne pouvait être la sienne, mais qui n'était pourtant pas non plus celle de Rio. Unis, ils ne faisaient plus qu'un.

Rio lui mordit l'épaule avant de pouvoir s'en empêcher, puis couvrit ses épaules, son dos de baisers. Partout où il le pouvait. Il la serra fort dans ses bras pendant qu'il tentait de reprendre son souffle. À chaque instant qu'il passait avec elle, il se sentait plus vivant, plus encore que lorsqu'il courait à travers la forêt. Être avec Rachael lui procurait une sensation qu'il avait du mal à nommer, mais dont il ne voulait plus jamais se passer. À contrecœur, il se dégagea du paradis qu'était le corps de la jeune femme, un grand sourire aux lèvres.

Rachael se laissa glisser au sol, comme si ses jambes ne pouvaient plus la porter. Rio l'aida à s'asseoir sur le sac de couchage. À son grand désarroi, il la vit alors éclater en sanglots, comme s'il venait de lui briser le cœur. Il la regarda, impuissant et démuni.

— Rachael, bon sang ! Tu n'as même pas pleuré quand Fritz a essayé de t'arracher la jambe. Qu'est-ce qui t'arrive ? Dis-moi.

Il s'accroupit à côté d'elle et passa maladroitement un bras autour de ses épaules. C'était le premier mouvement gauche qu'elle le voyait faire, ce qui la réconforta étrangement.

— Je ne me reconnais pas. Ça me fait peur, ce que je ressens pour toi. Mon propre corps ne m'obéit plus. J'aime le sexe, Rio, mais ce n'est pas une obsession. Je suis quelqu'un qui aime réfléchir, envisager les choses sous tous les angles. Et, quand je suis avec toi, je disparais complètement et il ne reste que ce que je ressens.

Il la serra contre lui et attira sa tête contre son épaule lorsqu'elle tenta de résister.

— Ce qu'on ressent ensemble, Rachael. C'est comme être une seule et même personne, comme si nos corps et nos esprits fusionnaient. Pourquoi aurais-tu peur de ça ?

— Je ne peux pas tomber amoureuse de toi, Rio, et tu ne peux pas m'aimer. Si ce n'était qu'une attirance physique, ce serait différent, mais c'est bien plus que ça. Comme une addiction. Et le sexe n'en est qu'une infime partie. J'ai l'impression de devoir être avec toi. Que tu es essentiel à ma vie, ma raison d'être. J'aimerais pouvoir dire que je suis influencée par une vie antérieure, mais même pas. L'amour ne devrait pas être si dévorant. Je ne suis pas ce genre de personne. Vraiment pas.

— C'est moi que tu essaies de convaincre ou toi-même ? Je n'aurais jamais cru aimer quelqu'un, Rachael. Je ne sais pas comment, mais je sais que nous sommes destinés l'un à l'autre, même si cela semble ridicule. Je ne peux pas m'imaginer me réveiller le matin sans toi à mon côté. Pourtant je n'ai pas grand-chose à t'offrir. Mon travail est dangereux, mon peuple ne veut pas de moi au village, ce qui rejaillira certainement sur toi et nos enfants. Mais tant pis. Je sais qu'il faut que je trouve un moyen de te convaincre de rester auprès de moi.

— Tu ne m'écoutes pas ! Tout ça n'a aucun sens. Que sais-tu de moi, hormis le fait que ma tête est à prix pour un million de dollars, qu'un homme léopard est à mes trousses, et que je fais peut-être partie d'une espèce dont j'ignorais l'existence il y a encore quelques jours ? C'est tout ce que tu sais et tu es prêt à passer ta vie avec moi. Tu trouves ça normal, Rio ? Tu crois vraiment que les gens réagissent ainsi ?

— Qu'est-ce qui est normal, *sestrilla*, et quelle importance ? Même si tu n'es pas l'une des nôtres, je veux que tu partages ma vie. (Il toucha sa joue mouillée de larmes.) Et tu ne devrais jamais pleurer parce que tu penses être amoureuse de moi.

— N'aie pas l'air si ravi. Tu penses vraiment que ça va bien se terminer ? Comment serait-ce possible ? Il va continuer d'envoyer des tueurs jusqu'à ce que l'un d'eux me tue, moi, ou toi, ou nous deux.

Il l'embrassa. C'était la seule chose qui lui vint à l'esprit. Elle fondit aussitôt dans ses bras, comme il commençait à en avoir l'habitude. À travers ce baiser, il sentit ses larmes et la terreur qu'elle ressentait pour lui. Son corps révélait ce qu'elle n'était pas prête à avouer à voix haute. Elle donnait tout ce qu'elle était et exigeait la même chose en retour.

Rachael posa la tête contre son torse avec un petit soupir.

— Je ne veux plus y penser. On verra où tout ça nous mène. Tu l'as trouvé ?

— Il n'était pas du coin et venait probablement d'Amérique du Sud. Et il était l'un des nôtres. Es-tu déjà allée en Amérique du Sud, Rachael ?

— Tu n'es pas très doué pour feindre l'indifférence quand tu veux vraiment savoir quelque chose, Rio. Je suis née en Amérique du Sud et j'y ai passé les quatre premières années de ma vie. Puis on a immigré aux États-Unis. Mon père, enfin il n'était pas mon père biologique mais pour moi c'était tout comme, avait de la famille là-bas. Mais lui et ma mère étaient eux aussi nés en Amérique du Sud.

— Tu as un beau-père ?

— J'avais. Il est mort. Ma mère et lui ont été assassinés. Et je le considérais comme mon père. Je l'adorais et il me traitait comme sa propre fille. Pareil avec mon frère. Nous n'aurions pas pu avoir un meilleur père.

Elle se dégagea de son étreinte d'un air de défi. Rio se mit à ranger soigneusement la boîte en plastique, tentant de ne pas regarder la jeune femme pour lui poser des questions plus facilement.

— Rachael, est-il possible que tu aies fait quelque chose pour t'attirer les foudres de tes doyens ? Tu as peut-être commis par mégarde un crime contre ton peuple qui t'aurait valu un bannissement ou une peine de mort ?

Elle lui lança un regard noir, mais Rio détourna aussitôt les yeux.

— Je n'ai pas de peuple. Je suis humaine.

— Comment expliques-tu ta capacité à voir dans le noir ? Le fait que les moustiques t'évitent ? Tes pulsions sexuelles intenses et tes changements d'humeur ? demanda-t-il doucement en refermant la boîte avant de la replacer entre les racines.

— Il y a des explications parfaitement raisonnables à tout cela. Mes bonnes habitudes alimentaires pourraient expliquer ma vue perçante et mon absence de boutons de moustique. Et mes pulsions sexuelles sont ta faute ! Tu passes ton temps à te balader nu, qu'est-ce que tu imagines ?

Il lui lança un sourire espiègle.

— Ah ! revoilà une saute d'humeur. (Il lui tendit la main.) Allez, on y va.

— Où ?

— On rentre à la maison. Je vais t'apprendre à vivre ici, Rachael, et, quoi qu'il arrive, on se débrouillera.

Elle lui prit la main, entremêlant ses doigts avec les siens.

— Je ne sais pas si tu te rends compte, mais je suis complètement nue.

Il se pencha pour poser les lèvres sur son sein et la taquiner du bout de la langue.

— J'ai cru remarquer, oui. J'ai caché des vêtements de rechange dans un sac étanche pour que l'on puisse se rhabiller en sortant de la rivière.

— Il ne fait pas jour ? Quelqu'un risque de nous voir.

— La plupart des gens de la rivière se moquent bien que l'on soit habillés ou non.

Il suça le bout de son sein et commença à la caresser avec passion. Puis il pressa un baiser contre sa gorge, son menton, le coin de sa bouche.

— Allons-y. J'ai une baignoire qui t'attend chez moi.

Il éteignit alors la lampe, plongeant la grotte dans le noir.

— Non tu n'en as pas, j'ai cherché. Tu essaies de me soudoyer et ça ne marchera pas.

— Tu n'as pas regardé au bon endroit. J'ai une baignoire que je remplis d'eau chaude quand je suis blessé et que je veux me détendre. Mais la plupart du temps je prends des douches froides.

L'eau tourbillonna autour des chevilles de Rachael, puis monta jusqu'à son mollet. Là, dans le noir, où personne ne pouvait les entendre, elle confessa :

— Mon frère a fait des choses affreuses, Rio. Je ne peux pas aller voir la police parce qu'il serait arrêté. Je ne lui ferai jamais ça. Je l'aime. Je n'avais pas d'autre choix que de partir.

Il avait conscience de l'énormité de la confiance qu'elle lui témoignait. Il glissa un bras autour de sa taille.

— Quel genre de choses ?

— Ne me pose pas de questions. Sans lui, je serais morte depuis longtemps. Je lui dois tant. Tu n'imagines même pas ce qu'on a traversé. Je ne le trahirai pas. Je ne peux pas. (Elle inspira profondément.) Je ne te mens pas au sujet des doyens, Rio. Je n'en connais pas qui auraient pu prononcer une peine de mort pour un crime imaginaire. Je te le dirais sinon.

— Je te crois, *sestrilla*.

Il lui effleura le bras pour lui faire comprendre qu'il était temps de plonger sous l'eau pour traverser le tunnel. Il passa le premier, tentant de comprendre ce qu'elle avait pu faire pour que son frère veuille sa mort. D'autant qu'elle l'aimait, il l'entendait dans sa voix. Il sentit la colère typique de son espèce, toujours si dangereuse et imprévisible, gronder en lui tandis qu'il nageait. Ça ne rimait à rien. Qui pourrait haïr à ce point Râchael ?

Ils remontèrent ensemble à la surface, juste sous la cascade, en espérant que l'eau les dissimule aux éventuels regards. Rio retourna reboucher le tunnel. Rachael l'attendit en observant la rive opposée. Lorsque Rio émergea de nouveau, elle glissa les bras autour de son cou et se pressa contre lui.

— Je n'aurais rien dû te dire.

— Tu peux tout me dire. Je t'ai parlé de ma mère.

Elle fit pleuvoir des baisers sur son cou jusqu'à son menton.

— Et je déteste toujours tes doyens. Ils n'ont pas reconnu le courage dont tu as fait preuve en leur avouant ton crime.

— Ce n'était pas du courage. C'était ce que ma mère m'avait appris. Faire face aux conséquences de ses actes. C'était sa règle et je l'ai respectée.

La joie pétilla en lui comme un arc-en-ciel de couleurs. Rachael avait le don de lui remonter le moral. Il lui attacha une corde autour de la taille et avança de quelque pas dans la rivière.

— On doit nager jusqu'à la rive. Le courant va nous emporter légèrement en aval, mais il faut qu'on vise l'autre côté.

Elle hocha la tête pour montrer qu'elle avait compris. Cette fois, lorsqu'elle posa le pied dans l'eau, elle put s'appuyer légèrement dessus. C'était bon signe, elle était en voie de guérison. Elle avait examiné sa blessure de près dans la grotte : elle allait avoir des cicatrices, mais, au moins, elle avait encore sa jambe.

Malgré leurs efforts, ils furent rapidement emportés par le courant. Rio se démena pour rejoindre la rive opposée, tirant Rachael derrière lui. Il parvint à attraper une branche basse et se hissa aisément dessus, puis la souleva à son tour dans une démonstration de force impressionnante.

Rachael s'agrippa à la branche, les pieds encore dans l'eau. L'écorce était rugueuse contre sa peau et elle était soudain gênée par sa nudité. Elle regarda autour d'elle et vit que des singes la regardaient.

— Si j'attrape ne serait-ce qu'une sangsue, je ne vais pas être contente. Et dis à ces singes d'arrêter de me regarder. Je me sens toute nue.

— Tu *es* toute nue, rit-il en la hissant complètement hors de l'eau, la serrant contre lui. Et tu gâches notre ambiance romantique.

Elle haussa les sourcils.

— « Romantique » ? Qu'est-ce que tu racontes ?

— Les sangsues n'ont pas leur place dans notre balade romantique en pleine forêt, surtout quand ton corps magnifique est dénudé.

Il la souleva dans ses bras et sauta gracieusement au sol. Elle s'accrocha à lui et leva la tête vers les arbres. Elle avait l'impression que des milliers d'yeux étaient fixés sur eux.

— Rio, les singes nous scrutent vraiment.

Sur la rive, elle se sentait très à découvert. Elle avait passé les deux dernières semaines dans une petite cabane cachée sous une épaisse canopée, puis dans une grotte souterraine.

La pluie commença à tomber, un léger crachin qui les nettoya après leur passage dans la rivière tandis qu'ils traversaient les zones marécageuses jusqu'à l'orée de la forêt. Le vent jouait dans les feuilles des arbres et caressait leurs visages. Pendant ce temps, les gibbons, les macaques, un orang-outan et diverses espèces d'oiseaux continuaient à les regarder.

— Je n'invente pas. Ils nous regardent.

— Ils ont raison. Je vais leur montrer à quel point la vie peut être bonne, répliqua Rio d'un ton coquin.

— Je ne crois pas, espèce de pervers. On ne va pas se donner en spectacle pour cette bande de voyeurs.

Rien que sa voix la faisait fondre. Son regard, brûlant de désir mais avec une pointe de taquinerie, finit de l'achever.

— Je sens que tu vas essayer de me raconter que tu es en rut et que tu as besoin d'une femelle.

Il la poussa à enrouler ses jambes autour de sa taille et elle se retrouva pressée contre son érection.

— Pas n'importe quelle femelle, Rachael, toi.

Elle s'agrippa à son cou et se cambra pour qu'il puisse lécher son sein. Aussitôt, le désir la submergea. Il fit danser sa langue sur sa peau jusqu'à ce qu'elle ne puisse plus le supporter et qu'elle se laisse lentement glisser sur son érection.

— Oh ! oui, c'est ce que je voulais, souffla-t-il. Prends ton temps et chevauche-moi.

Elle pencha la tête en arrière vers le ciel et se mit à onduler des hanches. La pluie chaude tomba sur son visage et des gouttes ruisselèrent entre ses seins, sur son ventre, jusqu'à l'endroit où leurs corps s'emboîtaient. Rachael sourit à leur public, leur souhaitant tout le plaisir du monde et la joie qu'apportait une relation charnelle.

— Tu es si belle, haleta Rio en admirant la lumière qui tombait sur le visage de Rachael, illuminant l'intensité de son plaisir et rehaussant sa beauté naturelle.

Elle semblait perdre toutes ses inhibitions avec lui et ne cherchait pas à cacher à quel point elle avait envie de lui, à quel point elle se délectait de son corps.

— Si je suis belle, c'est grâce à toi, répondit-elle en riant.

Elle sentait son sang crépiter dans ses veines, des flammes lui lécher la peau. C'est elle qui contrôlait le rythme de leur union, se mouvant lentement à dessein et l'agrippant fermement de ses muscles.

Rachael ne savait pas comment Rio parvenait à faire du monde un endroit si lumineux et paradisiaque alors qu'elle avait passé tant d'années à vivre dans l'ombre. La pluie faisait scintiller toutes les couleurs de la forêt et parsemait le ciel d'arcs-en-ciel. Ou peut-être était-ce derrière ses paupières. Mais cela n'avait aucune importance. Tout son monde se résumait désormais à Rio.

Elle sentit la tension envahir leurs corps, puis ils explosèrent simultanément, s'agrippant l'un à l'autre pour ne pas perdre pied. Au-dessus de leurs têtes, les feuilles tournoyaient en un kaléidoscope de couleurs et de formes. Des taches de lumière décoraient le sol. Ils échangèrent des baisers et des caresses adoratrices, aussi nécessaires que l'oxygène dans leurs poumons.

Enfin, Rachael posa la tête contre l'épaule de Rio et le serra fort contre elle. Leurs cœurs battaient à tout rompre tandis que la pluie continuait de tomber doucement.

— J'adore cet endroit, Rio, murmura-t-elle contre sa gorge. J'adore absolument tout.

— Tu es enfin chez toi, répondit-il en l'aidant à se tenir debout.

Le sac était caché haut dans un arbre pour ne pas être emporté au cas où la rivière sortirait de son lit. Rio grimpa et lança bientôt à Rachael une tenue de rechange, des chaussures et une serviette. Elle éclata de rire.

— C'est vraiment fou. Est-ce que les singes t'ont déjà volé des affaires ?

Rio jeta un coup d'œil aux gibbons qui se déplaçaient dans les branches à la recherche de nourriture.

— Pas encore. Ils sont très respectueux.

Rachael s'habilla rapidement à l'ombre d'un grand arbre.

— C'est beaucoup plus calme.

— Les oiseaux sont occupés à chercher à manger. Des fruits, des insectes, du nectar. Ils n'ont pas le temps de discuter, même si tu les entendras de temps à autre. Il y a souvent une brève accalmie à la mi-journée. (Il enfila son propre jean, puis tendit la main pour ajuster la chemise de Rachael.) Tu es adorable dans mes vêtements.

— C'est bien la première fois que j'entends ça. D'habitude, les gens disent plutôt que je suis élégante.

— Ah ! c'est vrai que tu es riche. Tu portes des habits de créateurs.

— Comment sais-tu ça, Tarzan ?

Il sourit.

— Je m'y connais. Tu serais surprise d'apprendre tout ce que j'ai vu, répondit-il d'un ton délibérément lourd de sous-entendus.

Rachael éclata de rire, avant de le dévisager avec sérieux.

— Rien ne me surprend chez toi, Rio.

Aussitôt, il sentit sa gorge se serrer. Il tendit la main.

— Viens, je vais te porter.

— Je voudrais essayer de marcher un peu. Ça me fait tellement de bien de me débrouiller seule.

Elle lui agrippa la main et Rio pressa un baiser sur sa paume.

— Juste une courte distance. Tu n'as pas réussi à t'appuyer sur ta jambe jusqu'à présent et je ne veux pas que tu en fasses trop. La mixture de Tama n'est pas miraculeuse.

— Je sais.

Sa cheville et son mollet la brûlaient, mais elle refusait de l'admettre. Rio était un homme capable de devenir rapidement autoritaire si les circonstances l'exigeaient. Son regard pouvait passer du feu à la glace en moins de temps qu'il ne fallait pour le dire. Avec un petit sourire, Rachael fit un premier pas, tirant Rio par la main.

— Allez, viens, je suis impatiente de prendre mon bon bain chaud.

Il fronça les sourcils mais la suivit en la surveillant de près.

— En pleine forêt, tu dois sans cesse rester sur tes gardes, Rachael. Tendre l'oreille au cas où les oiseaux sonneraient l'alarme. Tu dois faire attention aux différentes notes qu'ils utilisent pour comprendre ce qui les effraie et qui s'est introduit sur notre territoire.

— Je les ai entendus une ou deux fois, répondit-elle en s'efforçant de ne pas boiter.

Marcher seule lui semblait être un miracle. Elle regarda autour d'elle les arbres chargés de fruits. Partout où elle posait le regard, elle voyait une nouvelle explosion de couleurs. Les énormes troncs étaient couverts d'organismes bigarrés : lichens, champignons, fougères et orchidées. Des lianes pendaient à toutes les branches. À mesure qu'ils s'enfonçaient dans la forêt, les arbres se faisaient de plus en plus hauts, empêchant le soleil de percer.

— Regarde ces traces, dit Rio en s'accroupissant à côté d'une petite mare pour étudier une large empreinte de patte avec quatre doigts distincts. C'est un léopard nébuleux.

Probablement Franz. Lui et Fritz ont commencé à me suivre partout, même quand je passais la frontière pour le travail, j'ai donc été obligé de les dresser pour qu'il ne leur arrive rien.

— Tu es inquiet pour Fritz ?

— Non, ce n'est pas sa première blessure. Il sait qu'il doit rester caché dans la forêt. Il reviendra quand le danger sera passé. Je ne voulais pas qu'il reste seul dans la cabane. Si l'intrus l'avait trouvé, il l'aurait tué par pure méchanceté. Regarde celle-ci. (Il désigna une empreinte similaire mais beaucoup plus petite.) C'est un chat-léopard. Il fait à peu près la taille d'un chat domestique et a généralement un pelage de couleur jaunâtre ou brunâtre avec des rosettes noires. Il y a eu du monde dans les parages ce matin.

— Et celle-ci ? On dirait une patte palmée.

— C'est une civette masquée. Un animal nocturne. (Il se redressa lentement.) Tu es prête à te laisser porter ? ou vais-je devoir user de mon autorité pour que tu obéisses ?

— Je ne savais pas que j'étais sous tes ordres.

— Tu es toujours sous mes ordres lorsqu'on est en danger de mort.

Rachael éclata d'un rire sonore qui s'envola haut dans les arbres et se mêla au cri du barbu, un oiseau qui semblait adorer s'entendre chanter.

— Tu inventes des règles au fur et à mesure, c'est ça ?

Rio la hissa dans ses bras.

— J'espère que tu es impressionnée par ma présence d'esprit. Je veux en savoir plus sur la famille de ta mère. Connaissais-tu tes grands-parents ?

— Je ne me souviens pas d'en avoir jamais entendu parler. D'après mon frère, on est allés rendre visite à nos grands-parents paternels une fois, en pleine jungle. Ils lui ont donné des bonbons et ma grand-mère m'a bercée. Mais ils sont morts à la même époque que mon père. Il n'est jamais revenu d'un de ses voyages.

— Et vous êtes partis de chez vous ?

— Honnêtement, je n'en ai aucun souvenir, j'étais trop jeune. Je ne sais que ce que mon frère m'a raconté. Après la mort de mon père, ma mère nous a emmenés dans un autre village, à l'orée de la forêt. Puis elle a rencontré mon beau-père. Sa famille était très riche et puissante, possédait beaucoup de terres. Nous sommes restés là-bas jusqu'à ce que l'on émigre aux États-Unis.

Rachael regarda autour d'elle, captivé par la myriade d'odeurs et le spectacle qu'elle avait sous les yeux. La forêt tropicale était vraiment magnifique avec ses milliers de variétés de plantes multicolores. Les nombreux papillons couvraient parfois des troncs entiers de leurs ailes chatoyantes. Lézards et insectes étaient constamment en mouvement, tandis que les oiseaux volaient d'arbre en arbre et que, près d'un large rondin, les termites et les fourmis se disputaient le territoire. La forêt semblait bouillonner de vie.

— On vivait en Floride sur une énorme propriété. La région était superbe et sauvage avec ses marais et ses mangroves. Il y avait des tonnes d'alligators. Mais personne qui se transformait en léopard.

— Il n'y avait pas de félins dans la région ?

Rachael fronça les sourcils.

— La panthère de Floride, selon la rumeur, mais je n'en ai jamais vu. Tout comme personne n'a jamais vu Bigfoot dans les Cascades. Il n'y a pas de félin dans ma famille.

— Est-ce que ton frère passait beaucoup de temps dans les marais ?

Rachael se raidit. Le mouvement était presque imperceptible, mais Rio était tellement en harmonie avec elle qu'il le sentit. Elle détourna la tête et leva les yeux vers le feuillage ; les branches étaient couvertes de fruits et de larges champignons poussaient à la base des troncs, formant des tapis entre les racines.

— L'humidité en Floride n'était pas aussi intense qu'ici, mais certaines personnes la trouvent oppressante. Il ne pleut pas non plus autant.

— Est-ce qu'il allait dans les marais, Rachael ? répéta Rio d'une voix douce.

Rachael n'était pas du genre à se laisser intimider. Elle lui faisait confiance, mais pas au point de mettre la vie de son frère entre ses mains. S'il insistait trop, elle s'en irait.

— Mon frère est très loin, Rio. Je ne veux pas de lui ici, pas même en pensée. Ne m'oblige pas à parler de lui.

Rio continua d'avancer en silence, tentant de ravaler sa colère. Il lui fallut plusieurs minutes pour comprendre.

— Tu ne veux pas de lui chez nous. Chez moi. Tu ne veux pas qu'il m'approche.

— Il n'a pas sa place ici, Rio. Pas avec nous.

Rachael baissa les yeux vers l'attelle à son poignet. Elle non plus n'était probablement pas à sa place ici. Elle avait eu de la chance de rencontrer Rio, mais elle ne voulait surtout pas le mettre en danger.

— Parfois, *sestrilla*, j'ai l'impression d'essayer de retenir de l'eau au creux de ma main. Tu me glisses entre les doigts, insaisissable.

Rachael le regarda avec de grands yeux tristes.

— Je ne peux pas te donner ce que tu attends de moi.

— Avant que mon père ne meure, il a essayé de faire promettre à ma mère de quitter le village et de m'emmener avec elle. Il voulait qu'elle trouve quelqu'un d'autre pour ne pas devoir m'élever seule. Un homme ou une femme qui a perdu sa moitié ne prendrait jamais un nouvel époux ou épouse parmi notre peuple. Mon père a tenté plusieurs fois de convaincre ma mère, mais elle ne voulait pas vivre avec un autre homme. Elle est restée près du village.

— Pourquoi les autres ne voudraient-ils pas prendre soin d'elle et de toi ? demanda Rachael, indignée. Je croyais que vous étiez peu nombreux ! Décidément, je n'aime vraiment pas tes doyens.

— Les doyens aimeraient s'occuper des veuves et des enfants, mais cela pose des problèmes. La plupart des gens choisissent de s'en aller pour trouver quelqu'un d'autre avec qui partager leur vie. On peut trouver l'amour en dehors de la forêt, et beaucoup y parviennent. Il est possible que ton père ait demandé à ta mère de le remplacer et de vous emmener, ton frère et toi.

— Comment ton père est-il mort ?

— Il est parti avec son équipe secourir un diplomate qui avait été kidnappé par un groupe rebelle. Il s'est pris une balle. Ce sont des choses qui arrivent.

— Je suis désolée. Ça a dû être difficile pour ta mère que tu choisisses de suivre les traces de ton père.

— Elle n'était pas ravie. Mais elle ne faisait pas non plus ce que mon père aurait voulu. Elle est restée dans la forêt, non loin du village, ce qui a causé des problèmes occasionnels. C'était une très belle femme dont les hommes tombaient facilement amoureux. Est-ce que tu ressembles à ta mère ?

Elle sourit et se détendit instinctivement dans ses bras.

— Je ressemble un peu aux photos que j'ai d'elle. Nous avons les mêmes yeux et la même forme de visage. Et j'ai son sourire. Mais elle était moins grande et moins enrobée.

Rio s'arrêta abruptement sous un arbre à l'écorce argentée et au tronc recouvert de centaines d'orchidées, et se pencha sur elle. Rachael sentit son souffle lui caresser le cou.

— « Enrobée » ? Tu as des courbes, Rachael. Et je les adore. Ne t'avise pas de dire du mal de ton corps ou je serai obligé de te prouver que tu as tort.

Rachael lâcha un rire joyeux. Il avait réussi à lui redonner le sourire alors qu'elle était si triste.

— Ce n'est pas une menace très efficace, Rio. Et merci d'avoir évoqué ma mère. Je n'avais pas pensé à elle depuis longtemps. Grâce à toi, plein de petits détails me sont revenus en mémoire et je la revois clairement. Elle avait des cheveux épais. Très bouclés. Je portais les miens jusqu'en bas des reins en son hommage. Quand j'ai voulu disparaître, je les ai coupés aux épaules pour moins attirer l'attention, mais j'en ai pleuré pendant une semaine.

— Porte tes cheveux comme tu en as envie, Rachael. Ils t'ont déjà retrouvée.

Rio reprit sa route et accéléra le pas. Il voyait qu'elle commençait à fatiguer, bien qu'elle tentât de le cacher.

— Mais ils ne savent pas que je suis encore en vie. On arrivera peut-être à leur faire croire que je me suis noyée dans la rivière. J'ai jeté mes chaussures à l'eau pour faire diversion.

— Rachael, si nous voulons une vie normale, la seule solution est de neutraliser complètement la menace. Nous n'allons pas passer le restant de nos jours à regarder par-dessus notre épaule.

Rachael ne répondit pas, ressassant sa réponse dans sa tête. Rio envisageait déjà une relation à long terme, alors qu'elle vivait encore au jour le jour. Elle le dévisagea. Le mieux serait qu'elle le quitte le plus rapidement possible afin qu'il ne risque rien. Elle inspira profondément.

— Je viens de me rendre compte que je suis bien plus égoïste que je ne le pensais. Je ne veux pas renoncer à toi. Ce n'est pas vraiment mon heure de gloire.

— Mais c'est la mienne d'apprendre que tu ne veux pas me quitter.

— Redis-le-moi dans quelques semaines et j'arriverai peut-être à te croire. Tout ça est tellement inattendu. Et une vie normale, pour toi, c'est vivre en pleine forêt ?

Le sourire de Rio s'évanouit.

— J'ai rarement vécu ailleurs. Je ne pense pas que les doyens nous autoriseront à vivre au village. Je peux y faire des achats, mais je le fais rarement. Ça rend certaines personnes mal à l'aise. Comme je suis censé être mort à leurs yeux, c'est un peu compliqué. Ils ne me regardent pas, ne répondent pas à mes questions et je dois laisser mon argent sur le comptoir.

Les yeux de Rachael lancèrent des éclairs.

— Je sais ce que j'aimerais leur dire. Je ne veux pas vivre au village. Hors de question. Et je ne suis pas certaine de vouloir y faire mes courses. Ça ne me dérangerait pas de mettre tout le monde mal à l'aise, mais, d'un autre côté, je n'ai pas envie de leur donner mon argent.

Rio se retint à grand-peine d'éclater de rire. Il refusait de l'encourager, mais adorait secrètement la férocité avec laquelle elle le défendait.

— Tu voudras peut-être de la protection du village quand nous aurons des enfants.

— On va avoir des enfants ?

— Ne sois pas si choquée. J'aime les enfants... je crois. À vrai dire, je n'en ai pas beaucoup fréquenté, mais je crois que ça me plairait.

Rachael rit à gorge déployée et le serra très fort contre elle tandis qu'ils approchaient de la cabane.

Chapitre 13

Le bain était divin. Rachael glissa entièrement sous l'eau pour en profiter au maximum. Elle ne s'était pas sentie propre depuis des semaines. Se laver au gant ne lui suffisait pas, surtout quand son corps était ravagé par une infection. Elle remonta à la surface et observa Rio, tentant de ne pas laisser éclater sa joie. Il avait été soumis à rude épreuve avec sa bataille contre l'autre léopard, et il en avait à peine parlé. Il semblait vieilli, les rides de son visage étaient plus prononcées et il avait des ombres dans le regard.

Il se mit à lui masser la tête avec du shampoing.

— Tu as l'air heureuse.

— Je n'aurais jamais imaginé qu'un bain puisse être si agréable. Le produit de Tama a fait des miracles. Le gonflement a largement diminué et les plaies ont enfin cessé de couler. Je me sens beaucoup mieux.

— Tant mieux. Fritz est revenu. Il s'est faufilé à l'intérieur pendant que je faisais chauffer l'eau. Je l'ai vu se cacher sous le lit.

— Et Franz ? demanda Rachael en ravalant un gémissement d'extase – les doigts de Rio étaient magiques. Je m'inquiète de ne pas l'avoir vu.

— Il nous a suivis à travers la forêt. Il était dans les arbres. Il rentrera quand il sera prêt.

— Tu aurais dû me le dire. Il faut que je sois plus vigilante. Tu vois, si j'étais vraiment un léopard, je m'en serais rendu compte.

— Je le guettais et j'ai l'habitude de voyager avec lui. Je connais ses habitudes. Les léopards sont routiniers, ils cachent leur nourriture toujours au même endroit, ce qui en fait des proies faciles pour les braconniers. Nous avons tous ce même instinct que nous devons combattre. Dans un travail comme le mien, être trop prévisible peut se révéler fatal. J'essaie de ne jamais prendre deux fois le même chemin pour m'échapper ou revenir ici. Mais je suis obligé d'y réfléchir constamment.

Rachael plongea la tête sous l'eau pour se rincer les cheveux. En cet instant, elle ne se sentait pas du tout féline : elle adorait l'eau, et plus celle-ci était chaude, mieux c'était. Elle voulait rester dans ce bain le plus longtemps possible, consciente qu'il s'agissait d'un luxe. Quand elle refit surface, elle entendit la radio grésiller.

— Je croyais qu'elle était cassée. Je n'avais pas tiré dessus ?

— C'en est une autre que Drake m'a laissée, répondit Rio en attrapant la petite radio pour écouter les voix déformées. Ils pensent avoir trouvé le camp. Ils vont bientôt l'infiltrer, probablement après minuit.

Rachael perçut l'anxiété dans sa voix.

— Tu es resté en arrière à cause de moi, pas vrai ? Rio, si tu as besoin d'être avec eux, vas-y. Je peux très bien m'en sortir seule. J'ai des armes et tu sais que je sais m'en servir.

— C'est plus compliqué que ça, Rachael. Cesse d'assumer des responsabilités qui ne sont pas les tiennes. Je fais mes propres choix. Et je voulais rester avec toi.

— Parce que tu ne leur fais pas entièrement confiance ?

Il haussa les épaules.

— Peut-être. Si les doyens de ton village ont contacté les miens pour leur demander de mettre à exécution une peine de mort, il est possible qu'ils aient accepté. Ils ne te connaissent pas et nos lois sont strictes. Certains diraient même sévères.

— Tu penses vraiment que je suis une métamorphe ? Je ne peux pas changer de forme. J'ai essayé, juste pour voir si tu avais raison, et il ne s'est rien passé. Je suis toujours la même.

— Écoute un peu mon raisonnement. Imagine que ta mère ait quitté son village avec ton frère et toi. Elle ne veut pas chambouler l'équilibre de la communauté, mais elle est trop jeune pour passer le reste de sa vie seule. Elle choisit donc de renoncer à son héritage et de vivre au milieu des humains.

Rachael appuya la tête contre la baignoire que Rio avait sortie d'un cabanon verrouillé non loin et remplie méticuleusement d'eau chaude. La nuit tombait rapidement sur la forêt. Les créatures nocturnes commençaient à se réveiller.

— J'imagine qu'elle aurait pu raisonner ainsi.

— Puis elle rencontre ton beau-père.

— Antonio.

— Elle rencontre Antonio. Il est riche, séduisant et très gentil. Il la courtise, elle tombe amoureuse de lui et l'épouse. Mais sa propriété borde la forêt. Nuit après nuit, les bois l'appellent. La tentation du Han Vol Dan, de la métamorphose, est trop forte. Elle commence alors à s'éclipser pour courir dans la forêt. Et, chaque nuit, Antonio se réveille seul dans son lit. Sa femme a disparu. À ton avis, que pense-t-il ?

Rio l'aida à se lever, l'enroula dans une serviette et la souleva de la baignoire. Il se pencha pour attraper sur le bout de sa langue une goutte d'eau qui lui coulait le long du cou.

— Il pense ce que n'importe quel homme penserait à sa place. Que sa femme le trompe. Il décide alors de la suivre.

Son ton fit frissonner Rachael.

— Tu n'as pas besoin d'être si dramatique. Tu es terrifiant quand tu t'y mets.

— J'imaginais juste ce que je ressentirais si tu quittais notre lit pour aller retrouver un autre homme.

— Arrête d'y penser. Tu as clairement une imagination trop fertile. Au cas où tu ne l'aurais pas remarqué, tes griffes sont de sortie.

Surpris, il baissa les yeux. Elle avait raison. Ses mains étaient recroquevillées et des griffes tranchantes avaient fait irruption au bout de ses doigts.

— Je ne suis pas très civilisé, hein ? dit-il avec un sourire désabusé.

— C'est l'influence de la jungle, Tarzan.

— Et pourtant, tu n'as pas peur de moi, *sestrilla*, ce qui devrait te mettre la puce à l'oreille. Une femme normale serait terrifiée de voir un homme avec des griffes.

Rachael s'assit au bord du lit, les yeux rieurs.

— Tu veux dire que je ne suis pas normale ? Je crois que tu me l'as déjà dit une ou deux fois. Comme dirait l'adage, c'est l'hôpital qui se moque de la charité. Par comparaison, je suis parfaitement normale.

— Je crois que c'est moi qui suis parfaitement normal. Et je suis de plus en plus persuadé que tu es comme moi. Je crois que ton beau-père a vu ta mère se transformer. Il l'aimait et se moquait qu'elle ne soit pas humaine. Peut-être même a-t-il trouvé ça extraordinaire. Mais, si les doyens du village ont appris qu'un humain avait découvert ce secret, ils ont probablement banni ta mère ou, pire, ordonné la mort de ton beau-père.

— Kim et Tama sont au courant.

— Ils vivent dans la forêt avec leur tribu et ont un profond respect pour la nature et les autres espèces. Ce n'est pas le cas de tous les hommes.

— Donc mon beau-père nous fait déménager en pleine nuit pour les États-Unis.

De toute évidence, Rachael n'avait pas conscience de ce que cette simple phrase révélait. Son beau-père avait été terrifié pour sa famille s'il avait choisi de quitter le pays au milieu de la nuit.

— Sa famille possède une propriété en Floride, en lisière du parc des Everglades, où ta mère peut continuer à courir la nuit sans peur des représailles. Je pense qu'il a voulu déménager pour vous protéger.

Il la regardait attentivement, les yeux brillants d'intelligence. Rachael détourna le regard et attrapa une chemise.

— Eh bien, ça n'a pas été une réussite. Sa famille à lui est peut-être même pire que tes doyens. Tu fais fausse route, Rio.

— C'est possible. Sa famille ne vous a pas acceptés, ton frère et toi ?

Elle haussa les épaules d'un air désinvolte – trop désinvolte.

— Au début, ils ont fait semblant.

— Ils étaient riches, devina Rio.

— Très riches.

— La propriété à l'orée de la forêt tropicale était-elle à lui ou à sa famille ?

— À son frère et lui.

La voix de Rachael était parfaitement neutre, mais il sentit son antipathie. Son dégoût même. Il était presque tangible.

— Ils partageaient toutes les maisons, y compris celles aux États-Unis.

Le radar de Rio se déclencha aussitôt.

— Ce qui veut dire que toute la famille peut se permettre de verser un million de dollars. Rachael, la récompense n'est valable que si tu es livrée en vie. Le sniper, lui, cherchait à te tuer. As-tu envisagé l'éventualité qu'il y ait deux factions différentes à l'œuvre ?

— Je n'avais pas pensé à ça.

— Donc c'est possible.

Rachael hocha la tête à contrecœur.

— Oui. Nous avons tous beaucoup d'argent. Mon frère et moi avons hérité des parts de mon beau-père à son décès.

— Comment ton beau-père et ta mère sont-ils morts ?

— Ils ont été exécutés. Le rapport de police officiel parlait d'un meurtre.

— Donc il y a eu des autopsies.

Elle secoua la tête.

— Les corps ont disparu de la morgue. Volés. Ça a fait un énorme scandale. J'étais encore petite et ça a été terrifiant.

— Où êtes-vous allés avec ton frère après leur mort ?

Elle se raidit.

— Chez notre oncle, le frère de mon beau-père. Il possédait une partie de l'entreprise familiale et des différentes propriétés et nous a recueillis.

— Donc c'est ton oncle qui veut ta mort ou qui offre une récompense pour te garder en vie.

— Il ne paierait jamais pour me garder en vie, répliqua Rachael en s'efforçant de masquer son amertume. Pourquoi avons-nous cette discussion, Rio ? J'ai la chair de poule rien que de penser à lui. J'ai quitté cet endroit. Ces gens. Je ne veux pas d'eux avec nous ici.

— Ton frère fait partie de toi. Je sais que tu l'aimes, je l'entends dans ta voix quand tu parles de lui. Tôt ou tard, il va falloir résoudre cette histoire.

— Et toi tu tiens à tes doyens, bien qu'ils t'aient banni. Je peux aimer mon frère et avoir conscience que je suis une charge pour lui et qu'il s'en sortira mieux sans moi. Et réciproquement.

— Pourquoi ? Qu'as-tu fait pour qu'il soit mieux sans toi ?

— Je ne parle de mon frère à personne, Rio, répondit-elle froidement. C'est dangereux pour toi, pour moi et pour lui. Si tu refuses d'accepter ça…

— Ne sois pas aussi à cran. Ma question était parfaitement raisonnable.

— Je crois que tu es mal placé pour me dire ça, vu ton tempérament. Et je ne suis pas à cran, j'ai faim, c'est tout.

Il haussa les sourcils.

— Est-ce que tu sais cuisiner ?

Elle le fusilla du regard.

— Je suis une très bonne cuisinière. Je ne voulais pas marcher sur tes plates-bandes, j'ai remarqué que tu avais tendance à te montrer territorial.

Avant qu'il ne puisse répondre, la radio grésilla de nouveau. Rio fit volte-face et se précipita pour l'attraper. Il y eut une seconde de silence. « Feu vert. C'est parti. » Puis d'autres mots inintelligibles que Rachael ne comprit pas.

— Qu'est-ce qu'ils disent ?

— Je les écoute parler entre eux. Ils sont sur le point de s'introduire en douce dans le camp pour exfiltrer les victimes. Quand il n'y en a qu'une, le tout est d'être rapide, on entre et on ressort, mais, là, il y en a plusieurs. L'une d'elles va forcément paniquer, ce qui rend l'opération bien plus dangereuse.

— Que se passe-t-il si quelqu'un panique ?

Rachael sentait la tension grimper dans la pièce. Rio faisait les cent pas, aussi gracieux et fluide qu'une panthère. Une panthère en cage, enfermée avec elle dans la cabane.

Il s'arrêta à côté de son fusil et glissa la main sur le canon.

— Les choses peuvent mal tourner. Conner a intérêt à faire attention à eux, ajouta-t-il à voix basse, comme s'il se parlait à lui-même.

— Ce Conner, c'est lui qui te remplace, pas vrai ? Que fais-tu exactement, d'habitude ?

— Je les protège. Je peux toucher un oiseau en vol par grand vent. Donc je choisis une position surélevée d'où je peux voir tout le camp et j'empêche les bandits de les approcher, puis je couvre leurs arrières grâce à des tirs nourris lorsqu'ils se replient. Une fois dehors, chacun a sa mission. Généralement, Drake emmène les victimes à l'hélico pendant que le reste de l'équipe se disperse dans la forêt. Je sers de leurre pour entraîner les bandits à mes trousses, jusqu'à ce que chaque membre de l'unité me confirme être arrivé à bon port.

— Les bandits te pourchassent à travers la forêt.

Il lui lança un sourire malicieux, comme un petit garçon.

— À travers plusieurs forêts. Il n'y a pas de frontières, pas d'endroits où l'on ne peut pas aller. Mais on doit se montrer plus prudents sur leur territoire, ils se terrent comme des rats dans leurs tunnels sous les champs. C'est pour ça qu'on les entraîne dans la jungle. Les autres se changent en animaux et je suis le seul espoir de représailles des bandits.

Rachael était de nouveau furieuse contre les doyens. Tellement qu'elle roula l'oreiller dans sa main et le jeta contre le mur.

— Ils profitent de toi, Rio. Tu risques ta vie pour les aider à s'enfuir.

— *Sestrilla*, non. Les autres risquent leur vie lorsqu'ils entrent dans le camp, pendant que je reste prudemment à un kilomètre de là. Nous prenons tous des risques. Nous sommes en danger dès que des braconniers pénètrent sur notre territoire pour tuer des animaux en voie d'extinction. C'est notre vie. Et j'aime ce que je fais.

— Pendant ce temps, les doyens comptent l'argent que vous leur rapportez. Je parie qu'ils ne courent aucun risque, eux. Ils se contentent de vous bourrer le crâne de grands principes et s'estiment heureux que vous soyez prêts à risquer vos vies pour la cause.

— Tu es vraiment en colère.

Il la voyait trembler de rage. Et, surtout, elle était de nouveau à deux doigts de se transformer. Il sentait la tension soudaine dans la pièce, l'animal sauvage qui cherchait à s'échapper. Elle exsudait une sensualité presque irrésistible.

— Je déteste les gens dans leur genre. Ils inventent des règles qu'ils ne suivent pas, prennent des décisions vitales, puis se tournent tranquillement les pouces en récoltant le fruit du labeur des autres.

Elle ne parlait plus des doyens de son village. Rio ne dit rien, attendant de voir si elle allait continuer, mais elle se leva du lit et se dirigea vers la porte, qu'elle ouvrit pour contempler la forêt.

Toute cette histoire au sujet du Han Vol Dan et de sa mère lui faisait aspirer à la même liberté. Être quelqu'un d'autre, maître de la situation et libre juste pour quelques minutes. Être capable de courir sur les branches d'un arbre. Elle leva les bras comme pour embrasser cette idée. Au plus profond d'elle-même, elle sentit quelque chose se réveiller. Quelque chose de puissant, de sauvage. Qui cherchait à s'échapper. Du feu se répandit dans ses veines et quelque chose bougea sous sa peau. Ses doigts se recroquevillèrent. Son visage lui faisait mal. Elle entendit des os craquer.

— Non ! ordonna Rio en l'attrapant par l'épaule pour l'éloigner de la porte avant d'enrouler un bras autour de sa taille pour la serrer contre lui. Qu'est-ce que tu fabriques ?

— Je ne sais pas.

Elle était incapable de détourner son regard de l'épaisse canopée et du feuillage qui se balançait au vent. Même la pluie semblait l'appeler avec son rythme régulier.

— Qu'est-ce qui m'arrive, Rio ?

— Ta jambe n'est pas assez guérie pour ça. La métamorphose ne ferait que la blesser davantage. Tu ne peux pas encore succomber à la tentation.

— Mais puis-je vraiment la contrôler, l'arrêter, si c'est en moi ?

Rachael paraissait calme mais, en réalité, elle était envahie d'un mélange de peur et d'excitation. Soudain, elle percevait l'odeur du vent et comprenait les messages qu'il transmettait. Elle identifiait les chants des oiseaux. Elle distinguait les petits lézards, les insectes et la mante religieuse cachés parmi les feuilles.

La radio dans la main de Rio émit un bruit de friture. « On y est », murmura une voix.

Rachael savait que le message était important, mais elle ne parvenait pas à s'en soucier. Son instinct sauvage se propageait comme une traînée de poudre à travers tout son corps. En même temps, sa vision se modifiait. Des images thermiques dans des tons de rouge et de jaune se détachaient dans l'obscurité. La nuit était tombée et une brume fantomatique enveloppait de nouveau la canopée. Des volutes blanches s'enroulaient dans les arbres comme de la dentelle. Rachael inspira profondément pour s'imprégner de la nuit.

— Bon sang ! Rachael, je referme la porte, décréta Rio en se penchant sur elle. Tes yeux se transforment déjà, tes pupilles se dilatent. Reprends-toi.

Rio semblait inquiet. Elle lui sourit pour lui montrer qu'elle n'avait pas peur. Enfin, peut-être un peu, mais c'était stimulant. Elle avait hâte de découvrir cette nouvelle version d'elle-même qu'elle sentait grandir en elle, puissante. Elle pourrait se défaire de la peur et de la douleur, et embrasser la joie de vivre libre, sans responsabilité, sans attache. Il n'y aurait plus que les bruits et les parfums de la nature.

La tentation était si forte qu'elle repoussa Rio et s'avança vers la porte. Celui-ci lui agrippa fermement les épaules, puis l'attira dans ses bras et la serra fort contre lui.

— Rachael, regarde-moi. Ressaisis-toi. Ce n'est pas le moment. Ta jambe est trop faible pour que tu prennes le risque de te métamorphoser pour la première fois.

Il l'embrassa. C'était la seule chose qui semblait la retenir lorsqu'il la sentait s'éloigner de lui. Elle était irrésistible, une véritable tentatrice. Dès que leurs bouches se rencontrèrent, elle glissa ses bras autour de son cou et se pressa contre lui. Dans la chaleur de la forêt tropicale, sa peau était comme du velours et la friction entre eux générait sa propre fournaise. Il plongea les doigts dans ses cheveux et l'embrassa goulûment. Voracement. Oubliant tout le reste.

Rachael avait l'impression d'avoir basculé d'un rêve à un autre. Son instinct animal laissa place à une passion dévorante qui l'engloutit tout entière. Pour cet homme. Elle avait voulu l'abandonner, renoncer à lui pour le protéger. Mais c'était impossible. Il faisait partie d'elle. Quand ils étaient ensemble, tout n'était que magie, rires… et amour. C'était un idéal ridicule et simpliste, mais, avec Rio, ça marchait.

Rachael leva la tête pour le regarder, contempler chacun de ses traits. Elle dut chasser les larmes qui lui brûlaient les yeux.

— Tu es si beau, Rio.

— Tu me dis toujours ça. Les hommes ne sont pas censés être beaux.

— Peut-être, mais tu l'es. Je n'ai jamais connu un homme comme toi auparavant.

Elle traça du bout des doigts les lignes de son visage, puis le regarda dans les yeux et sourit.

— Ce n'est pas juste ton corps qui est parfait, Rio. Tu es vraiment quelqu'un de bien.

Comment une femme pouvait-elle mettre un homme à genoux avec de simples mots ? C'était peut-être l'honnêteté dans son expression, l'amour dans son regard.

— Rachael, murmura-t-il d'une voix rauque.

La radio grésilla de nouveau et un staccato de coups de feu retentit. Quelqu'un cria. Puis ce fut le tohu-bohu. « Joshua est touché. Conner essaie de couvrir Drake et les otages. Merde ! Merde ! » Et d'autres parasites.

Rachael observait avec attention le visage de Rio, qui n'était plus qu'un masque indéchiffrable.

— Où sont-ils ? À combien de kilomètres d'ici ?

Il baissa les yeux vers elle, l'embrassa furieusement et se tourna pour attraper son fusil. Rachael lui tendit les deux couteaux posés sur le plan de travail. Sur le seuil de la porte, la radio à la main, il hésita.

— Rachael.

— Vas-y. Dépêche-toi. Fais ce que tu as à faire. Je reste ici avec Fritz, ne t'inquiète pas.

Sans rien ajouter d'autre, Rio disparut dans la nuit. Elle ne l'entendit même pas sur le porche. Il était aussi silencieux sous sa forme humaine que lorsqu'il était léopard. Rachael se dirigea en boitant vers le petit plan de travail. Fritz sortit la tête de sous le lit pour la regarder. Elle lui sourit.

— Voyons voir ce qu'on peut faire.

Rio entendait Rachael parler à voix basse au petit léopard tandis qu'il s'équipait, avant de sauter sur la branche la plus proche. Il se servit des lianes pour descendre le plus rapidement possible et se mit à courir dès qu'il posa le pied au sol. Il franchit des ruisseaux, dévala le lit d'une rivière, en escalada la berge à l'aide des plantes grimpantes, puis reprit de nouveau le chemin des arbres.

— J'arrive par le sud, annonça-t-il à la radio.

— Rejoins Joshua, il est blessé, sa trace est trop facile à suivre. Conner garde les otages. Les autres se dispersent pour brouiller les pistes, répondit Drake d'une voix haletante et brouillée de friture.

— Entendu. Qui est avec Josh ?

— Il est seul. Dépêche-toi, Rio.

— Dis-lui de se diriger vers moi.

Ils parlaient dans leur propre dialecte afin que les transmissions soient presque impossibles à traduire si quelqu'un les surprenait. Seuls les membres de leur espèce comprenaient ce mélange guttural de sons et de mots. C'était l'un de leur plus grand avantage dans leur travail.

Rio couvrit plusieurs kilomètres en un temps record, s'orientant grâce aux instructions de Drake. Il fallait qu'il rejoigne Joshua avant Tomas ou l'un de ses hommes.

Joshua était seul et vulnérable, tous les autres étaient occupés à secourir les nombreuses victimes.

Il entendit un coup de feu résonner dans les arbres. Il se hissa dans les branches nimbées de brume blanche. Il fut obligé de ralentir pour franchir la rivière, empruntant une route dangereuse faite de deux branches basses et d'une liane. Il faillit perdre l'équilibre, mais parvint à se rattraper du bout des griffes à l'écorce de l'arbre voisin. Son tronc était épais et couvert d'une multitude de plantes. Ses branches s'élevaient vers le ciel à la recherche de lumière, mais le feuillage fourni de ses voisins plus grands l'empêchait de se développer convenablement. Rio se pressa contre le tronc pour épier les bandits qui murmuraient en contrebas.

Les deux hommes étaient hors d'haleine, ayant pris de l'avance dans l'espoir de tendre une embuscade. Ils parlaient dans leur langue maternelle en gesticulant, sans quitter des yeux la direction d'où venaient les coups de feu.

Rio chercha du pied la branche la plus proche en priant pour que les bandits ne lèvent pas la tête. En hauteur, le vent lui caressait le visage, mais, en bas, l'air était parfaitement immobile et les bruits portaient facilement. Il parvint à prendre appui plus solidement sur la branche et glissa son fusil en position, prenant garde à ne pas faire bruire les feuilles. Puis il s'immobilisa, comme seule son espèce en était capable. Et attendit. Patiemment.

Se croyant seuls, les bandits se séparèrent ; l'un d'eux s'accroupit pour se cacher dans un massif, chassant d'une main impatiente une chenille. Rio ne détourna pas le regard de sa proie. Il glissa une main dans son dos pour sortir son long couteau de son fourreau. Le canon du fusil resta braqué sur sa cible, son doigt sur la détente. Sans perdre de vue le premier bandit, Rio suivit les progrès du second, qui escaladait un arbre voisin. Sa botte érafla le lichen sur le tronc et plusieurs fruits tombèrent au sol sous son poids.

Le vent se leva et la pluie se remit à tomber, arrachant des jurons aux deux bandits lorsque leurs vêtements se retrouvèrent trempés. Rio resta immobile, caché dans les branches au-dessus d'eux. Une odeur de sang frais parvint à ses narines et il entendit le bruissement de vêtements contre un buisson. Il sut aussitôt que Joshua était gravement blessé. S'il avait pu, il aurait tiré parti de la force et de la rapidité du léopard pour s'échapper. À la place, il se traînait à travers la forêt en suivant le chemin le plus évident.

Rio n'attendit pas de voir Joshua approcher. Il garda les yeux rivés sur les deux bandits tapis, à l'affût. Celui dans le massif ne tenait pas en place. Il posa deux fois son fusil. Refit les lacets de sa botte. L'autre, dans l'arbre, tenait son pistolet et surveillait le chemin. Rio braqua son arme sur le second. Dès qu'il vit l'homme lever son pistolet, il tira.

Sans attendre de voir s'il avait atteint sa cible, Rio lança son couteau sur le premier homme. Le gargouillement qui s'éleva en réponse était détestable mais lui dit tout ce qu'il avait besoin de savoir. Il changea de position, sautant sur une autre branche pour viser une deuxième fois le bandit dans le massif.

— Tu l'as eu, annonça Joshua, appuyé contre un tronc d'arbre, l'air épuisé. Merci, Rio. Et content de te voir. Ils m'auraient tué, je suis au bout du rouleau.

Ses jambes cédèrent sous son poids et il se laissa glisser par terre.

Rio sauta de l'arbre et inspecta les deux bandits avant de rejoindre Joshua. Ce dernier avait perdu bien trop de sang.

— Tu aurais dû mettre un bandage.

— J'ai essayé. Pas eu le temps. Ils étaient partout. On a évacué tous ceux qui étaient là. Il manquait un des hommes, personne ne sait ce qui lui est arrivé. Les autres se sont dispersés, chacun avec une victime, et Conner a dû couvrir leurs arrières. Drake a été touché. Je ne sais pas si c'est grave.

Rio se raidit brièvement, mais continua à traiter la blessure avec toute la douceur dont il était capable.

— Il m'a envoyé à ton secours.

— Je sais, je l'ai entendu à la radio. C'est bien de lui. Trois ont signalé être hors de danger. J'ai essayé de te prévenir, mais ta radio était éteinte.

Joshua commença à s'affaler sur le côté.

— Bon sang ! Josh, tiens bon. Si tu passes l'arme à gauche dans mes bras, je ne vais pas être content, gronda Rio en s'efforçant d'arrêter l'hémorragie.

La balle n'avait laissé qu'une petite blessure en entrant, mais avait fait un carnage en ressortant.

Le vent lui tapa sur l'épaule, apportant avec lui l'odeur des chasseurs, assoiffés de sang, aux trousses de Joshua. Ils allaient être furieux de trouver deux des leurs morts dans les buissons.

— Josh, pas le choix, il faut que je t'emmène dans les arbres. Je ne veux pas te donner de morphine, tu es déjà en état de choc.

— Fais ce que tu as à faire, marmonna Joshua, incapable de garder les yeux ouverts plus longtemps. Si tu dois m'abandonner, laisse-moi un pistolet. Je ne veux pas que Tomas mette la main sur moi.

— La ferme ! répliqua Rio avant d'aller récupérer son couteau et de nettoyer la lame dans les feuilles. Allons-y, ils approchent.

Joshua n'émit aucun son lorsque Rio le hissa sur son épaule. Rio espérait qu'il avait perdu connaissance. Il monta dans l'arbre, plus haut qu'il ne l'aurait voulu, là où le feuillage se faisait plus touffu. Lesté du poids de Joshua, il devait privilégier la discrétion à la rapidité.

La pluie continue rendait le bois glissant et l'entreprise encore plus périlleuse. Rio dérangea à plusieurs reprises des oiseaux et des écureuils volants, fâcha des écureuils à ventre rouge et agrippa accidentellement un épais serpent enroulé autour d'une branche.

Il approchait de la rivière lorsque, sans prévenir, les oiseaux s'envolèrent. Joshua remua légèrement mais se figea dès que Rio lui en intima l'ordre d'un murmure. Rio le cacha dans la fourche d'un arbre, comme un léopard le ferait avec son dîner. C'était le seul arbre au feuillage suffisamment dense pour les dissimuler tous les deux. Il avait espéré franchir la rivière avant que les bandits ne les rattrapent. La poulie et l'écharpe l'attendaient en lieu sûr, mais il allait devoir abandonner Joshua pour installer la tyrolienne. Il s'assura qu'aucune goutte de sang ne trahisse leur position. Le rugissement de la rivière noyait la plupart des bruits mais ne masquait pas les autres signes d'une approche imminente.

— Tomas et son équipe arrivent, Josh. Tu vas devoir rester ici, sans bouger et sans faire le moindre bruit.

Joshua hocha la tête.

— Je crois que je peux tenir un pistolet.

— Pas la peine.

Rio s'accroupit pour prendre son pouls. Joshua avait besoin de voir un médecin le plus vite possible. Leurs vêtements trempés leur collaient au corps et leurs pieds étaient couverts d'ampoules dans leurs bottes. Les conditions étaient misérables, mais Rio avait connu pire.

— Je vais te ramener chez toi, promit-il à Joshua.

Il ne perdit pas de temps en tergiversations. Laissant son fusil derrière lui, il sauta d'arbre en arbre le plus rapidement possible pour devancer les bandits. Puis il quitta le couvert du feuillage, se laissa tomber sur une branche basse et plongea dans la rivière. Il fendit l'eau d'un crawl puissant qui résista au courant. Arrivé de l'autre côté, il se hissa sur la berge, se glissa sous les énormes racines et attrapa le sac caché dans une anfractuosité du tronc.

En face, les bandits étaient sortis de la forêt. Ils se déployèrent à la recherche de traces au sol. L'un d'eux était dangereusement proche de l'arbre où était perché Joshua. Ce dernier était à peine conscient et un seul faux mouvement suffirait à attirer l'attention des bandits. Lentement, Rio sortit le fusil du sac et le cala sur une racine pour prendre position. La zone marécageuse grouillait de sangsues qui allaient déferler sur lui s'il tardait trop.

Il tira trois coups successifs, cherchant à blesser plutôt qu'à tuer. Tomas serait ainsi obligé de battre en retraite avec ses hommes plutôt que de continuer la chasse. Rio recula à plat ventre pour mieux se dissimuler.

Les bandits ripostèrent, une rafale de balles qui arracha l'écorce des arbres autour de lui et fit pleuvoir des feuilles et des épines. Rio resta parfaitement immobile, identifiant ses prochaines cibles.

Tomas n'était pas stupide, il savait à qui il avait affaire. Il s'était déjà frotté plusieurs fois aux talents de tireur de Rio et ne tenait pas à perdre plus d'hommes. Il leur fit signe de se replier dans la forêt avec leurs blessés. Certains déchargèrent leur arme en signe de colère, mais n'osèrent pas franchir la rivière à découvert pour se lancer à sa poursuite. Ils tenteraient peut-être leur chance en amont, mais, d'ici là, Rio espérait être arrivé à bon port avec Joshua.

Craignant que Tomas n'ait laissé un sniper en embuscade, Rio prit son temps pour ressortir de sa cachette. Il sentit des sangsues le mordre tandis qu'il s'enfonçait en rampant dans la forêt et mit plusieurs minutes à retirer les créatures avec la pointe de son couteau. Lorsqu'il se redressa pour sortir la poulie de son sac, une balle siffla à ses oreilles. Rio se mit promptement à l'abri et examina les alentours. Il s'était cru en sécurité, mais l'ennemi avait anticipé ses déplacements.

La balle l'avait raté de peu et, à présent, il devait partir en chasse. Le bandit serait patient, sachant que Rio ne tarderait pas à bouger. La rivière les séparait et Joshua l'attendait, gravement blessé, dans un arbre.

Dissimulé par un épais feuillage, Rio retira ses vêtements et les laissa en pile au creux d'une branche, avec ses bottes. Puis il se transforma, embrassant la puissance de son autre forme. Sa force brute. Il était le chasseur ultime, audacieux, rusé et extrêmement intelligent. Restant à l'ombre des arbres, le léopard se dirigea rapidement en aval. Il sentit le sang et la poudre lorsqu'il sauta sur les branches basses d'un arbre qui surplombaient l'eau, et feula lorsque le sniper mitrailla l'endroit qu'il venait de quitter.

L'animal plongea et traversa sans encombre la rivière. Sur l'autre rive, il se faufila prudemment jusqu'à la forêt, s'abritant dès que possible derrière les buissons. Il gagna peu à peu du terrain jusqu'à n'être plus qu'à une courte distance du bandit.

L'homme était focalisé sur la rive opposée. Il ne vit pas venir le léopard tapi à quelques mètres de lui, sentit simplement l'impact puissant qui le fit reculer, si puissant qu'il n'eut même pas le temps de sentir des mâchoires se refermer sur lui et lui ôter la vie.

Rio lutta contre son instinct animal et changea rapidement de forme pour résister à l'odeur enivrante de sa proie. Il devait encore faire franchir la rivière à Joshua. Installer la tyrolienne lui prendrait trop de temps. Il retourna à la hâte auprès de son compagnon, soulagé de le trouver encore en vie.

— On va franchir la rivière à la nage, Josh. Je t'emmène au village.

— Ne t'oblige pas à faire ça, Rio.

Rio le hissa sur son épaule.

— Je me moque de ce qu'ils pensent de moi, Josh. Tu as besoin d'aide le plus vite possible.

— Tu as perdu tes vêtements ?

Rio sourit de toutes ses dents.

— Je les ai laissés sur l'autre rive, dans un arbre.

— Tu as toujours été cinglé.

Rio entendit l'épuisement dans la voix de Joshua, qui n'était plus qu'un poids mort sur son épaule. Inquiet, il plongea dans la rivière et mobilisa toutes ses forces pour lutter contre le courant. Une fois de l'autre côté, il se mit à courir.

Le trajet fut cauchemardesque. Le corps de Joshua ballottait contre le sien, les branchages lui déchiraient la peau, la pluie les trempait tous les deux à mesure que les kilomètres défilaient. Rio commença à fatiguer ; ses jambes étaient lourdes et ses poumons en feu. Ses pieds, pourtant habitués à de tels traitements, étaient en sang. Le voyage dura plusieurs heures et Rio dut s'arrêter trois fois pour se reposer, faire boire Joshua et resserrer ses bandages.

Rio arriva au village, chancelant et épuisé, juste avant l'aube. Personne ne vint l'accueillir, bien qu'ils aient perçu sa présence. Le sang de Joshua imprégnait sa peau et la pluie continuait de tomber, formant un rideau brumeux entre lui et les habitations. Il se dirigea vers la maison de l'unique médecin. Il aperçut un mouvement du coin de l'œil. Les doyens étaient sortis sur leurs porches et l'observaient sans rien dire.

Rio resta un instant immobile, submergé de fatigue, de colère, de honte. Soudain, il avait à nouveau vingt-deux ans et se tenait devant le conseil, couvert du sang de sa mère et de son assassin. Il leva le menton et serra les dents. Les doyens ne l'accepteraient jamais. Ne voulaient pas être salis par son déshonneur. Il aurait beau protéger son peuple, lui donner son argent, il aurait toujours du sang sur les mains et on ne le lui pardonnerait jamais. Rio redressa les épaules, le regard fier et obstiné. Peu lui importait de ne pas être le bienvenu au village. Il n'avait aucune envie d'être là. Il refusait de croire qu'interagir avec les siens pouvait lui manquer.

À l'intérieur des maisons, les murmures devaient commencer, comme toujours lorsqu'il faisait intrusion dans leur territoire. Chaque fois, il espérait que les choses changeraient, que les autres l'accepteraient enfin. Mais leurs visages se fermaient et ils détournaient le regard, faisant mine de ne pas le voir. Rio força son corps épuisé à amener Joshua jusqu'à la maison du médecin. On ne le laisserait jamais entrer à l'intérieur, pas même si le sang qui maculait son corps lui appartenait. Personne ne lui adresserait la parole, personne ne lui poserait de questions, personne ne tenterait de l'aider. À leurs yeux, il était déjà mort.

Rio grimpa délibérément les marches du porche et installa Joshua sur un siège qui se trouvait là. Alors qu'il se détournait pour partir, Joshua lui attrapa le bras, affaibli mais têtu. Rio se pencha sur lui.

— Tu es en sécurité à présent.

— Merci, Rio. Merci pour tout.

Rio lui agrippa la main, dissimulant son geste aux regards pour que Joshua ne soit pas réprimandé plus tard.

— Que la chance soit avec toi, Josh.

Puis il fit volte-face, droit comme un I, descendit les marches et s'arrêta pour balayer le village d'un regard méprisant et arrogant. La vue lui était si familière. Quelque chose lui déchira le cœur, une douleur terrible et profonde. La colère brûlait au creux de son estomac. D'un pas résolu, il leur tourna le dos et s'enfonça dans la forêt, là où était sa place. L'espace d'un instant, sa vision se brouilla. Rio tenta de se persuader que c'était à cause de la pluie. Il inspira calmement en se répétant qu'il était en vie et qu'il allait retrouver Rachael. C'était tout ce qui comptait.

Chapitre 14

Rio entra dans la cabane sans un bruit, laissant la porte ouverte pour que la brise puisse pénétrer à l'intérieur. La pluie tombait en un rythme régulier, nimbant le porche et la cabane d'une épaisse brume blanche. La moustiquaire faisait une danse fantomatique, mais Rio n'avait d'yeux que pour Rachael. Il ne gardait aucun souvenir du trajet de retour. Il était épuisé, courbaturé, et la colère continuait de brûler au plus profond de lui. Il s'était arrêté en chemin pour se laver, espérant que l'eau éteigne les flammes de sa rage, atténue sa douleur. En vain.

Il se pencha sur elle et l'observa en broyant du noir. La douleur le rongeait de l'intérieur. Pour la première fois, sa solitude lui pesait. C'était à cause de Rachael ; elle l'avait ramené à la vie. Elle le fascinait, le tentait. Le rendait heureux, triste, furieux – tout en même temps. Et il était devenu dépendant de son odeur, de ses caresses. Aussitôt, le désir le submergea, aussi noir que la fureur qui tourbillonnait en lui comme un nuage menaçant.

Rachael était allongée sur le lit. Son lit. Une main sur son oreiller, comme si elle le cherchait dans son sommeil. La couverture était par terre, laissant ses longues jambes nues contre le drap. Elle ne portait que sa chemise, déboutonnée, qui dévoilait ses seins crémeux. Ses boucles d'un noir profond, éparses sur l'oreiller blanc, l'attiraient irrésistiblement. Elle semblait si jeune lorsqu'elle dormait, avec ses longs cils qui formaient deux croissants contre sa joue. Son corps était une offrande qui promettait de calmer la soif terrible qui l'étreignait.

Il se sentait incapable de douceur ce soir, enflammé par la passion, tourmenté de désir. Il savait que cela faisait partie de son héritage, mais la raison n'avait plus cours lorsque Rachael gisait nue dans son lit, à l'attendre. Rio s'approcha et posa ses armes sans jamais la quitter des yeux. Sa peau si douce, ses courbes tentatrices.

Son érection était déjà rigide comme de l'acier, mais, en la regardant endormie si paisiblement, si vulnérable, Rio sentit son ardeur se décupler, au point que marcher en devint douloureux. Il enroula une main autour de son pénis pour se soulager avant de traverser la pièce pour rejoindre Rachael. Un rugissement résonnait dans sa tête et son corps dégoulinait de désir.

Rachael s'agita dans son sommeil, comme si elle sentait instinctivement qu'elle était devenue la cible d'un prédateur. Elle ouvrit les yeux et se retrouva face au visage passionné et déterminé de Rio. C'était plus que du désir. Le regard qu'il lui lança fit battre son cœur à tout rompre. Elle se sentit fondre sur place, envahie par une vague brûlante de passion. Des décharges électriques faisaient crépiter sa peau partout où il posait les yeux sur elle.

Il lui attrapa le bras et un grognement sourd s'échappa de sa gorge, la faisant frissonner, lorsqu'il la hissa vers lui pour attaquer férocement sa bouche, une main à l'arrière de sa tête pour la maintenir immobile. Plus qu'un baiser, c'était un acte de possession. Le désir se répandit en elle comme de la lave en fusion avant d'exploser. Il la serra contre lui pour sentir sa peau contre la sienne. Leurs souffles se mêlèrent et il la dévora, comme s'il ne pouvait pas se contenir plus longtemps.

Ils étaient si proches que Rachael sentait chacun de ses muscles, chaque battement de son cœur, chaque respiration. Ses baisers avaient un goût de désir, de fierté masculine et de quelque chose d'autre. De douleur. Elle reconnaissait le tourment profond qui l'agitait, même si lui-même n'en avait pas conscience. Leurs langues jouèrent ensemble, un tango de chaleur humide. Il ne lui laissa pas le temps de reprendre son souffle, ni de faire quoi que ce soit d'autre que se laisser emporter par une tornade de passion.

Rachael lui rendit son baiser avec autant d'enthousiasme, se laissant engloutir par un désir avide ravivé par les flammes qui brûlaient en lui. Elle s'abandonna à lui, et il lui vola son souffle. Puis il lui mordilla le menton, le cou, comme s'il voulait la dévorer vivante. Rachael haleta sous cette avalanche de sensations, enfonça ses ongles dans les bras de Rio et se pressa le plus possible contre lui. Suppliante. Implorante.

La bouche insistante de Rio descendit encore plus bas, se referma sur un sein qu'il suça avec vigueur. Elle poussa un cri, incapable de se contenir, et se cambra, agrippant ses cheveux pour l'attirer plus près. Elle ne voulait pas qu'il soit doux, prévenant, elle le voulait comme il était vraiment, sauvage, indomptable, brûlant de désir. Pour elle, pour son corps.

Sous les assauts de sa bouche, elle perdait la raison et n'était plus que sensations. Soudain, il releva la tête ; les yeux brillants, il tira les oreillers et les couvertures sous ses hanches pour la surélever. Elle admira son corps si viril et parfait, dont chaque muscle semblait taillé dans du marbre. L'excitation se lisait sur son visage. Rachael sentit son cœur battre à tout rompre lorsqu'il baissa les yeux vers le triangle de boucles noires à la jonction de ses cuisses. Il y avait un ordre tacite dans son regard.

Une vague de chaleur déferla sur elle. Elle se sentit fondre au plus profond d'elle. Lentement, très lentement, elle obéit et écarta les jambes. L'air qui vint caresser sa peau mouillée l'enflamma encore plus. Il lui attrapa la cheville et lui plia le genou d'un geste possessif. Il fut bien plus doux lorsqu'il fit de même avec sa jambe blessée. Puis ses mains lui agrippèrent les cuisses pour les écarter davantage, sans jamais lever les yeux vers son visage. Il semblait fasciné par ce qu'il voyait.

Elle attendit, le cœur battant, osant à peine respirer. L'anticipation était telle qu'elle était prête à le supplier. Le moindre centimètre de son corps brûlait de sentir ses caresses. Il se lécha la lèvre inférieure et elle se tordit de plaisir. Il ne l'avait même pas touchée, mais la force de son regard avait suffi. Elle se consumait sous ses yeux.

Ses pouces s'enfoncèrent dans sa peau lorsqu'il insinua ses épaules entre ses cuisses, l'ouvrant complètement à son regard. Elle savait ce qu'il faisait. C'était une manière de la marquer. De la faire sienne. Pour que personne d'autre n'ose poser les mains sur elle. Il souffla doucement sur sa peau brûlante. Elle poussa un cri et aurait rué s'il ne l'avait pas tenue immobile. Il plongea sa langue en elle, léchant, titillant, caressant jusqu'à lui arracher un orgasme interminable et sonore.

— Encore, grogna-t-il, impitoyable. J'en veux plus.

Il ajouta un doigt, pressa profondément et sentit ses muscles l'agripper fermement sous l'effet de la passion. Il porta alors son doigt à ses lèvres avant de se hisser jusqu'à son sein, qu'il prit dans sa bouche. Elle faillit exploser et se cramponna à ses bras pour se retenir tandis que le monde semblait tournoyer autour d'elle.

Comme il était allongé sur elle, l'extrémité de son pénis pressait contre l'entrée mouillée du sexe de Rachael. Elle essaya de l'attirer en elle, mais il la força à rester immobile, à patienter, pour exacerber encore davantage le désir qui les consumait tous les deux. Puis il la pénétra d'un coup de reins vigoureux et s'enfonça profondément en elle. Ses lèvres s'ouvrirent comme les pétales d'une fleur sur son passage. Il agrippa ses hanches, l'exhortant à le prendre tout entier, jusqu'au dernier centimètre. Leurs corps se mêlèrent, frénétiques, dans un déchaînement de passion.

Il lui murmura des mots d'amour dans l'ancien dialecte de son peuple, lui avoua qu'il l'aimait, qu'il avait besoin d'elle, mais les mots résonnaient plus dans sa tête que dans sa gorge. Il repoussa leurs limites à tous les deux. Il serra les dents contre les vagues de sensations, contre les marteaux-piqueurs qui lui martelaient le crâne, contre la tension qui l'envahissait et l'inévitable explosion qui commença dans ses orteils avant de prendre d'assaut son corps tout entier.

Rachael se sentit monter de plus en plus haut jusqu'à atteindre le sommet et retomber en chute libre, imploser, se fragmenter. Jusqu'à ce qu'elle soit entièrement consumée de désir, courant comme des flammes sur sa peau, derrière ses paupières, et au plus profond d'elle-même. Son corps était agité de tremblements, de sensations qui semblaient ne pas vouloir s'arrêter. Dès qu'elle bougeait, Rio bougeait à son tour, et tout recommençait.

Rio s'effondra sur elle et inspira profondément, tentant de reprendre le contrôle. Sa colère s'était en grande partie évanouie dans les bras de Rachael. Il n'y avait qu'elle pour accepter une telle union. Il n'y avait qu'elle pour le regarder avec autant de tendresse. Même quand il s'agrippait à elle de toutes ses forces, elle ne le repoussait jamais. Il y avait des questions dans ses yeux, mais elle ne les posa pas, pas même quand il quitta son corps. Elle le prit simplement dans ses bras et se tourna légèrement pour lui faire de la place, pressant sa tête contre son sein.

— Dors, Rio. Tu es épuisé.

Il ne répondit pas, resta allongé à côté d'elle, à respirer leurs odeurs mêlées et à écouter la pluie incessante. C'était apaisant. La forêt avait pris vie et il entendait les cris des animaux, le bourdonnement des insectes, le chant des oiseaux. Comme une musique de fond, toujours présente.

Rio resta éveillé longtemps après que Rachael se fut endormie. La peur lui nouait la gorge, l'étranglait presque. Quand était-elle devenue aussi essentielle à son existence ? Comment avait-elle réussi à s'insinuer aussi profondément dans son cœur ? Il n'arrivait plus à imaginer sa vie sans elle. Elle était si chaude, si douce, si parfaite. Comme dans ses souvenirs. Mais ceux-ci se transformaient en cauchemars, baignés de sang, de mort et de rage.

Il voulait partager sa vie avec elle. Son rire, son courage, ses sautes d'humeur. Des ébats aussi tendres et aimants que possible, ou aussi impétueux que nécessaire quand le besoin s'en faisait ressentir.

Son sein était une tentation qu'il ne pouvait ignorer plus longtemps. Il taquina son téton du bout de sa langue, puis le mit dans sa bouche pour le sucer. Être allongé ainsi à côté d'elle, pouvoir la toucher comme bon lui semblait, était un miracle. Il glissa un doigt en elle. Même dans son sommeil, elle réagissait à ses caresses, contractant ses muscles, arquant son dos. Elle sourit et murmura des mots incohérents en lui agrippant les cheveux. Elle continua à dormir ainsi, le corps mouillé de désir.

Rio se réveilla en sentant la langue de Rachael laper son érection matinale. Sa bouche était chaude, taquine ; elle fit glisser sa langue autour de son gland, puis le frôla doucement de ses dents. L'espace d'un instant, elle le suça plus profondément, jusque dans sa gorge, et lui caressa les testicules. Il poussa un gémissement grave et se cambra, incapable de se retenir. Il n'avait même pas encore ouvert les yeux et son érection était déjà si rigide qu'elle était presque douloureuse. Il souleva les paupières pour regarder Rachael, qui avait l'air très satisfaite d'elle-même, agenouillée entre ses cuisses, ses cheveux tombant en cascade autour de son visage, ses magnifiques fesses en l'air. Ses seins étaient bien rebondis et ses tétons pointaient déjà. Il regarda les va-et-vient de sa bouche sur son érection luisante et de plus en plus rigide à mesure que ses coups de reins devenaient incontrôlables.

— Tu es la plus belle chose que j'ai jamais vue, lâcha-t-il, ses mots à mi-chemin entre un gémissement et un murmure rauque.

Les choses qu'elle faisait avec sa langue, ses dents et ses lèvres le rendaient fou.

Puis sa bouche disparut et laissa place à une sensation mouillée et collante. Avec un sourire, Rachael se mit à glisser un morceau de mangue le long de son érection, la recouvrant de nectar. Il pensait déjà être au summum de l'excitation, mais c'était sans compter sur l'imagination de sa partenaire.

— Bonjour. Je me suis dit que tu aurais envie d'un petit déjeuner.

Elle lui tendit le fruit, puis recommença à le lécher, cette fois du bout de la langue pour récupérer la moindre goutte de nectar.

Rio la regarda sans un mot, sous le choc. Enfin, il se rallongea et croqua dans la mangue. Le jus se mit à dégouliner sur son menton, mais il était trop occupé à regarder Rachael s'en donner à cœur joie pour s'en soucier. Il ne pouvait pas exister une autre femme comme elle sur terre. Il trouvait tout chez elle sexy, surtout la manière dont elle se délectait de son corps à lui. Comme s'il lui appartenait et qu'elle était libre d'en faire ce qu'elle en voulait. Et pour le moment, ce qu'elle voulait, c'était apparemment le chevaucher.

Rachael n'attendit pas plus longtemps. Rio avait passé la nuit à lui sucer le sein, à glisser ses doigts en elle, s'assurant qu'elle reste excitée. Maintenant qu'il était réveillé, il était temps qu'il termine ce qu'il avait commencé. Elle s'était montrée suffisamment patiente. Elle le chevaucha et se laissa glisser petit à petit sur son érection.

Rio poussa un cri en sentant son corps la pénétrer. Elle était si étroite, si chaude, si mouillée. Il lui céda le contrôle, puisqu'elle le voulait, et dégusta la mangue qu'elle lui avait donnée pendant qu'elle commençait à onduler sensuellement des hanches. Ses seins, tentateurs, se mirent à rebondir lorsqu'elle accéléra le rythme avec un délice non feint. Il fit couler du jus sur son sein et le regarda dégouliner jusqu'à son téton avant de se pencher pour le rattraper du bout de la langue. Son corps était en feu et, si elle voulait jouer, il était plus que partant.

Elle ouvrit la bouche et Rio porta un morceau de mangue à ses lèvres tout en la regardant se frotter contre lui. Elle lui lécha le doigt, enroulant sa langue autour de son index de manière explicite. Il ferma les yeux et poussa un grognement de plaisir. Il ne savait pas combien de temps il supporterait cette délicieuse torture. Elle ne semblait pas pressée d'en finir, savourant la friction entre leurs corps. La pression se mit à monter, si doucement qu'il ne s'en rendit d'abord pas compte, puis embrasa peu à peu sa peau, noua ses muscles, jusqu'à envahir tout son corps.

Il tenta de donner des coups de reins pour obliger Rachael à accélérer, mais elle l'arrêta d'un regard noir. Sa peau commença à rosir de plaisir, la faisant rayonner. Sa respiration se fit haletante et ses tétons se durcirent. Elle lui attrapa les mains à tâtons. Rio avala le dernier morceau de mangue et l'agrippa pour qu'elle puisse s'arc-bouter contre lui et le chevaucher avec vigueur. Il se cambra en rythme et ils explosèrent en même temps dans un orgasme dévastateur.

Rachael éclata d'un rire joyeux et se pencha pour lécher le jus sur le menton de Rio.

— Tu es tout collant. Heureusement qu'on a la baignoire.

— Remplie d'eau froide, se sentit-il obligé de préciser.

Le sourire de Rachael se fit espiègle.

— Il se pourrait que je l'aie fait chauffer pendant que tu dormais. Ce n'était pas si compliqué.

— Tu as chauffé l'eau du bain pour moi… et j'ai continué à dormir ? Je n'y crois pas. D'habitude je me réveille au moindre bruit. Tu vas causer ma perte.

Personne n'avait jamais pris cette peine pour lui. Chauffer l'eau était une tâche fastidieuse. Il fallait se servir de la gazinière quand la cheminée était éteinte. Rachael avait dû y passer beaucoup de temps. Une douce chaleur l'envahit, comme si le soleil se levait derrière les nuages.

— Ne dis pas de bêtises.

Elle s'allongea contre lui, écrasant ses seins contre sa poitrine. Il la sentait au fond de lui, elle envahissait son cœur, ses poumons, jusqu'à ce qu'il ne puisse plus respirer sans elle.

— Vas-tu me dire ce qui s'est passé, Rio ?

Elle lui caressa les cheveux et le visage. Sa voix était douce, ses yeux remplis de compassion.

— C'était juste une mission comme une autre, répondit-il d'un air faussement désinvolte.

Il ne voulait pas en parler. Ne voulait pas qu'elle le voit comme les doyens l'avaient vu. Déchu de sa dignité. Vulnérable. Sa vie entre leurs mains. Leur dégoût. Leur trahison – ou peut-être était-ce la sienne. Honnêtement, il ne savait plus.

— Non, pas comme une autre, insista Rachael. Que s'est-il passé ?

Il fut pris de l'envie de la repousser, de se transformer et d'aller courir à travers la forêt. Cette envie était si forte que ses muscles frémirent et se contractèrent, et qu'un voile de fourrure lui recouvrit le corps.

— Oh, non, pas question ! protesta Rachael en l'entourant de ses bras. Tu restes avec moi. Je ne vais pas te laisser t'échapper. C'est trop important.

C'était ridicule de sa part de croire qu'elle pouvait le retenir. Elle ne faisait pas le poids face à lui. Mais, lorsqu'elle le regardait avec ses grands yeux brillants, il ne supportait pas l'idée de lui briser le cœur. Mieux valait briser le sien. Il tenta de hausser les épaules, ce qui n'était pas facile étant donné qu'elle s'agrippait à lui comme un singe.

— Joshua m'a dit que Drake avait été blessé. J'ai cherché à avoir plus d'informations, mais personne n'a répondu à mes appels radio. Deux hommes ont tenté de tendre une embuscade à Joshua et je n'ai pas eu d'autre choix que de les éliminer. (Il détourna le visage pour échapper au regard bien trop pénétrant de Rachael.) Je les ai tués.

Elle ne dit rien, mais lui prit la main.

— Je devais traverser la rivière avec Joshua et le ramener au village. J'avais bandé ses blessures mais il avait perdu trop de sang et avait besoin d'attention médicale immédiate.

— Et ?

Rachael savait que l'histoire ne s'arrêtait pas là.

— Tomas et ses hommes nous ont rattrapés à la rivière. J'avais laissé Josh dans un arbre en espérant pouvoir le faire traverser avant que nos poursuivants n'arrivent. Je ne voulais pas prendre le risque qu'il attrape une infection dans l'eau avec ses plaies ouvertes. (L'ombre d'un sourire se dessina sur son visage.) Malheureusement, je n'avais pas la fameuse mixture verte de Tama avec moi.

— Donc tu l'as laissé dans l'arbre pendant que tu faisais… quoi ?

— J'ai une poulie et une écharpe dont je me sers parfois avec les chats pour faire une tyrolienne de fortune, surtout quand le courant est fort. Je suis allé les récupérer mais, entre-temps, Tomas est arrivé. J'ai blessé plusieurs de ses hommes pour le forcer à battre en retraite.

— Mais il a laissé quelqu'un derrière.

Rio s'assit et passa une main dans ses cheveux sombres.

— J'ai bien envie d'un bain.

— Alors viens, dit Rachael en le tirant par la main. Cette fois, c'est mon tour de te laver. Tu vas voir, c'est délicieux.

Rio s'étira et se dirigea vers le petit renfoncement qui faisait office de toilettes. Pas question qu'il avoue à Rachael qu'il préférait se soulager dans la jungle. Après sa performance à l'aube, elle risquerait de le prendre pour un vrai sauvage. Quand il ressortit, Rachael était en train de lui préparer du café.

— Tu me gâtes.

— J'espère bien. (Elle fronça les sourcils en apercevant les marques sur son corps.) Des sangsues ? Ces petites saletés ont encore réussi à t'avoir ?

— J'étais tapi dans le marécage en attendant de tirer. Elles sont attirées par la chaleur corporelle.

Elle le poussa vers la baignoire avec un sourire.

— C'est vrai que tu n'en manques pas.

Il se plongea dans l'eau fumante. Rachael posa ses mains savonneuses sur ses épaules et commença à masser ses muscles endoloris.

— Dis-moi ce qui t'a autant bouleversé, Rio.

Il était bien plus simple d'en parler quand elle se trouvait dans son dos.

— J'ai emmené Joshua au village. Le trajet a été long et difficile. La moitié du temps, j'avais peur qu'il soit déjà mort, et, le reste, je savais que je lui faisais mal. Je n'avais pas eu le temps de me rhabiller, si bien que j'ai traversé la forêt nu.

— C'est de là que viennent toutes tes égratignures et coupures ? Pourquoi t'étais-tu transformé en léopard ? demanda Rachael d'un ton délibérément curieux, sans la moindre trace de jugement.

— Pour retraverser la rivière avant que l'homme que Tomas avait laissé ne repère Joshua.

Rachael continua à lui pétrir les épaules. Il avait tué un troisième homme et blessé plusieurs autres. Ç'avait été une mauvaise nuit. Elle resta silencieuse, puis se pencha pour déposer un baiser sur le sommet de son crâne.

— Je ne sais pas ce qui s'est passé, Rachael. Je devais être fatigué. Je me moque de ce que les doyens pensent de moi. J'ai enfreint sciemment nos lois. J'en ai accepté les conséquences. Je ne me suis jamais senti inférieur parce que j'étais banni.

Les mains de Rachael se figèrent. Quelque chose d'effrayant se mit à bouillonner au creux de son estomac.

— Tu as ramené Josh chez lui et ils t'ont dit quelque chose de méchant ?

— Ils ne me parlent pas. Ne me regardent pas. À leurs yeux, je n'existe plus. S'ils se surprennent à regarder dans ma direction, ils font mine de ne pas me voir. Si j'avais essayé de leur dire ce qui était arrivé à Joshua, ils ne m'auraient pas entendu.

— Les bâtards !

Ce juron fit sursauter Rio, puis lui arracha un petit sourire. D'un simple mot, Rachael était parvenue à rendre moins douloureux le rejet des doyens.

— J'aimerais bien les rencontrer un de ces jours, ceux-là, continua-t-elle en lui frottant un peu trop vigoureusement les cheveux. Des vautours cupides qui te laissent le sale boulot. Et les hommes avec qui tu travailles ?

Rio commençait à craindre qu'elle ne lui arrache le cuir chevelu.

— La plupart d'entre eux ne vivent pas au village. Et nous nous parlons bien sûr. Tu as rencontré Drake. Mais il vaut mieux pour eux qu'ils restent discrets puisque, techniquement, ils enfreignent les règles. J'imagine que les doyens sont prêts à fermer les yeux tant qu'ils ne voient rien.

— Quelle bande d'hypocrites.

Il lui attrapa gentiment le poignet.

— Tu vas me rendre chauve, *sestrilla*. Je ne peux pas me permettre de perdre mes cheveux. J'ai une compagne à présent, et elle n'est pas toujours commode.

Elle lui flanqua une tape sur le dessus de la tête. Des bulles de savon volèrent dans tous les sens, la faisant rire.

— Je suis parfaitement agréable. C'est juste ces idiots de doyens…

— Sages, pas idiots, la corrigea-t-il avant de s'enfoncer sous l'eau avant qu'elle ne puisse le frapper de nouveau.

Lorsqu'il remonta à la surface, elle émit un reniflement de dégoût.

— Je ne sais pas qui leur a décerné ce qualificatif. Probablement eux-mêmes. Quoi qu'il en soit, tu essaies de me dire que tu as porté ton camarade pendant des kilomètres et qu'ils ne t'ont même pas remercié ?

— D'habitude, ça ne me dérange pas. Vraiment pas. Mais lorsque je me tenais là, couvert du sang de Joshua et les pieds en feu, je me suis senti comme un gamin. J'ai eu honte de mes actions, honte d'avoir si peu de maîtrise de moi-même, honte d'être toujours incapable de pardonner à celui qui a tué ma mère. Et je n'étais pas certain de leur pardonner à eux non plus. Aucun d'eux ne m'a présenté ses condoléances. J'ai eu l'impression d'être le seul à la pleurer. J'étais rempli de colère et de honte. Bon sang ! Rachael, j'ai détesté ça.

Rachael se sentit submergée par un farouche instinct protecteur.

— Ce sont eux qui devraient avoir honte de te refuser leur pardon. Pour des gens qui se prétendent sages, ils ne connaissent clairement pas la différence entre le bien et le mal.

— Et toi, si ?

Au-dehors, les oiseaux et plusieurs singes se mirent à pousser des cris perçants. Rio se leva, dégoulinant.

Il tourna la tête vers la porte, aux aguets, et accepta la serviette que lui tendait Rachael.

— Il faut que tu t'habilles, Rachael. On va bientôt avoir de la compagnie.

— Je croyais que je n'avais pas besoin de vêtements et que je devais me débarrasser de mes inhibitions civilisées, répondit-elle d'une voix qui lui taquina les sens, lui caressant la peau comme un gant de soie.

Elle donnait du sens à sa vie. Il lui attrapa doucement les cheveux, attira son visage et l'embrassa. Aussitôt, un désir vorace l'envahit de nouveau.

— Tu vas m'achever, *sestrilla*. Tu m'as déjà épuisé. Je ne suis pas assez endurant.

Elle le serra contre elle en riant, comme s'il était la chose la plus précieuse au monde. Puis elle parsema son visage de baisers.

— Je vais devoir commencer à cuisiner pour toi, alors, il faut que tu prennes des forces.

Il ne put s'empêcher de faire courir ses mains dans son dos, d'effleurer la courbe de ses hanches, de caresser ses fesses nues. Rio s'autorisa le luxe d'enfouir son visage contre la peau douce de son cou. L'amour le submergeait comme un tsunami, inexorablement, mais les mots pour l'exprimer restaient coincés en travers de sa gorge. Il se contenta de tenir Rachael dans ses bras, savourant l'instant.

— Bon sang, tu es en train de me transformer en petit caniche domestique ! déclara-t-il d'une voix rauque en se dégageant.

Le visage de Rachael s'éclaira, ses yeux pétillèrent et un doux sourire naquit sur ses lèvres. Il mourait d'envie de l'embrasser de nouveau, mais lui lança un jean à la place.

— Arrête de te moquer de moi et habille-toi.

— As-tu déjà vu un caniche ? rétorqua-t-elle. J'ai les cheveux de l'emploi, on peut peut-être faire la paire.

Elle était auréolée de lumière, les quelques rayons de soleil qui perçaient à travers la canopée semblant irrésistiblement attirés vers elle. Comme lui. Elle était radieuse, débordante de joie.

Il n'avait jamais été aussi empli de douleur, de colère et de honte que la nuit précédente. Et, en quelques heures à peine, Rachael avait chamboulé sa vie au point qu'il n'était plus que joie, rire, et plaisir.

— Tu es bien trop tentante, je vais te jeter de nouveau dans ce lit.

Elle haussa un sourcil.

— Je croyais que tu avais épuisé toutes tes forces ? Faible mâle.

Il se jeta sur elle et la renversa sur le matelas. Elle riait si fort qu'elle s'étouffait presque. Il frotta son érection contre elle pour lui montrer de quoi il était encore capable. Rachael ne semblait pas très impressionnée et continua de glousser jusqu'à ce qu'il la fasse taire d'un baiser.

Le gazouillis d'avertissement des oiseaux sur le porche força Rio à s'arracher à cette étreinte. Rachael resta allongée sur le lit, un mystérieux sourire aux lèvres qui fit battre son cœur à tout rompre.

Délibérément, elle remonta son jean le long de ses jambes nues jusqu'à ses hanches, mais ne le referma pas, laissant apparaître le triangle de boucles noires entre ses cuisses. Elle cambra le dos, comme pour lui offrir ses seins nus.

— Je ne trouve pas ma chemise.

— Petite effrontée. Tu essaies de me provoquer.

Il la dévora des yeux, serrant la chemise dans son poing.

— Et ça marche ?

— Pas qu'un peu. Finis de t'habiller avant de choquer le pauvre Kim.

— Kim ? Le guide ?

Alarmée, Rachael tendit la main vers la chemise. Rio refusa de la lui donner.

— Viens donc la chercher.

Sans hésiter, Rachael se leva du lit et se pressa contre lui, enroulant une main autour de son cou tandis que l'autre se glissait entre ses jambes pour le caresser à travers son jean. Elle posa ses lèvres contre sa gorge et fit courir sa langue langoureusement sur sa peau. Rio réagit instinctivement. Il avait de nouveau envie d'elle, aussi ardemment que s'il ne lui avait encore jamais fait l'amour. Ou comme si son corps se souvenait de chaque instant magique et en voulait plus.

Franz les alerta d'un grognement. À contrecœur, Rio fit enfiler la chemise à Rachael et la boutonna rapidement. C'était la seule chose à faire. Pieds nus, il l'entraîna à sa suite vers le porche pour attendre leur invité.

Rachael baissa les yeux et vit Kim escalader l'arbre. Il n'était pas aussi rapide ou agile que Rio, mais il progressait d'un pas assuré.

— Qu'est-ce qui t'amène jusqu'ici ? lança Rio.

— Mon père m'envoie vous apporter des nouvelles et je voulais vous parler de l'homme du groupe humanitaire qui a disparu, répondit Kim en souriant à Rachael. Vous avez bien meilleure mine, Miss Rachael. Comment va votre jambe ?

— Bien mieux, Kim. Vous avez l'air d'aller bien. Ne le dites pas à votre frère, mais sa mixture verdâtre a été efficace.

Kim hocha la tête avec sérieux, prêt à jouer les conspirateurs.

— Tama est connu pour ses talents de guérisseur. Mais sa pommade était effectivement assez répugnante, dit-il avec un sourire compréhensif.

— Quel homme est parvenu à échapper aux bandits ? demanda Rachael.

— Duncan Powell.

Elle se souvenait bien de lui. Il restait souvent à l'écart, mais était toujours extrêmement poli.

— J'espère qu'il a réussi à s'enfuir sans encombre.

— Justement, il faut que vous sachiez tous les deux quelque chose. L'homme était l'un des vôtres, Rio. Il s'est transformé en animal et a attaqué un garde avant de s'échapper dans la forêt. Aucun des hommes de Tomas n'en a parlé, mais deux autres membres du groupe ont vu l'ombre d'un léopard contre les rochers. Ils ont affirmé avoir vu le corps mutilé du garde et que ça ne pouvait qu'être l'œuvre d'un large félin.

— Les hommes sont très superstitieux, expliqua Rio à Rachael. Ils pensent que les félins sont des divinités. Les léopards sont rares dans les environs, donc en voir un attaquer un garde en pleine nuit signifie beaucoup de choses pour eux. Malheureusement, cela va aussi attirer des braconniers. La rumeur de l'attaque va s'amplifier et, bientôt, les gens prétendront qu'un léopard tueur rôde dans les parages. (Rio soupira.) Maudit soit cet idiot. Il aurait pu s'échapper du camp sans être vu, et personne n'en aurait rien su.

— Le garde l'avait frappé, dit Kim.

Un sourire sans joie étira les lèvres de Rio.

— Nous n'oublions jamais, c'est l'une des caractéristiques de notre peuple.

— Il va sûrement venir jusqu'ici, ajouta Kim.

— Il est mort, répondit abruptement Rio. Il a essayé de nous tuer il y a quelques jours. J'ai emmené Rachael en lieu sûr, puis je l'ai traqué. Drake a détruit le corps. As-tu eu des nouvelles du raid d'hier soir ? On m'a dit que Drake avait été blessé, mais je n'ai eu aucune information par radio. Comment va-t-il ?

— Il a perdu beaucoup de sang et sa jambe est en mille morceaux. Il a été emmené à l'hôpital pour être opéré. L'un de vos médecins essaie de réparer les dégâts. Il va s'en sortir, mais je ne sais pas s'il va garder sa jambe.

Rachael posa une main sur l'épaule de Rio quand elle l'entendit jurer tout bas.

— Il va se battre, Rio.

— Personne ne veut perdre une jambe.

Elle lui massa doucement la nuque et se frotta le visage contre son bras, comme une chatte affectueuse.

— Espérons que ça n'arrive pas. Kim, Rio m'a dit qu'un homme du nom de Joshua avait aussi été blessé. Avez-vous eu de ses nouvelles ?

— Il va être immobilisé quelque temps, mais il va se remettre.

— Pourquoi ton père t'a-t-il envoyé ici ? demanda abruptement Rio.

L'expression de Kim était ouverte et amicale, mais une ombre rôdait dans ses yeux.

— Un large groupe est entré dans la forêt. Un homme est venu au village pour consulter mon père. Il a affirmé qu'il menait des recherches médicales et avait besoin d'aide pour trouver une variété de plantes. Il connaissait nos traditions. Il s'est montré très respectueux et a offert une lance à mon père.

Rio leva la tête. Rachael le vit froncer les sourcils.

— « Une lance » ?

— Elle était vieille, très vieille. Et nous appartenait. Il a prétendu que la lance lui venait de son grand-père, qui l'avait reçue en cadeau après avoir sauvé la vie d'un enfant. Et qu'en la rapportant une dette d'honneur lui serait due.

— Cet homme est un médecin ?

— Je ne crois pas. Je pense qu'il n'a pas dit la vérité. Il a demandé un guide. Père a envoyé Tama avec lui, puis m'a demandé de venir vous trouver. Il pense que cet homme cherche Miss Rachael.

— Pourquoi pense-t-il cela ? demanda Rachael. L'homme a posé des questions à mon sujet ?

— Mon père a eu une vision. Il a vu l'homme debout à côté de vous, un pistolet à la main. Il m'a chargé de prévenir Rio. Je lis l'incrédulité dans vos yeux, Miss Rachael. Ne rejetez pas les visions de mon père simplement parce que vous n'avez jamais vécu une telle expérience. Il protège notre peuple depuis de nombreuses années.

— Et c'est un puissant guérisseur, ajouta Rio. Je ne laisserai pas Rachael courir le moindre risque. Merci de nous avoir prévenus, Kim. Tu es venu de loin. Entre boire quelque chose. Je peux nous préparer à manger.

Kim entra dans la cabane et jeta un regard au lit défait à l'autre bout de la pièce. Rachael se sentit rougir. Rio lui attrapa la main et la porta à ses lèvres, la mordillant gentiment avant d'y déposer un baiser.

— Est-ce que ce médecin est accompagné d'un large groupe ?

Kim hocha la tête.

— Un grand nombre d'hommes. Tous armés. Pourquoi une équipe de recherche aurait-elle besoin de pistolets ? Et comment se les sont-ils procurés ? Beaucoup d'argent a dû changer de mains pour que cela soit possible. Ils ont suffisamment de provisions pour tenir plusieurs semaines. Leurs bagages sont haut de gamme. Il n'y a aucune femme dans le groupe, ce qui est mauvais signe. Tous les hommes sont des guerriers.

Rio porta la main de Rachael à son cœur. Tournée vers la forêt, elle ne le regarda pas. Son visage exprimait regret et tristesse. Ses yeux brillaient de larmes. Il serra sa main plus fort.

— Ça ne change rien, Rachael.

— Ça change tout. Et tu le sais. Tu sais qui il est. Je n'aurais jamais cru qu'il irait jusque-là, dit-elle d'une voix étranglée.

— Rachael, on est ici chez moi. S'il le faut, je…

— Non ! ne le touche pas. Ne l'approche même pas. Tu n'as pas la moindre idée de ce à quoi il a renoncé pour moi. De ce à quoi il a dû faire face durant toute sa vie. Ne t'avise pas de le juger.

Rachael se dégagea et sortit sur le porche pour contempler la forêt.

Chapitre 15

Rio ne pouvait pas comprendre. Personne ne pouvait. Rachael n'était même plus certaine de comprendre elle-même. Une vague de désespoir l'engloutit. Elle savait depuis le début qu'elle ne pourrait pas rester avec Rio. Pourtant, elle avait aussitôt été attirée par lui. Ce n'était pas prévu, mais c'était ainsi. Grâce à lui, elle avait entraperçu ce que pouvait être un vrai partenaire. Une âme sœur.

Elle ferma les yeux et se tint à l'extrémité du porche pour écouter le rythme apaisant de la pluie. Elle respira l'odeur de la nature. La forêt l'appelait. Lui murmurait des promesses de liberté. Rio n'était pas pour elle. Elle acceptait ce fait. Il n'était pas question qu'il se fasse tuer par sa faute. Personne ne se rendait compte du miracle qu'il était. Un homme bon qui prenait soin de son peuple, de la forêt, de l'environnement dans lequel il habitait. Qui était doux, gentil, compatissant. Il avait été comme un trésor inattendu dans cet endroit paradisiaque.

Alors qu'elle n'avait été que source de danger pour lui. Rachael soupira et enroula ses doigts autour de la balustrade. Elle était prise d'une terrible envie de pleurer, mais n'osait pas se laisser aller. Si elle commençait, elle n'arriverait plus à s'arrêter.

L'appel résonna de nouveau et quelque chose au plus profond d'elle répondit, gagnant en puissance. Elle ne s'en rendit pas tout de suite compte, pas avant que le vent n'effleure sa peau. Son instinct sauvage se réveilla, impitoyable, rugissant, exigeant d'être entendu. Sa vue changea, s'éclaircit, des ondes de chaleur colorée apparurent dans son champ de vision. Des rouges, des jaunes et des bleus. Des odeurs s'infiltrèrent dans ses narines comme des petites bulles d'information. Elle sentit chaque fleur, chaque fruit, chaque créature dans les arbres.

Sa peau la picotait, le poids de ses vêtements devenait douloureux. Rachael retira sa chemise et la lâcha. Ses muscles s'étiraient déjà. Sa colonne vertébrale craqua et elle tomba par terre. Elle avait perdu le contrôle de ses membres et se retrouva allongée sur le ventre, les yeux fixés sur le plancher. Sa peau était à vif à force de frotter contre son jean. Désespérée, elle le déboutonna et s'en débarrassa en quelques secondes. Les contractions des muscles de sa jambe blessée étaient insoutenables. Ses ligaments se rompirent avec un bruit sec. Elle entendait son corps se métamorphoser.

Le chagrin était accablant. Elle pleura ce qu'elle ne pouvait pas avoir. Mais cette seconde moitié d'elle-même s'efforça de l'aider, de la libérer, de la protéger de la douleur dans un monde qu'elle ne pouvait pas contrôler. Ses doigts se recroquevillèrent. De la fourrure fit irruption de ses pores. Sa mâchoire s'élargit pour laisser place à ses crocs. Ses jambes se tordirent, s'étirèrent, et sa cheville blessée se mit à la brûler. Des griffes jaillirent du bout de ses doigts et labourèrent le plancher.

Elle aurait dû être terrifiée. Se convulser par terre, entendre ses muscles et ses tendons céder n'avait rien d'agréable. Mais elle accueillit avec plaisir cette métamorphose, cette occasion d'être différent. La forêt prit vie autour d'elle, un nouveau monde qui lui tendait les bras, elle qui n'avait rien d'autre. Qui n'avait sa place nulle part ailleurs. Le léopard leva la tête pour la première fois et contempla son royaume. Des bruits affluaient de partout. Des odeurs et des bruissements intrigants. Ses vibrisses lui transmettaient des informations. Elle était même capable de percevoir la distance d'un objet à l'autre. C'était excitant, enivrant.

Rachael se hissa en titubant sur ses pattes, s'effondra et réessaya. Elle s'étira paresseusement, sentant ses muscles puissants jouer sous sa peau. Il ne lui avait fallu qu'une minute, qui avait semblé durer une éternité, pour abandonner son ancienne peau. Elle fit quelques pas prudents, vacilla et tomba de nouveau. Le murmure des voix masculines était sonore derrière elle, leur odeur emplissait ses poumons. Rio l'attirait presque irrésistiblement, si bien qu'elle hésita un instant. Le chagrin l'envahit, acéré, sombre, dévorant. Rachael se força à tourner ses pensées dans une autre direction. Il n'était pas pour elle. Le cœur battant, elle sauta sur une branche en contrebas. Sa patte blessée lui faisait mal, mais elle réussit à ignorer la douleur et à embrasser ce que l'animal avait à lui offrir.

Elle enfonça ses griffes dans l'écorce de l'arbre, chancelante, avant de trouver son rythme. Le rythme parfait de la nature. La pluie. Les oiseaux. Le bruissement ininterrompu des feuilles. Le frémissement de ses muscles, les battements de son cœur, la force qui coulait en elle lui semblaient être un don du ciel. Le désespoir laissa place à la joie. Elle sauta de branche en branche, sentant ses forces grandir. Puis elle se retrouva au sol et se mit à courir par pur plaisir. Pour sentir ses muscles s'étirer, ses jambes la propulser sans effort par-dessus des rondins. Elle pataugea dans des flaques et des petits ruisseaux, franchit d'un bond des berges qu'elle n'aurait pas pu escalader.

Le soleil mouchetait le sol et elle sauta sur les rayons dansants, faisant virevolter les feuilles et les aiguilles autour d'elle. Elle pourchassa des cerfs, escalada des arbres, courut le long des branches, dérangea délibérément les oiseaux et les gibbons. Un rire lui chatouilla la gorge. Elle se tourna pour partager sa joie avec lui. Rio. Elle se souvenait d'avoir couru avec lui sous cette autre forme. D'avoir exploré la forêt. D'avoir frotté son museau contre le sien en signe d'affection. Ils avaient partagé une vie faite d'amour et d'attirance sexuelle intense. Elle le connaissait aussi bien sous cette forme que sous leur forme humaine.

Rachael s'arrêta abruptement, terrifiée. Elle était seule. Rio n'était pas avec elle et ne le serait jamais. Quelle qu'ait été leur vie passée, ils ne pouvaient être ensemble dans celle-ci. Rio ne pouvait pas renoncer à sa forme humaine comme elle-même avait choisi de le faire. Il avait des responsabilités. Elle le connaissait suffisamment pour savoir qu'il n'abandonnerait jamais son peuple. Accablée de chagrin, elle s'allongea sur la branche d'un grand arbre, loin de chez lui, posa sa tête sur ses pattes et pleura.

Rio écouta poliment Kim, jetant de temps à autre des coups d'œil vers le porche. Rachael s'était éloignée de la porte et avait disparu de son champ de vision. Elle avait eu l'air si abattue, ça ne lui ressemblait pas. Il voulait la rejoindre pour la réconforter, mais Kim tenait à lui parler de la vision de son père, insistant que quelque chose clochait avec le groupe qui prétendait chercher des plantes médicinales dans la forêt.

— Il connaissait les noms de toutes les plantes et leurs propriétés, expliqua-t-il de son habituel ton lent et délibéré. Mon père ne sait pas pourquoi il a eu une telle vision alors que l'homme connaît à l'évidence les mœurs de la forêt.

Rio s'approcha de la porte pour tenter de voir Rachael.

— Beaucoup de personnes qui viennent dans la forêt sont au fait de nos coutumes mais ne les respectent pas. Il est possible que ce soit le cas de cet homme. Se pourrait-il qu'il soit un braconnier, à la recherche de peaux de bêtes ou de défenses d'éléphants ?

Plus il aurait d'informations, mieux il pourrait se préparer à de potentiels ennuis.

— Peut-être. Il est suffisamment armé en tout cas.

— Tama ne l'amènerait jamais par ici, surtout s'il s'avère être un braconnier, dette d'honneur ou pas.

— Non, mais s'il est plus qu'un simple braconnier, s'il est sur les traces de Miss Rachael ou les tiennes, Tama ne le saura pas avant qu'il ne soit trop tard.

— Y avait-il autre chose dans la vision de ton père qui laisserait penser que nous sommes en danger ? demanda Rio en faisant un pas supplémentaire vers la porte.

Son cœur commençait à battre la chamade et sa bouche s'asséchait.

— Mon père a été tellement perturbé par ce qu'il a vu qu'il m'a envoyé te prévenir. Mais il n'a pas réussi à interpréter pleinement sa vision. Il n'a pas su dire si le danger qu'il sentait était dirigé contre toi, la femme ou cet homme.

— Merci, Kim, dis à ton père que je lui en sais gré. J'apprécie son avertissement et je vais en tenir compte.

C'était bien trop calme sur le porche. Un silence soudain s'abattit sur la forêt, puis les créatures se mirent à pousser des cris frénétiques. Rio se raidit et poussa une avalanche de jurons éloquents.

— Elle est partie.

Une colère noire, destructive, l'engloutit aussitôt. Il tenta de la ravaler.

— Rachael.

Il prononça son prénom comme un talisman, pour se forcer à réfléchir et à reprendre son sang-froid.

— Que se passe-t-il, Rio ? demanda Kim en reculant d'un pas prudent.

Le visage de Rio était un masque impassible, mais ses yeux brillaient et le danger émanait du moindre de ses pores.

— Le Han Vol Dan. Bon sang, je lui avais dit d'attendre ! Sa jambe n'est même pas encore guérie. Mais bien sûr, elle n'en a fait qu'à sa tête.

Il était furieux. Absolument furieux. Ça n'avait rien à voir avec une quelconque inquiétude pour elle, pour sa jambe, pour sa sécurité. Ou la peur qu'elle l'ait quitté. Il serra les poings pour s'empêcher de rugir.

— Elle est en danger, seule dans la forêt.

— Elle a découvert sa vraie nature. Elle va savoir se débrouiller, répondit Kim.

— Ce n'est pas si simple. On ne peut pas rester sous cette forme trop longtemps, répliqua Rio en retirant le jean qu'il avait enfilé à la hâte. Merci pour l'avertissement, Kim. Ne t'approche pas de cet homme. S'il est qui je crois, il est très dangereux. Remercie ton père de ma part. Que la chance t'accompagne.

Il savait qu'il faisait preuve d'impolitesse face à un homme qui avait élevé dans le respect des traditions et des bonnes manières, mais il s'en moquait. Rien n'importait plus que de trouver Rachael et de la ramener chez lui.

— Et bonne chasse à toi.

Kim détourna poliment les yeux tandis que Rio se métamorphosait avant de sauter sur les branches en contrebas, toutes griffes dehors. Il commença à suivre les bruits et les silences de la forêt. Il connaissait chaque arbre de son territoire. Il allait la trouver. Il le fallait. La colère qui bouillonnait en lui rendait son léopard doublement dangereux, si bien que les autres animaux fuyaient à son approche.

Il volait presque à travers la forêt, sautant par-dessus les branches et les arbustes. Il ne s'arrêta que pour humer le vent. Il n'y avait aucun signe d'humains dans les parages, mais il devait rester sur ses gardes. Tomas allait forcément envoyer des hommes à ses trousses. Il le faisait régulièrement, dans l'espoir de trouver sa maison. Des braconniers venaient souvent dans la région, écumant les forêts de Malaisie, de Bornéo et d'Indonésie à la recherche de l'ours malais, de léopards, d'éléphants, et même de rhinocéros, les plus protégés de leurs animaux. Il y avait aussi des équipes scientifiques qui étudiaient le biotope. Des écologistes. Des vétérinaires qui comptabilisaient la population d'éléphants. Sans parler de ce nouveau groupe suspicieux. Rio avança à pas de loup, le murmure dans les arbres et dans le ciel l'ayant informé qu'elle n'était plus très loin.

Il la suivit à la trace, franchit les mêmes rondins, sauta dans les mêmes flaques, vit les feuilles et les aiguilles dans lesquelles elle avait joué. Il savait ce qu'elle ressentait : cette joie, cette liberté indescriptibles qui enivraient les sens lorsqu'ils donnaient libre cours à leurs instincts. Il était alors séduisant de s'y abandonner et de vivre sans responsabilités. Chacun d'entre eux devait faire face à l'appel de la forêt et choisir. Ni l'un ni l'autre, mais les deux. Une espèce capable de passer d'une forme à l'autre, avec des obligations.

Il avança discrètement entre les arbres, sachant qu'il la rattrapait. Son odeur était entêtante, provocante, très Rachael. Les bruits de la forêt se turent peu à peu à mesure que les ombres s'allongeaient. Ils avaient dormi une bonne partie de la journée et, à présent, le crépuscule pointait. Il voulait la trouver avant que la séduction de la nuit ne la touche.

Rio sentit sa présence bien avant de la voir. Elle était allongée au creux d'un arbre, élancée, élégante et aussi attirante que sous sa forme humaine. Elle se redressa et le toisa en silence, les oreilles dressées, aux aguets. Il écarquilla les yeux, pencha délibérément les oreilles en avant et cambra le dos avant de sauter dans un tas de feuilles mortes, les envoyant voler dans tous les sens.

Pour la tenter encore plus, il enroula sa queue en signe d'invitation.

Un instinct refoulé de jeu remonta à la surface. Rachael se leva lentement, ignorant la douleur lancinante dans sa patte, et sauta de son arbre. Aussitôt, le mâle vint se frotter contre elle. Il lécha son pelage, lui donna des coups de patte et la mordilla gentiment. Rachael lui retourna ses gestes d'affection. Les sensations étaient incroyables, même sa langue lui prodiguait des informations nouvelles.

Puis elle fit volte-face et s'enfuit en courant, jetant un regard au mâle par-dessus son épaule pour l'inviter à la suivre. Il était si rapide qu'il la rattrapa sans peine et la percuta presque, l'obligeant à changer de direction. Tapie au fond de son léopard, Rachael éclata de rire. Elle bondit par-dessus un rondin, puis attendit qu'il la rejoigne et lui sauta dessus. Ils se roulèrent dans les feuilles avant de reprendre leur course folle. Le mâle la poussa à plusieurs reprises pour qu'elle suive la direction qu'il avait choisie.

Ils sautèrent joyeusement dans des flaques, se blottirent l'un contre l'autre à l'ombre d'un grand arbre, sous le regard curieux de centaines de roussettes, se roulèrent par terre et pourchassèrent une harde de muntjacs pendant quelques minutes. Il ne cessait de se frotter contre elle et de lécher son pelage pour l'encourager à continuer d'avancer chaque fois qu'elle faisait mine de vouloir s'allonger.

Sa jambe la brûlait et elle haletait, épuisée par leurs jeux. Par deux fois, elle essaya de s'accroupir pour lui montrer qu'elle voulait se reposer, mais il lui donna un coup d'épaule. Elle protesta d'un rugissement. Il ne se laissa pas intimider et la poussa encore plus fermement, manquant de la faire tomber. Il était incroyablement fort. Rachael commença à se sentir nerveuse. Elle boitait et faisait de son mieux pour ne pas s'appuyer sur sa patte blessée, mais il insistait. C'est alors qu'elle regarda autour d'elle et reconnut l'endroit où ils se trouvaient. Rio l'avait ramenée à la maison.

Furieuse, elle se tourna vers lui, les oreilles plaquées, et l'attaqua d'un coup de patte. Il se déroba, rapide comme l'éclair, puis se jeta sur elle. Elle se retrouva plaquée au sol, à tenter de reprendre son souffle, tandis qu'il plantait ses crocs dans son épaule. Il l'immobilisa, puis attendit.

Rachael savait ce qu'il voulait. Ce qu'il exigeait. Qu'elle reprenne sa forme humaine. Obstinée, elle grogna et montra les dents en signe de mécontentement. Elle était en colère de se retrouver dans cette position de soumission qui la faisait se sentir si vulnérable. Elle tenta de tenir bon, mais elle savait qu'il ne céderait pas. Ses crocs s'enfoncèrent plus profondément dans son épaule, son souffle chaud lui caressant la gorge.

Furieuse, Rachael invoqua son double humain. Rio avait peut-être l'avantage en tant que léopard, mais il n'allait pas s'en tirer ainsi lorsqu'elle serait humaine. Elle aurait dû se rendre compte de ce qu'il avait manigancé et se débrouiller pour contrecarrer ses plans.

Elle ne voulait pas retrouver sa forme humaine et devoir faire face à tous les problèmes qui l'attendaient, pas après avoir goûté la liberté de courir à travers la forêt. Mais c'était déjà trop tard. Elle sentit la métamorphose commencer dans son esprit, puis ses muscles se contractèrent et sa jambe se mit soudain à la brûler. Elle entendit un cri, mi-humain, mi-animal, s'échapper de sa gorge lorsque la douleur dans son épaule s'intensifia.

Rio la relâcha aussitôt, mais ne fit pas l'erreur de s'éloigner. L'énorme léopard noir se tint au-dessus d'elle tandis qu'elle se débattait, prise dans les affres de la transformation, jusqu'à ce qu'elle reprenne forme humaine. Elle se retrouva allongée face contre terre. Son corps tremblait légèrement et Rio sut qu'elle pleurait. Il frotta son museau contre elle pour la rassurer.

Rachael se tourna sur le dos et lui donna un violent coup de poing. Ses yeux lançaient des éclairs. Elle roua le mâle de coups, sans se soucier du fait qu'il soit capable de lui arracher la gorge. Sans se soucier du fait que les léopards soient connus pour leur mauvais caractère. Rio esquiva et se transforma à son tour. Il lui attrapa les poignets lorsqu'elle repassa à l'attaque, lui faucha les jambes et la plaqua de nouveau au sol, la pressant contre l'épais tapis de feuilles.

— Du calme, Rachael, dit-il en ravalant son rire.

Les derniers rayons du soleil illuminaient son visage et son corps nimbé de sueur. Des feuilles et des brindilles ornaient sa tignasse bouclée. Elle irradiait la fureur et le sexe. Il ne pouvait pas s'empêcher de la voir ainsi. Elle le rendait heureux, même lorsqu'elle mourait clairement d'envie de lui arracher les yeux.

— Tu croyais vraiment que j'allais me résigner à passer une existence misérable sans toi ? Pour qui me prends-tu ?

— Un idiot, voilà pour qui, répliqua-t-elle, bien que ses mots aient déjà désamorcé sa colère.

Elle détestait ça, cette capacité qu'il avait de la calmer avec quelques paroles charmeuses, ses yeux brillants qui la dévoraient du regard et sa bouche si tentante.

— Maudit sois-tu, Rio.

Elle enroula ses bras autour de son cou et l'embrassa.

Rio sentit l'électricité se déverser dans ses veines. Il était revenu à la vie, son cœur battait, ses poumons fonctionnaient. Il releva la tête et la dévisagea d'un regard de braise.

— Maudite sois-tu, Rachael. Tu m'as quitté. Après m'avoir fait ressentir toutes ces choses. Tu n'as même pas eu le cran de m'en parler avant.

Il l'agrippa et la dévora. Encore et encore.

Elle sentit sa colère, brûlante et féroce, à travers ses baisers. Elle sentit son amour. Tendre, dévorant. Et elle le voulait. Pour toujours. Pour aussi longtemps qu'elle pourrait le garder.

— Je suis désolée, Rio. Je ne voulais pas te blesser. J'aurais dû avoir le courage d'en discuter avec toi. Je pensais pouvoir vivre dans la forêt, sous mon autre forme. J'espérais que mes ennemis ne me trouveraient pas si j'étais léopard. Et, au moins, je pourrais rester près de toi.

Il secoua la tête.

— Si tu es l'une des nôtres, ton frère l'est aussi. Le sniper, celui qui se faisait appeler Duncan, a dû introduire le cobra dans ta chambre. Et c'est lui qui a dû essayer de te tuer il y a quelques nuits. Il se transformait en léopard, seuls quelques individus au monde peuvent le faire. Il devait savoir que tu en étais capable. Tes ennemis amèneraient des chasseurs et finiraient par te tuer. On ne peut pas s'enfuir. Si j'ai appris une chose dans cette vie, c'est qu'il faut réfléchir aux problèmes sous tous les angles.

Rachael sentait les aiguilles lui picoter la peau. Elle se releva prudemment. Il était bien plus facile d'évoluer dans la forêt sous sa forme animale que sous sa forme humaine.

— Je ne veux pas qu'il t'arrive malheur.

— Et tu crois que ton frère va essayer de m'attaquer ? demanda-t-il en lui prenant la main pour l'entraîner vers la cabane.

Il retira les feuilles et les brindilles de sa chevelure. Elle le remercia d'un petit sourire.

— J'ai l'impression que nous sommes Adam et Ève.

— Il faut que tu me parles de lui. Je ne lui veux pas de mal, mais j'ai besoin de savoir à quoi m'en tenir, Rachael. Tu dois décider si tu me fais confiance ou non.

Elle s'arrêta au pied de l'arbre et leva les yeux vers la canopée qui dissimulait la maison de Rio.

— Tu crois vraiment que c'est une question de confiance ?

Il posa une main sur ses fesses nues pour l'aider à atteindre la branche la plus basse. Elle se hissa à l'aide des lianes qui pendaient là comme des serpentins. Rio admira son corps, ses muscles souples, ses courbes et ses creux. Elle avait un fessier magnifique. Il sourit et sauta d'un bond sur la branche, attrapant la liane juste au-dessus d'elle et la pressant contre le tronc. Il lui mordilla l'épaule comme un félin dominant.

— Je sais que c'est une question de confiance.

Au lieu de se raidir ou de se dégager comme il s'y attendait, elle s'appuya contre lui et se frotta contre son érection bourgeonnante.

— Je te fais confiance. Pleinement. Je suis là avec toi. Je t'ai choisi. Je t'ai toujours choisi.

Elle n'avait plus aucun doute. Elle l'avait toujours choisi et elle le choisirait toujours.

— Ne le sens-tu pas, Rio ? Nous avons toujours été ensemble. J'en suis convaincue. Ailleurs, quelque part de mieux.

Il secoua la tête et la pressa de grimper plus haut.

— Ce n'était pas si différent, Rachael. Il y a toujours eu du sang, des coups de fusil et du danger. Mais on y a fait face ensemble. C'est ainsi. Nous vivons notre vie du mieux que nous pouvons, tous les deux, en affrontant les choses qui se dressent en travers de notre chemin.

Elle se hissa sur le porche. Ses vêtements gisaient en tas là où elle les avait abandonnés. Elle ramassa sa chemise et la serra contre elle.

— Je l'aime, Rio. Je sais qu'il a fait des choses horribles. Les gens le considèrent comme un monstre et pensent que je devrais aider à le détruire. Mais je ne peux pas. Je refuse. Je comprends comment il est devenu ce qu'il est.

Très lentement, elle enfila sa chemise. La chemise de Rio. Il était partout.

— Crois-tu vraiment que nous étions ensemble dans une autre vie ?

Il posa ses yeux d'un vert brillant sur elle.

— Pas toi ?

Elle lui sourit.

— Je crois que tu es très beau. Je le pensais déjà à l'époque, où que nous étions. Je m'en souviens parfaitement.

Il s'approcha tout près d'elle, lui attrapa fermement le menton et leva son visage vers lui.

— Ne refais jamais ça, déclara-t-il avec sérieux. Ne me quitte pas. C'est comme si tu m'avais arraché le cœur de tes mains nues.

Il se sentait ridicule de dire cela. Il n'avait rien d'un poète, n'était pas romantique pour un sou, mais il devait trouver un moyen de lui faire comprendre l'énormité de ce qu'elle avait fait.

Elle leva une main pour tracer doucement les lignes de son visage.

— C'est promis. Si tu es prêt à prendre le risque, je resterai ici, avec toi. (Elle recula lorsqu'il tendit la main vers elle.) Mais je veux que tu saches à quoi tu t'engages avant de te décider.

— Rachael, dit-il d'une voix douce, aimante. J'ai déjà décidé. Je te veux dans ma vie quelles que soient les circonstances. J'étais allongé à ton côté l'autre nuit et je me demandais si j'aurais autant envie de toi si on ne pouvait plus faire l'amour. Je dois te dire que le sexe avec toi est incroyable. J'y pense constamment et avec impatience.

— Ça alors, répondit-elle avec l'ombre d'un sourire.

— Ce que je veux dire, c'est que je te veux dans ma vie, dans mon lit. Je veux ton rire et ta mauvaise humeur. C'est toi, pas ton passé, pas même ton corps, si magnifique soit-il. Non pas que je veuille que tu changes.

— Mon frère et moi avons hérité d'un empire de drogue, lâcha-t-elle en le regardant droit dans les yeux.

Cette révélation le percuta en plein estomac, mais il n'en laissa rien paraître. Ne changea pas d'expression. C'était ce à quoi elle s'attendait. Rejet. Trahison. Il ne cilla même pas.

Elle attendit en silence sa réaction. Le dégoût qu'il ne manquerait pas de ressentir. Elle était terrifiée à l'idée de le perdre, mais elle continua. Il avait le droit de savoir.

— C'est bien pire que dans les films, Rio. Il y a des champs, des travailleurs et des laboratoires. Des quantités illimitées de cocaïne. Il y a des pistolets, des meurtres et des trahisons. On vit dans une maison magnifique, on porte de beaux vêtements et des bijoux coûteux. Nos voitures sont rapides, puissantes, et notre style de vie décadent. On ne manque de rien. On a tout ce que l'on veut. Surtout si l'on est prêt à fermer les yeux sur les gardes du corps et les dispositifs de sécurité. Sur la corruption policière et gouvernementale, sur les meurtres quand un pauvre diable essaie de voler pour nourrir sa famille. Sur les toxicos, les femmes qui vendent leur corps et leurs enfants. Si on est prêt à fermer les yeux sur tout ça, alors j'imagine que c'est la belle vie.

Elle se détourna, incapable de soutenir son regard.

— C'est mon héritage, Rio. C'est la raison pour laquelle mes parents ont été tués.

Rachael chercha à tâtons la chaise dans son dos. Sa blessure lui faisait mal, mais ce n'était pas pour cette raison que ses jambes tremblaient. Elle se laissa tomber sur le siège.

— Mon frère m'a dit que notre père était tombé amoureux de notre mère et qu'il avait voulu se retirer de l'entreprise familiale. Il savait qu'elle l'aurait quitté une fois qu'elle aurait appris la vérité. Je ne sais pas exactement pourquoi nous avons quitté l'Amérique du Sud, je crois qu'il s'imaginait que les choses seraient différentes en Floride. Mais l'empire était tout aussi présent là-bas et il ne pouvait rien y changer.

Rio lui prépara une boisson fraîche. Il voyait la douleur qui la consumait. Deux jeunes enfants, balancés dans un monde de violence. Il connaissait les règles strictes de la société dans laquelle leur mère avait grandi. Elle avait dû tenter de transmettre ses principes, son honneur, son intégrité à ses enfants. Il lui tendit le verre et s'assit par terre, prenant sa jambe blessée entre ses mains.

Rachael baissa les yeux vers lui. Son expression semblait exempte de jugement. Elle ne lisait que l'acceptation sur son visage, la compassion dans son regard. Sentant les larmes lui monter aux yeux, elle dut se détourner. Elle n'osait pas se mettre à pleurer. Elle craignait de ne plus jamais réussir à s'arrêter.

Elle sirota le jus frais en tentant de réfléchir à ce qu'elle pouvait lui raconter. Et comment. Elle n'avait jamais rien dit à personne. Des gens étaient morts à cause des informations qu'elle possédait. Rio nettoya doucement sa blessure, puis souleva sa jambe pour examiner ses plaies. Le cœur de Rachael fit un drôle de petit bond dans sa poitrine. Elle tendit la main pour effleurer ses épais cheveux en broussaille.

— Tu es vraiment un homme bien, Rio. Ne laisse personne, surtout pas tes doyens, te convaincre du contraire.

Rio se pencha et déposa un baiser sur la cicatrice la plus proéminente.

— Que t'est-il arrivé, Rachael ? Qu'est-il arrivé à ton frère ?

— Mon oncle Armando était à la tête de l'empire familial au côté de notre père. Ils étaient jumeaux. Très proches. Du moins, c'est ce qu'on croyait. On passait tellement de temps avec lui. Il venait sans cesse dîner à la maison. Il traitait Elijah comme son propre fils, l'emmenait à des matchs de base-ball ou dans le parc des Everglades. On pensait qu'il nous aimait. Il faisait bien semblant, en tout cas. Je n'ai jamais entendu Armando et Antonio se disputer. Pas une seule fois. Ils se serraient toujours dans les bras et semblaient sincèrement s'apprécier.

Rio leva les yeux lorsqu'elle se tut de nouveau, les sourcils froncés. Il attendit patiemment, conscient qu'elle avait été traumatisée et lui racontait des choses qu'elle n'avait jamais dites à personne. Rachael inspira profondément, puis jeta un coup d'œil vers la porte. Vers les fenêtres.

— Tu es certain qu'il n'y a personne dans les parages ? Kim ne peut pas nous entendre ? demanda-t-elle d'une voix basse, presque enfantine. Chez nous, on vérifiait tous les jours que la maison n'était pas sur écoute. Parfois plusieurs fois par jour. Et Elijah fait passer chaque voiture au peigne fin à la recherche de bombe avant qu'on ne monte à bord.

Incapable de se retenir, Rio referma les doigts autour de sa cheville. Il voulait la toucher, la réconforter.

— Ce doit être affreux de vivre ainsi, à toujours s'attendre au pire.

— J'avais neuf ans que je suis entrée dans une pièce et que j'ai assisté au meurtre de mes parents. Armando était en train de poignarder son frère, encore et encore. Ma mère était déjà morte. Il lui avait tranché la gorge. La pièce tout entière était remplie de sang.

Rio la sentait à des années-lumière de lui. Elle était redevenue cette petite fille innocente, qui rentrait peut-être de l'école et voulait montrer quelque chose à ses parents. Il l'agrippa encore plus fermement.

— Il a levé les yeux et m'a vue. J'ai hurlé. Je me souviens que je n'arrivais plus à m'arrêter. Il s'est approché de moi avec le couteau. La lame était couverte de sang, il y en avait partout, sur lui, sur ses mains. Et je suis restée plantée là, à crier. Je savais qu'il allait me tuer. J'étais un témoin. Je l'ai vu les assassiner.

— Pourquoi ne l'a-t-il pas fait ?

Rio avait l'impression de lui arracher les mots de la bouche. Après chaque révélation, elle se taisait. Le traumatisme était profondément ancré en elle et ne disparaîtrait jamais. Il savait que sa vie ne s'était pas beaucoup s'améliorée depuis, pas avec une récompense d'un million de dollars contre sa capture.

Rio la souleva, s'installa sur le siège et la prit sur ses genoux. Rachael se pelotonna contre lui et blottit son visage contre son cou.

— Elijah est arrivé. Armando tenait à le garder en vie, plus qu'il me voulait morte. Il n'avait pas de famille, personne pour l'aider à diriger son empire. Il avait commencé à montrer quelques ficelles à Elijah. Et là, dans cette pièce, avec le sang de mes parents à ses pieds, il m'a mis le couteau à la gorge et a dit à Elijah de faire son choix. De lui jurer fidélité et de devenir son fils, ou bien il me tuerait.

— Et Elijah a choisi de te sauver.

Les yeux de Rachael s'emplirent de larmes.

— Nos vies étaient un enfer, surtout celle d'Elijah. Armando voulait qu'il ait tant de sang sur les mains qu'aucun de nous ne se rendrait jamais à la police. Je savais que mon frère le faisait pour moi, pour me garder en vie, mais ce n'était pas bien. Il aurait dû me laisser partir. J'aurais dû avoir le courage de le sauver.

— Comment ? En te suicidant ? (Rio glissa le pouce sur les cicatrices qu'elle portait aux poignets et qu'il n'avait jamais évoquées.) Il ne pouvait pas te laisser faire ça. Et donc il s'est associé à l'homme qui avait tué vos parents.

— Et il est devenu plus fort, plus puissant et plus distant chaque jour qui passait.

Rio la sentit trembler tandis que ses larmes lui mouillaient la peau.

— Ç'avait toujours été nous deux contre le reste du monde. Mais, soudain, on a commencé à avoir d'horribles disputes. Elijah est devenu cachottier. Il ne me laissait plus quitter la propriété. Il me faisait constamment surveiller et faisait fuir tous mes amis.

— Il était en train de se séparer de ton oncle. De déclencher une guerre.

— J'avais un ami, Tony, le frère d'une copine. Je l'avais rencontré chez elle. On se connaissait à peine. Il venait tout juste de revenir en ville. J'étais sorti avec quelques hommes auparavant, mais ça avait toujours tourné à la catastrophe. L'un d'eux s'était révélé être un flic sous couverture, et j'avais découvert qu'un autre était aux ordres d'Elijah. Mon frère l'avait payé pour me fréquenter. Je ne me souviens pas d'un seul homme qui se soit sincèrement intéressé à moi en tant que femme. La police voulait rassembler des preuves contre Elijah. Armando voulait trouver un moyen de se rapprocher de mon frère pour le tuer. Il était absolument furieux contre lui.

— Parle-moi de Tony.

Elle évitait le sujet. Rio la connaissait suffisamment à présent pour reconnaître chaque signe d'agitation et de stress. Elle se pressait contre lui, tremblante, la respiration haletante.

— Je n'ai pas parlé de Tony à Elijah parce que je savais qu'il ne me laisserait jamais seule avec lui. J'étais constamment surveillée. Il avait l'air gentil. Marcia, sa sœur, était une bonne amie à moi. Il avait emménagé avec elle et, quand j'allais lui rendre visite, il était là. Au début, on se contentait de discuter, de jouer au Scrabble, ce genre de choses. Je voulais juste passer quelques heures normales durant lesquelles je n'étais pas la sœur d'Elijah Lospostos. Quelque part où personne n'était armé et où les gens ne complotaient pas pour s'entre-tuer.

» Je n'étais pas amoureuse de Tony. Je ne couchais pas avec lui, ne lui racontais pas de secrets. Je n'aurais jamais trahi mon frère. Je l'avais vu durant toutes ces années, obligé de commettre des choses affreuses. Je ne peux pas te dire le nombre de fois où Armando m'a menacée. Le nombre de fois où il m'a enfoncé un pistolet dans la bouche en hurlant sur Elijah. Le nombre de fois où j'ai prié pour qu'il appuie sur la détente, juste pour ne plus voir la douleur et la rage sur le visage de mon frère. C'était une existence infernale jusqu'à ce qu'Elijah devienne assez puissant pour se dresser contre notre oncle. Mais Armando s'est échappé. Et la guerre a commencé. Le cauchemar n'était pas terminé.

— Pourquoi Elijah aurait-il eu une objection à propos du frère de ton amie ?

— Je ne sais pas, mais je ne voulais pas que Tony soit au courant de cet aspect de ma vie. Marcia ne savait rien. Je l'avais rencontrée à la bibliothèque un jour, puis nous avions sympathisé autour d'un café. Elle ne savait pas qui j'étais et je ne comptais pas le lui dire. C'est une gentille fille, d'une bonne famille.

— Que fait-elle ?

— Elle est professeur. Elle enseigne les sciences à des élèves de sixième. J'allais lui rendre visite aussi souvent que possible. Sa maison était comme un sanctuaire. Elijah envoyait toujours un garde avec moi, mais il attendait dans la voiture. Marcia pensait que c'était mon chauffeur. C'était source de plaisanterie pour elle. Puis j'ai rencontré son frère et il était aussi gentil qu'elle. Un jour, il m'a proposé d'aller au vernissage d'une exposition. Il s'intéressait beaucoup à l'art. (Rachael baissa la tête.) J'ai dit oui.

Un frisson parcourut le corps de Rio. Il sentait ce qui allait arriver. La mort avait une présence reconnaissable entre toutes. Et elle était entrée dans la pièce. Il la voyait dans les yeux de Rachael. Dans l'expression dévastée qui ne la quittait jamais vraiment. Il la serra plus fort dans ses bras et la berça tendrement, pour tenter de l'apaiser, de la réconforter. Mais il n’y avait ni paix ni réconfort dans la trahison.

— Et ton frère vous a trouvés.

Chapitre 16

Rachael inspira profondément.

— Je suis allée chez Marcia et j'ai demandé aux gardes de rester dehors. Tony et moi sommes montés dans la voiture de Marcia, et je me suis penchée comme pour chercher quelque chose dans mon sac pour que les gardes ne me voient pas nous éloigner. Pendant plusieurs kilomètres, j'ai cru que le danger était écarté. Et puis, tout à coup, on s'est retrouvés pourchassés par des voitures tout autour de nous. C'était les hommes d'Elijah, pas ceux d'Armando. Je les connaissais tous. Ils nous ont forcés à nous arrêter sur le bas-côté. Elijah a ouvert ma portière et m'a tirée hors de la voiture. Il y a eu un échange de cris et, soudain, Elijah a déchargé son pistolet sur Tony.

Elle se couvrit le visage de ses mains. Ses sanglots déchiraient le cœur de Rio, surtout venant d'une femme si courageuse. Il posa sa tête sur la sienne et la berça, l'esprit en ébullition, tentant de comprendre pourquoi son frère voudrait sa mort après avoir tout fait pour lui sauver la vie.

— Je n'arrivais pas à y croire. J'avais tellement de morts sur la conscience, j'avais l'impression d'être couverte de sang. Tous ceux qui m'approchaient. Tout ce qu'Elijah avait fait était ma faute. Il était furieux. Il m'a secouée en répétant qu'il aurait dû mettre le pistolet sur ma tempe.

Rio était traversé par tant d'émotions qu'il ne savait plus ce qu'il ressentait. Une partie de lui avait envie de pleurer pour elle. Une autre voulait traquer son frère et son oncle. Il lui attrapa les poignets et déposa un baiser sur ses cicatrices.

— *Sestrilla*, tu as bien fait de venir, ta place est ici, avec moi. Tous les matins, les oiseaux chanteront pour toi. La pluie nous jouera ses magnifiques mélodies. C'est notre monde.

Il se sentait idiot de lui dire ces mots, mais touché qu'elle l'ait accepté, lui et son propre passé violent. Qu'elle soit capable de ne pas le juger après tout ce qu'elle avait elle-même vécu. Il lui aurait récité un poème s'il en avait connu un, juste pour apaiser ses souffrances.

— Elijah n'arrêtera jamais de me chercher. Tu aurais dû le voir toutes ces années. Il s'est donné tant de mal pour comploter dans le dos d'Armando afin de nous libérer de son emprise. C'était une vie horrible, où la mort nous menaçait constamment. Il dansait chaque jour sur la corde raide. Nous nous passions des notes que nous brûlions pour que personne ne connaisse nos plans. Il se tenait sans cesse entre moi et notre oncle.

— Ça a dû être difficile.

— Nous n'avions pas de vie. Nous étions encore à l'école, mais nous n'avions pas d'amis. Il était trop dangereux de faire confiance à quiconque. Il n'y avait pas de sorties, pas d'invitations, pas de rendez-vous. Nous vivions dans une peur constante. Parfois, si Armando estimait qu'Elijah n'en faisait pas assez, lui et ses hommes entraient par effraction dans ma chambre en pleine nuit, me traînaient jusque dans celle d'Elijah et me menaçaient d'un couteau sur la gorge ou d'un pistolet sur la tempe. Elijah restait parfaitement calme. Il ne pleurait jamais. Il ne paniquait pas. Il regardait simplement Armando en lui demandant : « Que veux-tu que je fasse ? » Et il faisait ce qu'il avait à faire pour me sauver la vie.

— Pourquoi as-tu si honte ?

— Il a vendu de la drogue. Je suis certaine qu'il a tué des gens. Il était si beau, si rempli de joie. Il ne sourit plus jamais désormais. Il n'a rien dans sa vie. Tout ça à cause de moi. En échange de ma vie. Il aurait mieux valu pour lui que mon oncle me tue aussi. Au moins, il aurait été libre. C'est un véritable caméléon et il aurait disparu sans laisser de traces s'il avait été seul.

— Adolescent, déjà, il devait être extraordinaire. J'aimerais le rencontrer. Nous pourrions peut-être parvenir à un accord.

— Mais tu ne comprends pas. Il n'est plus mon Elijah à présent. Il est devenu un étranger, un inconnu. Quelqu'un de torturé et de dangereux. Il n'est pas entièrement mauvais. Je sais qu'il essayait de s'extirper de l'industrie de la drogue et de vendre toutes les sociétés illégales. Il me l'a promis. Nos deux noms sont liés à ces sociétés. Nous possédons tout ensemble.

— Donc, si tu meurs, ta part lui revient.

— Il ne me tuerait pas pour de l'argent, si c'est ce que tu crois. J'en suis certaine. Je ne vérifie jamais les comptes, je ne possède même pas de voiture. Je me moque d'être riche et il le sait.

— Est-il possible qu'Elijah ait offert la récompense pour te garder en vie, tandis que ton oncle aurait engagé des assassins pour te tuer ? Ce serait le plus logique. Tu t'es disputée avec Elijah et il a eu des mots durs à ton égard, mais pourquoi ton oncle chercherait-il soudain à te garder en vie ? Tu ne lui es d'aucune utilité s'il ne peut pas se servir de toi pour contrôler Elijah.

Rachael resta silencieuse un long moment, mais il la sentit se détendre légèrement.

— Je n'avais pas pensé à ça. J'étais tellement choquée quand Elijah a tué Tony sous mes yeux. Il était tellement en colère. Je ne l'avais encore jamais vu comme ça. D'habitude, il était toujours si calme, si maître de ses émotions.

— Donc ça ne lui ressemblait pas d'agir ainsi ?

— Il émet une aura de danger à présent. Je ne sais pas comment l'expliquer, mais ce n'était pas le cas avant. On était si proches et, soudain, il a commencé à me repousser. Il ne voulait plus parler de l'entreprise, il ne répondait plus à mes questions sur Armando. Il insistait pour que je reste à l'intérieur, loin des fenêtres.

— Peut-être craignait-il pour ta vie.

Elle soupira et attrapa son verre sur la petite table. Le jus frais apaisa sa gorge irritée.

— On craignait sans arrêt pour ma vie. La peur était notre quotidien.

— Et tu pensais qu'en me disant qui tu es, qui est ta famille, je ne voudrais plus de toi ? Rachael, comment peux-tu penser cela ? dit-il en lui prenant le visage entre ses mains.

— Si j'avais essayé d'aller voir la police…

— Pourquoi ne l'as-tu pas fait ?

— Pour deux raisons. La première, c'est qu'Armando avait certains policiers à sa botte et nous ne savions pas lesquels. Et, bien sûr, Elijah était impliqué jusqu'au cou dans les affaires familiales. Armando s'en est assuré afin qu'il ne se retourne jamais contre lui. Mon oncle était prêt à tuer son propre frère mais voulait sincèrement l'aide de son neveu. Je n'ai jamais compris pourquoi. Je ne trahirais Elijah pour rien au monde.

— Et tu crois que je t'en tiendrais rigueur ? Tu n'as rien à te faire pardonner, Rachael. (Rio leva soudain la tête et poussa un soupir.) Il savait. Ton oncle devait être au courant que ta mère était une métamorphe, et ton frère aussi.

— Comment l'aurait-il appris ?

— Tu m'as dit qu'ils étaient proches, Antonio et Armando. Si Antonio avait découvert que sa femme était une métamorphe et qu'ils devaient quitter l'Amérique du Sud pour la protéger contre les doyens, peut-être qu'il s'était confié à son frère. Surtout s'il avait besoin d'aide rapidement et s'il laissait la gestion des plantations à Armando ou à un employé.

— J'imagine. Mais je ne sais toujours pas si mon frère peut changer de forme. Pourquoi ne m'aurait-il rien dit ? On parlait souvent de nos parents. Pourquoi m'aurait-il caché une information si importante ?

— Peut-être qu'il te protégeait. Tu dis que votre oncle l'emmenait souvent avec lui et qu'ils passaient du temps dans les Everglades. Que faisaient-ils là-bas ?

— Je ne sais pas. J'étais encore jeune. Je pensais qu'ils pêchaient, faisaient de la plongée, observaient les alligators. Elijah ne s'en plaignait jamais.

— Si tu étais une enfant capable de se transformer en un animal aussi puissant qu'un léopard, et qu'on te laissait vagabonder librement en pleine nature, ne sauterais-tu pas sur l'occasion ? Et si, en échange, tu devais accomplir des petites tâches pour ton oncle, comme aller chercher des colis, le jeu n'en vaudrait-il pas la chandelle ? Armando aurait aussitôt pris conscience du potentiel d'une telle alliance. Il aurait à son service un assassin professionnel, aussi silencieux et dangereux que possible, sans que personne ne se doute de rien. Nous sommes capables de nager sur de grandes distances et d'aller dans des endroits auxquels les humains n'ont pas accès. Au début, Elijah aurait apprécié ces sorties avec son oncle. Tu ne crois pas ?

Rachael repensa à ce qu'elle avait ressenti lorsqu'elle s'était transformée en cette puissante créature. Un adolescent aurait trouvé une telle expérience particulièrement grisante. Et, à cet âge, garder un secret était toujours excitant.

— Je me souviens qu'il était toujours surexcité après ses excursions avec Armando. Il s'enfermait dans sa chambre et jouait de la musique sauvage pendant des heures.

— Ton oncle l'entraînait probablement déjà, mais Elijah ne savait pas ce qu'il transportait. Ce n'était qu'un jeu. Il aimait votre oncle, lui faisait confiance. Le meurtre de vos parents a dû être un choc terrible. Une véritable trahison. Il a dû prendre conscience alors de qui était Armando et de ce qu'il avait fait durant tout ce temps. La culpabilité a dû être insoutenable.

Cette réponse déclencha un nouveau torrent de larmes. Rachael se cramponna à lui et pleura pour son frère, pour leur enfance perdue, pour toutes les choses qu'ils avaient faites et ne pouvaient pas changer. Rio la serra dans ses bras, murmurant des mots doux pour la consoler.

Cela faisait des années qu'elle ne s'était pas accordé le luxe de pleurer. Elle avait fait de son mieux pour ressembler à son frère et ne pas donner à Armando la satisfaction de la voir trembler.

Elle frotta la mâchoire solide de Rio.

— Merci de ne pas nous juger. Nous avons probablement tout fait de travers, commis toutes les erreurs possibles, mais je n'étais qu'une enfant et Elijah n'avait que treize ans. Nous n'avions personne vers qui nous tourner. Bien sûr, Armando a obtenu notre garde et, dès l'instant où nous sommes allés vivre avec lui, je n'avais plus qu'Elijah et lui n'avait plus que moi. Je ne pourrais pas supporter que tu le méprises.

— Rachael, amour de ma vie, qui suis-je pour juger un autre ? Tout ce que chacun peut espérer accomplir dans cette vie, c'est faire de son mieux en fonction des circonstances.

Elle leva la tête et le regarda dans les yeux.

— Je ne te mérite pas, Rio.

Il ravala l'étrange boule qui lui nouait la gorge. Son propre peuple refusait de lui parler, et la voilà qui prétendait ne pas être assez bien pour lui. Il se pencha pour l'embrasser et mit dans son baiser toute la tendresse dont il était capable. Sur les lèvres de Rachael, il goûta ses larmes, sa peine, l'amour qu'elle ressentait pour lui.

— Je trouve que tu es une femme incroyable, murmura-t-il.

Elle parvint à sourire.

— Tant mieux parce que tu vas avoir du mal à te débarrasser de moi.

Rachael se redressa lentement. Elle avait tellement pleuré que ses yeux et sa gorge la brûlaient. Elle était fermement décidée à se reprendre avant que Rio ne perde patience et ne la balance par-dessus la rambarde du porche.

— Je suis comme ces petites sangsues que tu aimes tant. Une fois que j'ai trouvé ce que je veux, je m'y cramponne de toutes mes forces.

Il grimaça et la laissa à contrecœur se lever. Elle s'étira et se dirigea en boitant vers la porte pour l'ouvrir.

— N'est-ce pas étrange comme la maison paraît petite par moments ?

— Pourquoi crois-tu que je laisse si souvent la porte ouverte ? répondit-il avec un sourire, conscient qu'elle tentait de regagner un semblant de contrôle.

Il aimait la regarder se mouvoir dans la pièce, admirer son corps souple et ses courbes généreuses qui lui faisaient perdre la tête. Elle effleura une bougie d'un geste plein de grâce, puis ramassa les vêtements qu'il avait laissés par terre et les jeta dans le petit panier à linge dont il ne se servait jamais.

— Je suis désordonné.

L'ombre d'un sourire flotta sur les lèvres de Rachael.

— Première nouvelle.

— J'espérais que tu ne l'avais pas remarqué.

Son sourire s'agrandit.

— Ce serait difficile. Tu laisses traîner ta vaisselle dans l'évier. Ça me rend folle. À quoi bon ? Autant la laver directement. D'autant plus que tu as déjà pris la peine de la rincer et de la gratter.

— Il y a une explication parfaitement logique à cela. Pour laver la vaisselle à l'eau chaude, je suis obligé d'utiliser du gaz ou du bois. C'est plus économique d'attendre et d'en faire beaucoup à la fois. Transporter des bouteilles de gaz jusqu'ici est franchement pénible, donc je m'en sers avec parcimonie.

— Je dois m'avouer vaincue sur ce point.

Il se leva, emplissant aussitôt la pièce de sa présence imposante.

— Veux-tu déménager, Rachael ?

Il avait passé des années à construire cette cabane et les rangements souterrains cachés en dessous. Le système d'alimentation en eau avait été particulièrement difficile à dissimuler. Il y avait tout ce dont il avait besoin ici, mais peu de commodités. Si Rachael voulait les avantages du confort moderne, il devrait bâtir une cabane plus proche du village où il pourrait installer un générateur. Ici, en pleine forêt, le bruit et l'odeur d'une telle installation risqueraient de révéler sa présence à Tomas et tous ses autres ennemis.

— « Déménager » ? répéta Rachael en se tournant vers lui avec de grands yeux. Mais pourquoi ? J'adore cette maison, elle est magnifique. Je ne vois aucune raison d'en partir.

— Nous n'avons pas de frigo la plupart du temps. Il est presque impossible d'apporter de la glace jusqu'ici, à moins de l'acheter au village, et je n'y vais presque jamais.

— Ton système fonctionne très bien. Je ne crois pas que nous allons mourir de faim.

— Tu changeras peut-être d'avis quand les enfants commenceront à arriver.

Elle franchit la porte à reculons en riant.

— « Les enfants » ? Alors, comme ça, on va en avoir ?

Il la suivit sur le porche et la pressa contre la rambarde.

— Je crois qu'on est voués à en avoir toute une tribu, murmura-t-il en levant les mains vers ses seins avant de se pencher pour frotter sa barbe naissante contre ses tétons. Épouse-moi, Rachael. On ne pourra pas avoir la cérémonie rituelle de notre peuple, mais le père de Kim peut nous unir.

— Ce n'est pas nécessaire. Je sais que nous sommes déjà mariés.

— Je sais que ce n'est pas nécessaire, mais j'en ai envie. Je veux t'épouser, je veux sentir mon enfant grandir en toi un jour. Je veux tout. Avec toi.

Il prit le bout de son sein dans sa bouche et se mit à sucer gentiment sa peau jusqu'à ce qu'elle se cambre contre lui et s'agrippe à ses cheveux. La pluie commença à tomber et le vent soufflait sans relâche, mais ici, perchés dans les arbres, dans leur petit monde, tout était parfait.

Rachael leva son visage vers les gouttes tandis que des flammes se répandaient dans ses veines et dansaient sur sa peau.

— Une tribu, ça fait combien d'enfants ? demanda-t-elle. Deux, trois ? Donne-moi un chiffre.

Elle tenta d'écouter le chant de la pluie comme il lui avait appris. C'était un mélange de mélodies qui changeait constamment et s'infiltrait en elle comme une drogue.

Rio se redressa et la prit dans ses bras. Tendrement.

— Autant que tu veux, Rachael. Des petites filles qui te ressembleront. Qui auront ton rire et ton courage.

Elle se serra fort contre lui.

— Et avec tous ces enfants dans les pattes, comment trouverons-nous du temps pour nous ?

Vivre avec Rio était une véritable aventure charnelle. Le désir qu'elle ressentait pour lui semblait insatiable. Elle en voulait toujours plus, tout le temps, partout. Elle le voulait mille fois, de mille manières. Elle enroula une jambe autour de ses hanches et se pressa contre lui de façon suggestive. Enfonçant ses doigts dans ses cheveux, elle se mit à lui mordiller l'oreille, l'épaule, tout ce qu'elle pouvait atteindre.

— On trouvera un moyen. Ou mille.

Rio la souleva et la hissa contre la rambarde. Ils se regardèrent, emboîtés l'un contre l'autre, comme deux pièces d'un puzzle. Rachael se pencha et cacha son visage dans son cou. Ils restèrent là, en silence, enlacés.

Il lui murmura des mots d'amour dans le langage de son peuple. *Sestrilla.* « Mon aimée. » *Hafelina.* « Petite féline. » *Jue amourasestrilla.* « Je t'aime pour toujours. » *Anwou Jue selaviena en patre Jue.* « En ce temps et en tout autre. »

Elle reconnut les mots, bien qu'elle ne puisse pas lui répondre. Le langage mélangeait différents sons que produisaient les félins. Elle les trouvait magnifiques, mais n'était pas capable de les reproduire. Rachael releva la tête et le regarda. Son visage. Ses yeux. Sa bouche.

— Je t'aime aussi, Rio.

Aussi sauvages et brutaux que leurs ébats pouvaient être, cette fois, il se montra incroyablement doux. Il l'embrassa avec une tendresse qui lui fit monter les larmes aux yeux. Il bougea en elle avec des gestes lents, profonds, prenant son temps, cherchant à lui apporter le plus de plaisir possible. Il caressa le moindre centimètre de sa peau, la moindre courbe de son corps, comme pour en mémoriser tous les détails,

Lorsqu'ils approchèrent ensemble de l'extase, la brume blanchâtre les enveloppa tous les deux, comme si l'intensité de leur union brûlait si fort qu'elle avait libéré un voile de vapeur. Rachael enfonça ses ongles dans le dos de Rio et renversa la tête en arrière, ondulant ses hanches en rythme, une danse d'amour en pleine nature, entourés comme ils l'étaient par le parfum des orchidées et la brise qui caressaient leurs corps. Pendant ce temps, la pluie continuait de tomber, des gouttelettes d'argent brillant au crépuscule.

Rachael poussa un cri en le sentant enfler de plaisir en elle et contracta ses muscles autour de lui, les faisant basculer tous les deux vers l'orgasme. Leurs voix se mêlèrent, des cris de joie dans l'obscurité. Ils restèrent enlacés, réticents à se séparer.

Une petite pluie de feuilles et de pétales d'orchidées tomba d'une branche au-dessus de leurs têtes, et Franz atterrit sur le porche à leurs pieds. Ils se séparèrent d'un bond, Rio aussitôt aux aguets, pressant Rachael derrière lui pour la protéger. Le petit léopard enfonça ses pattes dans le plancher et se mit à griffer le bois.

— J'ai cherché des traces de griffes dans les arbres, dit Rachael en se penchant pour caresser l'animal, mais je n'en ai pas trouvé. Pourquoi fais-tu tes griffes à l'intérieur ?

— Ce n'est pas seulement pour marquer notre territoire, c'est aussi nécessaire pour aiguiser les nouvelles griffes et faire tomber les anciennes. Mais on nous a appris à ne pas laisser de marques dans la forêt parce que ça attire les braconniers. Si on les laisse croire qu'il n'y a plus de léopards dans les parages, peut-être qu'ils arrêteront de nous chasser. Voilà pourquoi on choisit de faire nos griffes à l'intérieur, là où personne ne le verra. (Il lui lança un sourire espiègle.) Je l'ai appris à Fritz et Franz.

— C'est vrai que tu es leur figure maternelle.

— Ha ha!

Rio toucha de son pied nu le petit félin qui se frottait contre leurs jambes.

— Fritz lui manque. D'habitude, ils font tout ensemble. J'espérais qu'ils trouveraient des compagnes et me ramèneraient un ou deux petits, mais ils n'ont pas l'air intéressés.

— Ta vie est bien plus excitante. Ils peuvent se vanter de leurs aventures auprès des autres chats.

Rio et Rachael se lovèrent l'un à côté de l'autre sur le petit canapé du porche pour écouter la pluie. Pour regarder la brume s'enrouler autour d'eux jusqu'à ce qu'ils aient l'impression de flotter dans les nuages.

— Je t'aime, Rachael, déclara Rio. Tu as apporté quelque chose à ma vie dont je ne veux plus jamais me passer.

Elle posa sa tête sur sa poitrine.

— Je ressens la même chose.

Franz sauta sur le sofa et tenta de se pelotonner entre eux. Rio protesta d'un grondement sourd.

— Tu es trop lourd, Franz. Descends de là. Ce n'est pas ta place.

Rachael éclata de rire. Au lieu de repousser le léopard, Rio avait passé un bras autour du cou de l'animal. Presque aussitôt, Fritz apparut à son tour, miaula doucement et se frotta contre leurs jambes.

— Quelqu'un est jaloux, dit Rachael en se rapprochant de Rio pour laisser de la place au deuxième léopard.

— N'encourage pas ce petit démon. N'oublie pas que c'est lui qui a essayé de t'arracher la jambe.

— Le pauvre petit, il se sent juste seul et mal en point, répondit-elle en aidant l'animal à se hisser sur le canapé jusqu'à ce qu'il soit à moitié allongé sur ses genoux. Si l'on se retrouve avec une tribu d'enfants, ils seront aussi constamment dans nos pattes.

Rio poussa un grognement et tenta de trouver une position plus confortable.

— Je ne veux pas y penser pour le moment. Endors-toi.

— On dort ici ?

L'idée lui plaisait. Le vent faisait bruisser les feuilles dans les arbres tout autour d'eux.

— Un petit moment, répondit-il en déposant un baiser sur le sommet de son crâne, content de rester assis là, sur son porche, avec Rachael et les léopards, bercé par le bruit de la pluie.

Il se réveilla en sursaut à l'aube, aussitôt sur le qui-vive. Quelque part dans la forêt, un engoulevent poussa un cri. Un muntjac aboya. Un chœur de gibbons lança l'alerte. Rio referma un instant les yeux, savourant la présence de Rachael à son côté. Il regrettait de devoir la réveiller, de devoir la préparer à la prochaine crise. Il semblait toujours y en avoir une nouvelle. Elle avait déjà enduré suffisamment de choses. Il voulait la protéger, lui rendre la vie douce.

À contrecœur, il fit ce qu'il avait à faire.

— Réveille-toi, *sestrilla*, murmura-t-il en lui embrassant le visage, les cils, le coin de la bouche. Les voisins sont agités.

Rachael tendit l'oreille, puis serra fort le cou de Rio.

— Il est là, dit-elle, terrorisée.

Rio inspira profondément et glissa une main dans ses cheveux.

— Ce n'est pas ton frère.

D'un air sombre, il fit signe aux petits léopards de descendre du canapé.

— Qui alors ?

— Quelqu'un qu'ils connaissent. L'un des nôtres, mais qui n'entre pas sur mon territoire d'ordinaire. Ce n'est pas un membre de mon unité.

Rachael se leva sans entrain en bâillant.

— Il est encore loin ?

— Il sera là dans quelques minutes.

Elle le sentit trembler lorsqu'il lui effleura le visage. Elle attrapa sa main et la pressa contre sa poitrine, contre son cœur.

— Je suis avec toi, Rio. Dis-moi ce que tu veux qu'on fasse.

— On va retourner à l'intérieur et examiner ta jambe. Tu boites et je vois qu'elle a de nouveau gonflé. Puis on s'habillera, on rangera la maison et on attendra de voir ce qu'il nous veut.

Il tendit la main pour lui ouvrir courtoisement la porte.

— Donc tu sais déjà de qui il s'agit.

— Oui, je le connais. Peter Delgrotto. Il fait partie du haut conseil. Sa parole a force de loi pour notre peuple.

Elle le dévisagea de son regard perçant qui voyait jusque dans son cœur.

— Tu penses qu'il va me demander de partir.

Rio haussa les épaules.

— J'attends d'écouter ses arguments avant de me fâcher.

Elle boutonna sa chemise, se rendant compte pour la première fois qu'elle la portait encore. Puis se dirigea vers le lit pour enfiler son jean.

— Et ce doyen vient chez toi ? Il a un sacré culot. Décidément, tes voisins semblent aimer passer à l'improviste.

— Il n'y a pas grand-chose à faire dans les environs et je suis connu pour mon hospitalité sans borne, répliqua-t-il malicieusement.

Elle leva les yeux au ciel.

— Je l'attends de pied ferme en tout cas. Pourquoi viendrait-il ici ?

— Les doyens font ce qu'ils veulent, vont où ils le souhaitent.

— Comme des sangsues. Personne ne l'a invité.

Rio sentit de nouveau son cœur se serrer. Elle parvenait à lui arracher un sourire même dans les moments les plus difficiles. Il ne savait pas comment il réagirait si les doyens tentaient de les séparer, mais il ne se laisserait pas faire. Il s'accroupit au pied du lit pour examiner sa jambe. Il était certain que Rachael refuserait d'accepter l'autorité du conseil. Elle n'avait pas grandi avec leurs lois et avait déjà choisi son camp – le sien. Ils pouvaient toujours essayer de lui donner des ordres, ça ne marcherait jamais.

— Tu as l'air très content de toi.

— Je ne vois pas de quoi tu parles.

Mais il savait parfaitement. Les doyens allaient se faire sonner les cloches s'ils tentaient d'obliger Rachael à accepter son bannissement.

Rachael lui tira les cheveux jusqu'à ce qu'il lève les yeux vers elle.

— S'ils comptent changer ta punition et te condamner à mort, ils vont voir de quel bois je me chauffe.

Elle avait l'air si vengeresse qu'il ne put s'empêcher de sourire tandis qu'il lui nettoyait le mollet avant d'y appliquer de nouveau la mixture magique de Tama.

— Une fois qu'une sentence est rendue, elle ne peut plus être changée. Mes compétences sont utiles à la communauté, donc je doute qu'ils me demandent de partir.

— Ils n'ont qu'à essayer ! La forêt ne leur appartient pas. Qu'ils aillent au diable ! Je déteste les tyrans dans leur genre.

Elle renfila son jean et commença à faire le lit avec des gestes brusques. Elle manqua de donner un coup de pied à Fritz, ayant oublié qu'il s'était caché sous le lit.

Rachael avait l'air furieuse. Même ses cheveux semblaient crépiter d'électricité. Rio réprima un sourire en enfilant ses propres vêtements. Elle rangea rapidement la pièce, malgré son boitement de plus en plus prononcé.

— Assieds-toi, *sestrilla*, dit-il d'une voix douce. Tu t'agites trop, ce n'est pas bon pour ta jambe.

Il sortit ses pistolets et en vérifia la chambre, avant de les poser un par un sur la table.

— On a une baignoire en plein milieu de la pièce, répliqua-t-elle en le fusillant du regard. Tu pourrais t'en occuper au lieu de jouer avec tes armes.

Il haussa les sourcils.

— Jouer avec mes armes ?

— Tout à fait. Qu'est-ce que tu comptes faire ? Tirer sur notre invité indésirable ? Ton précieux doyen ? Je n'ai rien contre, mais préviens-moi.

— Tu as encore une de tes sautes d'humeur, c'est ça ? Si tu avais un signal pour me prévenir quand elles arrivent, ça me serait d'une grande aide.

Elle se redressa et se tourna lentement vers lui.

— Mes sautes d'humeur ?

Il se força à rester de marbre. Elle ressemblait à un volcan prêt à exploser. Un simple sourire suffirait à mettre le feu aux poudres.

— Je n'aurai peut-être pas d'autre choix que de lui tirer dessus. Réfléchis, Rachael. Pourquoi viendrait-il ici alors qu'il n'a pas le droit de m'adresser la parole ?

Pour éviter de se retrouver avec un oreiller en pleine figure, il se mit à vider la baignoire dans l'évier à l'aide d'un seau.

Rachael le regarda un long moment en silence. Puis elle se laissa tomber sur une chaise.

— Qui sont ces doyens exactement ? À part des imbéciles, je veux dire. Des législateurs ? Des saints ?

— Tu ne peux pas les traiter d'imbécile en face, Rachael.

— Si tu peux leur tirer dessus, je peux les appeler comme je veux, répliqua-t-elle avec un regard noir. Qu'est-ce qui fait d'eux des doyens ? Simplement leur âge ? Parce qu'ils sont vieux ? décrépis ?

— Tu n'as même pas encore rencontré cet homme et tu lui es déjà hostile.

— Je ne suis jamais hostile.

Il souleva la baignoire et la sortit sur le porche. Elle était encore bien remplie et très lourde. Il la renversa par-dessus la rambarde pour la vider.

— Je suppose qu'il y a une certaine logique dans ton raisonnement, dit-il pour la calmer.

Il ne prit pas la peine d'aller ranger la baignoire dans la petite hutte cachée non loin de là, mais la mit de côté pour qu'elle ne soit pas dans le passage au cas où il aurait besoin de grimper rapidement dans les arbres. Puis il tendit l'oreille pour écouter les créatures nocturnes qui lui indiquaient l'avancée de l'intrus.

S'il n'avait pas été banni, il serait allé à la rencontre de l'homme, en signe de respect, au lieu de le faire monter jusqu'à lui. Le doyen avait plus de quatre-vingts ans et, bien qu'en pleine forme, serait fatigué par la longue distance. Rio rentra à l'intérieur pour tenter de dompter ses cheveux rebelles.

Rachael vit les rides d'inquiétude autour de ses yeux et ses sourcils légèrement froncés. Surtout, elle vit qu'il faisait des efforts d'apparence, et que c'était important. Elle se brossa alors les cheveux, vérifia que sa peau était propre et se lava les dents. Elle ne s'était pas servie de sa petite trousse de produits de beauté depuis son arrivée, mais décida de la sortir.

— Qu'est-ce que c'est ?

— Du maquillage. Je me suis dit qu'il fallait que je sois présentable pour ton doyen.

Il traversa la pièce pour lui enlever le gloss à lèvres des mains.

— Tu es magnifique, Rachael, et tu n'as certainement pas à te mettre en quatre pour lui.

Pour la première fois depuis longtemps, elle sourit.

— Et tu oses me dire que j'ai des sautes d'humeur ! À vrai dire, Tarzan, je veux me mettre en quatre pour *toi*, pas pour ton idiot de doyen.

Elle tendit une main impérieuse et il lui redonna son gloss.

— Tu devrais au moins apprécier mon compliment.

— Je me suis déjà censurée à cause de ton compliment. Ç'aurait été bien pire que Tarzan sinon.

— Tu me terrorises, déclara Rio avant de se pencher pour l'embrasser.

Comment avait-il pu passer tant d'années sans elle à son côté ? Avait-il vraiment vécu avant de la rencontrer ? L'idée de la perdre le terrifiait. C'était si fort, si puissant, que parfois il ne pouvait même pas la regarder.

— Ce qui est une bonne chose en ce qui me concerne.

Rachael appliqua son gloss et son mascara en tentant de cacher son appréhension. Elle jeta un regard en coin à Rio. Il était clairement sur ses gardes malgré les plaisanteries qu'ils avaient échangées. Elle glissa une main vers la table, attrapa un couteau et le cacha sous le coussin de sa chaise. Les assassins étaient de tout poil, de toutes tailles et tout âge. On n'était jamais trop prudent.

Chapitre 17

Peter Delgrotto était grand, mince et robuste, avec des rides profondes sur le visage. Ses yeux brillaient d'une étrange couleur ambrée qui conférait à son regard un aspect troublant, envoûtant et menaçant. Rachael s'était attendue à un vieil homme frêle, ployant sous le poids des ans, mais Delgrotto émanait une aura de puissance et de danger. Il se tenait bien droit, entièrement vêtu. Seul le voile de sueur sur sa peau et sa respiration légèrement hachée trahissaient le long voyage ardu qu'il venait de faire.

— Vous nous honorez par votre présence, Grand Sage, déclara solennellement Rio.

Rachael émit un petit bruit étranglé de protestation qu'elle couvrit par une quinte de toux lorsque Rio lui lança un regard d'avertissement.

— Si vous souhaitez entrer, je vous en prie, ajouta Rio en reculant d'un pas.

Il se sentait gauche, ne sachant pas vraiment comment se comporter. D'après leurs lois, le doyen ne devrait ni l'approcher ni lui adresser la parole, et encore moins pénétrer dans sa maison. Rio ne savait pas si son invitation était inconvenante.

Delgrotto s'inclina profondément.

— Je te saurais gré de m'apporter un verre d'eau. Je n'ai pas voyagé si loin, ou si vite, depuis des années. Mes poumons ne sont plus ce qu'ils étaient. Pardonne-moi de te déranger alors que je ne t'ai pas salué depuis si longtemps.

Son regard se posa alors sur Rachael. Il y eut un court silence. Rio resta immobile. Rachael leva le menton, le regard débordant de mépris.

— Ce doit être ta compagne. Tu l'as trouvée. Présente-la-moi.

— Je suis désolé, doyen, je suis tellement surpris par votre visite que j'en oublie mes manières, dit Rio en lui tendant un verre d'eau. Voici Rachael. Rachael, je te présente Peter Delgrotto, l'un des doyens de notre village.

Rachael se força à sourire, mais ne dit rien. Elle était contente que Rio ait pensé à la protéger en omettant son nom de famille. Voyant à quel point il était nerveux, elle se leva et traversa la pièce pour se rapprocher de lui.

Delgrotto inclina la tête et lui rendit son sourire, bien que celui-ci n'atteigne pas ses yeux.

— Enchanté, Rachael.

Puis il se tourna de nouveau vers Rio et son sourire s'évanouit.

Rio sentit l'impact du regard du doyen. Cela faisait des années que personne d'autre que les membres de son unité ne l'avait regardé ou ne lui avait adressé la parole. Il chercha à tâtons l'évier derrière lui, un endroit auquel s'agripper discrètement. Rachael glissa sa main dans la sienne. Un signe de solidarité et de soutien.

— Qu'y a-t-il de si important pour que vous ayez enfreint la loi de notre peuple ?

Il était inutile de tourner autour du pot plus longtemps. Delgrotto le regarda droit dans les yeux.

— Je n'ai aucun droit de venir te voir, Rio. Pas après la sentence rendue par le conseil. Par moi. Je me suis récusé en tant que membre du conseil et je suis prêt à accepter les conséquences de mes actions. J'ai annoncé au siège du pouvoir ce que je comptais faire et j'ai demandé que ma punition soit différée le temps que j'aie terminé ma mission, ce qui a été accepté.

Rachael voyait la fierté sur le visage du vieil homme. Rio le prit par le bras et l'entraîna vers le siège le plus confortable de la pièce.

— Que s'est-il passé ?

Le poids des années sembla soudain peser lourdement sur les épaules de Delgrotto.

— Mon petit-fils est à l'article de la mort. Tu es le seul à pouvoir le sauver. Personne d'autre n'a le même sang rare que toi. Sans toi, il va mourir. Des braconniers m'ont enlevé mon fils aîné. Il n'avait pas d'enfants. J'ai perdu mon deuxième fils et sa compagne dans un accident. Je n'ai plus aucune autre famille. Je ne veux pas le perdre. Pas par fierté ou par entêtement. Pas pour une loi obsolète. Je te demande de le sauver.

— Où est-il ?

— Au village, dans le petit hôpital.

— J'y vais de ce pas. Je serai plus rapide seul. Me laisseront-ils l'aider ?

— Joshua a dit que tu accepterais. Ils t'attendent et le gardent en vie à l'aide de fluides. Nous avons utilisé le sang que tu avais stocké pour toi. (Il baissa les yeux sur ses mains tremblantes.) C'était ma décision de le voler, et celle de personne d'autre. Sans cela, mon petit-fils serait mort. Il y en avait juste assez pour prolonger sa vie en attendant que tu arrives.

— Ce n'est pas du vol, doyen, je l'aurais donné sans hésiter pour sauver la vie d'un enfant.

Rio se tourna alors pour attraper Rachael par les épaules.

— Tu seras là à mon retour.

C'était une affirmation. Un ordre.

— Je serai là.

Elle lui embrassa le coin de la bouche, le menton. Elle approcha ses lèvres de son oreille et lui murmura :

— Tu es un homme bien, Rio.

— Je te suivrai dès que je me serai reposé, dit Delgrotto.

— Restez dormir ici, doyen. Je reviens vite.

Rio sortit aussitôt sur le porche et commença à se déshabiller. Rachael le suivit en clopinant.

— Veux-tu que je t'accompagne ?

— Non, j'irai plus vite seul. Et je veux que tu ménages ta jambe pendant quelques jours. Je serai de retour dès que possible.

Il rangea sa chemise et son jean dans un petit sac qu'il attacha autour de son cou.

— Malin.

Rachael prit conscience que le doyen avait dû faire de même.

— Que la chance t'accompagne, Rio.

— Fais attention à toi, Rachael.

Il l'attira contre lui et l'embrassa avec une passion mêlée de tendresse. Elle sentit son pelage couvrir peu à peu sa peau, ses doigts se transformer en énormes griffes, et s'émerveilla de sa capacité à contrôler sa métamorphose.

Un clin d'œil plus tard, le léopard noir disparut dans les arbres.

— Super. Abandonne-moi avec ton invité.

Rachael prit une profonde inspiration et retourna à l'intérieur. À son grand soulagement, le vieil homme s'était déjà assoupi, épuisé par l'effort, d'un sommeil agité. Elle lc couvrit d'une fine couverture, puis retourna s'asseoir sur le porche avec les deux petits léopards.

Le rythme de la forêt changea à divers intervalles au cours de la journée. À l'aube, les activités étaient très différentes de la brève accalmie du début d'après-midi. Rachael lut un livre et écouta les bruits continus des animaux, tentant de distinguer les différents chants des oiseaux et les cris des singes.

Au coucher du soleil, elle entendit le doyen se réveiller. Elle se força à retourner à l'intérieur et à se montrer aussi agréable qu'elle en était capable.

— J'espère que vous avez bien dormi.

— Toutes mes excuses pour mon impolitesse. Le voyage a nécessité plus de forces que je ne l'avais imaginé.

— Je ne suis pas étonnée. Rio était lui aussi épuisé lorsqu'il est rentré l'autre nuit après avoir porté Joshua sur des kilomètres. Blessé et sans avoir rien avalé.

Le doyen la regarda sans se départir de son calme.

— Touché, ma chère.

Rachael ouvrit le garde-manger et jeta des légumes sur le plan de travail.

— Je ne suis pas votre chère. Que ce soit bien clair. Avez-vous faim ? Je n'ai pas encore dîné et Rio ne voudrait pas que je vous affame.

— Je partagerai volontiers ton repas. Tu ne devrais pas rester debout. Laisse-moi donc préparer la soupe.

Rachael hésita, ne sachant pas si elle pouvait lui faire confiance. Imperturbable, le doyen se dirigea vers le cellier.

Pendant qu'il avait le dos tourné, Rachael retira le couteau de sous le coussin de la chaise et rangea discrètement l'arme.

— Tu n'as pas une très haute opinion de moi, n'est-ce pas ? demanda-t-il lorsqu'il commença à couper les légumes.

Elle prit un second couteau et mit la main à la pâte.

— Pas très. J'ai du mal à percevoir la sagesse de la punition que vous avez infligée à Rio. Si vous voulez mon avis, ce bannissement sent l'hypocrisie à plein nez. Enfin, techniquement, vous ne m'avez rien demandé, donc je suppose que je devrais me taire.

Elle détailla une tomate en petits morceaux. Le bruit de sa lame contre la planche à découper trahissait son agacement.

Delgrotto, qui était occupé à couper des champignons sauvages, s'interrompit.

— Tu sais te servir d'un couteau, observa-t-il.

— Vous seriez surpris de ce dont je suis capable. Travailler dans une cuisine peut être extrêmement barbant et nous les femmes trouvons des idées pour passer le temps. En Amérique du Sud, on aime particulièrement s'entraîner à viser juste. Parfois, la cible était le chef s'il était particulièrement odieux.

Delgrotto haussa les sourcils.

— Je vois. Et qu'est-ce qui constitue une attitude odieuse, que je ne fasse pas la même erreur ?

— Oh ! ne vous tracassez pas. Vous êtes déjà sur ma liste de personnes odieuses et mauvaises. Je crois que j'ai même souligné plusieurs fois votre nom.

Elle hacha un oignon jusqu'à ce qu'il soit réduit en bouillie.

— Je ne suis certainement pas mauvais, ma chère. Même si j'admets que j'ai commis quelques erreurs dans ma vie.

— J'imagine que ce genre de jugement est subjectif. Tout dépend du point de vue. Vous ne vous trouvez peut-être pas méchant, mais quelqu'un d'autre estimera que vous êtes le mal incarné.

Delgrotto la regarda, fasciné, couper si vite le reste des légumes que ses mouvements étaient presque impossibles à suivre.

— Je suppose que c'est vrai. Si l'on change ne serait-ce que légèrement de point de vue, on voit les choses sous un autre angle. Où as-tu grandi ? Il est évident que tu es l'une des nôtres.

Rachael se figea et leva les yeux vers lui. Il y eut un bref silence, ponctué uniquement du clapotis de la pluie sur le toit. Même le vent semblait retenir son souffle. Delgrotto vit la fureur qui couvait dans ses yeux. Dans son cœur.

— Je ne suis pas l'une des vôtres. Je ne le serai jamais. Je n'aime pas les gens qui se prennent pour Dieu, ni dans cette vie ni dans une autre.

— Tu penses que c'est ce que nous avons fait ? demanda-t-il d'une voix douce.

Rachael lâcha le couteau et s'éloigna jusqu'à la porte pour regarder la nuit. Elle ne se faisait pas confiance face à cet homme qui avait jugé si durement Rio. Sa colère était trop grande. Elle aurait aimé lui présenter son oncle afin qu'il voie ce qu'était véritablement le mal à l'état pur.

Rachael inspira profondément pour se calmer. Sa fureur commençait à affecter le petit léopard caché sous le lit. Fritz grogna et montra les dents, mais ne bougea pas. Rachael baissa les yeux vers la forêt. Quelque part dans cette étendue verte, Rio courait de toutes ses forces, risquant sa vie pour sauver celle d'un enfant. Un enfant dont le grand-père l'avait banni à vie.

— Tu penses que l'on s'est servi de Rio, reprit le doyen d'une voix parfaitement neutre.

Sans trace de colère, de déni ou de remords.

— Bien sûr que vous vous êtes servis de lui. Et vous continuez à le faire. Vous êtes venu ici en sachant pertinemment qu'il n'hésiterait pas un instant. Qu'il risquerait tout pour sauver votre petit-fils. Vous connaissiez sa vraie nature quand vous l'avez condamné, et pourtant vous l'avez fait. Vous l'avez enchaîné à une société, à un peuple qui l'exploite, mais vous refusez de le fréquenter ou de lever un seul petit doigt pour l'aider. Vous avez besoin de lui, de ses capacités, mais vous ne voulez pas qu'il souille votre parfaite communauté par sa présence.

Les larmes lui brûlaient les yeux. Rachael lui tourna le dos, les poings serrés, l'estomac noué par la rage.

— Il a été blessé très souvent. J'ai vu ses cicatrices. Il a dû se sentir si seul, parfois même déprimé. Par votre faute, il vit dans la honte et se croit bon à rien, quoi qu'il fasse. Et pendant tout ce temps vous saviez qui il était vraiment, au fond de lui.

Fritz émergea de sous le lit pour venir se frotter contre elle et enroula sa queue autour de sa jambe. Il cracha en direction du doyen avant de s'enfuir dans la nuit. Rachael aperçut Franz qui l'attendait dans l'ombre de la canopée.

— Oui, je le savais, admit Delgrotto.

Elle l'entendait jeter les légumes dans le bouillon, mais elle ne se retourna pas, dégoûtée de se trouver dans la même pièce que lui.

— Le pouvoir est une chose étrange. Il semble si innocent en surface, mais il corrompt son utilisateur jusqu'à n'être plus qu'une arme, dit-elle d'une voix cinglante de mépris.

— C'est ce qu'il peut sembler, vu de l'extérieur. Et pourtant, comme tu l'as dit toi-même, en changeant légèrement d'angle, la vue est différente. Rio s'est présenté devant tout le village. Pas juste le conseil. Il était jeune, fort et puissant. Et couvert du sang d'un homme qu'il venait de tuer.

Rachael fit volte-face, ses yeux lançant des éclairs.

— Il était couvert du sang de sa mère.

— C'est vrai aussi. Rio était particulièrement doué pour son âge. Il était déjà un tireur d'élite et peu d'hommes étaient capables de le vaincre durant les combats d'entraînement que nous organisons. Il était populaire parmi les jeunes, tout le monde l'admirait. Et il a violé notre loi la plus sacrée. Nous faisons de notre mieux pour enseigner à nos enfants que les chasseurs ne viennent pas dans nos forêts dans l'intention de commettre un meurtre. Nous-mêmes tuons des animaux pour manger leur viande. Eux chassent les animaux pour leur fourrure. L'homme en question n'a pas assassiné Violet Santana de sang-froid. Il ne se doutait pas le moins du monde qu'elle avait une forme humaine. Il aurait été horrifié à l'idée de tuer une femme.

— Et parce qu'il ne le savait pas, ça excuse son crime ?

— Comment cela pouvait-il être un crime alors qu'il ne savait pas ce qu'il avait fait ?

— Il braconnait. Les léopards sont une espèce protégée.

— Mais ils restent des animaux, et non des humains. C'est tout ce que nous pouvons enseigner à nos enfants. Notre espèce est létale, rusée, intelligente et douée de compétences hors du commun, mais nous avons aussi les sautes d'humeur et le tempérament capricieux de nos cousins animaux, ce qui nous rend très dangereux sans lois pour nous guider. Qu'aurais-tu voulu que l'on fasse ? Rio était un héros pour les autres jeunes. Ils l'auraient suivi où qu'il aille.

— Il ne vous a pas obéi, voilà quel était son crime. Il s'est présenté devant vous, la tête haute, les épaules dressées, prêt à accepter la responsabilité de ses actes.

— Sans remords.

— L'homme avait tué sa mère.

— Et tu crois que la loi du talion est logique ? et juste ? Où cela s'arrête-t-il ? Continue-t-on à se venger, l'un après l'autre, jusqu'à ce que plus personne n'existe ? Rio a choisi sa voie en toute connaissance de cause et en sachant qu'il était en faute. (Delgrotto sortit deux bols du placard.) Nous avons passé un siècle à convaincre notre peuple qu'on ne pouvait pas traiter les chasseurs et les braconniers d'assassins. En une journée, Rio Santana a changé tout cela. Depuis, nous sommes divisés.

— Parce que les gens lisent dans son cœur. Ils voient tout ce qu'il fait pour eux. Pour tout le monde. Pour vous, pour votre petit-fils, pour Joshua. Même les hommes des tribus locales viennent le voir parce qu'ils reconnaissent sa valeur. Il est extraordinaire.

Rachael avait envie de secouer le doyen pour lui faire perdre son calme. Comment osait-il se croire digne de porter un jugement sur Rio ? Elle bouillait de frustration et de colère, et ne comprenait pas comment Rio avait pu accepter une punition si manifestement injuste.

— Les jeunes hommes considéraient Rio comme un meneur, un homme compétent et capable de prendre les choses en main. Certains d'entre eux l'ont suivi. Ils ont choisi de quitter la protection du village, sans se couper entièrement de la communauté. Rio a assassiné un être humain. Quelles que soient les circonstances, quelles que soient les raisons, il a traqué cet homme et lui a ôté délibérément la vie en se servant des dons qui font de lui un membre de notre espèce. Non seulement il nous a tous mis en danger en courant le risque de s'attirer des représailles ou de révéler notre existence, mais il a également mis notre mode de vie en péril. Ce n'est pas pour rien que nos lois existent, Rachael. Rio aurait-il dû rester impuni ? Il connaissait et acceptait les règles de notre société.

Rachael regarda le doyen mettre la table et allumer une bougie en son centre. Elle n'arrivait pas à quitter le pas de la porte. La nuit, Rio était particulièrement dans son élément. Elle savait qu'il était loin et pourtant elle ressentait plus fortement sa présence en contemplant l'obscurité. Toutes ces nuits où elle s'était réveillée seule, ou juste comme il revenait, il était parti courir dans son autre forme. Elle brûlait d'envie de le rejoindre plutôt que de rester ici à débattre d'un problème insoluble.

— Viens t'asseoir et manger, dit gentiment Delgrotto. Tu as beaucoup de courage, Rachael, et tu protèges avec passion ceux que tu aimes, comme Rio. Je suis content qu'il t'ait trouvée. Tu le rends heureux.

— Il aurait été heureux si vous ne lui aviez pas tout pris.

— Nous l'avons épargné. C'était le seul choix qui s'offrait à nous. Le bannissement ou la mort. Personne ne voulait faire ce choix et personne n'était satisfait de cette sentence, mais c'était la seule issue possible. Nous l'avons épargné et avons vécu sans lui. Nous avons aperçu de loin des signes de sa grandeur, ce fils de notre peuple. Un leader-né. Nous avons vu ce que ce bannissement lui a fait. Tu n'as pas vu ce que ça nous a fait, à nous.

— J'espère que vous ne vous attendez pas à ce que je vous plaigne.

Rachael avança en boitant vers la table. Elle laissa la porte grande ouverte. Elle n'arriverait pas à dormir tant que Rio ne serait pas de retour, et le bruit de la pluie aidait à la calmer et la faisait se sentir plus proche de lui.

— Nous plaindre, non. Mais peut-être nous comprendre. Nous l'avons perdu et avons perdu sa mère. Son bannissement signifie qu'il est déjà mort à nos yeux. Nous ne pouvons pas lui parler, pas le regarder, et pourtant il continue à nous donner son argent pour aider à préserver la forêt.

— Comment osez-vous l'accepter ?

— Comment pouvons-nous le lui rendre, puisque nous ne pouvons pas lui adresser la parole ?

— Donc vous pouvez voir l'argent, mais pas celui qui vous le donne.

Sa férocité le fit sourire.

— Promets-moi que vous aurez beaucoup d'enfants ensemble. Nous en avons besoin.

La soupe était délicieuse, au grand dam de Rachael.

— Je ne crois pas que je puisse garder l'esprit ouvert en ce qui vous concerne, admit-elle avec un léger sourire. Je ne veux pas voir votre point de vue.

— Au moins, tu es capable de l'admettre, répondit-il en savourant son repas. Tu ferais un bon membre du conseil.

— Ha !

Delgrotto haussa les sourcils.

— Tu ne crois pas ? Il est important de regarder un problème sous tous les angles. Et, pour ce faire, il faut d'abord reconnaître qu'il en existe plus d'un. Je n'étais pas d'accord avec le bannissement de Rio, mais l'alternative était encore pire.

— Avez-vous seulement réfléchi à une autre punition ? Quelque chose de moins sévère ? Qu'est-ce qui vous empêche d'inventer de nouvelles lois ? C'est ce que font tous les gouvernements.

Il hocha poliment la tête.

— Quelle serait une sanction juste en cas de meurtre, selon toi ?

— Ce n'était pas un meurtre !

— Alors qu'était-ce ?

— Je ne sais pas, mais j'ai été témoin d'un meurtre, j'ai senti la malveillance d'un meurtrier de sang-froid, et Rio n'est pas comme ça.

Une chouette ulula au loin. Le doyen leva la tête et regarda un long moment en direction de la porte.

— Je suis désolé que tu aies été exposée à un tel acte, Rachael, et, bien sûr, tu as raison. Rio n'a pas une once de malveillance en lui. Mais nous sommes d'accord sur le fait qu'il a ôté une vie.

Légèrement apaisée, Rachael hocha la tête.

— Je ne peux pas le nier puisqu'il me l'a lui-même avoué. (Elle soupira.) Il ne vous tient pas rigueur de ce que vous avez fait.

— Parce qu'il comprend que nos lois sont nécessaires.

La chouette ulula une deuxième fois. Delgrotto se pencha et souffla la bougie.

— Ferme la porte et ne fais pas le moindre bruit.

Rachael obéit et mit en place la lourde barre qui bloquait la porte.

— Les oiseaux et les singes n'ont pas sonné l'alarme. Que se passe-t-il ? C'est peut-être Rio qui rentre à la maison.

Mais elle savait que ce n'était pas le cas. Un frisson de peur lui parcourut la colonne vertébrale.

— Ce n'est pas Rio. Connais-tu le chemin du village ?

Rachael secoua la tête.

— Je n'y suis jamais allée.

— Tu devrais être capable de suivre Rio à la trace, grâce à son odeur, mais je le connais. Il a dû s'immerger dans l'eau pour brouiller les pistes. Il est très prudent. Il doit avoir une sortie de secours, autre que la porte d'entrée.

— Oui, mais on ne sait même pas ce qui nous attend dehors.

— Si c'était un humain, la forêt déborderait de bruits. C'est un léopard et il sait s'y prendre pour ne pas déranger les animaux sur son passage, pour ne pas avoir l'air d'être en chasse. Or il doit l'être s'il s'approche de nous si discrètement.

— Je suis venue ici pour tenter d'échapper à mes ennuis, admit aussitôt Rachael. Mes ennemis ont déjà envoyé un homme à mes trousses. Vous devriez partir. Je peux vous montrer la sortie de secours.

— Je suis peut-être un vieil homme, Rachael, mais je suis parfaitement capable de t'aider à te défendre. Je ne pourrais jamais retourner avouer à Rio que j'ai laissé sa compagne affronter seule un attaquant. Je ne pourrais plus me regarder en face.

Rio ne verrait pas non plus cela d'un bon œil, pensa Rachael.

— Kim Pang est venu hier pour nous dire que son père avait eu une vision au sujet d'un groupe de chercheurs venus dans la forêt à la recherche de plantes médicinales. Tama leur sert de guide, mais leur père était très inquiet. Il ne pense pas qu'ils soient de vrais scientifiques.

— Un homme ordinaire ne serait pas capable de se faufiler dans la forêt sans déranger les animaux. Ni d'échapper à la vigilance d'un des fils Pang.

— Kim a aussi dit que l'homme qui avait approché son père pour lui demander un guide connaissait les traditions de la forêt. Je crois qu'il le soupçonnait d'être de la même espèce que Rio. (Elle inspira profondément.) Je pense qu'il pourrait s'agit de mon frère.

— Ta propre famille ?

— C'est une possibilité. Ma tête a été mise à prix. Je crois qu'il vaut mieux que vous partiez tant que vous le pouvez encore.

— Échanger la vie de mon petit-fils contre la tienne ? Hors de question. Je doute qu'on soit en sécurité dans la forêt. Mieux vaut rester ici avec les armes de Rio. Si nous devons nous échapper, nous le ferons en dernier recours.

Un léopard gémit non loin. Rachael reconnut le cri de Fritz qui la mettait en garde. L'acceptation du petit félin lui donna de l'espoir. Elle glissa un couteau dans la ceinture de son jean, puis attrapa l'un des deux pistolets.

Delgrotto l'éloigna des fenêtres, vers le centre de la pièce.

— Ne bouge pas.

Elle entendit quelque chose atterrir sur le porche. Puis le bruissement d'un pelage contre la rambarde, les lianes et la fenêtre. Des ombres se déplacèrent, faisant bondir son cœur dans sa poitrine.

Ils attendirent. Rachael fit ce qu'elle faisait toujours quand le stress la submergeait. Elle compta. C'était une habitude ridicule mais qui l'aidait à garder son calme et à réfléchir posément. Le silence se fit de nouveau. Le vent soufflait dans les arbres et la pluie tombait en un rythme régulier. La lame d'un couteau apparut dans l'interstice de la porte, sous la barre, qui commença à se soulever lentement.

Rachael se décala légèrement et annonça d'une voix neutre :

— Si les visiteurs nocturnes ne se présentent pas, on estime qu'ils n'en valent pas la peine et on leur tire simplement dessus. Enlevez ce couteau de ma porte et toquez comme une personne normale ou je vais décharger mon pistolet contre ce mur.

Il y eut un bref instant d'hésitation, puis le couteau disparut. Après quelques secondes de silence, l'intrus toqua à la porte.

Rachael fit signe au doyen de prendre l'autre pistolet et de se cacher dans l'ombre de la chambre. Enfin, elle souleva la barre devant la porte.

— Il y a intérêt à ce qu'il n'y ait qu'une seule personne derrière cette porte. Et levez les mains en l'air.

Elle se déplaça de nouveau pour que sa voix ne puisse pas servir de cible.

La porte s'ouvrit lentement.

— Je ne suis pas armé, Rachael.

L'espace d'une seconde, elle en eut le souffle coupé. Son cœur se mit à battre à tout rompre et elle n'arrivait plus à réfléchir. Elle resta plantée là, indécise, avant de se forcer à répondre :

— Entre, referme la porte derrière toi et remets la barre en place. Je veux voir tes mains.

— Bon sang ! Rachael, tu sais qui je suis.

Elijah s'exécuta, claquant la porte un peu trop fort derrière lui, et se retourna vers elle avec un regard noir. Il était grand, musclé, large d'épaules, avec la même masse de cheveux bouclés qu'elle.

— Qu'est-ce qui t'a pris de t'enfuir comme ça ?

— Qu'est-ce que tu fais là ? répondit-elle sans baisser son pistolet.

— Repose ça avant de te faire mal ! On sait très bien tous les deux que tu ne vas pas me tirer dessus, alors arrête de faire semblant.

Il avança d'un pas vers elle.

— Elle ne tirera peut-être pas, mais moi si, annonça Delgrotto d'une voix désincarnée.

Rachael vit son frère se raidir et la surprise s'afficher sur son visage. Il s'était toujours montré si prudent, faisant attention au moindre détail.

— Rachael, dis-lui qui je suis.

— Elijah Lospostos. Mon frère. Tu me dois des explications, Elijah. (Elle observa ses pieds nus et sa chemise déboutonnée.) Tu t'es transformé en léopard, pas vrai ? Depuis quand en es-tu capable ?

Il haussa les épaules.

— J'ai fait le plus vite possible. Ça n'a pas été facile de trouver ta trace, mais j'ai fini par détecter ton odeur quand je me suis métamorphosé. J'ai eu toutes les peines du monde à quitter le campement avec ce guide qui surveillait mes moindres faits et gestes. Je boirais bien quelque chose et j'aimerais m'asseoir un peu. Et pose ce pistolet. Tu parles d'un accueil ! Quand je pense que j'ai fait plus de mille kilomètres pour venir te sauver.

— Personne ne t'a demandé de le faire, Elijah, répondit-elle à voix basse en ravalant ses larmes. Je n'ai jamais demandé à être sauvée. Connais-tu un homme du nom de Duncan Powell ?

Son frère se raidit aussitôt.

— Il est venu ici ? C'est un tueur, Rachael, et il est l'un des nôtres. Il pourra te traquer où que tu ailles. Duncan est l'un des hommes de main d'Armando. S'il est ici…

— Il est mort, l'interrompit-elle. Il a laissé un cobra dans ma chambre, puis m'a suivie jusqu'ici. (Elle leva le menton et le fusilla du regard.) Pourquoi es-tu venu ?

Elijah tira une chaise et s'effondra dessus.

— Je te l'ai déjà dit. Pour la même raison que je viens toujours à ton secours. Tu ne peux pas rester seule sans protection, Rachael. Si Armando met la main sur toi…

— Il me tuera ? Il essaie depuis que j'ai neuf ans. Tu aurais dû me laisser disparaître, Elijah. Je ne me suis pas rendue à la police. Je n'ai pas dit un mot aux autorités au sujet de Tony et je ne dirai rien. Je veux juste changer de vie.

— Tu crois vraiment qu'Armando te croira morte noyée dans la rivière s'il ne trouve pas ton corps ? Bon sang, Rachael, tu as oublié tout ce que je t'ai appris ! Il sait que tu es ici. Il va tout faire pour te récupérer.

— Et donc tu as laissé toutes tes affaires en plan pour te précipiter en pleine forêt tropicale et me sauver, comme tu le fais toujours.

— Rachael, qu'est-ce qui se passe ? Pourquoi n'es-tu pas venue me parler de tout ça ? Bien sûr que je t'ai suivie. Je ne le laisserai jamais te tuer.

Rachael posa son pistolet sur l'évier et s'adossa contre le mur. Elle semblait frêle et vulnérable, bien loin de la femme qui était prête à en découdre quelques minutes plus tôt. Des larmes brillaient dans ses yeux.

— Vraiment ? Je pensais que ça t'ôterait un poids. N'est-ce pas ce que tu m'as dit, Elijah ? N'espérais-tu pas qu'il me trouve et te débarrasse de ce fardeau une fois pour toutes ? Ne m'as-tu pas dit toi-même que ta vie serait plus simple si j'étais morte ?

Il se leva si brusquement que sa chaise se renversa, et fit un pas vers elle. Dans l'ombre, le doyen bougea pour rappeler sa présence et Elijah s'arrêta.

— Rachael, tu crois vraiment que je lui là pour te tuer ?

— Ma tête a été mise à prix.

— Pour te garder en vie ! Armando est rapide. Il a mis la main sur la fille qui portait tes vêtements et une perruque, et me l'a envoyée par messager. Ce n'était pas beau à voir.

Rachael détourna le visage et porta une main à sa gorge. Un son étranglé lui échappa.

— Le pistolet devient lourd, Rachael, intervint Delgrotto. Je crois que ton frère et toi devriez discuter seuls. Je doute qu'il constitue une menace, mais Rio risque de revenir à l'improviste. Je vais l'attendre dehors.

— Rio ne va pas revenir avant l'aube.

— L'un des deux petits léopards avec qui il voyage est sûrement allé le prévenir.

Le visage de Rachael devint blême.

— Il faut que tu t'en ailles, Elijah. Tout de suite.

Elijah balaya ses mots d'un geste.

— Tourne la tête, Rachael. Regarde-moi dans les yeux et redis-moi que tu croyais que j'avais envoyé des hommes pour te tuer. Bon sang ! j'ai passé ma vie à me battre pour nous deux.

— Tu m'as dit que tu voulais que je sois morte.

— Je n'ai jamais dit ça !

Il lança un regard rempli de frustration en direction du doyen. Celui-ci sortit sur le porche pour les laisser seuls.

— La vérité, c'est que je ne sais plus ce que je t'ai dit ce jour-là. J'étais terrifié et furieux que tu ne te sois pas confiée à moi. J'ai été obligé d'abattre Tony sous tes yeux et je savais ce que ça te ferait de voir ça.

Rachael fit face à son frère de l'autre côté de la table.

— Tu l'as tué, Elijah. Tu as tué Tony parce qu'il était avec moi. Tu es devenu exactement celui que nous haïssions.

— Réfléchis un peu, Rachael. Il était au courant. Il savait qui nous étions. Pire, il était à la botte d'Armando. Il lui transmettait des informations.

— Tu n'en sais rien.

— Qui était-il ? Comment l'avais-tu rencontré ?

— Sa sœur, Marcia Tolstoy, nous avait présentés l'un à l'autre. On ne sortait pas ensemble. Il était juste gentil et se sentait seul, comme moi.

— Il n'était ni gentil, ni le frère de Marcia Tolstoy. Armando l'avait payée pour te dire ça et, avant de protester, souviens-toi que tout le monde a un prix. Armando a trouvé le sien. Si tu m'avais parlé de Tony, j'aurais enquêté discrètement sur lui et j'aurais pu te dire de mettre fin à votre amitié. Mais, quand je l'ai appris, tu étais déjà dans sa voiture. Je n'avais plus le temps de tergiverser. Il t'emmenait à l'un des entrepôts d'Armando.

— Il m'emmenait dîner.

— T'ai-je déjà menti ? Jamais, Rachael. Ça a toujours été juste nous deux, depuis que nous étions enfants.

— Comment puis-je savoir que tu me dis la vérité ? Comment puis-je te faire confiance ? Mon oncle a tué mes parents. Je croyais qu'il nous aimait. Je croyais qu'il aimait papa et maman. Notre père était son frère. Tu sais ce que j'en ai déduit, Elijah ? Que le monde est un endroit dangereux et qu'on ne peut faire confiance à personne. Pas même à sa famille.

Rachael fit volte-face et remplit un verre d'eau pour s'occuper les mains.

— Je n'ordonnerais jamais, absolument jamais, ta mort. Tu es ma sœur, ma seule famille, et je t'aime. Tu n'es pas obligée de me croire, Rachael. Je suis que tu es blessée, en colère et perdue. Je n'ai pas eu le temps de te parler ce jour-là.

— Tu as eu le temps de m'extirper de la voiture avant de le tuer. Et de m'enfermer dans la maison après coup.

— Tu étais dans tous tes états. Il a tenté de brandir une arme, Rachael. Tu ne l'as pas vu parce que tu t'es débattue quand je t'ai fait sortir de la voiture. Tu refusais de m'écouter et menaçais d'aller voir la police. J'ai fait de mon mieux pour respecter les souhaits de notre père et revenir dans la légalité. Ça n'a pas été facile. J'en sais trop au sujet d'Armando, tout comme toi. Il ne peut pas se permettre de nous laisser vivre. Tant qu'il croyait que j'étais de son côté et que je te contrôlais, nous étions tous les deux en sécurité. Mais, dès que je me suis dressé contre lui, Armando a cherché à te tuer non seulement pour me punir, mais aussi pour te réduire au silence. Tu n'aurais jamais dû parler à Tony.

Rachael le fusilla du regard.

— Je n'aurais jamais parlé de nos affaires à quelqu'un d'autre, et surtout pas à un homme dont je ne savais rien. Je n'aurais pas risqué ta vie ou la sienne.

— Et il ne t'a jamais posé de questions à mon sujet ?

— Il m'a demandé si tu étais mon frère et j'ai dit oui. Ce n'était pas un secret. Il ne méritait pas de mourir pour ça.

— Rachael, recommençons au début. Dis-moi que tu sais que je t'aime. Tu sais que tout ce que j'ai fait dans ma vie, je l'ai fait pour toi. Pour nous. Pour notre survie. J'étais un enfant moi aussi. Je n'avais aucun pouvoir. Personne pour nous aider. Je n'avais pas le choix si je voulais que l'on reste en vie. Si je n'avais pas accepté de me joindre à Armando, il nous aurait tués sur-le-champ. J'ai vendu mon âme pour nous donner une chance de vivre.

Elle se jeta dans ses bras.

— Je sais. Je sais que tu l'as fait pour moi. Je savais que tu aurais pu t'enfuir si tu n'avais pas eu besoin de me protéger.

— Alors pourquoi, après avoir passé toutes ces années à te protéger, voudrais-je soudain ta mort ? demanda-t-il en la serrant très fort.

— C'était si horrible. Je me sentais coupable et je ne comprenais pas pourquoi tu avais agi ainsi. Le pouvoir corrompt, Elijah. Je savais que tu essayais de ramener l'entreprise dans la légalité mais, en même temps, tu étais obligé de faire croire à Armando que rien n'avait changé.

— Je devais gérer l'entreprise comme Armando l'entendait, je n'avais pas le choix. Nous avons hérité de la moitié et Armando voulait avoir la mainmise sur tout. Quand il a appris que papa voulait se sortir de tout ça, il l'a fait suivre. Il a alors découvert que maman pouvait se transformer en léopard. Et il a trouvé des assassins parfaits. Discrets. Rusés. Intelligents.

— Et papa nous a tous emmenés en Floride.

— C'était parce que maman avait peur que son peuple se retourne contre papa. Dans les Everglades, maman pouvait courir et il n'était plus impliqué dans le trafic de drogue. Mais, bien sûr, c'était plus compliqué que ça. Il en savait trop et possédait trop de parts dans les différentes sociétés. Et Armando n'avait pas l'intention de le laisser partir. Moi, pendant ce temps, j'effectuais des petites tâches pour mon oncle adoré parce qu'il me laissait courir en liberté. Que j'étais bête. J'ai dit aux parents qu'Armando savait pour mon léopard, que je me transformais sans arrêt devant lui. Je voulais que maman arrête de s'inquiéter, elle qui tentait toujours de garder le secret. Ils étaient furieux et ont dû en parler à Armando parce qu'il a organisé un rendez-vous avec eux et en a profité pour les tuer.

— Et je l'ai vu faire, dit Rachael en se dégageant. Je n'oublierai jamais son expression quand il s'est tourné et m'a vue sur le pas de la porte.

— Crois-tu vraiment que j'aimais les choses que j'étais forcé de faire ? Il te gardait en otage, Rachael. Il ne prenait jamais la peine de te cacher quoi que ce soit. Plus tu en savais, plus tu constituais un risque et plus je devais me démener pour te garder en vie. Il avait besoin de moi. J'étais comme maman et un véritable atout pour lui. Et il savait qu'il ne pouvait pas nous tuer tous les deux impunément. Dès que possible, je me suis assuré qu'il sache qu'il y aurait des preuves s'il nous arrivait quelque chose.

— Mais, Elijah, je t'ai vu devenir si distant, si froid. Quand j'ai essayé de t'en parler, tu m'as ignorée.

— Il s'apprêtait à nous attaquer de nouveau. Et je comptais le tuer, répondit-il sans ménagement. Je ne voulais pas que tu sois impliquée. Comme ça, tu restais innocente. Je ne voulais pas que tu saches ce que j'étais obligé de faire. Il fallait bien que l'un de nous soit quelqu'un dont maman aurait été fière. (Il baissa les yeux.) Si ça peut te rassurer, je n'ai jamais tué d'innocent. Je ne suis jamais tombé aussi bas.

— Tu as trafiqué de la drogue et des armes. Tu as formé des assassins.

Elle lui lança ces accusations au visage, puis recula d'un pas, la gorge serrée.

Il avança vers elle et dut se retenir pour ne pas la secouer.

— Bon sang, Rachael ! ne me crois pas pour Tony si tu ne veux pas, mais arrête de me regarder comme si j'étais un monstre que tu ne connaissais pas. Armando ne te laissera jamais en vie. Il ne peut pas. Tu es comme l'épée de Damoclès au-dessus de sa tête. Tu as été témoin d'un meurtre qu'il a commis. Il est hors de question que je parte d'ici sans toi. Armando a fait venir ses meilleurs traqueurs. Des hommes comme Duncan. Tu ne peux pas rester, Rachael. Rentre à la maison avec moi, que je puisse te protéger.

Il n'y avait aucun bruit, hormis le vent et la pluie. La brise se glissa par la porte entrouverte et fit voleter la moustiquaire. Rachael sentit le courant d'air sur son visage. Elijah sentit une lame pressée contre sa gorge. Un souffle chaud contre sa joue. Un grognement dangereusement proche de son oreille.

— Elle ne va nulle part avec toi.

Chapitre 18

Rio pressa plus fermement son couteau contre la gorge d'Elijah.

— Elle ne va nulle part avec toi, répéta-t-il d'une voix rauque, menaçante. Ni maintenant, ni jamais.

— Rio, non, ne lui fais pas de mal, protesta Rachael. C'est Elijah. Mon frère.

Elijah ne bougea pas d'un cil. Au lieu de se détendre, Rio se raidit encore plus, et son bras devint un véritable étau.

— Reste où tu es, Rachael. Elijah et moi allons sortir ensemble. Elijah, si tu veux vivre, fais de tout petits pas en même temps que moi. Un seul faux mouvement et tu es mort.

— Rio, qu'est-ce que tu fabriques ? demanda Rachael en avança d'un pas vers eux.

Une goutte de sang perla au bout de la lame. Elijah leva une main pour arrêter sa sœur, qui obéit aussitôt. Elle regarda avec de grands yeux les deux hommes sortir sur le porche. Elle les suivit à bonne distance, le cœur battant.

— Je sais que tu es armé.

— Oui.

— Où ?

— Un pistolet au creux de mon dos. Un deuxième attaché à ma jambe. J'ai un couteau glissé dans une manche et un autre sous mon bras gauche.

Rachael marqua un temps d'arrêt. Elle jeta un regard au doyen, qui resta assis sur le sofa, impassible. Elle ne se doutait pas le moins du monde que son frère était armé. D'où venaient toutes ces armes ?

— Dis-moi pourquoi je devrais te laisser en vie, siffla Rio d'une voix presque inaudible, un murmure menaçant dans la nuit. N'espère pas que Rachael te sauve la mise. Elle t'aime. C'est moi que tu dois convaincre. Parce que je ne t'aime pas.

Rio ignora le doyen assis non loin. Il était déjà banni, condamné à jamais pour un crime auquel il ne pouvait plus rien. Autant en profiter pour faire quelque chose d'utile et éliminer toutes les menaces pesant sur la vie de Rachael.

— J'aime ma sœur, croassa Elijah. Tu n'es pas obligé de me croire.

— Il le faut bien si je dois t'épargner. Rachael mérite de vivre.

— Je suis d'accord. Je ne suis pas son ennemi.

Elijah resta parfaitement immobile, conscient que le couteau à sa gorge n'avait pas dévié d'un millimètre. Il avait appris à se montrer patient, sachant que, la plupart du temps, un moment de distraction lui permettrait de passer à l'attaque. Mais l'homme derrière lui ne comptait pas se laisser distraire. La dizaine de mouvements défensifs qu'il avait perfectionnés ne lui serait d'aucune utilité dans cette position. Elijah poussa un soupir.

— Deux raisons. D'une, je l'ai suivie jusqu'ici pour lui sauver la vie. Et, de deux, si tu ne me lâches pas, elle sera tellement furieuse contre toi que tu regretteras de ne pas être resté sous ta forme animale.

Rio jeta un regard à Rachael qui se tenait sur le pas de la porte, une main pressée contre sa bouche. Elle semblait sous le choc, mais cela ne durerait pas. Elle lui lança un regard implorant.

Rio éloigna lentement son couteau acéré de la gorge d'Elijah, puis recula.

— Pose toutes tes armes par terre devant toi. Sois prudent, Elijah. Tu sais comment nous sommes. Rien ne nous échappe quand on est aux aguets. Considère-moi comme un chasseur pour le moment.

Avec des gestes délibérément lents, Elijah retira ses armes et les déposa par terre. Rachael regarda avec horreur la pile grandissante.

— Emporte ça à l'intérieur, *sestrilla*, dit Rio d'une voix douce.

Il attendit qu'elle ait disparu dans la maison pour reprendre :

— Tourne-toi, très lentement.

Elijah obéit et se retrouva face à Rio pour la première fois. Deux hommes musclés, aux regards de glace, qui dissimulaient leur dangereux tempérament derrière une façade de civilisation soigneusement cultivée.

Elijah prit la parole en premier.

— Je suis Elijah Lospostos. Le frère de Rachael.

— Celui qui a mis un prix d'un million de dollars sur sa tête.

— J'ai dû faire vite. Je me suis dit qu'entre les bandits et le gouvernement tout le monde ferait son possible pour la garder en vie. Notre oncle serait ainsi obligé d'envoyer ses propres assassins à ses trousses. Il ne trouverait personne d'autre qui soit prêt à renoncer à une telle somme pour la tuer. J'ai fait en sorte que la récompense soit irrésistible. (Il pencha la tête pour examiner Rio.) Tu as oublié tes vêtements.

Rio ne baissa pas son couteau.

— C'est une de mes mauvaises habitudes. Veux-tu un café ? J'ai besoin de boire quelque chose.

Rachael s'approcha et glissa un bras autour de la taille de Rio.

— Il faut que tu t'assoies. Tu es arrivé à temps ?

— Oui, répondit Rio sans quitter Elijah des yeux. Votre petit-fils va s'en sortir, doyen.

Rachael ne put s'empêcher de sourire au vieil homme, mais celui-ci détourna le visage. Elle vit des larmes briller dans son regard et ses mains trembler.

— Merci, Rio.

Sa voix était étranglée, presque inaudible.

— C'est un gentil garçon.

Rachael poussa Rio vers la porte. La fatigue le faisait vaciller sur place. Rio montra les dents en un semblant de sourire et fit signe à Elijah de passer en premier.

— Rappelle les autres d'abord, dit Elijah sans bouger. Je sais qu'ils attendent.

Rachael tendit l'oreille. Elle entendit le gémissement du vent. Le rythme de la pluie.

— Fritz et Franz, fit-elle en levant le visage vers Rio. Ils sont à l'intérieur ? Ils attendent qu'il entre ?

Rio lui sourit. Son visage était blême et un voile de transpiration recouvrait sa peau.

— Bien sûr. Ils aiment chasser eux aussi.

— Très drôle. Dis-leur que le danger est passé.

Rio émit une série de sons. Rachael observa son frère qui fronçait les sourcils. Elle enfonça ses ongles dans le bras de Rio.

— Qu'est-ce que tu leur as dit exactement ?

— De rester sur leurs gardes, répondit Elijah à sa place. Que font-ils là ? Je n'ai jamais entendu parler d'entraîner des bébés félins au combat.

Rachael leva les yeux au ciel.

— Ne t'imagine pas que ces démons sont des bébés. Ce sont des léopards nébuleux adultes au mauvais caractère et aux dents de sabre parfaitement acérées.

— J'en conclus que tu t'es frottée à eux, dit Elijah, les yeux tournés vers l'intérieur de la cabane mais refusant d'y entrer.

— L'un d'eux a failli m'arracher la jambe. Ne fais pas ton bébé.

Rachael faisait de son mieux pour tenter d'ignorer le sang qui coulait sur la gorge de son frère. Le couteau que Rio tenait encore à la main, son regard rivé sur le visage d'Elijah.

— Rio ne te dirait pas d'entrer s'il y avait le moindre danger, ajouta-t-elle d'un ton qui semblait plus interrogateur que convaincu.

— Ce serait un bon moyen de se débarrasser de moi sans se sentir coupable.

— Je ne me sentirais pas coupable si je devais me débarrasser de toi, lança Rio. Entre.

Avec un soupir, Elijah obtempéra mais resta sur le qui-vive. Il était un métamorphe, rapide, efficace, létal si besoin, mais ses vêtements le ralentiraient s'il devait se mesurer à deux léopards de vingt kilos chacun. Il vit leurs yeux briller dans l'obscurité. Les deux félins attendaient patiemment, l'un perché sur la cheminée, l'autre tapi par terre à côté du fauteuil. Aux aguets, les oreilles plaquées, les babines retroussées.

Rio sentait l'épuisement le gagner après avoir parcouru autant de kilomètres aussi rapidement. Il n'avait pas pris le temps de se reposer après avoir fait don de plus de sang qu'il n'était raisonnable. Franz l'avait appelé au loin pour l'avertir du danger qui menaçait Rachael. Rio avait alors avalé un verre de jus d'orange et était reparti sans attendre, encore étourdi. Le trajet du retour avait été cauchemardesque. Terrifié, il avait puisé dans ses dernières réserves et forcé son léopard à courir ventre à terre.

— Rio, dit Rachael d'une voix inquiète, assieds-toi. Entre ton arsenal et celui de mon frère, on a assez d'armes pour déclencher une guerre. Si un autre de tes voisins vient toquer à ta porte, je propose qu'on lui tire dessus.

— On ne peut pas, protesta Rio. Tama va forcément venir chercher son scientifique errant.

Elijah se passa une main dans les cheveux, contourna prudemment le fauteuil et s'affala sur le canapé.

— Ce guide est un vrai casse-pieds. J'ai été obligé de demander à mes hommes de causer une petite catastrophe pour pouvoir lui échapper.

— Le garrot, ordonna Rio en enfilant un jean. Donne-le-moi aussi.

— Elijah, tu ne peux pas te balader avec un garrot ! s'exclama Rachael.

— Je l'avais oublié, répondit Elijah en retirant le lacet autour de son cou pour le tendre à Rachael.

Celle-ci l'ajouta à la pile avec un soupir exaspéré.

— Vous êtes fous tous les deux.

— Probablement, admit Rio en vidant d'une traite le verre d'eau que Rachael lui avait tendu. J'en conclus qu'Elijah n'a pas essayé de te tuer.

— Tony travaillait pour Armando.

Elle s'occupa à préparer le café pour ne pas avoir à regarder les deux hommes. Ses mains tremblaient et ses jambes menaçaient de céder sous son poids. Elle avait redouté ce moment pendant si longtemps qu'elle ne savait plus ce qu'elle devait ressentir. Elle ne faisait pas confiance au soulagement qui l'envahissait et craignait de se mettre à pleurer.

— Tu avais raison, Elijah est un métamorphe.

— Donc, bien sûr, tu ne pouvais pas te rendre à la police, soupira Rio. La première règle de notre peuple est de ne pas impliquer les autres. Et Armando se sert d'assassins métamorphes.

— Il en a soudoyé quelques-uns en Amérique du Sud. Ou peut-être qu'il les fait chanter, je ne sais pas. Il est capable de tout. Il a pu les menacer de brûler leur forêt ou d'organiser une immense battue pour tuer tout le monde. Je me demande même s'il est vraiment humain. Je me suis glissé dans sa maison une nuit, persuadé de pouvoir lui régler son compte. Mais ce démon avait mis un sosie dans sa chambre et était introuvable.

— Combien de métamorphes a-t-il sous ses ordres ?

— Deux, à ma connaissance. Je doute qu'il en ait plus. Nous ne sommes pas faciles à trouver et Armando ne passe pas beaucoup de temps en Amérique du Sud. Duncan était l'un d'eux.

Le doyen entra dans la pièce et inclina la tête.

— Je dois retourner au village m'occuper de mon petit-fils. Je te remercie pour ce que tu as fait, Rio.

— Je suis content d'avoir pu vous rendre ce petit service, doyen. J'aimerais avoir des nouvelles de Drake, si vous pouvez. Je n'ai pas pu approcher Joshua et personne d'autre n'a proposé de me renseigner.

Rachael releva la tête et fusilla le vieil homme du regard.

— Je croyais que vous étiez civilisé ?

— *Hafelina.*

Il y avait plus d'amour que de reproche dans la voix de Rio.

« Petite féline. » Elle comprenait à présent ce terme d'affection. Le langage qu'elle avait entendu dans son enfance lui revenait peu à pcu.

Elijah se redressa sur son siège en fronçant les sourcils. Il secoua la tête mais resta silencieux. L'air digne du doyen commandait le respect.

— Ne la réprimande pas pour avoir exprimé le fond de sa pensée ou t'avoir défendu, Rio, dit le doyen. Rachael est une femme de courage et d'intégrité. Je ne suis plus un membre du conseil, mais je reste lié à nos lois. Je ferai de mon mieux pour changer ce qui a été décrété, mais je vais devoir répondre de mes actes et accepter ma punition. Je regrette de ne pas avoir agi plus tôt et d'avoir attendu qu'une crise personnelle ne m'y oblige. J'enverrai dès que possible des nouvelles de Drake. Inutile de te lever, je vais me transformer sur le porche. Mon sac est là-bas. (Il sourit à Rachael.) Je suis honoré d'avoir eu l'occasion de te rencontrer et d'échanger avec toi. (Son regard se tourna vers Elijah.) Ta sœur m'a appris qu'il n'est jamais trop tard pour réparer ses fautes. Tu sais ce qu'il te reste à faire.

Elijah agrippa fermement l'accoudoir de son siège.

— Il n'y a pas de rédemption possible pour moi.

Delgrotto sourit.

— Même le haut conseil sacré peut se tromper. Qui d'autre peut mesurer la valeur d'un homme sinon son propre code d'honneur ?

Elijah détourna le regard.

— Si je ne peux pas me pardonner, comment pourrais-je accepter le pardon des autres ?

— Aucun conseil ne peut refuser une demande d'asile. Peu importe où tu es né. Il ne reste que peu de métamorphes dans le monde, nous ne pouvons pas nous permettre d'en perdre un seul.

Sur ces mots, le doyen recula dans l'ombre du porche pour retirer ses vêtements, qu'il rangea dans le sac en cuir traditionnel autour de son cou avant de se transformer.

Un long silence s'ensuivit. Rachael soupira.

— Je voulais vraiment le détester.

— C'est un homme bon, répondit Rio. Il a raison de croire en nos lois. Nous ne pouvons pas être jugés comme les humains ni nous rendre à la police. Nous devons protéger nos propres rangs.

— Je sais ce qui se passe, intervint Elijah d'une voix cinglante. Seul un homme qui a trouvé sa compagne l'appelle *sestrilla* ou *hafelina*. Rachael n'est pas pour toi.

Tu ne peux pas la protéger contre Armando et je n'ai pas passé des années à m'occuper d'elle pour qu'elle meure ici, en pleine jungle.

Rachael grimaça mais ignora son frère et tendit un bol de soupe ainsi qu'une tasse de café à Rio.

— Mange tout, tu en as besoin. Quant à ton précieux doyen, il n'est pas méchant, mais pas aussi sage qu'une femme.

Elijah poussa un grognement.

— Ne recommence pas avec ton discours sur la supériorité des femmes face aux hommes. Ça ne nous avance à rien. Rachael, je vois bien que tu as des sentiments pour cet homme, mais tu ne peux pas rester ici.

— Je l'aime, Elijah, répondit-elle à voix basse en le regardant dans les yeux tandis qu'elle lui tendait un bol de soupe.

— Bon sang, Rachael !

La jeune femme poussa un soupir d'exaspération.

— Pourquoi est-ce que tous les hommes me répondent ça ?

Puis elle s'installa sur l'accoudoir du siège de Rio et enroula ses bras autour de son cou. Elle ne pouvait se retenir de le toucher, de passer les doigts dans ses cheveux. Elle n'avait qu'une envie : inspecter chaque centimètre de son corps pour vérifier qu'il n'était pas blessé. Pour le moment, elle se contenta de lui masser la nuque.

Rio échangea un regard de connivence avec Elijah.

— Je te comprends parfaitement. Moi aussi, elle a tendance à me faire pousser des jurons.

Rachael lui tira les cheveux, lui arrachant un petit cri.

— Je suis Rio, au fait, reprit-il, Rio Santana.

— Dans ce cas, tu devras nous accompagner pour que je puisse te protéger toi aussi. J'ai des soldats. Ma maison est une forteresse. Et je vis près des Everglades, si bien que tu pourras courir quand le besoin s'en fera sentir.

— Tu es peut-être capable de protéger Rachael chez toi, mais je peux faire tout aussi bien, voire mieux, ici, répondit calmement Rio. Avant que tu t'énerves, t'est-il venu à l'esprit que tu devais changer de stratégie ? devenir imprévisible ? Ton oncle te connaît. Il t'a élevé. Il sait à quoi s'attendre. Mais il ne me connaît pas, moi. Il ne sait même pas que j'existe.

Rachael frotta son menton contre les cheveux de Rio. Ses seins lui effleurèrent la joue, une invitation presque irrésistible malgré la fatigue qu'il ressentait.

— Tu as besoin de sommeil, Rio. Tu es épuisé.

— Armando ne viendra pas jusqu'ici.

— Bien sûr que si. À condition que le jeu en vaille la chandelle. Qu'il pense avoir une chance de gagner pour de bon. Ce ne sera pas très difficile de soudoyer quelqu'un susceptible de lui divulguer des informations. Il doit avoir un informateur à son service. Ça pourrait même être l'un des bandits. Ils ne refuseraient pas de jouer sur les deux tableaux.

Rio termina sa soupe et posa le bol sur la petite table basse. Puis il prit la main de Rachael et porta ses doigts à sa bouche. Le tout sans quitter Elijah des yeux.

— Tu veux divulguer à Armando des informations au sujet de Rachael. Pour qu'il vienne en personne s'assurer que le travail est bien fait. Il voudra être certain qu'elle est morte, et que je le sache.

Rio hocha la tête.

— Il y a des bandits tout le long de la rivière. Certains ne sont pas de mauvais hommes, ils cherchent juste à gagner leur vie. Et une ou deux tribus seraient prêtes à nous donner un coup de main. C'est mon territoire ici, pas le sien. Il a peut-être infiltré l'Amérique du Sud, mais je doute qu'il ait eu le temps de faire de même ici.

— Duncan connaissait l'agencement de la cabane, intervint Rachael. Quelqu'un a dû le lui dire.

— Pas forcément. Delgrotto n'avait pas entendu parler de Duncan. En tant que membre du conseil, il a accès à toutes les informations majeures. La présence d'un membre inconnu de notre espèce aurait été considérée d'importance capitale. Je doute que Duncan ait été en contact avec mon peuple. Il savait que d'autres métamorphes habitaient dans la région. Il avait dû entendre Tomas et ses hommes discuter de mon équipe et en tirer ses propres conclusions. Sous sa forme de léopard, il pouvait aisément trouver notre odeur et nous traquer. Mais, surtout, Duncan n'a pas eu le temps de transmettre cette information à Armando. Il a été capturé par des bandits, puis s'est lancé sur les traces de Rachael et est tombé sur moi à la place.

Elijah se frotta le menton.

— Donc ton idée est de faire venir Armando ici ?

— Rachael ne partira pas. Elle est ma compagne. Tu ne crois peut-être pas à nos légendes, mais je sais que sa place est avec moi, et la seule manière de me l'enlever serait de me passer sur le corps.

Elijah haussa les épaules.

— Ce ne serait pas la première fois.

Rachael fit tomber un lourd livre par terre. Le bruit sourd stoppa soudain la conversation.

— Si vous continuez, siffla-t-elle entre ses dents, je vous renverse le reste de soupe sur la tête. Faîtes un peu travailler vos méninges. Je vous aime tous les deux. Vos menaces et vos grands airs ne font pas avancer les choses. C'est même extrêmement énervant. Elijah, tu veux du café oui ou non ?

— Est-ce que tu vas mc le verser sur les genoux ?

— J'hésite encore.

— Alors j'attendrai que tu ne sois pas si…

Il s'interrompit en voyant Rio lui faire frénétiquement signe de se taire. Rachael fusilla son frère du regard.

— Pas si quoi ? Fais attention à ce que tu dis ou tu vas te retrouver avec tout le contenu de la cafetière sur les genoux. Tu aurais dû me parler. Je suis une adulte, pas une gamine que tu dois protéger. Je sais exactement ce dont Armando est capable et je savais que tu n'avais d'autre choix que de l'éliminer si on voulait avoir une chance de vivre une vie normale.

Puis elle se tourna vers Rio.

— S'il te vient un jour l'idée ridicule de faire le macho taciturne, ça a intérêt à te passer rapidement ou je risque de trouver un autre bâton pour te frapper.

Elijah haussa les sourcils.

— Elle t'a frappé avec un bâton ?

— J'ai même une cicatrice, répondit Rio en soulevant ses cheveux pour dévoiler une ligne blanche irrégulière. En plein sur la tempe. Elle a failli m'arracher la tête.

— Elle sait s'y prendre. Elle tape comme un homme mais ne sait pas cuisiner.

— Bien sûr que je sais cuisiner, protesta Rachael, outrée. Très bien même ! Ce n'est pas ma faute si tu n'aimes rien d'autre que le riz aux haricots rouges. Sans aucune épice.

— Trop d'épices tuent les épices.

— Oh ! je ne sais pas, Elijah, lança Rio avec un sourire coquin en direction de Rachael. Je crois que tu rates quelque chose. Un peu de piment dans la vie ne fait pas de mal.

Rachael poussa un grognement et se mit à rincer les bols, mais elle avait retrouvé le sourire. Rio avait le chic pour lui mettre des idées en tête au plus mauvais moment.

— Le doyen avait raison, reprit Rio. Si tu demandes l'asile au village, ils seront obligés de t'accueillir. Tu seras placé sous notre protection et nous aurons ainsi plus de gens de notre côté.

— Que fais-tu exactement hormis énerver les bandits du coin ? demanda Elijah.

— Je vois que tu as parlé à Tomas et ses hommes. C'est exactement ce que je fais. C'est mon travail.

— Tu le fais avec tout le monde sans trop d'effort, glissa Rachael.

Franz sauta de la cheminée et se glissa sous les jambes de Rio, lançant un regard curieux à Elijah au passage. Rio tendit les jambes pour laisser plus de place au petit léopard.

— Je trouve un arbre, un tertre ou n'importe quoi d'autre, et je surveille les arrières de mon équipe quand elle infiltre un camp pour libérer des otages ou pour payer une rançon. Je fais ce qu'il faut pour les protéger. Une fois que mes camarades sont ressortis, j'entraîne les bandits dans la forêt sur une fausse piste pour laisser aux autres le temps de s'échapper.

— J'ai entendu dire que les bandits avaient des cachettes.

— Il y a des dédales de tunnels sous les champs de canne à sucre. Si tu tiens à la vie, n'essaie pas de t'y aventurer. On a dû le faire à quelques reprises quand les bandits y avaient caché leurs prisonniers. On a tout fait sauter pour les décourager de recommencer à l'avenir. C'est trop dangereux pour nous, même si on y entre quand même en dernier recours.

— Donc il ne faudrait pas qu'Armando s'associe aux bandits et ait l'idée d'utiliser ces tunnels.

— Si ton oncle apprend que Rachael s'est installée en pleine forêt avec un péquenaud du coin, tu ne crois pas qu'il débarquera aussitôt ? Surtout si c'est toi qui as obtenu cette information grâce à la récompense d'un million de dollars. Il faut qu'on localise son espion et qu'on s'arrange pour qu'il apprenne que Rachael a été trouvée. Il contactera alors ton oncle et Armando se dépêchera de venir pour arriver avant toi.

— Il enverra son assassin aux trousses de Rachael.

— Bien sûr. Il voudra confirmer sa présence et se débarrasser de moi. L'assassin s'attendra à une proie facile.

— Il va te traquer, Rio. Les léopards font des ennemis terrifiants. Ils ne se découragent jamais et sont extrêmement rusés. Je suis bien placé pour le savoir.

Rio lança un sourire létal à Elijah.

— J'ai parfaitement conscience de ce dont un léopard est capable.

Rachael vint se pelotonner sur les genoux de Rio. La nuit avait pris un tournant irréel, comme s'il s'agissait d'un rêve. Elle n'arrivait pas à croire qu'Elijah se trouvait à quelques mètres de là, affalé sur son siège, parfaitement à son aise. Comment avait-elle pu douter de lui ? Son regard n'avait plus rien de glacial et d'impitoyable, il ressemblait de nouveau au grand frère avec lequel elle avait grandi. Elle avait oublié qu'il pouvait être ainsi. Au repos. Détendu. Un léger sourire sur le visage.

Rachael enfouit son visage contre la poitrine de Rio. Elle savait qu'il ne dirait rien en sentant ses larmes couler sur sa peau. Il comprendrait l'énormité du cadeau qu'elle avait reçu ce soir. Il la serra fort dans ses bras d'un geste protecteur, comme elle s'y attendait, et glissa tendrement les doigts dans ses épaisses boucles.

— C'est mon territoire, Elijah. Ceux qui y pénètrent sont soumis à mes lois et à celles de mon peuple. Homme ou bête, peu importe. Armando est peut-être quelqu'un d'important en Amérique du Sud et en Floride, mais, ici, il n'est personne.

— J'ai commencé à liquider nos actifs et à mettre l'argent hors de portée d'Armando. Il n'est pas au courant, évidemment, mais j'espérais nous débarrasser, Rachael et moi, de notre propriété et pouvoir retourner dans mon pays natal. Mais ce n'est pas simple.

— Tu pourrais venir ici, Elijah, offrit Rachael d'une voix étouffée, le visage caché contre le torse de Rio. Les doyens t'accepteraient, Delgrotto l'a dit. Personne ne te connaît ici. Ce serait un nouveau départ.

— Je ne saurais même plus comment faire, Rachael, répondit Elijah d'une voix dénuée d'intonation. Si je ne peux pas te parler à toi, ma propre sœur, comment pourrais-je réapprendre à vivre parmi les autres ? Je te remercie, mais, si on arrive à se débarrasser d'Armando, la dernière chose que je compte faire est de souiller ta vie par ma présence.

Rachael s'apprêtait à protester mais Rio la serra contre lui pour l'en dissuader.

— Une chose à la fois. Occupons-nous d'abord d'Armando. Nous devons trouver son espion et lui faire passer le message.

— Il saura que je suis ici.

— Encore mieux. Il voudra tuer Rachael sous ton nez. Tu as déjà établi un campement en te faisant passer pour un scientifique, il pensera donc que tu ne l'as pas encore trouvée. Tu n'as plus qu'à écumer les mauvais endroits et le tour est joué.

— Donc je serai comme un idiot à des kilomètres d'ici pendant qu'il essaiera de tuer Rachael. Pas question. Si Armando met les pieds dans ce pays, je ne quitterai pas ma sœur d'une semelle.

Rachael poussa un profond soupir.

— Voilà d'où viennent les mots « imbécile » et « idiot » dans mon vocabulaire. Elijah, pour une fois, est-ce que tu pourrais écouter Rio ? S'il te plaît. Pour moi.

— Que sais-tu vraiment de lui, Rachael ? Tu as mis ta vie entre ses mains.

— Je sais. Et si tu insistes pour rester, la tienne aussi, ce qui devrait te dire tout ce que tu as besoin de savoir. J'ai quitté la maison plutôt que de t'obliger à me…

Seul Rio la vit plaquer son poing contre sa bouche pour s'empêcher de finir sa phrase.

Elijah se redressa.

— Je n'ai jamais voulu ta mort. Jamais, Rachael. Sans toi, pourquoi aurais-je continué de me battre ? À quoi bon ? J'aurais disparu dans la jungle et il ne m'aurait jamais retrouvé. Mais je ne pensais pas que tu en étais capable.

— Parce que je ne pouvais pas me métamorphoser ? Je ne savais même pas que c'était possible. Comment as-tu appris ?

— C'est arrivé comme ça, quand j'étais encore petit. Maman m'a ordonné de ne rien dire. On en parlait toujours à voix basse.

Rio leva une main pour masser la nuque de Rachael.

— Parce qu'elle essayait encore de le cacher à son nouveau mari. Il ne l'a appris que plus tard. Ce qui n'a pas plu aux doyens de votre mère. C'est ainsi que ça a dû se passer.

— Quelque chose a mal tourné. Nos parents étaient très inquiets jusqu'à ce que l'on arrive en Floride, puis pendant quelques années après ça. Maman m'a alors interdit de me transformer et d'en parler à quiconque. Ils essayaient de nous protéger contre notre propre espèce, alors qu'ils auraient dû plutôt se méfier d'Armando.

— Il savait pourtant, dit Rio. Il t'emmenait courir en secret.

— Si seulement je l'avais dit aussitôt à notre mère… nos parents seraient peut-être encore en vie. Mais j'ai tenu ma langue. Et, quand j'ai fini par leur avouer, c'était trop tard. J'aurais mieux fait de me taire. Armando avait déjà mis en place ses plans et les a tués.

— Leur mort n'avait rien à voir avec toi, Elijah, rétorqua Rachael. Ce n'était pas ta faute. Tu as fait tout ce que tu pouvais pour nous garder en vie.

— Je n'ai pas tué Armando.

— Le tuer vous rendra peut-être votre liberté à tous les deux, Elijah, mais ça ne ramènera personne à la vie, dit Rio. Et ça n'atténuera pas la culpabilité qui te ronge.

— Savoir que Rachael sera en sécurité me suffit. Même si l'on arrivait à le jeter en prison, il trouverait un moyen de la tuer. Il n'abandonnera jamais. Je le connais. Armando est vindicatif et il me hait. À ses yeux, je l'ai trahi. Il voulait faire de moi son fils. J'étais l'héritier de son empire et je lui ai fait croire pendant des années que j'étais de son côté.

» Tu ne peux probablement pas comprendre un tel sentiment de haine, mais Armando veut la mort de Rachael plus que tout. Il considère que je l'ai choisie à sa place. Que c'est à cause d'elle que je ne suis pas devenu son fils.

— Mais tu t'es retourné contre lui trop tôt et tu n'as pas réussi à le supprimer. Pourquoi ?

— Il est venu me voir un soir et m'a dit qu'il était temps de faire le ménage. Il voulait tuer Rachael. Il m'a dit qu'il savait que je n'étais pas capable de m'en charger mais qu'il ne me le demanderait pas. Qu'il n'avait pas besoin que je lui prouve ma loyauté. Il comptait le faire lui-même parce qu'il ne voulait pas prendre le risque qu'un de ses hommes la déshonore. C'était ses propres mots. Il m'a annoncé d'un ton désinvolte qu'il allait tuer ma sœur, mais pas d'inquiétude, personne ne la violerait avant.

— Donc tu as été obligé de passer à l'action.

— J'avais déjà des partisans loyaux en place. J'ai emmené Rachael en lieu sûr et j'ai attaqué. Malheureusement, Armando était encore trop puissant. Et il connaît mon point faible. Il sait que Rachael est tout ce qui compte pour moi. Tu le sais aussi, pas vrai, Rachael ? Je te jure que je ne sais pas ce que je t'ai dit ce jour-là, quand je t'ai fait sortir de la voiture, mais Tony t'emmenait droit chez Armando, qui t'aurait renvoyée en petits morceaux.

— Quoi que tu aies dit, c'est oublié, répondit Rachael d'une voix douce. Elijah, je suis désolée d'avoir douté de toi. Pardonne-moi d'avoir cru ces choses terribles.

— Qui peut t'en vouloir, Rachael ? Nous avons vécu si longtemps dans la trahison que c'est devenu notre mode de vie. À présent, dis-moi ce que tu veux que je fasse, Rio. Essayons de mettre sur pied un plan pour supprimer cette menace une fois pour toutes.

Rio berçait Rachael pour la réconforter, presque sans s'en rendre compte. Elle tremblait dans ses bras, submergée par tout ce qui lui arrivait, mais tentait de garder son calme, comme à son habitude. Son courage l'émouvait. Il sentait l'amour mêlé de peur qu'elle éprouvait pour son frère.

— Demande à Tama de t'emmener en aval de la rivière, le plus loin possible. On va lancer la rumeur que la chaussure de Rachael a été trouvée. Puis on fera en sorte qu'un informateur annonce à un fonctionnaire du gouvernement, devant l'espion d'Armando, que Rachael vit dans la forêt. Une fois que ton oncle sera au courant, il enverra un léopard pour vérifier l'information.

— Ou la tuer.

— Ou la tuer. Ce sera le moment le plus dangereux. Tu devras me faire confiance et rester à l'écart. J'essaierai de te tenir informé, mais le plan ne marchera pas si l'assassin te sait dans les parages. Il sentira que c'est un piège. Tu devras rester en aval et aux aguets, au cas où ton oncle commanditerait ton meurtre.

Rachael lança un regard inquiet à son frère.

— Quel genre de protection as-tu ?

— J'ai amené mes meilleurs hommes. Même un léopard assassin aura du mal à me surprendre en pleine forêt. Ne t'en fais pas pour moi, Rachael. Je peux me défendre.

— Elijah a raison, *sestrilla*, murmura Rio. Je soupçonne ton oncle de vouloir le garder en vie, ne serait-ce que pour le tourmenter en lui annonçant ta mort. Et si nous nous trompons et qu'il envoie l'assassin aux trousses d'Elijah tu devras faire confiance à ton frère. Il a survécu toutes ces années et ne se laissera pas faire. Sans compter que Tama sera avec lui. Il n'y a pas de meilleur guide, à part peut-être Kim.

— Je n'aime pas ça, répondit Rachael. Je n'aime pas l'idée que l'on soit séparés.

— Ton oncle ne t'approchera pas s'il sait qu'Elijah est avec toi, expliqua patiemment Rio. Il a peur de lui. Ton frère est probablement le seul homme dont il ait peur. Voilà pourquoi il veut le détruire avant de le tuer. Et tu es sa seule faiblesse.

— Je ne crains pas cet assassin, Rachael, affirma Elijah d'une voix confiante. Je peux le vaincre sous n'importe quelle forme, humaine ou animale.

Rachael hocha la tête et se força à sourire, mais Rio la sentait trembler de tout son corps. Il la serra plus fort, pour que son frère ne se rende compte de rien.

— Une fois qu'Armando sera arrivé dans le pays, Kim Pang en informera Tama, son frère. Tu pourras revenir par ici dès que votre oncle entrera dans notre forêt. Je demanderai à plusieurs de mes hommes de le guetter et de nous tenir au courant par radio. Armando ne peut pas se transformer en animal, mais il amènera probablement des chasseurs pour se protéger. Qu'en penses-tu, Elijah ?

— J'en pense que je vais te confier la vie de ma sœur. Ne me le fais pas regretter.

Elijah se leva et s'étira en un mouvement félin, le regard dur et impitoyable.

— Tu ne restes pas ? demanda Rachael, au bord des larmes.

— Il faut que je retourne au campement. On ne sait jamais qui nous écoute ou nous espionne, et je ne veux pas faire capoter le plan avant même de le mettre à exécution. Prends soin d'elle, Rio.

Elijah paraissait si seul, debout devant eux. Il se pencha pour effleurer le front de Rachael d'un baiser, puis sortit dans la nuit.

Rachael tenta de se dégager pour le suivre, mais Rio la retint.

— Laisse-le partir. C'est dur pour lui de t'abandonner après toutes ces années. Il a besoin d'espace, de solitude. Il a passé toute sa vie à vous protéger tous les deux, il va devoir apprendre à s'adapter, trouver une nouvelle raison de vivre. Il ne le sait pas encore, mais c'est dans la forêt qu'il la trouvera. L'appel de la nature sera irrésistible.

Rachael glissa ses mains sur le corps de Rio pour vérifier qu'il n'était pas blessé.

— Tu as besoin de repos, Rio. Viens te coucher avec moi.

Il ne demandait pas mieux que de s'allonger à côté d'elle, de sentir la chaleur de sa peau après la terreur qu'il avait ressentie en croyant qu'elle avait été attaquée.

Il resta un long moment éveillé à écouter le vent gémir dans les arbres. À écouter la pluie chanter dans la canopée. À écouter la respiration de Rachael. Dire qu'il avait cru que le bonheur n'était qu'une illusion, que sa vie n'était bonne qu'à servir son peuple jusqu'à la fin. À présent, avec sa compagne dans les bras, il savait enfin ce qu'être heureux voulait dire. Il se laissa emporter par le sommeil avec l'odeur de Rachael dans ses poumons et la caresse de sa peau contre la sienne.

Chapitre 19

Rachael s'agrippa à la rambarde et se pencha pour observer la forêt en contrebas.

— Je crois que je deviens folle, déclara-t-elle en se tournant vers Rio. Et ne me dis pas qu'il s'agit encore d'une saute d'humeur !

— C'est normal. L'attente est toujours le plus difficile. On sait que l'espion a passé le mot à ton oncle, il n'y en a donc plus pour longtemps. Armando et un large groupe d'hommes sont déjà arrivés et remontent actuellement la rivière. Nos alliés surveillent leur avancée. Il a amené quatre chasseurs de renom avec lui, ce qui a causé quelques problèmes étant donné que le gouvernement n'encourage pas ce genre de pratique.

Rachael frissonna.

— Savoir que cet homme est dans la forêt est terrifiant. Armando est un vrai monstre, Rio. Il ne va pas attendre longtemps avant d'envoyer ses hommes à notre poursuite.

— Je sais, mais c'est ce que nous voulons. C'est probablement notre dernière chance de nous amuser un peu. Ils ne sont pas encore dans notre zone.

— Je déteste le fait qu'Elijah soit si proche et que je ne puisse pas aller le voir. Je m'inquiète pour lui. J'ai toujours eu peur qu'il lui arrive quelque chose.

Rio lui attrapa la main et pressa sa paume contre son cœur.

— Au moins, ta jambe a eu le temps de guérir comme il faut.

Rachael examina son mollet en fronçant les sourcils.

— « Comme il faut » ? Enfin, au moins j'ai encore une jambe. Et Fritz va mieux lui aussi. Il est sorti ce matin à l'aube pour chasser avec Franz. Je me suis dit que c'était vraiment bon signe.

Rio l'attira contre lui.

— Nous ne sommes pas obligés de rester ici si tu préfères aller jouer.

Rachael leva les yeux vers ce visage qu'elle aimait tant. Ce visage dont elle connaissait chaque centimètre. Il y avait dans son regard une lueur espiègle que personne d'autre qu'elle ne voyait jamais. Elle adorait ce côté malicieux qui faisait son apparition à des moments inattendus.

— C'est sans danger ?

— Pour le moment. Je ne m'attendais pas à ce qu'Armando vienne en personne si rapidement, mais ça ne change rien. Je suis sûr que l'assassin de ton oncle ne devrait pas tarder, mais les animaux de la forêt nous alerteront. Nous ne sommes pas obligés de rester à l'intérieur si tu as envie de te dégourdir un peu les pattes. J'ai un ou deux endroits magnifiques à te faire découvrir. Nous avons mis toute notre énergie à nous préparer à l'arrivée de ton oncle. La hutte temporaire a été construite et tes affaires ont été installées à l'intérieur. Nous avons bien mérité une petite pause.

Rio n'avait pas pris le risque de courir la nuit depuis la venue d'Elijah. Il ne voulait pas laisser Rachael seule et préférait attendre que sa jambe guérisse. Mais l'appel de la forêt se faisait chaque jour plus fort.

Avec un grand sourire, Rachael retira aussitôt la chemise qu'elle portait et la laissa tomber par terre. Elle n'était plus vêtue que d'un simple string. Rio inspira profondément pour capturer son odeur, comme il commençait à en prendre l'habitude.

— Peut-être qu'on devrait rester ici, murmura-t-il en admirant la tentation de ses seins.

Ils étaient si beaux, si ronds, si parfaits qu'il ne put s'empêcher de les toucher. Il glissa ses doigts sur sa peau et caressa ses tétons juste pour les voir se dresser pour lui.

— Non, je veux aller courir. Mais tu peux m'attendre ici si tu veux.

Rachael se débarrassa de son string, savourant le regard de Rio posé sur elle. Elle ne s'était jamais considérée comme une créature charnelle avant de le rencontrer. Il lui faisait prendre conscience de son corps, de ce qu'ils pouvaient faire ensemble. Elle attrapa d'un geste langoureux une branche au-dessus de sa tête.

— Tu n'as qu'à penser à moi pendant mon absence, ajouta-t-elle d'un ton taquin.

— Tu ne vas nulle part sans moi, répliqua Rio en retirant ses vêtements à la hâte.

Elle s'était déjà métamorphosée en une femelle aux lignes racées, faite pour la rapidité et l'endurance. Elle sauta sur une branche et courut jusqu'à la suivante.

Rio ne prit pas le temps de plier ses habits. Son instinct animal se réveillait déjà au creux de son estomac, un désir irrépressible de liberté. Ses muscles se contractèrent et il se transforma d'un bond, plongeant vers les branches en contrebas qui croisaient celles sur lesquelles courait Rachael.

Rachael sauta de branche en branche, consciente que Rio s'était lancé à sa poursuite. Si son léopard en avait été capable, elle aurait ri à gorge déployée. Elle n'arrivait pas à croire au tournant qu'avait pris sa vie. S'installer dans la cabane de Rio, qu'elle croyait inhabitée, avait été la plus belle erreur qu'elle ait jamais faite.

Son cœur débordait de joie. Elle sauta à terre et détala, bondissant par-dessus les rondins et les buissons, enfonçant ses griffes dans la végétation pour accélérer. Mais Rio ne comptait pas se laisser distancer et la rattrapait à toute vitesse.

Rachael commença à zigzaguer entre les arbres pour tenter de lui échapper, sans s'écarter de la direction qu'il voulait qu'elle prenne. Quand elle déviait du chemin, il lui barrait la route, trop imposant et intimidant pour qu'elle puisse le contourner. Mais elle s'en moquait, enivrée par la liberté de leur jeu. La forêt était magnifique, chaque détail vif et rutilant. Elle joua avec un crapaud qui ne sembla pas apprécier sa compagnie, puis reprit sa course lorsque Rio renifla la petite créature.

Elle ne vit pas la berge avant qu'il ne soit trop tard. Elle tenta en vain de s'arrêter, mais, emportée par son élan, tomba dans l'étendue d'eau limpide. C'était une petite cascade naturelle qui terminait sa course dans un bassin creusé dans la roche. Des fougères poussaient tout autour, leurs frondes longues et dentelées, ou hautes et fournies. Rachael remonta à la surface et reprit forme humaine. Elle riait tant qu'elle coula de nouveau.

Rio l'attrapa par la taille d'un bras solide et la remit debout.

— Petite folle, j'ai failli faire une crise cardiaque, murmura-t-il d'une voix caressante comme le velours.

Il lui effleura doucement le visage, traça la ligne de sa joue d'un doigt aussi délicat que l'aile des papillons colorés qui volaient en nuée dans les arbres. Aussitôt, Rachael eut l'impression qu'une décharge électrique lui traversait le corps. Rio prit son visage entre ses mains avec une tendresse infinie et la regarda dans les yeux.

Il y avait une telle intensité dans ce regard d'un vert vif, un amour si profond que Rachael se sentait consumée. Le désir était également présent et brûlait, sous-jacent. Rio baissa lentement la tête vers elle. Ce mouvement sensuel la fit réagir au plus profond d'elle-même. Ses muscles se contractèrent délicieusement et la passion envahit son corps jusqu'à se concentrer à la jonction de ses cuisses.

Il se pencha sur elle, mais sans tout à fait la toucher. Quelques millimètres les séparaient, juste assez pour laisser passer la brise et attiser les flammes qui léchaient leur peau. L'écume de la cascade s'agitait autour d'eux en un million de gouttelettes et venait caresser leurs corps, exacerbant les moindres sensations.

Rio vint poser ses lèvres contre celles de Rachael. Doucement. Tendrement. Une simple caresse qui fit danser les flammes. Le désir se déversa dans leurs veines, et Rachael se pressa contre lui, frottant le bout de ses seins contre sa poitrine musclée. Elle poussa un soupir, un doux bruit de soumission, lorsqu'elle ouvrit sa bouche pour le laisser entrer. La chaleur l'engloutit et quelque chose bougea en elle. Quelque chose qui le reconnaissait. Elle sentit son double se réveiller, se mêler à ses sens au lieu de prendre le contrôle.

Rio l'embrassa plus profondément, prenant son visage entre ses mains et glissant ses doigts dans sa nuque tandis que son propre animal faisait surface à son tour pour fusionner avec elle. Toutes les sensations se décuplèrent. La bruine de la cascade était comme une langue qui venait leur lécher la peau.

Rachael poussa un petit cri avant que le plaisir ne lui coupe le souffle, ne la prive de raison. Elle se frotta contre Rio pour prolonger le contact. Quand il leva la tête pour reprendre sa respiration, elle se mit à lécher les gouttelettes sur son torse et descendit jusqu'à son ventre. Pendant ce temps, il faisait courir ses mains sur son corps, à la recherche de chacun des endroits qui la faisaient crier de plaisir et l'enflammaient encore davantage.

Rachael se laissa aller contre lui, peau contre peau, cherchant à toucher le moindre centimètre de son corps. Elle en voulait toujours plus et n'aurait jamais assez de temps pour l'explorer avant que son propre désir n'exige d'être assouvi.

— Tu es un vrai petit chat, murmura-t-il à son oreille avant de descendre vers son cou. J'adore t'entendre ronronner pour moi quand je te touche.

Il s'attarda sur le creux à la base de sa gorge avant de descendre plus bas pour savourer les gouttes d'eau qui perlaient sur sa peau. Il glissa les mains sur ses hanches, puis sous ses fesses pour la soulever.

Rachael enroula ses jambes autour de lui. Elle lui mordilla l'épaule, le cou, le menton.

— Vraiment ? Je ne savais pas. Mais tu serais capable de faire ronronner n'importe qui, Rio. Sens-tu mon léopard s'unir au tien ? Comment est-ce possible ? Comment pouvons-nous ressentir ce qu'ils ressentent alors que nous ne faisons qu'un ?

— C'est parce que tu me laisses pénétrer au plus profond de ton esprit. Au plus profond de ton cœur et de ton corps. Ce qui inclue ton léopard, que le mien désire ardemment. Tu es ma compagne, Rachael. Tout le monde n'a pas la chance de trouver la personne qui est faite pour lui de son vivant, et je suis certain que nous avons déjà passé plusieurs vies ensemble. Je te connais si bien.

Il la pénétra et ferma les yeux pour savourer l'incroyable déluge de sensations qui le submergeait. Son sang brûlait dans ses veines, se déversait à travers son corps jusqu'à lui monter à la tête dans une explosion de chaleur. Elle était si étroite, si chaude, et la contraction de ses muscles lui procurait tant de plaisir que c'en était presque douloureux. Il était pris dans un tourbillon d'émotions, mêlant passion, amour et tendresse. Il aurait voulu prendre son temps, avec de lents va-et-vient tandis que l'eau s'agitait autour d'eux, mais le désir était trop intense, incontrôlable. Rachael enfonça ses ongles dans sa peau et renversa la tête en arrière, exposant la ligne de son cou.

Au plus profond d'eux-mêmes, ils bougèrent à l'unisson et se mêlèrent pour ne plus faire qu'un. Rachael poussa un cri de plaisir qui acheva de lui faire perdre le contrôle. Il la sentit agripper son érection, insatiable. Levant le visage vers le ciel, il les fit basculer tous deux vers l'orgasme d'un dernier coup de reins.

— Arrête de jurer, murmura Rachael, les yeux rieurs.

Elle lui embrassa l'épaule et roula des hanches au même rythme que lui pour savourer les derniers tremblements de plaisir.

— C'est ta faute. Je crois que tu vas me faire avoir une crise cardiaque. Je pourrais te faire l'amour cent fois par jour.

Il la reposa doucement dans l'eau, qui lui arrivait à la taille, et la serra contre lui.

— Il faut que je travaille sur mon endurance.

Elle éclata d'un rire qui déferla sur lui comme une pluie fraîche.

— Moi aussi.

Un bruit dans les buissons près de la berge leur signala qu'ils n'étaient plus seuls. Rio fit volte-face et se campa devant Rachael pour la protéger. Deux petits félins jaillirent alors du buisson. Fritz glissa dans la boue et atterrit dans l'eau, presque à leurs pieds. Rachael, qui avait posé une main contre son dos, sentit la tension quitter le corps de Rio.

Fritz poussa un hurlement indigné et se hissa hors de l'eau en crachant sur son frère. Franz, clairement amusé, attendit tapi sous les fougères que Fritz s'ébroue pour lui sauter de nouveau dessus. Les deux léopards dégringolèrent ensemble la berge dans une explosion de griffes. Rachael n'avait jamais entendu des félins faire autant de bruit. Elle éclata de rire et serra Rio dans ses bras.

— On dirait deux gamins.

— Je sais, répondit-il d'une voix exaspérée. Je n'arrive à rien avec eux.

Ce qui la fit rire encore davantage.

— Tu n'imagines même pas à quel point je te trouve sexy, déclara-t-elle en l'embrassant sur le menton. Je vais nager un peu tant que c'est encore possible. La pluie ne va pas tarder.

— Il pleut déjà.

— Ce n'est qu'une petite bruine. Regarde, un arc-en-ciel !

Elle désigna le ciel, puis plongea sous l'eau, en un éclair de peau nue et de cheveux noirs.

Il la regarda s'éloigner à la nage avant de se tourner vers les petits léopards qui se sautaient dessus l'un après l'autre, d'humeur joueuse. Il se dirigea alors vers la pierre plate sur laquelle il s'allongeait souvent pour profiter du soleil. Il faisait toujours aussi chaud et humide, mais les fines gouttelettes que projetait la cascade le rafraîchissaient. Son regard se posa sur la peau claire de Rachael, qui se détachait dans le bleu de l'eau.

Rachael se mit debout sous la cascade et laissa l'eau lui couler sur le visage. Elle repoussa sa lourde chevelure avec un sourire rayonnant, ravie d'être en vie. L'eau était d'un bleu magnifique et, haut dans les arbres, la brume blanchâtre qui enveloppait la canopée ressemblait à des nuages cotonneux. Le crépuscule tombait peu à peu, un ciel d'un gris doux où voletaient les chauves-souris à la recherche d'insectes. Elle se tourna vers Rio, allongé non loin de là sur une large pierre, ses yeux verts rivés sur elle.

— J'adore cet endroit, Rio. Tu viens souvent ?

— Quand j'ai envie d'un long bain, répondit-il en l'admirant debout dans l'eau, telle une nymphe. Il n'y a pas de sangsues ici, c'est l'idéal pour nager tranquillement.

Rachael lui sourit et avança vers lui. Soudain, des oiseaux s'envolèrent de plusieurs branches autour d'eux, leurs battements d'ailes frénétiques emplissant l'air d'un bourdonnement. Elle se figea sur place et leva les yeux vers le ciel. Son cœur se mit à battre à tout rompre. Elle tourna la tête vers Rio, qui était à présent accroupi sur son rocher, tous les sens en éveil. Il lui fit signe sans la regarder, effectuant un demi-cercle avec sa main.

Rachael jeta un regard aux deux léopards. Fatigués d'avoir autant joué, ils s'étaient assoupis à l'ombre d'une fougère, mais étaient à présent à l'affût, les oreilles dressées, le museau en l'air. Elle se força à avancer dans la direction que Rio lui avait signalée. Il voulait qu'elle sorte de l'eau et s'abrite sans attendre. Les sentinelles de la forêt étaient sur le qui-vive. Un chasseur était entré sur leur territoire.

Rio passa un bras sur ses épaules et déposa un baiser sur sa tempe.

— Tout va bien. C'est ce qu'on attendait. Il est important qu'il te voie, mais pas avant que tu te sois rhabillée. On lui a laissé une piste plutôt facile à suivre menant à la hutte que Tama, Kim et moi t'avons construite. Tu auras l'air d'une femme indigène qui essaie de vivre seule.

Rachael se pencha vers lui, à la recherche de réconfort. Rio la serra un peu plus contre lui.

— On peut trouver un autre moyen de l'attirer, *sestrilla*, si tu as peur.

Elle secoua la tête d'un air décidé.

— Non. Je veux servir d'appât. Armando s'est servi de moi pour contrôler Elijah pendant si longtemps, et ça fait du bien de passer enfin à l'action. Même si je vais simplement me faire passer pour une nunuche dans sa hutte pour l'espion d'Armando. J'ai l'impression de reprendre mes moyens pour affronter ce monstre qui a détruit mon frère.

Rio l'entraîna à l'ombre des arbres.

— On va se transformer ici, Rachael. Il ne faut surtout pas que l'espion d'Armando te voie sous ta forme de léopard ou détecte ton odeur. On va devoir faire un grand détour pour l'éviter et retourner à la hutte, afin qu'il t'aperçoive de loin sous ta forme humaine. Je serai là pour te protéger. S'il se montre menaçant, je le tuerai.

Rachael grimaça. Rio ne mâchait pas ses mots.

— Tu es certain qu'il est seul ? Mon oncle n'est pas avec lui ?

— Écoute les animaux. C'est juste le léopard et il se dirige droit vers la hutte.

— Et Fritz et Franz ? Tu devrais t'assurer qu'ils ne s'approchent pas. Je ne veux pas qu'il leur arrive quoi que ce soit. Tu sais qu'ils te suivent partout.

— Ne t'inquiète pas, ce n'est pas la première fois que nous chassons ensemble. Notre plan va fonctionner, Rachael. Ton oncle est trop arrogant pour laisser le léopard se débrouiller seul. S'il pense pouvoir te tuer sous le nez d'Elijah, il n'hésitera pas une seconde.

— Ne t'en fais pas pour moi. J'avoue avoir peur, mais c'est positif. Je me sens enfin utile, je peux enfin aider mon frère. Tout va bien se passer.

Elle tourna la tête pour se frotter affectueusement contre son épaule, à la manière des chats.

— Il essaiera peut-être de te kidnapper pour t'emmener à ton oncle, mais j'en doute. Ça ne devrait être qu'une mission de reconnaissance pour vérifier que tu es bien là. Mais reste quand même sur des gardes, au cas où je me tromperais.

Sur ces mots, Rio se transforma et Rachael sentit la caresse de sa fourrure contre sa peau nue. C'était un miracle dont elle ne cessait de s'émerveiller. Il semblait incroyable qu'elle puisse glisser les doigts dans le pelage d'un léopard, lui frotter le dos et les oreilles. Malgré le danger que représentait son oncle, elle sourit de bonheur en laissant la métamorphose s'emparer de son corps.

Cette fois, le trajet à travers la forêt fut beaucoup plus long. Les deux léopards s'éloignèrent prudemment de leur maison. Une petite hutte avait été construite dans un bosquet particulièrement dense, où les troncs étaient plus fins et plus rapprochés. Rio voulait être certain qu'un sniper ne puisse pas tirer entre les arbres. Si l'assassin d'Armando voulait tuer Rachael, il ne pourrait pas le faire à distance. Il devrait l'attaquer sous sa forme animale.

Rachael ne quitta pas Rio d'une semelle tandis qu'ils louvoyaient entre les arbres, s'assurant de montrer aux gibbons et aux oiseaux qu'ils n'étaient pas en chasse. Ils ne voulaient pas alerter l'intrus de leur présence. Enfin, ils atteignirent la hutte. Celle-ci ne comptait que trois murs ; le quatrième côté était ouvert sur la forêt et abrité par le toit de chaume. C'était le type de cabane dont les tribus se servaient lorsqu'elles se déplaçaient d'un endroit à l'autre de la forêt.

Les vêtements de Rachael l'attendaient déjà à l'intérieur. Elle reprit rapidement forme humaine pour les enfiler, sous le regard vigilant de Rio. Elle lui sourit, puis se pencha pour déposer un baiser sur sa fourrure noire.

— Sois prudent, Rio. Et prends soin d'Elijah pour moi.

Elle savait que le léopard devait entendre les battements frénétiques de son cœur, devait sentir la peur qui la taraudait. Lorsque le félin se frotta contre sa jambe, elle passa un bras autour de son cou.

— Ne le sous-estime pas. Armando Lospostos est un monstre. Ne l'oublie jamais.

Rio voulait se transformer, juste un instant, pour la serrer contre lui et la rassurer, mais il n'osa pas. La forêt bruissait d'informations nouvelles. Contre toute attente, l'oncle de Rachael était arrivé avec son large groupe de chasseurs et son espion. Armando ne voulait pas courir le risque de rater sa chance. Il avait déjà établi son campement à quelques kilomètres en amont et envoyé le léopard en reconnaissance. Rio espérait qu'Elijah écoutait avec attention les bruits des animaux, ainsi que les informations transmises par leurs alliés humains le long de la rivière.

Rio se frotta une dernière fois contre Rachael avant de sauter sur la branche d'un arbre voisin. Elle semblait si seule, si vulnérable. C'était l'objectif recherché, mais il en avait le cœur serré. Il disparut dans l'épais feuillage, espérant qu'elle sentirait sa présence à défaut de le voir. Si l'espion tentait de l'attaquer, il serait prêt.

Le léopard mit un jour et une nuit à trouver la petite hutte de Rachael. En attendant, elle resta allongée seule sur le lit, le cœur battant, tentant de résister à l'appel de la forêt et d'avoir l'air inoffensive pour attirer le monstre qui avait gâché sa vie. Elle mangea seule, trouva des tâches inutiles pour s'occuper. Elle alla même jusqu'à commencer un semblant de jardin, replantant des herbes près de la hutte. Elle ne voyait pas Rio, mais elle sentait sa présence, ce qui la réconfortait. Elle n'avait pas peur, elle lui faisait confiance pour la protéger.

Rachael était dans son petit jardin lorsqu'elle entendit le premier murmure d'agitation parmi les oiseaux au-dessus de sa tête. Les battements d'ailes lorsque certains s'envolèrent. Le cri d'alarme des sentinelles. Elle fit mine de ne rien entendre et mobilisa toutes les capacités qu'elle avait acquises au fil des ans pour rester calme et sereine face au danger. L'espion la traquait. Les singes signalèrent ses mouvements tandis qu'il approchait de la hutte. Il cherchait des signes de la présence d'Elijah, d'un piège destiné à Armando, mais il n'allait trouver que Rachael qui tentait de vivre sa vie en pleine forêt.

Elle se leva et le sentit. Une odeur sauvage de fauve. Elle perçut le poids de son regard, l'excitation qui l'envahit lorsqu'il se rendit compte qu'elle était seule, une cible facile pour un prédateur. Armando lui avait assuré qu'elle n'était qu'une humaine, incapable de se transformer, qui ne méritait pas de vivre.

Rachael ne le voyait pas, mais elle sentait son impatience, son envie de meurtre. Sa nuque et ses bras se couvrirent de chair de poule. Un frisson lui glissa le long de la colonne vertébrale. Elle se força à chantonner en se dirigeant vers l'arbre le plus proche pour cueillir quelques orchidées parfumées, sachant que Rio gardait le léopard en joue. Puis elle rentra dans sa hutte pour arranger les fleurs sur le billot de bois qui lui servait de table. Sentant ses jambes prêtes à se dérober sous son poids, elle s'assit sur l'une des souches et admira la forêt d'un air qu'elle espérait décontracté.

À sa grande surprise, Tama et Kim arrivèrent alors avec quatre autres membres de leur tribu et lui demandèrent de l'eau en gesticulant. Kim lui lança un clin d'œil. C'était le seul moyen de s'assurer que l'espion n'essaierait pas de la kidnapper pour la ramener au campement. Il pourrait confirmer à Armando que Rachael était seule, mais devrait revenir une seconde fois pour la capturer. Malgré tout, Rachael sentit la présence du léopard pendant une grande partie de la nuit. Les six hommes s'installèrent non loin, discutant avec animation jusque tard dans la nuit pour empêcher l'espion de passer à l'action. L'attente lui sembla durer une éternité, mais enfin le danger passa. Elle resta allongée, immobile, n'osant pas se rouler en boule pour pleurer de soulagement.

Rio arriva à l'aube, l'attira dans ses bras et couvrit son visage de baisers. Elle respira son odeur et le toucha pour s'imprégner de sa force, elle qui se sentait si fragile. Elijah était avec lui et la serra dans ses bras à son tour en louant son courage.

— Ça a marché ? Il est retourné prévenir Armando que je vivais seule et que tu n'étais pas au courant ?

— Ça a marché, Rachael, confirma Elijah. Il est rentré au campement comme un bon petit espion et a raconté tout ce qu'il avait vu.

— J'ai senti à quel point il avait envie de me tuer. Je ne sais pas ce qu'il aurait fait si Kim et Tama n'étaient pas arrivés.

— Moi aussi, dit Rio. Mais j'avais mon fusil braqué sur lui tout du long. Il n'aurait jamais réussi, *sestrilla*.

— Et maintenant, que fait-on ? demanda Rachael.

— Tama et Kim vont t'escorter jusqu'à leur village. Tu seras en sécurité avec eux. Armando enverra ses hommes te chercher et, quand ils trouveront la hutte vide, ils attendront ton retour. Pendant ce temps, on va se débarrasser des quatre chasseurs. Apparemment, Armando leur a ordonné de lui ramener un léopard. Il sait qu'il ne peut pas arracher Elijah à son campement où il est très entouré, mais il croit que ton frère se transforme la nuit pour partir à ta recherche.

Elijah sourit, mais son regard était glacial.

— C'est bien de lui d'amener des chasseurs professionnels. Il ne peut pas leur dire qui je suis vraiment, ce serait dévoiler un de ses plus grands secrets.

— Les chasseurs se servent d'une chèvre pour tenter d'appâter un léopard. Il n'est pas censé y avoir de grand fauve dans la région, juste des léopards nébuleux et d'autres félins de petite taille. On ne veut pas courir le risque qu'un autre métamorphe se fasse tuer. On a fait passer le mot, mais on ne peut jamais être trop prudent.

— Des chasseurs professionnels ? répéta Rachael. Des gens qui gagnent leur vie en tuant des animaux ? Ça ne m'étonne pas d'Armando. J'aurais dû y penser.

Elijah lui effleura l'épaule.

— Je m'y attendais. Nous nous y sommes préparés. Tu ne risqueras rien avec Tama et Kim.

— Vous ne croyez pas que son espion va revenir ? Je devrais rester ici, pour qu'il puisse faire ses rapports quotidiens à Armando.

— Il ne résisterait pas à l'envier de te tuer, répondit Rio en prenant son visage entre ses mains. Tu as senti toi-même sa soif de sang. Je refuse de prendre ce risque. Il est dangereux et je serai en train d'aider Elijah avec les chasseurs. On ne peut pas se permettre de les avoir dans notre dos. De toute façon, Armando va envoyer ses hommes te kidnapper, c'est certain. Tu ne peux pas rester ici.

Le cœur de Rachael rata un battement, comme chaque fois que Rio la touchait, la regardait. Elle se força à sourire et plongea les yeux dans les siens.

— Tu sais ce que tu me demandes, pas vrai ? J'ai été obligée de regarder Armando gâcher la vie d'Elijah. Il s'est servi de moi pour lui faire du mal. S'il vous arrive quoi que ce soit à cause de mon oncle, je n'y survivrai pas. Promettez-moi que vous reviendrez.

Elle ne regarda pas son frère, mais continua d'une voix mouillée de larmes :

— Elijah va essayer de se sacrifier parce qu'il croit qu'aucune rédemption n'est possible. Rio, tu dois trouver un moyen de le ramener sain et sauf.

Rio posa ses lèvres sur celles de Rachael.

— Tu as promis de m'épouser, *sestrilla*. Mon aimée. Nous aurons besoin d'Elijah pour qu'il t'accompagne jusqu'à l'autel. Tu peux être certaine que je le ramènerai.

— Merci.

Puis Rachael s'éloigna en compagnie de Tama, Kim et leurs compagnons. Elle ne se retourna qu'une fois, et vit qu'Elijah et Rio la suivaient du regard.

Une fois qu'elle eut disparu, les deux hommes se déshabillèrent à la hâte et se transformèrent sans un mot. Il était temps de partir en chasse.

La première nuit, Rio et Elijah éliminèrent le premier chasseur. Il était allongé à l'affût dans sa cachette, l'œil rivé à la lunette, le doigt sur la détente de son fusil. Juste en dessous de lui, une petite chèvre bêlait de peur. Rio savait que l'espion montait la garde non loin, mais Elijah et lui étaient déjà perchés haut dans la canopée.

La deuxième nuit, l'espion attendait dans les arbres au-dessus de leur proie. Ses yeux jaunes menaçants promettaient des représailles sanglantes. Ils l'avaient ridiculisé, lui qui se croyait supérieur aux humains avec qui il travaillait. Il ne comptait pas échouer une nouvelle fois. C'est Elijah qui élimina le deuxième chasseur, juste sous le nez de l'espion, se faufilant dans la cachette pour le tuer.

Le léopard découvrit le corps en patrouillant la zone. Avec un rugissement de rage, il se précipita alors en direction de la hutte déserte de Rachael. Rio était soulagé qu'elle ne s'y trouve plus. L'espion était d'humeur massacrante et tuerait quiconque se trouverait sur son chemin. Rio le suivit à un rythme bien plus mesuré, le laissant dépenser son énergie. Il le regarda de loin détruire la petite cabane. Le métamorphe était dans une telle fureur qu'il déchiqueta les quelques meubles en mille morceaux et fracassa le bol d'orchidées.

Sans prévenir, Rio lui sauta dessus depuis le toit. Il enfonça ses crocs dans sa gorge et tint bon tandis que l'autre léopard tentait de se dégager. Rio avait passé presque toute sa vie dans la forêt, à courir dans les arbres sous forme humaine ou animale. L'espion, lui, était parti en ville, attiré par la promesse de pouvoir et d'argent. Il était loin d'être aussi rapide et impitoyable. Rio traita le corps avec le respect dû aux membres de son espèce, le brûla et dispersa les cendres avant de rejoindre Elijah.

Le troisième chasseur fut éliminé au crépuscule du troisième jour. Cette fois, Elijah et Rio attendirent que le dernier voie ce qui s'était passé et fuie la scène. Elijah le suivit alors, empli d'une joie sinistre. Le quatrième chasseur s'était enfin avoué vaincu et retournait au campement, horrifié par la mort de ses amis. Il serrait son fusil contre lui, comme si celui-ci pouvait le protéger contre les horreurs tapies dans la forêt. L'homme sursauta en entendant le cri des léopards nébuleux et se mit à courir lorsque d'autres félins plus petits lui répondirent. Il arriva au campement les vêtements en lambeaux, le corps couvert de parasites et le sang de ses amis sur les mains.

Armando réagit comme à son habitude. Agressif, furieux de voir ses plans contrecarrés et sans même écouter le chasseur lui raconter sa traque cauchemardesque. Elijah avait été témoin de nombreuses scènes similaires par le passé et savait que son oncle était capable de violence extrême dans ces moments-là. Ses hommes le savaient eux aussi, et échangeaient des regards nerveux tandis que le chasseur tentait d'expliquer son échec. Malgré la chaleur et l'humidité de la forêt, Armando était vêtu de son habituel col roulé. C'était sa marque de fabrique, un pull hors de prix qui prouvait son statut social. Il était en sueur, mais son amour-propre refusait de le laisser l'enlever. Elijah retroussa les babines dans un grognement silencieux de mépris et de haine.

— Qu'est-ce que vous racontez ? rugit Armando, le visage tordu par la colère et le doigt sur la détente de son pistolet. J'ai engagé quatre chasseurs professionnels. Ça ne peut pas être si compliqué de capturer un foutu léopard ! Balancez-lui un filet. Blessez-le. Administrez-lui un sédatif. Je m'en moque tant qu'il est vivant. Je vous paie suffisamment pour que vous ne posiez pas de questions. Si vous échouez, vous ne ressortirez pas vivants de cette forêt, je vous le garantis. Vous êtes quatre contre un, ça ne peut pas être dur. Faites votre boulot et hors de ma vue.

L'homme recula d'un pas, agrippant son fusil au cas où il serait obligé de se défendre. Il jeta un regard inquiet aux gardes du corps, armés jusqu'aux dents.

— Vous ne m'écoutez pas, monsieur. Nous ne sommes pas quatre. Le léopard a tué Bob la première nuit. Il a ignoré la chèvre que nous avions mise comme appât et s'est dirigé droit vers notre cachette. On a laissé le corps de Bob pour l'attirer et on s'est cachés tous les trois dans les arbres. La deuxième nuit, il a eu Leonard. Puis Craig hier soir. Cet animal est un véritable tueur. Il est diaboliquement rusé. Il ne les a même pas mangés, c'est comme s'il jouait avec nous.

Armando poussa un juron et se leva d'un bond. Lc chasseur recula aussitôt.

— Je n'aime pas ça. Si Rachael n'est pas revenue dans sa hutte demain, on s'en va. On va tous aller lui rendre une petite visite.

Quand le chasseur fit mine de se diriger vers sa tente, Armando l'attrapa par le bras.

— Pas vous. Il vous reste votre travail à faire. Vous avez accepté l'argent, allez me chercher mon léopard.

Caché sur une branche en surplomb, Elijah regarda le dernier chasseur quitter à reculons le campement et s'installa patiemment pour surveiller ceux qui restaient. Les discussions se tarirent lorsque les moustiques arrivèrent. Les hommes tentèrent de chasser les insectes et les émotions s'exacerbèrent. Puis la pluie se mit à tomber, une averse ininterrompue qui ne fit qu'empirer l'humeur générale. Les hommes étaient habitués à la ville et, à présent, trois des quatre chasseurs étaient morts. La tension était à son comble et ils disparurent bientôt dans leurs tentes, ne laissant que quelques gardes surveiller le périmètre du camp. Ces derniers tentèrent de s'abriter sous les arbres et aucun ne prêta attention à ce qui se passait au-dessus de leur tête. Mais Elijah continua d'attendre. Les léopards étaient toujours patients. La pluie et les insectes ne le dérangeaient pas. Il était ici dans son monde et ces hommes étaient les intrus.

Il était primordial qu'il entre en douce, fasse ce qu'il avait à faire, et ressorte sans être vu. Les hommes étaient lourdement armés et Elijah ne voulait pas d'un bain de sang en pleine forêt. Ne voulait pas d'une enquête. L'assassinat devrait être accompli en toute discrétion. Il se tapit dans un fourré à dix pas de l'un des gardes et observa son oncle. La lumière de la lampe éclairait l'intérieur de sa tente. Un des pans de toile était relevé pour qu'Armando puisse surveiller les alentours. Son arme n'était jamais à plus de quelques centimètres de sa main. Une à une, les lampes s'éteignirent et le campement fut plongé dans le noir.

Le vent soufflait. La pluie tombait. Elijah attendit que les gardes commencent à s'assoupir. Et, soudain, le léopard s'anima. Il s'approcha lentement, avec toute la discrétion dont il était capable, sans jamais quitter Armando des yeux. Ce démon. Ce meurtrier. Tous les crimes que son oncle avait commis contre sa famille tournoyaient dans la tête d'Elijah. Il dépassa la première sentinelle. Le garde regarda deux fois dans sa direction mais ne le vit pas.

Un autre homme surgit d'une tente et se dirigea d'un pas vacillant vers un arbre voisin. Il trébucha presque sur le léopard. Elijah le contourna et avança d'un mètre supplémentaire. Armando s'approcha de l'entrée de sa tente et balaya les environs du regard pour la centième fois, inquiet, serrant son fusil contre sa poitrine. Les yeux rivés sur sa cible, Elijah se tapit dans un fourré à quelques mètres de là.

Armando lui tourna le dos et le léopard avança sans un bruit. Il s'arrêta à l'entrée de la tente, prenant garde à rester dans l'ombre, là où la lumière de la lampe ne pouvait l'atteindre. Puis il banda ses muscles, prêt à bondir, et sentit sa force le submerger.

Comme s'il sentait le danger qui le guettait, Armando fit volte-face, brandissant son fusil, scrutant frénétiquement la nuit. Le léopard le percuta de plein fouet et le fit basculer en arrière, enfonçant ses crocs dans sa gorge. Mais sa mâchoire se referma, non pas sur de la peau, mais sur du métal. Elijah tenta de percer la barrière protectrice et attaqua à coups de griffes le ventre de son oncle, couvert du même métal.

Armando était tombé sur le dos et avait lâché son fusil sous le choc. Les crocs de l'animal lui écrasaient la gorge et lui coupaient la respiration malgré son armure. D'un geste, il récupéra le couteau caché dans sa manche et poignarda frénétiquement le léopard. Celui-ci refusa de lâcher sa proie et le regarda de ses yeux jaune-vert. Armando se débattit de toutes ses forces, mais aucun son ne sortit de sa gorge.

Un garde, alerté par les ombres mouvantes, se précipita vers la tente, le fusil à l'épaule. Un second léopard sauta alors de l'arbre, se jeta sur lui et l'étrangla. Le tout dans un silence absolu. Rio secoua l'homme une dernière fois pour s'assurer qu'il ne pouvait pas sonner l'alarme. Puis il traîna la carcasse à l'intérieur de la tente et éteignit la lampe pour que personne ne puisse voir la lutte à mort entre les deux combattants.

Rio se transforma partiellement, attrapa le poignet d'Armando et le força à lâcher son couteau. L'homme était déjà mourant. Ses yeux, plongés dans ceux jaune-vert du léopard et dans lesquels brillait une haine implacable, se voilèrent peu à peu.

Elijah resta affalé au sol, les crocs enfoncés dans la gorge d'Armando, haletant, les flancs couverts de sang. Rio tenta de l'obliger à se lever avant qu'on ne découvre leur présence. Il finit par reprendre forme humaine.

— C'est fini, Elijah. Il est mort.

Juste pour en être certain, Rio vérifia son pouls.

— Tu perds trop de sang, viens, sortons d'ici. Grimpe sur les branches juste devant la tente.

Elijah n'arrivait pas à croire que le monstre était enfin mort. Il continua de regarder les yeux vitreux de son oncle, et sut qu'il avait devant lui le visage du diable incarné. Il ressentait de la douleur, mais celle-ci était ténue, distante. Il déchira maladroitement la chemise de l'homme pour dévoiler la plaque métallique dissimulée en dessous.

— Elijah, le temps presse.

Rio attrapa le mâle par le cou et tenta de le détourner du cadavre à ses pieds.

— Tu perds trop de sang, répéta-t-il. Il faut qu'on parte tout de suite si tu veux survivre.

Voyant que le léopard refusait de bouger, Rio changea de tactique.

— Rachael nous attend, Elijah. Elle s'inquiète pour nous. Rentrons la retrouver.

Le léopard leva enfin le museau et regarda tristement Rio. Ses yeux étaient emplis de désespoir. De confusion. Et d'une peine très profonde. Rio effleura sa fourrure.

— Tu es libre. Vous êtes libres tous les deux. Désormais, ta vie t'appartient.

Puis Rio reprit sa forme animale et guida Elijah hors de la tente. Là-bas, dans la forêt, Rachael les attendait. La vie leur ouvrait les bras.

Chapitre 20

Il y avait de la musique. Rio n'avait rien entendu d'autre que des percussions tribales depuis si longtemps qu'il avait oublié à quel point cela pouvait être beau. Il y avait l'odeur enivrante des orchidées qui flottait partout dans l'air. Dans les arbres, dans les cheveux des femmes. Et il y avait des gens. Partout où il posait le regard. Il n'avait jamais été en présence d'autant de monde, pas depuis des années.

— Tu n'as pas l'air dans ton assiette. Tu ne vas quand même pas tomber dans les pommes ?

Elijah s'était glissé dans son dos, aussi silencieux que d'habitude mais boitant encore légèrement. Il avait fallu les talents de Tama et de son père pour lui sauver la vie. Il n'était pas encore complètement remis des blessures sévères que lui avaient infligées Armando.

Rio le fusilla du regard.

— Qui sont tous ces gens ? D'où sortent-ils ? Ils ne peuvent pas rentrer chez eux ?

— Rachael m'avait prévenu que tu allais te comporter comme un gros bébé, répondit Elijah.

Il arracha une brindille d'un arbre et la porta à ses lèvres pour la mâchouiller.

— Ce n'est pas parce que tu as reçu sept coups de couteau que je vais me retenir de te botter les fesses si tu m'insultes de nouveau.

— Douze. Dont cinq plaies qui n'étaient pas très profondes, c'est vrai, mais quand même.

— C'était un peu exagéré, non ? de laisser ce bâtard te frapper douze fois ? Trois ou quatre auraient largement suffi, tu aurais inspiré tout autant de compassion.

Elijah hocha la tête, impassible.

— C'est vrai, mais l'histoire n'est pas aussi impressionnante à raconter.

— Le nombre va probablement grimper chaque fois de toute façon, donc tu aurais pu t'épargner un sacré paquet de points de suture.

— Je n'avais pas pensé à ça.

— Comment vont tes dents ?

— Ne m'en parle pas, grogna Elijah. Elles sont toujours dans ma bouche mais me font un mal de chien. Je crois qu'elles bougent encore.

— Tu ne serais pas si joli garçon sans toutes ces dents, nota Rio. Ce ne sera peut-être pas une si grande perte. Bon sang, où est-elle passée ? J'aurais dû demander à Conner ou Joshua de monter la garde pour l'empêcher de s'enfuir. Tu es sûr qu'elle est là ?

Il avait l'impression d'avoir un poids sur la poitrine et peinait à respirer. Il glissa un doigt sous le col de sa chemise pour le desserrer.

— Elle est là. Et elle est magnifique.

Le poids s'allégea légèrement.

— Ne me regarde pas comme ça. Je veux le faire, c'est juste que tous ces gens sont un peu trop près.

Elijah lui sourit.

— Ça me fait mal de l'avouer, mais je ressens la même chose alors que j'ai l'habitude d'être toujours entouré. (Il désigna d'un geste les arbres alentour, grimaçant lorsque son corps protesta.) Mais c'est différent, ici. J'ai l'impression de ne plus être le même.

— C'est la forêt. Et peut-être le soulagement de savoir qu'Armando est enfin mort.

— Je ne réalise pas encore. Je suis obligé de me rappeler toutes les cinq minutes que je n'ai plus besoin de regarder par-dessus mon épaule. Ça ne me semble pas réel. Je ne sais pas si ça le paraîtra un jour. J'ai toujours surveillé mes moindres paroles et je me suis assuré d'être seul au monde pour qu'il ne puisse faire à personne d'autre ce qu'il faisait à Rachael. Honnêtement, je ne sais plus comment me comporter.

Rio toucha brièvement l'épaule d'Elijah. Ce dernier n'était pas du genre à encourager le contact physique ou la compassion.

— Ça va venir avec le temps.

— Tu dois avoir raison.

Soudain, Rio se raidit en regardant derrière Elijah. Le frère de Rachael se retourna et vit un vieil homme accompagné d'un jeune garçon d'une dizaine d'années s'approcher d'eux. Il reconnut l'homme.

— Qu'y a-t-il ? demanda-t-il en se positionnant entre Rio et les nouveaux arrivants.

— Ce n'est pas la peine, Elijah, dit Rio. J'apprécie que tu sois prêt à me protéger, mais je suis parfaitement capable de me défendre moi-même. Détends-toi, c'est un mariage.

Tout ce que tu as à faire, c'est de m'accorder la main de la mariée.

Elijah haussa les épaules d'un air désinvolte, mais son regard resta alerte. Soupçonneux. Un mélange de froid glacial et de flamme brûlante. Il paraissait tout aussi impitoyable qu'il était réputé l'être. Dans les arbres, les singes se turent et plusieurs oiseaux s'envolèrent.

Rio lui donna un coup de coude.

— Du calme, Elijah, tu vas faire fuir les invités.

— Je croyais qu'il y avait trop de gens à ton goût, murmura Elijah tout en saluant le vieil homme et le jeune garçon d'un signe de tête.

— Doyen Delgrotto, c'est une surprise, dit Rio. Vous avez déjà rencontré Elijah.

— Nous n'avons pas été formellement présentés, répondit Peter Delgrotto en s'inclinant légèrement avant de poser une main sur la tête du garçon qui l'accompagnait. Voici mon petit-fils, Paul. Il va bien mieux grâce à toi, Rio. Je suis venu célébrer la cérémonie. J'ai expliqué au chaman Pang qu'il valait mieux qu'un membre du haut conseil bénisse votre union comme le veut notre coutume.

Rio le regarda sans comprendre.

— Je croyais que vous aviez démissionné, doyen.

— Il semble que ma démission n'ait pas été acceptée.

— Et le conseil sait que vous avez proposé de nous marier ? de célébrer la cérémonie en dehors du cercle du village ?

Rio était choqué, et cela se voyait.

— Je me dois d'officier. Rachael est l'une d'entre nous, et ton union est essentielle au bien de notre espèce. Regarde autour de toi, Rio. Tous les membres de ton unité sont présents, à l'exception de Drake qui serait venu s'il avait pu. Ils ont amené leur famille et amis pour te soutenir. Près de la moitié du village est là. Ça devrait te dire quelque chose.

Rio n'était pas certain de ce qu'il était censé en déduire, mais il ne voulait pas doucher l'enthousiasme du doyen. Il savait ce qu'il avait dû en coûter à Delgrotto de tenir tête au conseil. Il y avait toujours un prix à payer. Il ne voulait surtout pas se montrer ingrat.

— C'est un honneur de vous avoir, doyen. Dites-moi comment va Drake.

Rio savait que Drake aurait remué ciel et terre pour être présent ce jour-là, mais il était coincé à l'hôpital avec un de leurs chirurgiens.

Delgrotto avait l'air sombre.

— Notre espèce guérit vite la plupart du temps, mais sa jambe était brisée en mille morceaux. Il a été opéré bien sûr, et le chirurgien a dû mettre des broches en acier pour maintenir l'os. Tu sais ce que ça signifie.

Rio se détourna et jura dans sa barbe.

— C'est ce qu'il voulait ? C'était son choix ? Il aurait pu se la faire enlever.

— Drake est un homme fort. Il trouvera un moyen de s'en remettre. Qui le remplace aujourd'hui à ton côté ?

— Joshua. J'irai rendre visite à Drake dès que possible.

— Ce serait sage. Maggie est avec Rachael ? Je vois que Brandt est là.

— Oui, elle lui a proposé de l'aider à se préparer. Maggie est la première métamorphe que Rachael a eu l'occasion de rencontrer, je me suis dit que ce serait bien qu'elle ait une amie le jour de son mariage.

— C'était une bonne idée. Tout le monde se rassemble, Rio, tu devrais prendre ta place dans le cercle.

Elijah s'était éclipsé pour rejoindre sa sœur. Rio regarda tous les gens qui se pressaient autour de lui. Il y avait là Kim, Tama, et les membres de leur tribu. Et, éparpillés çà et là, les membres de son village, son propre peuple. Il dut détourner le regard. Il ne s'attendait pas à leur présence, n'avait jamais imaginé qu'ils partageraient ce jour avec lui. Son équipe, les hommes qui défendaient à ses côtés la forêt, oui, mais pas tant d'autres. Il ne savait pas quoi penser ou ressentir.

Un murmure s'éleva autour du cercle et les gens s'écartèrent. Rio sentit son souffle se figer, son cœur cesser de battre. Il la regarda. Rachael avançait vers lui au bras d'Elijah. Le monde de Rio se rétrécit. Tout le reste disparut. Il n'y avait plus qu'elle. Elle portait une robe en dentelle qui épousait ses formes et virevoltait derrière elle. Ses cheveux cascadaient autour de son visage et jusqu'à ses épaules. Une couronne de fleurs encerclait sa tête. Elle semblait sortie tout droit d'un conte de fées. Elle n'était pas pour lui. C'était impossible. L'espace d'une seconde, sa vue se brouilla. Et pourtant.

Elle leva le menton et leurs yeux se rencontrèrent. Son regard le transperça et le frappa en plein cœur. Rio savait qu'ils étaient faits l'un pour l'autre, il n'en doutait pas une seule seconde. Rachael pouvait le rendre si furieux qu'il avait envie de casser des branches et de les lancer comme les singes. Elle pouvait le faire rire sans raison. Elle pouvait éveiller ses sens d'un simple regard ou d'une caresse. À son côté, il se sentait comme un poète ou un guerrier, et l'idée de la perdre suffisait à lui couper le souffle.

Rachael sentit des larmes de joie lui monter aux yeux. Rio l'attendait, droit et fort comme un dieu de la forêt. Elle aimait tout chez lui. Elle murmura son prénom tout bas, émerveillée de le sentir si profondément ancré dans son cœur. Dans son âme. Lorsqu'elle était arrivée dans la forêt, son futur était si sombre, mais Rio avait tout changé. Il lui avait donné quelque chose de plus précieux que tout l'or du monde. Lui-même.

Rio sentit Elijah placer la main de Rachael dans la sienne. Il referma les doigts sur les siens. Et les serra. Fort. Puis il l'attira contre lui, tout contre son cœur. Rachael leva la tête pour le regarder, ses yeux rieurs débordant d'amour. Il se pencha et lui effleura les lèvres des siennes.

— Tu as bouleversé ma vie tout entière, Rachael, murmura-t-il à son oreille.

Il avait encore du mal à y croire. Comment une seule personne, une seule femme, avait-elle pu faire une telle différence ?

Elle leva les doigts vers son visage, caressa intimement chacun de ses traits.

— Et tu as bouleversé la mienne, Rio.

Delgrotto se racla la gorge pour attirer leur attention, puis il commença la cérémonie.

— Le cercle de la vie continue. Notre communauté grandit avec cette nouvelle union. Aucun couple ne se tient seul. Nous protégeons ceux qui s'unissent afin que nos liens se renforcent et que le cercle de la vie continue, encore et toujours…

Achevé d'imprimer en avril 2021
Par CPI Brodard & Taupin à La Flèche
N° d'impression : 3042562
Dépôt légal : mai 2021
Imprimé en France
81123744-1